毀滅

蘇平周——著

序言

牛瘋子和馬痞頭扛著獵槍，背著被蓋糧食和鍋碗，在崇山峻嶺斬棘披荊，找路而行。二人儘管一路勞累，又乏審美天資，在這深邃無邊的大自然裡還是有些美的感受：

原始森林裡，枯枝倒樹橫七豎八；高峻崖壁上，碎玉飛珠成千上萬。深澗那邊，犀牛吃草成群結隊；淺溪這裡，熊貓喝水引伴呼朋。淡雲飄過摩天石峰去，一群金猴在峰上攬月攀星；濃霧湧到滴水山岩來，幾隻白鹿於草間覓花飲露。一路上，神草仙藥處處可尋；幾天裡，寶獸珍禽時時能見。古樹根下，可棲五六個人；野牛洞中，能住七八條漢。放下篾筐，馬痞頭在洞外支鍋；舀來山泉，牛瘋子去林間拾柴。做出飯來，這個說，今天稀罕野菜，毛主席未曾品嘗過；洗了碗後，那個道，這頓珍貴山物，周總理沒有享受成。

二人來到獐子岩，在一處岩隙住下之後，第二天就去前面的逃亡溝偷獵珍稀，只見逃亡溝一株無名古樹像小山，樹身需要多人牽手方能合圍，樹洞足有屋子大，洞外鋤頭、斧頭和砍刀都已生銹，洞內地板平整，高於外面，鍋碗瓢盆，樣樣俱全，一團黴爛的被子旁邊有具骷髏，肋骨斷了兩根，頭骨滾到洞外。二人正要逃離，見洞內掛著塑膠袋，袋裡裝著幾本紙稿，便去取來翻看，只見紙稿全是手寫，書名《孤獨》，署名莊愛書，二人大驚，都說莊愛書在北京啊，怎麼死在這兒？

二人打獵回去講說，興鎮一帶有人唏噓不已，有人拍手稱快，都以莊愛書為戒教育兒孫。莊家灣三十幾年前的生產隊長莊愛武杵著手杖到處說：「這就是書讀多了！我們不讀書，沒有像他那樣……」莊愛勞念及同根，心懷惻隱：「我和愛書不同媽，到底同是一個爹，這世上只有我和他最親了，我不去收回他的屍骨，哪個去收啊！」就背著背筐，帶上乾糧，照著二人說的路線去到逃亡溝，用麻袋裝回弟弟的枯骨，葬在莊家灣埡口那條南去北往的大路旁。莊愛書是我表兄，我聞訊去他墳前悲哀一陣，索得遺稿，閒來閱讀。

二十幾年前，莊愛武把九個女兒全部嫁給外省山區窮光棍，有個女兒父子三人共同用，他收了二十七萬元彩禮，存在銀行，供他養老。這天上午，他帶著幾十元養老錢來到興鎮墓碑經營店，對鑿碑老頭說：「我給莊愛書做墓碑。我們莊家灣祖祖輩輩數他最不爭氣，他把先人的臉丟盡了，墓碑這樣寫：『後輩兒孫們，你們不要學習莊愛書！』」鑿碑老頭叼著煙斗在鑿字，看他一眼沒理他。幾天後，愛武背回墓碑樹在愛書墳前，碑上刻著：「後生莫肖莊愛書。」

《孤獨》共計三十一章，我讀完之後，發現莊愛書感己之感，言己之言，樸實自然，毫無做作，而且書中所敘之事，值得玩味，所寫之人，值得思考，雖然作者看人看事較片面，不善一分為二，不善在蒼蠅身上看出美好來，但是比起那些仰仗老大，假意虛情，胡編亂造的「主旋律」小說，比起那些遠離生活，繡腳花拳，無關痛癢，不惹是非的輕小說，還是要有價值些，因此我將《孤獨》更名《毀滅》，然後公之於世。

《孤獨》是莊愛書用他的眼睛看世界。有人說他內心不陽光，才滿眼看到黑暗，有人說他內心無美好，才滿眼看到醜俗。我的看法正相反：他內心很陽光，才滿眼看見黑暗，匪痞無陽光，對黑暗熟視無睹，才把作惡當生活；他內心太美好，才滿眼看到醜俗，蒼蠅無美好，對骯髒視而不見，才將大便作美食。

《孤獨》所寫負面較多，不合國家「主旋律」，但是全書滅殺蒼蠅，洗滌靈魂，消除病毒，扶持正氣，卻是滿滿的正力量。為什麼不能寫負面？難道需要保護蒼蠅和病毒？難道寫點負面，我黨我國就沒了「三個自信」、「四個自信」？

《孤獨》的主人公有許多缺點，讀者未必喜歡他，甚至有人為他動肝火，不過在我看來，他遠比平庸小說的蒼白人物好，蒼白人物在讀者心裡掀不起任何感情波瀾。

蘇平周序於二〇一〇年

目次

全隊喜迎李殺敵，眾人怒譴莊愛書。01

天色微明，鳥語才喧，莊家灣幾十戶散落的人家，只有我家房頂升炊煙，我媽已在做早飯。

莊愛武拿著鐵皮話筒站在山嘴高聲喊：「莊家灣的！全部起床把耳朵扯開給我聽著，不要兩口子還在床上ri[1]得嘰咕嘰咕的！我把昨天公社的擴幹大會傳達一下：吳書記說，現在南斯在拉夫，美洲在拉丁，拉不贏就打他媽一鐵坨[2]……吳書記還說，農民莫屒魚[3]……但是我們生產隊有些棒槌子娃兒天天屒魚！今後看到哪個再屒魚，管他媽是金屄生的銀屄生的，再貴老子都要打！」他要在高山頂上壘糞堆，只栽一株紅苕王，每個長到百多斤，獻給救星毛主席，因此傳達了吳書記講話後，接著安排農活說：「今天全隊『農業學大寨』，背土糞倒在莊家山的石頂上……」

我媽燒燃大小倆口鍋，大鍋煮全家五口人的清水加老牛耳菜，小鍋開特灶，給李殺敵煮大米稀飯。她去拿米，拿滿勺子又倒些出來，她多想克扣李殺敵幾顆大米啊，但是又想：「人家是大官子弟，我家再困難都不能這樣！」於是又將勺子拿滿。

李殺敵父親原是殺豬匠，跟著毛主席打天下，身上刀傷十幾處，子彈穿過兩耳廓，文化大革命前夕，他掌管的部門不夠左，現在成了大「黑幫」，和殺敵他娘下放到江西勞改，殺敵兄弟姊妹九人上山下鄉，天南地北當知青。殺敵剛到興鎮公社，莊家灣的人們就聽說有個大官的兒子要來我們生產隊落戶，大家連縣城也沒去過，現在要看城市人，而且是大官的兒子，大人孩子好興奮，連忙奔相走告，到處談說，連八十五歲的三爺也一改老成，手杵拐杖去找愛武證實消息，雖然大家都聽說那大官已倒楣。

愛武派人把生產隊一間保管室打掃乾淨，安了床鋪桌凳和鍋灶，第二天就去公社接知青。我們全隊男女老少都想看大官的兒子，老早跑到埡口大路上盼望，盼了很久才遠遠望見愛武提著大包小包帶著殺敵從公社回來，人們連忙鼓大眼睛，又指又誇，都說單憑那走路和長相就跟我們凡人不同，都說龍生龍，鳳生鳳，大官的兒子種不同，我們的兒子只能務農。二人路過我們跟前，大家連忙讓路，擠得滾岩跌坎，然後跟去保管室。一條瘦狗歡天喜地，跑前跑後，不停聞著殺敵腿腳搖尾巴，殺敵有些怕狗，忙把掛包裡的饅頭蛋糕和餅乾全部倒在地上。人們一齊瘋搶，有個孩子硬從狗嘴奪來一塊饅頭，忙去給媽報喜訊，媽媽誇他有出息。殺敵父母離京後，特供不再送他家，去年冬天他去中南海領取西山農場運來的鹿肉，後勤人員喝他說：「黑幫沒資格！」他家正在落難，他和兄弟姊妹們吃著普通供應食物，他來插隊，在車上吃厭饅頭、蛋糕和餅乾，滿以為到了鄉下，各種美食吃不完，不料農民爭搶他餵狗的東西，他非常不懂，非常吃驚。

殺敵跟著愛武進到保管室，看看頭上壓彎椽子快要掉下來的房瓦，看看腳下凹凸不平、掃帚掃過留劃痕的鬆土地板，看看四壁裂有指寬縫隙的封火牆，看看掛著一張篾箕、窗棍像牛肋的小木窗，看看窗下那張幾十年飯垢填滿溝渠縫隙的方飯桌，看看屋角那座抹平稀泥做鍋臺的新灶頭，看看床上那張可以漏下芝麻綠豆的粗篾席，他從來沒有見過這麼簡陋的房子，一下感到掉進地獄裡，真不相信他會居住在這兒！他的姨父姨母沒有倒，還在北京掌大權，他拿過愛武手裡的行李，馬上就要回北京，但是他和幾個知青從縣城來興鎮，一百多里凹凸不平的泥土公路不見一輛車，運送他們的專車已經走了，他帶著大包小包怎麼走到縣城去趕車？他在北京，不知鄉下，歡天喜地來農村，方才看到這現實！他無法任性，猶豫一陣，將行李放到床上，拿出東西來安放。門口越來越擠，人們沒有見過牙膏牙刷等等稀奇玩意兒，男女老少有的指指戳戳，低聲說笑，有的推推搡搡，高聲吵罵，最後乾脆擠進屋去看，有的甚至帶著滿身蝨子跳蚤和臭氣坐到床上，跟他親熱套近乎。殺敵心裡惶恐驚訝很不滿：「這些人好怪啊！怎麼鑽進屋裡來？還要坐到我床上！」

他在北京，家裡幾個廚師永遠在廚房餐廳和他們的臥室活動，秘書司機和警衛們永遠在前院，沒有通知和許可，任何人不得進到中院後院和花園，只有護士保姆和園藝師們每天在規定的時間才能進入中院那道大門，在客廳、書房、臥室、花圃、菜地、水塘和亭榭工作，哪像這些鄉下人，人家的臥室就像自己的房子，可以隨便進出。誠然，他知道這間房子不是他的私產，但是他想中央在北戴河的避暑區同樣不是誰的私產，老百姓從來不能進入呢。他父母和別的高幹沒被打倒時，每年夏天帶著各家廚師保姆等等一干人員，大車小車去往北戴河避暑，北戴河遼闊海灘的山腳下，散落著許多佳木掩映的漂亮別墅，每家高幹各一座，每座旁邊配有司機廚師保姆等等人員的平房。避暑區分為國家級、省部級和廳局級三個區域——廳局級區域沒有別墅，只有公寓、食堂、商店、茶樓、花園、水池、亭榭等等，住著一些中層官員和少數名人——同級人家為鄰居，下級進入上級區，沒有批准不能進。他和別的高幹孩子們天天在海灘跑玩，遠處山上當地農民在種地，兩邊遙相觀望，老死不通往來，哪像現在，一大幫子陌生人隨便湧到他的居室，他很不習慣，很不適應。

殺敵正想著，身上突然奇癢，他真想脫了衣褲猛搔，但是屋裡這多人！他心情狂躁，差點怒喝：「出去！你們出去！」他來農村什麼都要從頭學，什麼都要依靠人，他必須跟農民搞好關係，只好把怒氣忍在心裡。愛武見他不高興，喝罵滿屋子民道：「龜兒些看啥看?!全部給老子滾出去！」人們全部滾出去，有的回家，有的藏在牆外偷看，殺敵迫不及待關起門，脫了衣褲猛搔癢，滿身都是紅疙瘩。跳蚤在床鋪和衣褲東跳西鑽，他從來沒有見過這種小蟲子，捉又捉不到，趕又趕不走，他萬分痛苦，流起淚來。

愛武回到家裡，叫老婆傾家所有，做了一頓好飯，請去殺敵吃了，下午給他稱來生產隊的糧食，又在各家拿來蔬菜、水桶、菜刀、鹽巴、柴草、火鉗、火柴等等，叫他晚上開鍋做飯。可是殺敵怎麼也不會燃柴火，餓了兩頓，這家那戶端來稀粥，拿來饃饃，這樣有一頓沒一頓過了幾天，愛武決定生產隊每天供應他一斤大米，叫我媽給他開特灶。

社員們起床出工，背著土糞爬高山。殺敵也在背糞，大家爭著跟他說話，有個青年問：「殺敵，你在北京吃的啥子飯？你們要吃蔬菜不？」愛武非常鄙視：「全清瘋子問話不長腦筋！蔬菜最沒營養，人家中央首長天天山珍海味吃不完，要吃你這下等人的蔬菜！」殺敵笑著說：「還是要吃點蔬菜呢。」全清瘋子常受愛武欺壓，現在聽得殺敵說話，對愛武更加不滿：「你說中央首長不吃蔬菜，怎麼還是要吃？老子一說話你就打頭子！」愛武仍然瞧不起，沒有理他，而問殺敵：「那麼你們吃的那些蔬菜跟我們的同不呢？」殺敵說：「有點不同，是特供的，不施化肥，不打農藥，有蟲用手捉。」一個小夥子興奮說：「嘿，我去給你們種菜！」另一個小夥子鄙視說：「要你！人家那些種菜的，肯定都端國家飯碗，水準比你高萬倍！你說是不是，殺敵？」殺敵笑著說：「農場有蘇聯的農業專家指導，工作人員都是部隊的轉業幹部，政治很可靠。」

我們在山頂倒了土糞，空著背筐下山來，更有閒情問殺敵。一個男人問：「殺敵，你們家裡那些工作人員的工資由國家給呢，還是你們家裡給？」殺敵說：「都是國家給。」另一個男人問：「你們家裡有多少工作人員？」殺敵說：「不算秘書和警衛，一共十幾個。」我哥羨慕說：「你們大官才安逸！」高跟黨說：「當然嘛！人家為我們老百姓打江山，殺死那麼多敵人，當然該享受嘛。依我說，工作人員還少了！」接著大家又問北京的房屋街道等等。一個青年問：「殺敵，北京是哪個朝代開始建都的？」殺敵說：「北京從唐朝就開始建都了。」我發現殺敵說錯了，連忙說：「唐朝都城在長安！北京最早是春秋戰國時期燕國都城的所在地，到元朝才開始成為全國都城……」我不是高幹子弟，不是城市知青，莊家灣的人們看著我長大，我有幾斤幾兩，他們全清楚，因此不等我說完，一齊反對。一個小夥子說：「殺敵說得對，唐朝都城在北京！」另一個小夥子說：「你莊愛書算個屌，哪有殺敵懂得多！」殺敵很臉紅，對我頓時反感：「你說燕國都城在北京，依據是什麼?!」我說：「依據是黃金臺！燕昭王廣招賢士，修築幾十畝大小的黃金臺禮拜郭隗，河北定興縣至今有遺跡……」大家見我把貴人說得啞口無言，認為太不像話，都很憤怒。一個男人說：「你連北京都沒去過，你懂！」另一個男人說：「人家殺敵從小在北京長大，還不如你啦！」高跟黨非常鄙視我：「莊愛書，把你整個人賣了，都買不到芝麻大一點金子，『修築幾十畝大小的黃金臺』！」我連忙說：「黃金臺其實是修建房屋的夯土臺，鮑照寫詩『豈伊白璧賜，將起黃金臺』，以後人們就把這夯土臺叫黃金臺……」愛武說：「不要又把你那雞娃子書擺出來，我們聽殺敵說，你閉嘴！」

每人背了一筐就收工吃早飯。愛武問：「龜子，你的豬圈滿沒有？」龜子說：「滿了。」愛武高聲安排說：「吃了早飯背龜子圈裡的糞，龜兒些不早點出工，又挨殺場，挨到太陽當頂才出來！今天把糞背完，明天要栽秧，分了栽……殺敵，你吃了早飯去分田，每人大小一樣多。」殺敵在北京停課鬧革命，又經歷家庭動盪，幾年不摸書本，早把小學的面積知識忘完了，現在只好慚愧說：「莊隊長，我不會算面積……」我渴望人們承認誇獎我，越是不被承認誇獎，就越是想出風頭，連忙說：「我會算！」愛武鄙視說：「把你說得多能幹！連殺敵都不會算，你會算！」接著又對殺敵說：「那麼我又給你安排個輕巧活，上午拿紙筆記筐數，免得龜兒些背一陣溜回家去屙假屎假尿。」殺敵高興說：「謝謝莊隊長！」

莊愛書自注：

1 ri，肏的意思。以下各處皆同。

2 鐵坨，鐵疙瘩，跟南斯拉夫總統鐵托（Josip Broz Tito）諧音。二十世紀六、七十年代，中國大小報刊、廣播電臺和各級會議天天口誅筆伐美帝、蘇修和南斯拉夫鐵托集團，號召人民團結亞洲、非洲和拉丁美洲的人民，共同打倒帝、修、反。

3 改革前，國家的農村經濟工作強調農、林、牧、副、漁一齊發展。

愛讀死書，落伍者受訓；好吃熟飯，掌權人開恩。02

早飯後，大家都去龜子的豬圈背土糞。殺敵坐在路邊那棵歪脖子樹下，把每個人的姓名排在本子上，看見誰背土糞上山去，就在他的姓名後面記一筆。

生產隊收買各家土糞，不管肥得發黑還是生土，都給兩分錢一背筐，農戶們每天收工後，從山上背回一筐筐夾著點兒樹葉草根的生土倒在豬圈裡增多筐數，儘管豬圈還很乾。龜子吃早飯時，把囤在空房裡預備雨天用的乾土背到圈裡，又在缸裡舀了幾桶白水潑上冒充豬尿。

豬圈裡，跟黨媽和龜子的女人在挖糞，會計在提糞。會計提起滿滿一撮箕稀泥喊進來，門口幾人磨磨蹭蹭不進去，高跟黨連忙上前背糞，泥水浸在他背上，滴在他腿上，大家有的誇他思想好，有的誇他力氣大，有的誇他骨棒粗，有的誇他腦子靈。愛武說：「生產隊這批十幾歲的娃兒，最數跟黨不錯。跟黨如果在部隊，肯定要當團長！」龜子的女人說：「跟黨生個官樣範兒。」一個男人說：「跟黨，二天找你舅舅把你弄到縣上去。」龜子說：「那當然囉，他舅舅是組織部長，隨便都能弄他去！」

背了一陣，大家都在歪脖子樹下坐著休息，都聽愛武誇他當兵時，駐地姑娘如何向解放軍叔叔奉獻愛情。他誇完，看著對面兩個討論針線活的待嫁姑娘：「像你媽這些屄，給我們駐地姑娘提鞋都夠不上。」高革命坐在他身旁，一面找著褲襠裡的蝨子一面說：「你才該帶一個回來呢。」愛武正要答話，看見他襠裡，笑著說：「狗ri的在長毛了。來，把褲子給他脫啦！」

高跟黨他們連忙響應號召，跟愛武一起笑笑鬧鬧把高革命按倒在地脫褲子，高革命極力掙扎不讓脫，桑枝皮結成的褲帶輕而易舉就斷了，高跟黨扒下褲子，把笑到口腔裡的鼻涕吐在叔叔那片棕黃的草叢上，抓把泥沙兩抹，忙將褲子扔到樹梢上。高革命起來光著屁股搶褲子，幾次快要爬上樹，都被侄兒拉下來。

已婚女人有的笑得屁滾尿流，不失時機看一眼，有的假裝賢妻良母，叫罵男人不是人。兩個討論針線活的待嫁姑娘不敢抬頭，苗條姑娘拉扯豐滿姑娘的衣角，示意她同去鄰家廁所，豐滿姑娘滿心激動，微笑著假裝不理會，繼續討論針線活，竟然有些言不達意了。

李殺敵剛下鄉時，很不習慣貧下中農的粗俗下流，很有一些猶豫和彷徨，但是毛主席說，知識份子的思想感情比農民身上的牛糞臭，殺敵認為自己在北京沾染了臭知識份子的思想感情，他要聽毛主席的話，拜貧下中農為師，虛心接受再教育，和貧下中農真正打成一片。現在他見愛武他們玩笑，連忙笑鬧，也去扒褲子，雖然有點兒忸怩，有點兒東施效顰，遠不如老師們地道，但是到底在蹣跚學步了。

我懷裡揣著《唐詩三百首》，現在很想閱讀，趁他們打玩，溜到僻靜處的稻草堆裡藏起來。四年前，我剛讀小學五年級，全國學校停課鬧革命，我和同學們瘋狂了一年，就回生產隊幹活掙工分。我姐和我姐夫定了童子親，我姐夫的初中高中課本出版於文化大革命前，我借來閱讀，對書裡那些千古名篇字字心領，句句神會，感到無比愉悅。我驚歎世間有如此美好的詩文，如此崇高的情懷，如此偉大的作家！我把屈原陶淵明和李白杜甫佩服得了不得，認為他們物質生命雖然結束，精神生命還活著，千百年來為世人欽佩，是世間最值得羡慕的人。我學習他們的高尚品質，決心不向權貴低頭，不與世俗合流，清高自好，我行我素。我認為做人不能名垂千古就沒意思，哪怕是享盡當世財富的億萬富翁，哪怕是享盡當世榮華的高官權貴。我常為自己不能名垂千古而憂愁，天天暮氣沉沉像個老少年。我讀完我姐夫的課本又到處借書看，但是國家把古今中外所有經典名著打成毒草不准讀，別人怕當反革命，有書不敢借給我。我認為古今中外經典名著是人類文化的精華，國家排斥文化精華，違反人類正道，歷史不可能永遠這樣下去。

我讀唐詩正入神，突然記起該背糞，戀戀不捨揣起書，就去樹下拿背筐。我多麼想讀大學啊！大學可以天天看書，不像在農村，每天把寶貴青春浪費在毫無創造、毫無價值的農活上；大學有許多書籍，即使圖書館不開放，我可以偷偷向老師私人借閱，不像在農村，書籍比沙漠裡的綠洲還少；大學有淵博的老師，不像在農村，每天和貧下中農在一起，找不到一個人討論文學。

我背著背筐來到龜子的豬圈外，磨磨蹭蹭不進去，想生產隊平地缺肥，莊稼像禿子頭上的稀毛，卻把土糞背到山頂上，幹這蠢活全是白費勁，我沒點兒積極性。高跟黨看見我，不滿說：「莊愛書這陣才來，我們已經背了一筐上山啦！」我說：「你背一萬筐上山都等於零，沒有絲毫價值……」高跟黨說：「你反對『農業學大寨』！」

愛武料定我又在偷偷看書，他見我遲到，還要說七說八，渾身鑽出怒氣來：「又在看你那黃色小說！」他不知道黃色小說為何物，聽說國家禁止，估計是壞書，因此這樣呵斥我。他繼續糟蹋我：「經常做起你那爛斯文樣子！『臭狗屎做鞭——聞也聞不得，舞也舞不得』。你和跟黨同歲的，該給跟黨舔溝子！」高跟黨背著土糞正要走，笑著說：「莊愛書要舔不？來，我給你脫褲子！」但是他背著重重的土糞無法脫褲子，只好走了。

我幹活不行，嘴巴還硬，大家都不喜歡我，都跟愛武壓制我。龜子教訓我說：「在農村當農民，就要像農民，不要倒文不武的！」記分員說：「你看人家跟黨像你不啊？身上經常揣著一本書！」保管員是個老黨員，大煉鋼鐵那年，他積極回應黨的偉大號召，把家裡鐵鍋、鐵勺、鐵鉗、鐵鎖全部丟進土高爐，老婆阻攔，他打斷老婆背脊，老婆至今癱在床上，現在他鄙視我不聽黨的話，黨叫不讀書，我偏要讀書，因此厭惡說：「就像十輩子沒有讀過書一樣！」跟黨媽見兒子受大家誇獎，心裡自然高興，自豪說：「我那跟黨就不讀書呢。高支書說，大隊要培養跟黨入黨！」會計提起土糞倒在記分員的背筐裡，記分員走了，會計丟下撮箕說：「我最佩服我那大舅子。人家是教高中的公辦教師，還不是你那讀了幾天小學的人，他回生產隊挑大糞抬石頭跟農民一樣，點都看不出是教師。他在田裡插秧，褲子捲到大腿根，聽到上課鈴一響，連忙爬上田埂回學校，大腿上的泥巴都不洗，就站在臺上講課。」

我少背一筐糞，不敢再磨蹭，一面鼓足勇氣上前去，一面反駁大家說：「如果人類都不讀書，別說太空船，連汽車都沒有，吃鹽還得到好幾百里外去背挑，別說偉大思想，連起碼的人倫禮制都沒有，所有人都像禽獸一樣野蠻愚昧……」大家一齊憤怒了，又七嘴八舌譴責我，我正在繼續反擊，會計提起土糞重重砸進我的背筐：「把你那書給我擱倒！」我被砸仰在圈裡，龜子哀我不幸，怨我不爭，鄙視地點醒我說：「當農民，不要經常書啊書的，農村靠氣力吃飯，你那死書不吃香！」

我爹在隊裡蠶房養蠶，打死一隻吃蠶的老鼠拿回家，路過龜子圈房外，聽得愛武他們糟蹋我，心裡很疼痛：「二娃只是愛讀書，其他啥都不行。農村粗活重活不饒人，他才那點歲數，身體怎麼吃得消！」興鎮完小在辦戴帽初中班，他想讓我去上學，再長兩年才幹活，但是政策規定，貧下中農子女無條件上學，上中農子女經隊長批准才能上學，地主富農子女根本沒有資格上學，我家是上中農，我上學必須由愛武批准。我爹知道愛武好吃那口熟飯，打算做頓好飯請他吃，求他批准我上學。我家修房要存糧，生產隊交了公糧，留足種子，剩下糧食分到戶，每人每年幾十斤，我爹我媽害怕管不住全家人的嘴巴，每次分回糧食來，連忙借給那些修房子或者送月米[1]的人家，今後我家修房別人又還來。家裡什麼吃的也沒有，我爹打算把老鼠扒皮去腸，叫我媽加些蘿蔔乾燉出來，中午請來愛武喝酒吃菜。

中午收工後，愛武從莊家山下來，一路餓著肚子想美食：「這會兒有碗肉吃多好啊……別說肉，就是一碗麵條也很享受……別說麵條，就是一碗紅苕南瓜也不錯……」他看路邊石坡，突然來了靈感：「如果在這坡上壘土種南瓜，打好底肥，灌足糞水，瓜藤爬滿石坡，南瓜又多又大，就能大碗小碗美美享受了……」生產隊好田好地不能分到各戶耕種，他打算把坡頭路邊分給每戶人家種點南瓜紅苕，讓大家少餓肚子，但是他記起公社說過，這叫走資本主義道路，黨要嚴厲打擊。

他從小挨饑受凍，遭人輕視，建國後當了兒童團長，現在又當生產隊長，隊裡男女老少百多人，誰人敢不巴結他……吃水不忘開井人，黨和毛主席讓他翻身做主人，他雖然仍舊餓肚子，但是地位高了，他決心聽黨和毛主席的話，餓死也不走資本主義道路，這樣才對得起黨和毛主席的深恩！

他聽說美國人民正在水深火熱裡受苦受難，窮得兩人共穿一條褲，有的穿左腿，有的穿右腿，走路一個朝東，一個朝西，一跤跌倒，磕掉門牙，他邊走邊想笑起來：「哈哈，幸好我沒生在美國！」他聽說中國要打倒美國，把美國人民從水深火熱裡解放出來，他想：「我們中國老百姓好幸福啊！我一定要好好當隊長，完成國家公糧任務，讓解放軍把飯吃飽，才能打倒美帝國……狗ri美國最壞，是全世界的公敵，扔顆原子彈把它龜兒炸啦……」

他老婆的燈芯絨褲子褲襠很大，兩隻褲管早磨破，膝蓋大腿露在外，他剪去爛洞當短褲，入夏以來天天穿著，像現代時髦女子的超短裙。他收工回家，脫下衣服搭在飯桌橫檔上，光著上身到石旁，跨開馬步磨斧子，「裙」內東西很自由，甩來甩去打大腿，合著磨斧的運動，「巴達，巴達」打拍節。

我爹逼我去請他，我的目光碰到那，我心裡作嘔，連忙扭頭，磨蹭一陣，艱難說道：「愛武哥，請你去我們家耍會兒。」愛武知道「耍會兒」是我謙虛的說法，其實有碗好飯等著他，就高興地丟下活兒，拿了衣裳搭在肩上和我同行了。

我家飯桌放著三雙筷子，三個酒杯，中央一小碗蘿蔔乾燉老鼠肉，我爹和殺敵坐在桌旁，等著愛武。我完成任務就到隔壁看書，躲開看吃的尷尬，愛武笑著說：「明理爹，這怎麼好意思啊，又要道謝你！」我爹連忙請坐，去拿櫃裡半瓶劣質酒。愛武坐了，一面跟殺敵說話，一面拉下肩上的衣裳搭在飯桌橫檔上，就拿筷子要夾肉，記起主人沒請，連忙放下筷子，移動酒杯，掩蓋尷尬。我家牆壁縫隙很大，儘管我靜心看書，隔壁情景總要漏過來，進入我的耳眼。

我爹斟酒後，請二人喝了，才請吃菜。愛武夾了一塊最大的老鼠肉連骨嚼了吞進無底洞，正要夾第二下，見主人放下筷子聊天，只好也放下筷子聊天。愛武問：「殺敵，你看到過毛主席沒呀？」殺敵說：「沒有，毛主席不是隨便能見的。」我爹說：「那當然囉！毛主席等於是過去的皇帝，你隨隨便便能見到？」

正說著，我哥來桌旁坐下，一邊盯著碗裡的老鼠肉，一邊咽著口水搭話：「聽說聾子待詔給大狗禿子剃了腦殼，又去給皇帝剃，把皇帝惹禿啦？」我爹很想叫我哥拿筷子來吃一點，可是老鼠不大，他頗犯難。愛武見利益受威脅，頓時深惡我哥：「你說這話，該馬上抓起來打死！現在的皇帝是哪個？是毛主席。毛主席害禿子，你侮辱偉大領袖毛主席！」他上綱上線分析，差點要把我哥扭送到公安局，但是記起我爹的人情，語氣才又軟下來：「你這話呢，幸好在這兒說……我和殺敵倒是不會把你這話說出去啊，換了其他人，馬上報告公安局，把屎尿都給你打出來！」我爹連忙責罵我哥說話不動腦筋，聾子待詔給我們剃腦殼，我們都嫌他髒，怎麼可能給皇帝剃腦殼。責罵完了，他拿起筷子：「請，二位請！」於是愛武和殺敵拿起筷子夾第二下。

灶房裡，我嫂坐在灶前燒鍋，我媽站在灶後化著鍋裡比蝸牛肉還小的一塊臘豬油。去年，我媽把半斤豬油切成一個個大小相等的小塊，家人嘴舌生瘡，說話困難，大便乾燥，屙得流血，她都捨不得拿一塊來滋潤，而要留著待客人。她化了豬油，加水加菜下麵條，她抽出拇指粗細一股兒下在鍋裡，用筷子撈了撈，覺得太少，不好意思，忍痛又抽小指粗細一股兒下在鍋裡，用筷子撈了撈，又抽出兩根下了，又抽出一根下了，又抽出半根下了，這才收起剩下的麵條，留著以後待客人。

三人吃完老鼠肉，我媽端出兩碗麵條放在愛武和殺敵面前，她慚愧湯多麵條少：「愛武，殺敵，把你們請來，沒有啥，喝口湯。」殺敵見我爹和我哥面前沒有麵條，很有一些不好意思，說：「你們呢？」我媽說：「我們馬上做午飯。」就進灶房做全家人的清水煮老牛耳菜和殺敵個人的大米稀飯去了。我哥又咽口水，找些閒話占嘴巴，我爹點燃桑心[2]燒旱煙，說：「吃，你們快吃。」口水流進煙管，和著煙灰，生成黑黑的「煙油」。

二人拿起筷子吃麵條。愛武狼吞虎嚥，滿頭大汗，吃完麵條就用飯桌橫檔上的衣裳擦汗水。我爹喊我：「二娃，過來給你愛武哥打扇嘛！」說著把煙管和桑心遞給愛武。我不想打扇，卻怕我爹，只得磨磨蹭蹭去桌旁。我爹恨鐵不成鋼：「天天一回來就看書！」我拿了扇子，站在愛武側面沉重打著，我爹喝道：「站到背後去打嘛！」我就站到愛武背後打。我爹對愛武說：「我生兩個兒子，這老二最不成器，光看書！管㞗他，幫我照顧一下，下半年讓他到學校混幾天！」

愛武建國初期在識字班總把「一年四季，春夏秋冬，春去夏來，夏去秋來……」讀成「一年四季，秋夏春冬，秋去夏來，夏去春來……」挨了老師許多竹板，因此他一生最恨的事是讀書，最恨的人是讀書人。多年來他始終不懂：「書又不能吃，書又不能穿，讀書有啥用？書讀多了，反而成書呆子！但是學校天天讀書呢……那麼多老師學生吃閒飯，用來幹活多好啊！」他正困惑，全國開始停課鬧革命，不久毛主席又號召知識青年上山下鄉，拜貧下中農為師，虛心接受再教育，他恍然大悟：「讀書果然沒用！」他跟人類空前絕後的偉大領袖、全世界人民共同的導師、我們心中最紅最紅的紅太陽毛主席心神相通，不謀而合，見識一樣！他自信起來了，更加堅信讀書無用，馬上叫他在大隊小學讀書的孩子停學回來幹活。他驕傲起來了，他是知識青年的老師，他喜歡誰就喜歡誰，他不喜歡誰就不喜歡誰。他見我愛看書，跟他莊愛武的品質完全不同，他點兒也看不順眼。一天我路過他門前，他無緣無故怒喝道：「連城市知青讀了書都要上山下鄉，你讀書幹啥?!」

現在他聽我爹求他，說：「你們總把讀書說得多重要，你看我那十幾個娃兒一個都不讀書，今後還是要吃飯。」這時我媽去房後拿柴路過飯桌旁，委婉說：「還是要讀點書，像我們連錢上的字都認不得，就看上面的畫老爺兒。」我爹說：「管他的，我們都是同一個老根頭，看在老祖宗的情上，讓他到學校混幾天。」

愛武嘴上沒表態，心裡答應了，他對我的恩情多大啊，一把奪過我手裡的扇子：「拿來！我自己扇！連打扇我都瞧不起，懶扇懶扇的。」我不打扇了，正要去隔壁，我爹見愛武搭在桌檔上的衣裳汗臭沖天，他慪我腦瓜不靈，生氣說：「把你愛武哥的衣裳拿到河邊去洗了嘛！像桐油燈盞一樣，撥一下才亮一下……」我便拿了愛武的衣服去河邊。

莊愛書自注：

1 女兒生孩坐月，娘家送去幾擔幾筐米、麵、油、肉等等，人們叫做「送月米」。

2 桑心，桑樹杆中心的朽木，農民無錢買火柴與打火機，就點燃桑心燒旱煙。

03 場上賣饃遭驅趕，家裡偷麥受責罰。

我洗了衣裳拿回來，愛武起身接了說：「明理爹，肖大媽，道謝道謝，我走啦。」我媽端出大碗清水煮老牛耳菜放到我爹面前說：「愛武，再吃一碗我們的飯。」愛武說：「走啦走啦，道謝啦！」就真的走了。我媽又端出大米稀飯放到殺敵面前，殺敵每頓看著我家跟他飯不同，心裡過意不去，現在要跟我爹換，我爹堅決不同意，殺敵實在沒辦法，說：「我回保管室邊吃邊看毛主席著作。」就端著飯碗走了。

全家在桌上艱難吃飯，都默不做聲，愁眉苦臉，只有牆上慈祥的毛主席畫像在看著我們微笑。我頓頓吃厭牛耳菜，現在埋頭硬吃，餓得流淚，滿腔怨氣不知對誰發。我哥明知碗裡沒有菜，還用筷子在墨綠的湯裡不停打撈，他餓得冒火，像個一觸即發的炸藥桶。我爹娶了兩個妻，我的大媽已餓死，留下我哥我姐跟著我媽長大，去年冬天我哥我嫂結婚不久就想分家，可是我爹我媽不同意，要他們共同節約糧食修房子，小倆口天天砸瓢砸桶，罵雞罵豬，我爹我媽忍了許多氣。我哥常對鄰居訴不平：「哎，這就是我媽死得早啊！」鄰居挑撥說：「你媽不死呢，你也不會吃虧哇！修房子你們小倆口是兩個人挨餓，兩個人下力，愛書只是一個人，房子修成，兄弟平分，你們吃虧好大啊！」現在我哥越想越不通，一切怨氣衝我媽，突然砸下筷子說：「不吃他媽這牢飯！」筷子一根跳到地上，一根跳到我爹碗前。

我爹真想拿出家長威風，但是又怕家庭分裂，少了我哥我嫂這支重要力量，修房更加困難，他和我媽完不成他們的終生大業，他只好責罵我媽，讓我哥消氣：「你一輩子啥本事都沒有，只有死扣死畜！過去打仗，兵馬未動，糧草先行，你做這飯，人家吃了，怎能幹活？」我媽生氣說：「家裡樣樣都沒有，我拿啥做飯？把我這把乾骨頭拿去啃嘛！」我爹「啪」地拍筷在桌上：「高粱麵還有嘛！」他知道高粱麵不多，我媽捨不得，一直留著沒有吃，「管他多少，吃完再打主意嘛！」我媽不敢強嘴，只是流淚，我哥怒氣消了些，撿來筷子又在碗裡不停打撈。

桌上又歸沉寂。家裡鹽巴完了，煤油完了，全家衣裳褲子疤上重疤，我連換洗褲子也沒有，我爹拿起筷子一面吃飯一面想辦法。生產隊青壯漢子幹一天，只劃二角幾分錢，我們全家天天掙工分，除去分糧折錢，每年在生產隊只能分到幾十元——有的家庭人口多，勞力少，按人分回糧食去，掙的工分不夠折合糧食錢，每年倒給生產隊補錢一百多元——我家現在一分錢也沒有，我爹想來想去，只能變賣口糧。他要繼續安撫我哥，對我媽說：「明天興鎮逢場，晚上你拿兩斤高粱麵炕成十個饃，讓愛勞趕場賣饃，休息半天。」我哥占到便宜，頓時怒氣煙消雲散，心裡一片藍天，又說又笑，話比誰多。我爹怕他瞞錢，說：「每個賣五角，賣了稱鹽打油，回來算帳！」

第二天吃過早飯，我哥背著饃饃篩子和油瓶鹽袋去趕場。他一路想吃饃饃，走到無人處，放下背筐，拿出饃饃，摳下米粒大的一些邊角吃了，還想再摳，可是不敢，怕買家看見缺痕不買，他拿回家去我爹要大罵。他決心今天使出全部智慧，每個饃饃多賣一兩分，多賣的錢當然歸他所有。他瞞著家裡已經存了好幾元私房錢，他要存夠五十元，將來分家之後才使用。他要像興鎮街上那些傲氣十足、受人尊敬的單位人員那樣，洗衣用肥皂，洗臉用香皂，他還要買牙膏牙刷，買小鏡子、小梳子、指甲刀和挖耳勺，經常乾乾淨淨，漂漂亮亮，把分家後的小日子過得時髦舒適。

我哥來到場口上，只見豬市很熱鬧，買賣雙方爭價錢，還有豬兒在尖叫。街心滿是人頭動，有時擠落爛草帽，你來我往難行走，推推搡搡相爭吵。兩邊簷下擺地攤，全是農民自產銷：筲箕撮箕和背系，瓜秧豆秧與茄苗……我哥擠到石梯旁，饃饃擺在篩子上，正跟買家爭價錢，突然聽得槍聲響，房簷那株苦楝樹，碎枝破葉落頭上。我哥連忙四處瞅，只見有人被抓走，被抓漢子挨槍托，嚇得渾身在打抖。武裝部長拿話筒，對著人群高聲吼：「不走全部抓起來，快走快走快點走！」工商人員也發威，見啥東西都沒收，奪了這樣奪那樣，還把背筐要拿走。讀者您知為什麼？且聽作者講根由：資本主義最萬惡，自由貿易是源頭，崇原全縣禁集市，佈告貼出已很久，農民照舊來趕場，所以公社要趕走。我哥不敢再熬價，五角一個忙出手，抓過錢來就奔跑，很快來到場外頭。他的胸口咚咚跳，深怕鈔票被沒收，回頭不見人追來，這才開始慢慢走。我哥邊走邊感歎，拿出鈔票反覆看：「錢啊錢啊好可愛，你和我的命相連！這錢歸我多好啊，可惜要由老爹管……」我哥突然來靈感，一拍腦袋喜開顏：「何不撒謊哄家裡，饃饃被人沒收完？這樣五元全歸我，我又多了私房錢！」他的精神頓抖擻，揣起鈔票大步走，邊走邊唱《紅燈記》，嗓子讓人很難受：「臨行喝媽一碗酒，渾身是膽雄赳赳……」

我哥回到家裡，我爹問他：「賣完沒呀？」我哥說：「全部遭沒收了！」於是大講民兵抓人好可怕，工商人員好兇猛。我家養了三隻鴨，從來不餵一顆糧，鴨們每天一面在房前找口痰，在牆邊找蟲子，在鄰居菜地吃菜葉，一面「嘎嘎，嘎嘎，嘎嘎」不停叫餓，好幾天才下一個小蛋。我哥講完，去掃他那可愛的小臥室，見鴨柵欄裡有個蛋，瞅著我爹沒注意，連忙撿了鎖進他的小箱子。他跟別家男女一樣，從來沒有內褲穿，桑皮做的褲帶疙瘩連疙瘩，他經常提心吊膽，深怕褲帶突然斷了，褲子當眾掉到膝蓋下。他昨晚夢見自己在光天化日之下，睽睽眾目之前，全身赤裸，非常害羞，連忙跑進山洞躲藏，憂心忡忡不出來。他已偷了家裡二十幾個鴨蛋，他要湊夠三十個，偷偷賣了縫內褲，買褲帶。

我爹坐在桌旁燒旱煙，邊慪邊想煤油鹽巴衣褲錢。供銷社低價收購雞蛋鴨蛋供應縣級以上官員，我爹打算在供銷社賣了鴨蛋買回煤油鹽巴，至於一家人的衣裳褲子，拖到年底想辦法。早上他見鴨柵欄裡有個蛋，因為忙活沒有撿，現在燒完旱煙去撿蛋，鴨蛋不見了，欄裡只有鴨毛和鴨屎。他懷疑我哥偷了蛋，威逼我哥交出小箱鑰匙來，我哥磨蹭一陣，交了鑰匙，我爹打開小箱一看，裡面是半箱鴨蛋和我哥的幾樣私有物。我爹把他打跪下，教育了整整一個中午，沒收全部鴨蛋。下午，我爹叫我提上鴨蛋，到興鎮供銷社賣了，買回煤油鹽巴來。

傍晚，我從場上回來，月亮還沒升出莊家山頂，遠處的山體呀，村樹呀，竹林呀，白壁呀，染上一層薄薄的月光，莊家灣卻還沉在一窪暗色裡。我爹摸黑挑糞澆灌自家菜地，我媽和我嫂在灶房做晚飯，我哥躺在曬壩裡數著天空的星星，享受一日之內短暫的悠閒，心情頗為愉快。我放了煤油鹽巴，又進小屋點燃油燈看書，藏進書的樂園。我哥見我又用燈，愉快心情沒有了：「他一晚上比我多用五錢煤油，十晚上比我多用五兩煤油，百晚上比我多用五斤煤油……」

月亮又大又圓，在莊家山頂升起一大半，幾株瘦草掩在上面，把它分得七零八碎，輪廓是那樣地分明。鄰居男子端著麵條邊吃邊來曬壩月光裡，我哥停了算帳，連忙坐起來向嘴：「你龜兒才命好，吃你媽這麼大一碗麵條！我們哪天才像你這樣啊……」鄰居半年難得這樣享受一碗，見他羨慕，故意把麵條挑得高過額頭，然後放到嘴邊很響地喝進去，說：「是呢，我們兩口子分了家，兄弟姊妹和老人占不到我們一點便宜，我們每天晚上都要這樣吃一碗。」我哥深深歎氣說：「唉——，該你龜兒吃啊！你看啊，我們要修房子，還要供愛書讀初中……我才上四年學，就回來掙工分，愛書上了五年學，還要去讀書！」鄰居笑著說：「誰叫你媽死得早！沒娘兒子該吃虧呢。」我哥很想少吃虧，低聲問：「買麥子不？」鄰居看看四周，低聲說：「背來哇！」

吃過晚飯，我又看書，我哥在隔壁滅燈睡覺，見牆壁縫隙亮著光，知我又要通夜看書，心裡「四海翻騰雲水怒，五洲震盪風雷激」，他起床把燈點燃，我用油燈多久，他就要用多久，這樣他才不吃虧。他一手掌燈一手掃地，把臥室光光的泥土地板掃了一遍又一遍，就在床邊靜坐。我嫂溫情說：「來睡吧。」我哥吼道：「睡尿你的嘛！」

我哥坐一陣無聊，就讀縣委宣傳部翻印的《鬥私批修》小冊子，可是讀了半天什麼也讀不懂。他丟下《鬥私批修》，掌著油燈欣賞牆上的圖畫。這些圖畫有的是他從別人畫冊上偷偷撕下來的樣板戲劇照，有的是他在供銷社幾分錢一張買來的毛主席畫像，有的是他從場上垃圾堆裡撿來的娃娃騎鯉魚或者壽星拿蟠桃的年畫，大大小小，花花綠綠，一張挨一張貼著。他想：「牆角那兒沒貼滿，哪天再找一張來。」看完圖畫，他把油燈放在床頭條桌上，又在床邊靜坐。我媽幹完家務去睡覺，見他亮著油燈，非常痛惜說：「愛勞呀，你不做啥麼，把燈滅了嘛，洋油貴啊！」我哥桌上一拳：「老子高興用燈呢?!沒娘兒子該吃虧?!」

第二天晚上，生產隊在曬壩分小麥，各家來人帶著背筐，圍著麥堆等候。我哥分了麥子偷偷背到鄰居家，放下背筐慌忙說：「多少錢一斤？」鄰居男子分回小麥正跟老婆吃飯，見他慌張，兩口子不說話。我哥說：「比市價低一角，二元五一斤！」鄰居兩口子不說話。我哥說：「再給你龜兒少一角，二元四一斤，要不要？」鄰居兩口子不說話。我哥說：「再給你龜兒少一角，二元三一斤，要不要？」鄰居兩口子不說話。我哥說：「再給你龜兒少一角，二元二一斤，要不要？」鄰居老婆說：「你背走，我們不要！」我哥急了：「一元！一元錢一斤都不要？你龜兒心腸好歹毒！」

鄰居男子慢慢說：「本來不想要的，你又死纏。」才不慌不忙拿秤，不慌不忙稱了麥子，說：「錢這會兒沒有，二天給！」

我哥背著空背簍回到家裡，我媽問：「愛勞，你分的麥子呢？」我哥說：「裝在缸裡了。」我媽去看缸裡，一顆也沒有，忙去告訴我爹。我爹叫來我哥審問，我哥說：「生產隊沒有給我們分麥子……」我爹連忙去問會計，會計拿出帳本，說我哥分走麥子，曬壩裡許多人可以作證。我爹雷霆震怒，回家把我哥打跪倒，我哥如實招供。我爹怒氣衝天，跑到鄰居家裡問罪，鄰居連忙拿出麥子如數歸還，說：「我本來不買的，他再三糾纏！」我爹背著麥子氣憤回家，見我哥跪了一陣自己起來，喝道：「哪個叫你起來的?!跪到天亮！」我哥戰戰兢兢，只得又跪。

04 放胡言招惹大禍，試拙筆發表小說。

興鎮完小學生每天在生產隊幹一大早晨農活，吃過早飯太陽已經竹竿高，才帶上一頓午飯糧，從各條土路去學校，下午老早又回家。

我和高跟黨都在戴帽初中班讀書。這天我們同路去上學，他抱著一個大飯盆，一路用小刀挖空紅苕，塞進鴨蛋，蒸飯時口子朝下放，同學見是紅苕，才不偷去。他一邊在紅苕上挖洞，一邊和同學們誇說自己拿糧多，接著又爭論八哥怎樣餵養，鴿子如何放飛，公牛鞭子有多長，母豬奶子是幾對。

我怕家裡斷炊，每天只拿一把紅苕乾和一把蘿蔔乾。我端著蒸飯碗，邊走邊想昨晚看的歷史書，突然有了新發現，就對大家顯示說：「問你們，用一分為二的觀點來看，鴉片戰爭也有好的一面！帝國主義用槍炮打開中國閉關自守的大門，雖然加重了中國人民的災難，但是客觀上帶來了西方文明，催生了中國的現代化，否則我們還是封建社會，仍然有皇帝，仍然無汽車……」

我正說著，前面的高大個子同學扭過頭來威嚴地喝問道：「你說什麼?!」樹祥禿子笑著說：「照你這樣說來，我們還該感謝帝國主義呢。」第三個同學高聲說：「莊愛書說反動話，向老師告！」高跟黨因為舅舅是組織部長，在同學中地位很高，連老師們也經常誇他聰明能幹，現在他聽我說話，覺得似乎有道理，但是又想：「全世界只有毛主席才能思考世界大事，莊愛書天天跟我們混在一起，腦子沒我靈，堆頭沒我大，如果稱斤兩，肯定沒我重，如果量骨棒，肯定沒我長，連我都不能思考世界大事呢，他能思考世界大事？他能思考世界大事，我能思考宇宙大事。算啦，簡直在鬧天大笑話啊！」因此笑著說：「咦，莊二娃不錯呢，在考慮世界大事啦！」樹祥禿子笑著說：「我們選他當地球王。」另一個同學推一把我的腦袋：「你腦殼天天想些尿沒名堂！」

興鎮完小在場北一裡的梁氏宗祠，校門前面那株千年古榕假根林立，枝葉繁茂，蔭蔽老遠。高跟黨他們把飯盆飯碗加水擱在蒸飯房，就到處追打跑玩，我擱了飯碗，走進教室拿出語文課本來翻看。語文課本根據毛主席「課程要精簡」的偉大指示只有筷子厚，幾篇報刊上的標語口號式文章，一篇「崇原縣毛澤東思想紅衛兵打狗戰鬥隊」辱罵「崇原縣毛澤東主義紅衛兵被狗打戰鬥隊」的派性文章，再加一篇節選的魯迅雜文，毫無體系地湊在一起，我已看過好幾遍，除了魯迅雜文，沒有點兒收穫。我丟開自己的語文課本，拿出我姐夫的課本來欣賞《歸去來兮辭》，心情無比愉悅。我非常敬佩陶淵明，如果詩人還健在，我一定要去給他種地，給他劈柴，給他挑水。

我正欣賞陶淵明，忽然聽得口哨聲，值周老師吆喝挑糞到農場。全國學校大辦高山農場，興鎮完小故意把場址選在十幾里外的高山頂上，用艱苦體力勞動來改造師生頭腦中的非無產階級思想，跟工農兵拉近距離，以防沾染知識份子味道。我的憂心比山重，害怕把糞挑不攏，老師鄙視同學笑，我成全校最差生。我遲遲沒有放下書，這時班主任梁抬石來到教室，從背後抓了書去說：「你莊愛書，又在偷看封資修毒草，沒收啦！」就去交給皮校長。他教數學，我很懷疑，經常找些難題當眾請教難倒他，所以他不喜歡我。

師生們挑著滿滿的大糞走在山路上，挑糞隊伍足有幾里長，有時翻山越嶺，猶如蛟龍逶迤，有時穿溝過橋，好比螞蟻搬家。高跟黨他們力氣大的同學和老師們跑到前頭去了，我和幾個力氣小的遠遠掉在後面，我感到同類很親熱，深怕獨自一人掉隊，成為全校最沒臉面的人，我想：「幸好有他們！」我餓著肚子挑不動，走不幾步就息氣，多麼希望幾個掉隊同學和我力氣一樣小，不要丟下我跑到前頭去啊，可是他們也比我的力氣大，到底和我拉開距離，把我丟在最後頭。我非常憂愁，非常著急，使出全部力氣拚命追趕，無奈兩腿發軟，肩膀巨痛，再跑就要倒下去，只得放下糞桶又息氣。後來我見路邊有大糞，知道有人倒了大糞挑空桶，我也倒了大糞挑空桶，一面擔憂要倒楣。來到農場高山腳下，我見前面同學在田裡裝水挑上山，我也裝了半挑渾水挑上山。山路越來越陡，越來越窄，路上又有前面師生浪的糞水，非常打滑，我跌跌撞撞，浪浪簸簸，幾次差點摔下岩。

老師和同學們挑糞上山澆灌了，都坐在地邊休息，見我最後一個上山來，大家評頭品腳，說說笑笑，沒有一個瞧得起。我自卑慚愧，深怕老師同學發現我的貓膩，精神壓力無比大。我不敢挑攏去，就放下糞桶，假裝息氣，憂慮事情怎麼辦。高跟黨笑著說：「莊愛書肯定有鬼！」連忙起身跑來，提起糞桶高高倒水，「大家看……大家看……這是他挑的糞！」說著把糞桶給我扔得老遠。

師生們從農場回校已是下午，老師都去教工食堂吃午飯，學生一齊湧進蒸飯房，連屋角門後也擠滿了，大家你推我擠，寸步難行，根本無法尋找自己的蒸飯。高跟黨第一個衝進去，在石臺旁邊找著自己的大飯盆，順手拈了別人碗裡一團豬油渣丟進嘴。嘴裡油渣一下就沒了，他滿口白牙很整齊，裂開嘴唇笑著想：「我好聰明啊！」他很欣賞自己的生存能力，又拈一團油渣丟進嘴，笑著把身邊同學往外推：「不要擠！不要擠！不要擠……」門口幾個大男生與他遙相呼應，笑著鬧著把中間的同學往裡推，一齊邊推邊喊號：「加油！加油！加油……」同學們倒下又起來，起來又倒下，活像地裡麥子遭風吹。有個小男生頭頂飯盒往外擠，飯盒掉在地上，被人踏扁，紅苕米飯擠出來，很快變成粘泥漿。門外一群女生嘰嘰喳喳不敢進，我站在她們旁邊，一面慚愧勞動偷懶，沒有臉面，一面憤恨高跟黨興風作浪，製造混亂。我想：「人人守秩序，個個當好人，這樣世界多好啊，但是偏偏有他媽些壞人！」

吃完午飯，師生在大堂開會，學生站成方隊，老師守在周圍，聽著皮校長講話。皮校長站在毛主席畫像下面的臺子上高聲總結今天的勞動，他表揚了高跟黨他們幾個學生挑糞積極，然後聲色俱厲說：「但是莊愛書，勞動偷奸耍滑，倒了大糞挑空桶！」同學們都扭頭笑看我，我滿臉通紅，腦袋藏到人縫裡，高跟黨站在我近旁，笑著一把將我拉出來：「嘿，看他還曉得害羞啊！」

皮校長繼續講：「他勞動不積極，偷看封資修毒草很積極！」說著高高舉起我的書，「大家看，這是梁老師從他手裡沒收的……」同學們交頭接耳，議論紛紛，非常詫異莊愛書好壞好膽大，竟敢偷看封資修毒草！

皮校長繼續講：「他甚至膽大包天，敢在同學中散布反動言論，說如果沒有帝國主義發動鴉片戰爭，中國還是封建社會，仍然有皇帝，仍然沒汽車！」同學們朗聲大笑，雖然他們並不知道自己在笑什麼。

皮校長繼續講：「莊愛書如果不懸崖勒馬，如果不加強思想改造，遲早要進監獄，遲早要成為無產階級專政對象！」坐監最可恥，犯人最下賤，同學們又都轉頭看我，我更加害怕，更加羞愧難當，只恨上天無路，入地無門。

皮校長高聲問：「大家說，莊愛書該不該改造思想?!」同學們聲震九霄，一齊回答：「該！」皮校長又高聲問：「該不該把他抓上臺來批鬥?!」同學們聲震九霄，一齊回答：「該！」皮校長又高聲問：「該不該叫他給毛主席請罪?!」同學們聲震九霄，一齊回答：「該！」

皮校長高聲說：「把莊愛書抓上來！」於是高跟黨他們幾個學生連忙把我推到臺上，喝令我給毛主席跪下請罪，我堅決不跪，梁抬石說我桀驁不馴，按住我的肩膀一個掃腿打跪下，又揪住我的頭髮往下按……

集合完了就放學，學生分路回家去，許多同學笑看我，都說我要當犯人。犯人多麼可恥啊，我怕見到任何人，真想變成土行生，鑽到地下往家逃。我見後面來一群，個個強悍又兇猛，獅子老虎和惡狼，還有熊羆與豪豬。我像一隻醜小鴨，深怕同學欺侮我，擔心他們找茬子，就走岔路繞回家。雄壯獅王見我躲：「我們也走那條路！」幾個怪獸齊回應，跟著獅王追趕我。我的胸口咚咚跳，嚇得拚命跑起來，眼看就要追上了，只好站著準備挨。幾個猛獸圍攏來，你拳我腳齊打我，我很憤怒又害怕，不敢還手只敢叫。雄壯獅王笑著道：「我們沒有打好人。」一隻豺狗對我說：「明天你向學校告！」

我一下變得孤僻了，多想獨自一人躲到方圓幾百里沒有人煙只有林莽的深山裡生活啊，甚至飛到幾十萬光年的星球去，永遠不回地球來。我在學校不與老師同學說話，常去後牆與山岩之間的窄縫裡躲藏，因為那兒才沒人。我在家裡一有空閒就去龍洞河逗留，龍洞河周圍幾里無人家，有時幾天不見一個人，我只要去到那兒，心情馬上感到輕鬆，精神頓時得到安慰，我親近河邊冷寞的小草，觀賞岩下孤寂的野花，久久不想回家去。

我每天上學如上刑場，磨磨蹭蹭，總要爹媽催促才上路。我躲開高跟黨，走到半路看看前後無人，連忙走上岔路，去往河邊，鑽進巴茅叢裡藏著看書。中午，我餓得腦子發昏，很想回家吃飯，但是我提前回家，人們知我翹課，更要輕視。我拈了飯盒裡的生紅苕乾邊嚼邊看書，一直挨到放學時間，才從巴茅叢裡鑽出來。

不久我輟學了。我白天幹活，晚上看書，有時看到天快亮，方才和衣睡會兒。我不敢深睡，邊睡邊等愛武催工的叫罵聲，深怕睡著沒聽見，出工遲了又受氣。我饑不擇食，見書就看，連那些空洞無物的政治口號書，我也讀得倒背如流。我千方百計，到處借書，每次都是空手回。我空閒時間無書看，就釣魚編筐撿蟬蛻，賣了錢來買煤油，浪費多少讀書的黃金時光。

我讀到一本省作協的文學刊物，見上面那些虛情假意的玩意兒我也能寫，就開始了文學創作。我寫了一篇名為《春耕》的短篇小說寄到那省刊，不料初試筆墨就發了。人們到處在驚訝，到處在讚譽，連百多里外也有人講說興鎮公社一個十幾歲的娃兒在省刊發表了作品，崇原文化館馬上吸收我為業餘文藝創作骨幹，通知我進城參加文藝座談會。

這天公社又召開大隊小隊幹部會議。散會後，幹部們喜氣洋洋，說說笑笑，從公社大門體面出來，在街上東看西看，到處閒逛。興鎮只有一條街，幾十年來沒變化，幹部們對街上一切早就瞭若指掌，實在沒有好看的，就去圍觀供銷社獨家經營的飯店裡半籠素菜包子。大家圍著包子乾看一陣，餓著肚子要回家，這時公社電話員叫住愛武，要他通知我到文化館開會。愛武一面答應，一面在心裡納悶：「連李殺敵和高跟黨那麼能幹，都沒去縣上開會，他去縣上開會？是不是縣上搞錯囉？」他向來任人唯賢，他要培養他手下的能幹青年，他想：「管他媽的，我有權，我回去叫李殺敵開會！」

愛武回到莊家灣，端著老婆留的大碗稀飯，邊吃邊去保管室找李殺敵，叫他明天到縣文化館開會。李殺敵父母給毛主席寫信表達忠心，敘說苦情，現在已經回到北京工作了，他們見清華大學招收工農兵學員，叫秘書要了一個名額分到崇原縣，指名道姓給殺敵，縣委便推薦殺敵讀清華。現在殺敵忙著辦手續，況且他「曾經滄海難為水，除卻巫山不是雲」，哪裡瞧得起參加縣文化館會議，便笑著婉言謝絕莊隊長的好意。

晚上，愛武又去叫高跟黨開會，高跟黨非常高興，第二天一早起床到五溝，趕車進城去報到。文化館幹部不知他是組織部長的外甥，聽他報了住地和姓名，拿出開會名單反覆看了說：「我們通知的是莊愛書啊，怎麼你來啦？」高跟黨一下臉紅，連忙走了。

05 嚴醒夢情深邀朋友，李殺敵義重別鄉親。

李殺敵一面辦手續，一面猶豫：他在莊家灣受到種種優待，深感底層百姓多麼美好，雖然他們粗俗下流，缺少教養，但是對人率真、熱情、淳樸和友好，不像高層社會，在文明、禮貌和友好的體面外衣裡，藏著多少險惡鬥爭、陰謀虐殺、冷酷無情和骯髒醜惡。他真想永遠留在莊家灣，卻又懷念父母、兄弟和姊妹，懷念北京豐盛的特供美食，以及國家公派人員們細緻入微、很有水準的伺候，還有他的不可估量的遠大前程，也在強烈吸引他回到父母身邊去。幾歲時，他父親經常帶著他去周總理家裡，周總理把他放在大腿上一邊逗玩，一邊跟他父親討論國事，醞釀風雲。有一次，周總理問他長大幹什麼，他說長大要當周總理，逗得所有人大笑。他家的親戚朋友以及他父母的同事部下遍佈全國，佔據各級重要職位，掌握各種重要權力，他父母恢復工作後，從前那些祕密往來的更加親密，從前那些避之唯恐不及的，想盡千方百計上門來，這些人都是他今後仕途上寶貴的人脈資源，他不能犯傻。

李殺敵終於決定回北京。這天他辦完手續從公社回來，正在我家吃午飯，我姐夫穿著一身補丁衣褲來了。我姐夫叫嚴醒夢，幼時生得幾分傻相，厚嘴唇上經常伏著兩條灰白的「老木蟲」，每遇大人喝斥，就伸出舌頭從左到右一掃，兩條肥胖的「蟲子」不見了，因此人們叫他嚴傻兒。傻兒點也不傻，現實頭腦比我清醒，此刻他怕外家想他來蹭飯，站在門口不吱聲，等著全家請他坐。他是女婿，應該高貴，如果外家對他不敬重，他就要虐待我姐，我姐樣子難看，又是文盲，配他傻兒該補錢。

我爹坐在上席看見他，連忙請坐，我們也都一齊請坐，他才換了笑臉，連忙進門跟殺敵熱烈握手，激情說話。我爹知道家裡只有半把待客麵條，但是女婿是貴客，來了必須做客飯，便忍住痛惜說：「給嚴相公做飯嘛！」我媽更加痛麵條，但是我姐不是她親生，她怕遭到後娘名，再痛也要做客飯，幾分生氣說：「我不曉得，要你教！」連忙停下吃飯，端著飯碗進灶房，叫我嫂說：「樹花，來燒鍋。」

我姐夫問殺敵：「好久啟程？」殺敵說：「打算明天。」我姐夫說：「推遲一天，到我家去耍！我捉到一隻斑鳩，特地來請你……」李殺敵講說他的行程計畫，我姐夫說：「我倆這麼相好，無論如何，這個面子要給！這次分別，不知啥時才能相見……」殺敵說：「鄉下沒有照相館，不然留個影啊。」我姐夫連忙說：「到我家耍了回來，我送你進城，我倆在城裡照了相，我送你上車！」殺敵難卻盛情，只得答應了。

我姐夫在縣城高中未畢業，史無前例的文化大革命來了，他和同學們轟轟烈烈鬧革命，天天批鬥走資派，打死一個縣長、兩個校長和九個右派老師。不久，紅衛兵分成兩派，都說對方是劉少奇的走狗，都要誓死保衛毛主席，兩派各據山頭搞武鬥，「崇原縣毛澤東思想紅衛兵打狗戰鬥隊」用縣武裝部的步槍機槍手榴彈攻打「崇原縣毛澤東主義紅衛兵被狗打戰鬥隊」，「崇原縣毛澤東主義紅衛兵被狗打戰鬥隊」從軍分區調來迫擊炮還擊，武鬥高潮時，一天打死七百多人。我姐夫腦袋受傷，差點丟命，流著鮮血一面衝鋒一面喊：「生做毛主席的紅衛兵，死做毛主席的紅衛鬼！」

這天，他從縣城步行回家背糧，第二天中午老爹給他補背筐，邊補邊和他爭辯文化大革命。爺子倆越爭越氣大，他爹說：「劉少奇不搞『三自一包』，你娃娃早就餓死了！」我姐夫大怒：「你為劉少奇翻案！」他爹重重扔下花篾刀：「翻案就翻案！」我姐夫驚呆了，大叛徒大內奸大工賊劉少奇已經關進大牢，他爹竟敢公然為他翻案，這好了得！他一下認為他爹不再是他爹了，而是血盆大口、青面獠牙的階級敵人，他指著他爹的鼻子怒喝道：「嚴秋生，你是現行反革命！從現在起，我和你斷絕任何關係！」他爹扔下背筐要打他，我姐夫在激烈的階級鬥爭中想到毛主席，渾身增添無窮力量，左手從衣袋拿出《毛主席語錄》捧在胸前，右手振臂高呼：「打倒現行反革命嚴秋生！毛主席萬歲！共產黨萬歲！讓嚴秋生在《毛主席語錄》面前發抖吧……」他爹好像妖魔遇見護身符，果然有些害怕了，終於不敢打兒子。我姐夫忠於偉大領袖毛主席，他要站穩立場，他要大義滅親，連忙跑到公社檢舉報告。公社革委會馬上派人抓走他爹，當晚廣播通知全公社明天停產，所有人在場上戲樓壩子參加批鬥大會。

第二天吃過早飯，全公社男女老少歡天喜地，結伴呼朋，說說笑笑上街去，人們一年到頭，天天幹活，沒有戲看，沒有電影電視，只有看人挨打這點樂趣，多麼希望天天召開批鬥大會啊。場口，民國時期留下來的那座戲樓，一九四九年以後成了經常召開批鬥大會的地方，兩米多高的戲臺邊跪過多少挨殺挨打的地、富、反、「壞」、右、臺屬、走資派以及糊裡糊塗的老實農民啊！現在戲臺下面站滿黑壓壓大片群眾約有萬多人，我姐夫他爹跪在臺邊弓腰低頭，幾個打手拿著板凳腿守在身後，戲臺正中搭著一張講桌，公社革委會主任站在桌前慷慨激昂講話，後面兩邊的板凳上坐著革委會另外幾個頭頭。頭頭們慷慨激昂講完話，最後由我姐夫檢舉揭發，他拿著連夜寫好的發言稿大步上臺，憤怒揭發他爹的滔天罪行，他越讀越憤慨，突然舉起拳頭振臂高呼：「打倒現行反革命分子嚴秋生！」「堅決砸爛嚴秋生的反革命狗頭！」「堅決和嚴秋生劃清階級陣線！」……臺上臺下被感染，跟著憤怒呼口號，整個會場拳臂林立，喊聲震天。這時幾個打手像打牛，用板凳腿狠打我姐夫他爹的背脊，我姐夫他爹聲聲慘叫，倒在臺上，幾次都被打手們喝起來跪著又挨打。我姐夫心裡流血，有點後悔，但是「爹親娘親不如毛主席親，河深海深不如黨的恩情深」，為了共產主義，他要緊跟毛主席，他要用堅強的革命意志戰勝父子之情，他一把奪過板凳腿，親手打他爹。他爹又癱在臺上，臺上臺下齊怒吼，都說他爹在裝死，我姐夫和打手們憤怒喝斥，把他爹拉起來跪在臺邊，他爹咚地栽到臺下沒氣了。

幾年後，我姐夫和同學們響應毛主席上山下鄉的偉大號召，回到各自生產隊幹活。他雖然不願在農村，但是他要學習雷鋒同志，黨叫幹啥就幹啥，黨指向哪裡就奔向哪裡，他決心在農村扎根一輩子，像雷鋒那樣做一顆革命機器上永不生銹的螺絲釘，為實現共產主義而貢獻力量。因此他在生產隊幹活毫不偷懶，再餓再累，別人挖一鋤，他挖兩鋤，別人挑一擔，他挑兩擔；因此他初夏半夜起床趁著月色犁田，牛兒喘著粗氣快步拉犁，月光照著田水閃爍明滅，人們天亮起床，他已犁了大片水田；因此他隆冬跳到田裡，用鋤頭刨平別人倒在田邊的牛糞堆，玻璃似的冰塊割破他的腿腳。他跟著毛主席鬧革命，一切都很簡單，一切都很純粹，一切為了實現共產主義，根本沒有私人關係和個人利益可言，如果革命事業需要，他隨時獻出自己年輕的鮮血和生命。

不久「九・一三」事件爆發，高層許多真實內幕大小報刊不敢透露絲毫，卻從小道祕密傳到民間。我姐夫聽說毛主席曾想推出毛遠新，林彪想要推出林立果，兩個皇儲毫無建樹，說話卻比政治局常委管用，他不明白黨的偉人們怎麼不以人民福祉為重，搞起任人唯親來啦？我姐夫聽說毛主席指著劉少奇的鼻子：「你有多了不起？我動一根小指頭就能打倒你！」他不理解黨的偉人們怎麼忘記了「胸懷世界，放眼全球，以解放全人類為己任，最終實現共產主義」的遠大目標，鬧起個人意氣來啦？我姐夫聽說毛主席在會上講：「這次評帥，有人在罵娘，有人要跳樓……」朱德插話說：「評不上，老婆那裡不好交代啊！」毛主席繼續說：「還有的同志，在戰場上都沒哭，這次評帥哭了，真是『男兒有淚不輕彈』，只是沒到評帥時啊……」我姐夫想：「高層底層一個樣，哪有什麼精神、境界和崇高啊！如果真是為了共產主義，打仗勝利之後，那些已無用武之地的元帥將軍們，就該解甲歸田，與民同樂，過著普通人的生活，不該爭名爭利，坐享特權，福蔭後代，榮及遠親，這才是共產主義的道理……」

我姐夫感到受了莫大愚弄，開始懷疑他和億萬群眾腦袋裡裝著的神聖偉大，認為文化大革命不僅犧牲了幾千萬人的生命，而且浪費了全國人民的天真和熱情，如果再來一次文化大革命，只有腦殘才認真，只有傻子才上當。他甚至開始懷疑共產主義，認為馬克思畫個「按需分配，各取所需」的共產主義大餅引誘人們顛覆人類現有秩序，欺騙半個人類走了百多年血流成河的邪路，認為馬克思編出整套漂亮謊言，旁徵博引，博大精深，卻連「人的欲望永遠無限，人類資源永遠有限」這個常識都不懂。比如吃肉，人們沒有肉時，連瘟豬爛牛也稀罕，有了肉吃，人人還想嘗野生，而野生動物，資源有限，一頭野豬全城吃，必然你爭我搶，拳腳相加，怎能做到按需分配，各取所需？

我姐夫慚愧自己太幼稚，上了多少傻當，後悔自己太老實，吃了多少傻虧。他為他爹哭了幾天，從此回到現實，不再相信什麼共產主義，不再相信什麼精神、崇高、真理、是非、正義、原則，一切只講個人利益。他不再學習雷鋒同志，認為什麼做一顆革命機器上的螺絲釘，什麼解放全人類，全是他媽的胡扯淡，雷鋒活到現在，同樣要在心裡慚愧和後悔。毛主席說「農村是個廣闊天地，在那裡是可以大有作為的」，但是人們在農村連趕場上街，外出學藝，都必須經過幹部批准，才能離開生產隊巴掌大的天地，他天天接受幹部的愚蠢領導，餓著肚子幹蠢活，默默無聞當牛馬，能有什麼作為啊？他再也不願上當受騙，再也不願扎根農村一輩子，他必須走出農村，出人頭地，將來衣錦還鄉，光宗耀祖，安慰他爹在天之靈。並且他出人頭地，有勢有權，就能以權謀私，發家致富，那些高房大屋，美食佳餚，讓人身體多麼享受啊！並且他出人頭地，有勢有權，就有人來送這送那，求他幫忙，那些巴結、奉承、羨慕、佩服和俯首聽命，讓人精神多麼享受啊！

他知道中國是儒家文化占主流，儒家最講關係，因此中華民族千百年來世世代代講關係，朝野上下講關係，東南西北講關係，男女老少講關係。中國人也有不講關係只講原則的時候，那就是你跟他沒有關係或者關係不好。在中國，「人際關係決定一切」。關係好了，你明明是堆狗屎，他可以把你說成鮮花；關係不好，你明明是朵鮮花，他偏要把你說成狗屎。關係好了，你明明是白癡，他把你捧成天才；關係不好，你明明是天才，他把你貶成白癡。關係好了，你明明是殺人犯，他千方百計讓你逃脫法網；關係不好，你明明沒犯法，他處心積慮把你整進監獄。「關係好了，飛機都可以剎一腳」；關係不好，明明政策規定該給你辦的事情偏不給你辦。在中國，你要想成功，要想上爬，你只有照中國方式做人，那就是時時講關係，事事講關係，處處講關係，無能無德者上爬要講關係，有能有德者上爬也要講關係。他沒有親戚當官掌權，沒有任何自然關係，一切都靠拉關係，他要用畢生精力研究關係學，讀透社會這本大書，從而升官發財，出人頭地。

他聽說李殺敵來莊家灣插隊，並且在我們家吃飯，他心裡非常驚喜：「李殺敵父母雖然被打倒，但是他家在官場肯定有不少關係，肯定有些關係沒有倒，他家隨便一個關係說句話，都能改變我一生命運！」因此他常來我們家，跟李殺敵聊天、下棋、捉鳥、釣魚，常把李殺敵請到他家去做客，同床共枕，聊到天亮。

桌上只剩我爹、殺敵和我姐夫說話。我媽端著兩碗麵條，拿著兩雙筷子，放到我姐夫和殺敵面前說：「醒夢，殺敵，喝口湯。」殺敵見我們全家饑腸轆轆，說他剛剛吃過，把碗推給我爹說：「大叔，你吃！」我爹堅決不吃，把碗推給殺敵說：「這麼小一碗兒，不會把你脹倒！」我姐夫也連忙勸說，殺敵還是不吃，我姐夫找出許多正確理由再三勸說，把筷子塞到殺敵手裡，捏攏他的五根手指說：「吃，快吃！你不吃我就不吃！你不吃我就不吃！」殺敵實在沒辦法，只得吃起麵條來。

吃過客飯，我姐夫和殺敵同去他家。他家現有母親、六個姊妹、一個沒有結婚的弟弟，以及他和我姐，全家一共十口人。他家有嚴格的等級制度，比如收紅苕的季節舀飯，他和母親三塊紅苕，他弟弟兩塊紅苕，六個姊妹每人一塊紅苕，我姐最下等，一塊紅苕也沒有。我姐懷孕的肚子越來越大，飢餓越來越凶，常常流著眼淚爭飯吃。二妹掌握勺子權，每頓按照等級舀飯放在灶臺上，我姐故意端錯飯碗，因此二妹跟她常打架。

今天下午，我姐挺著肚子出工後，又回家來拿鐮刀，見家裡無人，就到處找吃。她揭開鍋蓋，看見半碗剩飯湯，就在灶後站著喝。這時二妹回來碰見，一把奪了碗去，罵她好吃婆娘。姑嫂倆互相抓住頭髮往下按，活像兩隻山羊在撐架，二人都怕鄰居笑，忍住哭泣悄聲打。這時我姐夫和殺敵來了，姑嫂倆聽得外面說話聲，都想李殺敵是多麼顯貴的客人，怎能讓他看到我們的下賤和醜陋，於是連忙鬆手，理好頭髮，頑強笑著，出來請坐。

我姐夫叫姑嫂倆燒鍋做客飯，殺敵堅決不准，但是客來燒鍋是禮節，我姐夫哪裡同意，仍叫燒鍋。我姐親熱說：「二妹，你去壩裡幹活，我一個人燒鍋轉灶有辦法！」說著就去菜地掐蔥子。二妹知她想偷嘴，堅決不讓她得逞，也親熱說：「嫂嫂，你懷身大肚，我去掐蔥子！」說著連忙搶到我姐前面。殺敵對我姐夫笑著說：「你家好幸福，看你愛人和妹妹多親熱。」我姐夫連忙承認，講著他家的和睦與溫馨。

傍晚收工，許多人都來我姐夫家裡長見識，那些嘴鈍膽小的男人，跟女人孩子和老人擠在門前窗外看殺敵，那些腦子聰明膽大的，則勇敢進屋，打了招呼，坐到桌旁，陪著殺敵聊天。幾個跟主家關係特好的女人，都借了由頭，有的端著鹽碗來借鹽，有的挽把柴草來包火[1]，有的拿著油燈來借油，一面跟主家說話，一面近距離看幾眼高層人。李殺敵不再有剛下鄉時那種惶恐和惱怒，他感到鄉親們多麼熱情、友好、淳樸和善良，他平易近人，謙虛低調，親熱回答每個人的問話，滿足他們對高層的好奇心。

這時只聽門外有人嚷：「過開過開，我去說事情！」門口許多人叫著嚴支書，連忙讓開一個口子。嚴支書進來，我姐夫熱情請坐，嚴支書跟他交代了一件雞毛蒜皮的公事，就與殺敵攀談起來。我姐夫愁著客多菜少，小小斑鳩每人難得一筷子，真望幾個沒有臉面身分的男人自覺回家，桌上只剩殺敵和支書，可是幾人陪著殺敵說話，遠遠沒有走的意思，我姐夫深藏厭惡，頑強說笑，應酬一陣便去灶房跟老媽商量酒菜。家裡除了蔬菜，什麼吃的也沒有，母子倆愁得正想哭，這時那邊屋裡支書老婆端來一盤臘肉放在桌上，眾人一片驚呼，齊聲誇讚，我姐夫聽得，連忙過去道謝。桌上幾個男子被提醒，有的叫門口的老婆趕快回家炒菜來，有的叫孩子拿來櫃裡那瓶白酒，有的親自跑回家，拿來何等寶貴的餅乾花生等等。我姐夫一下不愁了，頓時心情輕鬆，笑容燦爛，跟每個人說著漂亮的感情話，應酬左右逢緣，得心應手。

桌上酒菜沒擺齊，殺敵聊天一陣去小便。一個男子見他走路先出右腳，心想貴人是不同，決心以後學習他，走路也先出右腳。殺敵回到桌上，各家酒菜來齊了，眾人喝酒之後動筷子，幾個男人見殺敵左手拿筷，「啊，貴人有教養！」連忙都將右手筷子換左手，筷子不聽左手使喚，有的把菜掉在桌上，有的夾了幾次才進嘴。

第二天我姐夫送殺敵到莊家灣，幫他提著行李跟鄉親們一一告別。莊家灣男女老少來送行，斷腿高大力兩隻胳膊撐著架子棍也來了，大家在埡口那條南去北往的大路上戀戀不捨，都說殺敵永遠不回莊家灣了，永遠要把我們忘記了。我媽像送親兒子，撈起補丁重補丁的圍腰擦眼淚，叮囑殺敵路上注意冷暖，叮囑殺敵代她向他媽媽問好。殺敵見鄉親們這麼有感情，自己再不傷心不像話，於是流著眼淚不啟程，說他已經學會勞動本領，已經習慣農村生活，要留在莊家灣，和鄉親們一起建設社會主義新農村。愛武猛推一把說：「走！你龜兒子不要沒出息，你是有遠大前程的人，農村耽誤你一輩子！」殺敵這才停止傷心，收了眼淚，請大家經常來信，請大家到北京來耍。

正說著，天空響起嗡嗡聲，大家不約而同抬頭看，一架噴氣式飛機正朝莊家灣上空飛來，有個男人很驚喜：「殺敵，北京的飛機接你來啦！醒夢，快把行李給殺敵……」殺敵笑著說：「不是北京的飛機，方向不同。」一個青年雙手放在嘴邊當喇叭，望著飛機高聲喊：「飛機——，下來刹一腳！李殺敵在這兒，把他送回北京去——」飛機沒理他，繼續朝前飛，眼看快要飛過頭頂了，有個孩子很著急，騰空一躍抓飛機：「飛機，我ri死你媽！叫你龜兒下來送李殺敵……」我姐夫說：「這種飛機下不來，直升飛機才能下來。」這時飛機朝遠方飛去了，一個男人說：「飛機沒有聽到，聽到了肯定要下來。」又一個男人說：「那當然囉！殺敵這麼高貴，飛機再沒辦法也要下來刹一腳哇！」

李殺敵又跟鄉親們話別，說他留戀莊家灣，今後還要回來看大家，說了一陣，才毅然告別，和我姐夫上路了。鄉親們站在埡上看著二人遠去，直到他們背影轉過一灣又一灣，翻過一嶺又一嶺，影子漸漸變小，完全看不見了，才回家去忙事情。

---

[1] 莊愛書自注：包火，農民無錢買火柴，做飯無法生火，就挽一把柴草到鄰家，包了火炭回來用嘴吹燃。

06 進城開會，槍聲觸發靈感；回家幹活，鋤頭傷害肉軀。

高跟黨走後，文化館又給興鎮公社打電話，要他們通知我開會。我聽到公社廣播通知，第二天一早去五溝趕車進城。

我第一次見識城市，看到城裡人的洋氣聰明，我自卑膽小，心情緊張，在縣城幾條街道昏頭昏腦走一陣，才壯著膽子問路來到文化館。座談會已經開了半天，是省作協文學刊物的副主編下來指導業餘作者們如何根據「三突出」創作文藝作品，我非常崇拜副主編，遺憾自己遲到，錯過多少金玉良言，可是下午聽他繼續講課，反覆琢磨那些大而無當的假話空話，我沒半點收穫長進，雖然仍舊崇拜他，但是遺憾沒有了。

座談會伙食由文化館操辦，業餘作者站兩席，副主編和文化館人員坐一席。晚飯時文化館長通知，座談會原定明天大家跟副主編促膝交談，自由請教，可是剛才接到通知，明天縣城要開公判大會，縣委決定全城參加，因此座談會明天的議程調到後天。席上的話題轉到明天的公判大會，有個館員說要槍斃徐建華，副主編問起徐建華的罪行，文化館長和館員們都為他講說，我們業餘作者一邊搶菜一邊聽。

徐建華一九五八年大學畢業分配在縣委宣傳部工作，三年「自然災害」時期，目睹全縣餓死幾萬人，不久國家統計三年非正常死亡人數，許多基層幹部怕擔責，把餓死打死的農民謊報成自然死亡，因此國家統計數字為三千多萬，徐建華認為全國遠遠不止這數字，他用臺灣特務提供的經費暗中成立反革命組織，派遣成員裝成乞丐分赴全國，挨家挨戶暗中調查，妄圖弄清真實數字，通過臺灣向世界公佈。

兩席業餘作者很快搶完盤裡菲薄的肉菜，大家吃著淨米飯，開始說話了。有個圓臉天天愁著沒寫的，現在突然驚喜說：「嗨，把徐建華寫成小說！這是絕好的題材，大有寫頭……」有個長臉鄙視說：「你怎麼寫?!」圓臉說：「我畫群醜圖！」長臉更加鄙視：「『三突出』規定，『在所有人物中突出正面人物，在正面人物中突出英雄人物，在英雄人物中突出主要英雄人物』，徐建華又不是正面人物，更不是英雄人物和主要英雄人物，你怎麼寫?!」其他業餘作者也都說，把徐建華當成主要人物寫，不符合「三突出」，圓臉頓時洩氣，沒了話說。

第二天上午，我們都去城西參加公判大會。會場人山人海，腦袋參差，都朝臺上看熱鬧，那些看不到臺上的，就跑到公判臺對面的山包上站著遠遠看，或者爬到會場兩邊的瓦房脊嶺和榆樹丫上坐著看；公判臺非常寬大，公檢法的頭頭們坐在正中，血氣方剛的公安局長花了幾天時間，從報紙上、文件上、上級會議上以及辦案材料上搜來現存話，寫成今天的講話稿，此刻正用高音喇叭義憤威嚴地講說階級鬥爭形勢的激烈和嚴峻，講說徐建華反革命集團的滔天罪行，講說無產階級專政鐵拳的威力和厲害，以此教育群眾提高階級鬥爭覺悟，鞏固無產階級專政，確保黨的江山萬年長；徐建華他們一夥政治犯和十幾個陪場的一般刑事犯站在臺邊，每人背後守著一個持槍的公安兵，筷子粗細的法繩從後脖繞過胸前，套到背後，反捆雙手，勒低腦袋，人人拳頭烏黑冰冷，個個臉色蒼白鐵青，胸前都吊著一塊寫有各人罪名和姓名的硬紙板。

我擠在會場左側的人群中，跂腳引頸看著徐建華，一面聽背後縣城附近的幾個農民說話。一個壯年男子說：「槍斃一萬次都該！開玩笑啊，跟臺灣聯繫！」另一個壯年農民說：「龜兒把飯吃飽了！你當宣傳部長，黨沒虧待你，日子啥不好過？要去成立反動黨！」一個老頭低聲說：「公共食堂餓死那麼多人，你調查得完？」一個青年笑著說：「你們吃過人肉沒有？我吃過，是鹹的！」一個中年農婦說：「龜兒子啊，小聲點呀！警防公安局來抓你……」青年說：「要抓就抓不完！好多生產隊的公共食堂都吃過人肉。我們生產隊把死人肉加上野菜和榆樹皮面蒸出來，全勞分三勺子，半勞分兩勺子，老人和娃兒分一勺子……」另一個青年說：「我們生產隊還有人吃活人肉呢。我的三婆睡在床上還沒落氣，三爺半夜敲死她，用鹽醃在缸缸頭，每天半夜煮了吃。翠花么姑回娘家，到處找媽找不到，結果才在瓦缸頭……」

我的左邊瓦礫堆上站著幾個人。一個十幾歲的小夥子說：「公安兵最能幹，看他好壞的人都把他有法！」另一個十幾歲的小夥子貪婪地看著臺上那個走動的公安兵的腰間說：「那手槍盒子才漂亮，肯定是牛皮的！」那三十幾歲的男子一字一頓，吃力地念著一般刑事犯們胸前的牌子：「反革命偷情女流氓犯蔣青。反革命流竄犯杜子我。反革命投機倒把犯左生意。反革命封建迷信犯華道教。反革命打賭吃屎贏手錶犯佑單位，嘿嘿。反革命強姦母牛犯農光棍，嘿嘿嘿……」一個四十幾歲的漢子擠來擠去，想看反革命偷情女流氓犯蔣青紙板遮著的大奶子，突然情不自禁高聲喊：「把女流氓的褲子衣裳給她脫啦！」另一個男子連忙贊成：「要得，給她脫啦！看她要臉不！」

法院宣判徐建華反革命集團有的死刑立即執行、有的無期徒刑、有的有期徒刑後，公安兵押著犯人上卡車，會場人潮湧動，你推我搡，機靈鬼們尋路跑到別人前頭，要去殺場搶佔最佳位置，清清楚楚看槍斃。人們不知殺場在哪裡，都跟囚車拚命跑，凹凸不平的泥土公路擠滿了無比興奮的人流。有個孩子跑上一條小路，另一個孩子說：「愛國他爸在公安局，他肯定曉得殺場在哪裡，我們跟他抄近路！」於是一群孩子連同幾個大人也跑上那條小路。

殺場在城外一個很大的打石場，打石場周圍的石條上、石渣上、小山上以及很高的石壁上邊，又是人山人海，每個人都聚精會神，鼓大眼睛，看公安兵們如何槍殺死囚犯，看死囚們最後一刻的死態。死囚們雙手反剪，面向石壁，跪在前低後高的緩坡上等著背後的子彈。徐建華堅決不跪，兩個公安兵把他打跪下，他正要高喊口號，一根竹板插進他的喉管，隨即一聲槍響，白裡帶紅的腦漿濺在公安兵們的褲子上……

三年「自然災害」，興鎮餓死幾千人，莊家灣餓死幾十人，我家餓死七口人，有的全家餓死沒人埋，屍臭飄滿全灣，隊長派人埋屍，獎勵每人一碗飯。我祖父全身水腫，腦袋大得像磉礅，隊長說他吃得肥頭大耳，指示食堂扣他飯。全國響應毛主席的偉大號召大躍進，農村每天晚上打著燈籠火把出夜工，我祖父睡在床上等無常，隊長說他好吃懶做在裝病，用篾索套住他的脖子，把他從床上拖到野外去幹活，我祖父當晚死在地壟上。國家供應縣委書記級別以上的幹部豬肉，公社養豬場的蠢豬比人吃得好，我爹巴結幹部去養豬，經常半夜揣著幾個紅苕蘿蔔偷偷回家，我和我哥我姐才沒餓死……

幾年後我讀小學五年級，突然來了文化大革命，我和同學們到處串聯，到處辯論，到處抄家，到處鬥人，到處看公安局槍斃人，到處看山上戰壕裡橫七豎八的男女死屍，我親眼看見幾個埋屍農民忍住腐臭，用鋤頭勾開女學生們的衣褲飽眼福，親眼看見公安局槍斃一個言論反對林彪的十七歲的姑娘，家人跟她鬧派性絕情因此不願收屍，姑娘的奶子和陰部被人半夜割走，第二天許多人又跑去圍著觀看，有個男子非常羨慕：「狗ri的，動刀之前肯定是ri安逸了的！」我從高跟黨的光棍大伯的房後縫隙親眼看見他收工回家，從瓦缸拿出一對奶子看了咂了放進缸，又拿出女陰洗去鹽水，放在自己那兒摩擦……

我目睹大躍進，吃過共產飯，現在經歷著史無前例的文化大革命。我身邊每個生者死者都是一部大書，我萌發了創作長篇小說的念頭，經常有意無意跟長者們談起三年「自然災害」和文化大革命，聽他們講說各種奇聞怪見和親身苦難。我的腦海天天活躍著許多鮮明形象，出現許多精彩細節，各種生活場景，各種奇聞怪見，林林總總，此起彼伏。我去外縣親戚家，親戚鄰居是右派，我用半個桃子跟他的傻兒換了幾本偉大小說拿回家，夜夜如饑似渴閱讀。我從此知道好小說是何樣子，瞧不起我在省刊發表的那玩意兒，甚至在心裡懷疑走紅作家們的假大空和主題先行，我的巨制鴻篇要寫出社會的本質和生活的精彩，真實再現這個空前絕古的時代。但是那麼宏大的題材，那麼眾多的人物，那麼紛繁的事件，那麼壯闊的場面，在我腦海裡亂成一團，我不知孰主孰次，孰先孰後。

我一面觀看徐建華，一面想著我小說，槍聲剛響，靈感突發，我的腦海頓時出現奇妙構思，各種人物，各種事件，各個場景，各個細節，一下都有了大體的位置。我迫不及待，連忙離開，要跑回招待所寫大綱。我身後槍聲接連不斷，我的腦海不斷湧現許多新的奇妙故事，新的精彩細節，連書名也有了，叫做《精衛銜微木》。我跑過公安局大門外，見裡面籃球場上幾個公安幹警在打球，籃球架上吊著一個男人，汗水從鐵青的臉上滴到地上，近旁的樹根和鐵管上，用手銬鎖著兩個睡在地上的男人，球場邊的廚房門口，炊事員站著剝大蒜，笑問領頭幹警：「今天才抓三個？」領頭幹警一邊打球一邊說：「還有兩個，在路上。」炊事員說：「看守所今天騰出來好幾間牢房。」領頭幹警說：「肚子餓了，吃了飯才押過去！」

我在招待所整整寫了兩天大綱，連那副主編的傳經授寶也沒聽。我多想宏觀瞭解我要寫的時代啊，座談會結束後，我用文化館發給的開會補助多住幾天，在圖書館翻閱庫存報刊，用過去的新聞搞清當時的國家大政，從眾多的文章尋找真相的蛛絲馬跡，筆記做了一大本。我多想繼續在圖書館翻閱啊，但是我沒食宿錢，只能下次進城開會再翻閱。徐建華反革命集團把調查到的死者姓名、住地和典型事例做筆記，公安局搜出幾大麻袋，這是多好的素材啊，我真想看到這些筆記，公安局肯定不會讓我看。我從小害怕公安局，也不敢沾染反革命，我趕車回家路過公安局大門外，遠遠繞路走開了。

我又進城參加了幾次文藝座談會，每次都在圖書館翻閱報刊做筆記。高跟黨認為進城開會很光榮，因此非常嫉妒我，這天特地進城找到文化館長，說我思想反動，經常偷看封資修毒草，在上學路上說反動話，遭學校大會批鬥，在生產隊表現惡劣，經常遭貧下中農批評。政治問題比天大，文化館長不敢馬虎，不再叫我開會了。我天天在生產隊幹活，腦子被《精衛銜微木》占完了，沒有再寫短篇寄出去。人們見我不再開會，不再發表，漸漸淡忘我的輝煌，看我還是原來那個莊二娃。愛武幹活又時時監視我，管制我，尋找我的瑕疵，比如田裡插秧姿勢不對呀，挑糞走路樣子難看呀，棉花掐枝不資格呀，夯歌腔調不地道呀，抓住尾巴就呵斥，就教訓，就鄙屑。他是老師，我是接受他再教育的回隊青年，他要充分用好毛主席給他的權力。

我每天吃飯想小說，解便想小說，走路想小說，幹活也在想小說，我越來越呆，越來越懶，常遭隊裡貧下中農鄙視喝斥，連我爹媽也說我不如別人家的兒子有出息。我對貧下中農也沒好感，他們說我一句，我還兩句，他們喝我一聲，我還兩聲，而且語言越來越鋒利，態度越來越惡劣，我和他們的關係更糟了。這天，十幾個男人在一塊大地裡站成排，用鋤頭挖刨紅苕棱，大家都以幹活能行為光榮，幹活差勁為可恥，人人熱氣沖天，個個汗流浹背，你追我趕，爭當英雄，那些刨得又快又好的，地位頓時增高，說話不管有理無理，那粗大嗓門和十足氣勢就能壓倒人。我在愛武前面刨，邊刨邊想我小說，手裡鋤頭慢下來，擋住愛武刨棱子，愛武鄙視又厭惡，催我快點往前刨，鋤頭擦我腳邊挖，一鋤鏟掉腳後跟……

07 莊明理暗定交易親，嚴醒夢偷寫檢舉信。

我爹天天擔憂我的前途：「農村盡是粗笨活，二娃身體那麼單，力氣那麼小，腦子又不靈，嘴巴又不乖，如果長期在農村，幾年就遭折磨死……原先指望他在寫作上有出息，現在看來沒望了，他文也文不得，武又武不得，將來去幹啥啊，只能挑燈芯草，挑燈芯草還怕大風連草帶人吹多遠。我必須想法讓他脫離農村……」

這天，他在興鎮街上聽說縣上明年要辦師範校，學生由公社篩選勞動積極表現好的青年推薦入學，他打算讓我去讀師範，終生吃上皇糧國稅，既撐門面，又讓我脫離農村。推薦沒有硬標準，好壞全憑嘴巴說，佔有關係，哪怕幹活偷懶也能入學，沒有關係，幹活累斷背脊骨仍然在農村當牛做馬一輩子。公社黨委一把手吳書記是推薦最重要的人，我爹想：「如若能夠把吳書記維[1]攏，事情就有把握了。」

我爹隨便哪方面的天賦都比吳書記高許多，然而他們地位卻有天壤之別。一九四九年共產黨的炮火已經打到重慶來了，我爹在興鎮這偏遠、貧窮、封閉的地方點兒也不知道，他讓全家餓肚子，把錢全部買田地，不久共產黨根據田地劃成份，我家被劃上中農，因此他連生產隊長也沒當成一天。吳書記建國前家裡很窮，建國後積極肯幹忠於黨，因此儘管能力差，但是當了興鎮王。

全公社人人都知吳書記無能，卻又人人都要巴結他，尤其那些純農民，街頭路口碰見他，連忙熱情招呼，奉承吹捧，都想不失時機跟他多說幾句話，多待一會兒。吳書記因人而異，有時擺起架子，低聲答應，微微點頭，甚至裝著沒聽見，有時笑臉相對，陪說幾句，給點面子。那些熱臉碰上冷屁股的，認為人家地位高，這多正常，這多應該，沒有點兒意見，以後照樣熱情招呼，奉承尊敬；那些得到賞賜的，頓感體面，無比幸福，到處炫耀這光榮，好幾年後才減淡。我爹每次招呼吳書記，吳書記都笑著答應，甚至有一回站在路上跟他說了不下半分鐘——不，恐怕足足一分鐘——因此我爹認為吳書記架子不大，能夠靠攏，他一定要尋找機會靠攏他。

二大隊慶祝石堰完工放電影，梁支書好不容易請來吳書記和公社兩個副書記講話，他和老婆竭盡全力，傾家所有，為三位書記準備了乾淨床鋪和最好飯菜。傍晚，四鄉八里的人們收工後，忙得腳也不洗，鞋也不穿，有的拿著手電筒，有的提著玻璃燈，有的抱著小捆樹皮篾條，有的抱著大捆麥草稻草，踏石踩刺，跌跤滾岩，一齊奔往二大隊，深怕遲了看不全。二大隊距離莊家灣不遠，我爹打算請來公社三位書記做客，家裡修房後，空得只有一隻老母雞，他決定忍痛殺了，款待貴客。收工後，他洗腳穿鞋，揣上香煙，帶上手電筒，也去了二大隊。

露天壩裡銀幕早已扯開，發電機嗡嗡響著，放映員正在燈下發忙，梁支書占著最佳位置搭了四把椅子，陪著三位書記說話，周圍男女老少或坐或站，等著電影開始，頭上夜空湛藍，繁星閃爍，西天一彎新月被遺忘，悄悄沉到山梁上。

書記們講完話，電影開始了，我爹無心看電影，擠到書記們身邊敬煙，搭訕，想著怎樣才能請去書記們。各地禁止逢場後，農民全靠口口相傳的資訊在家裡買賣豬兒，我爹憑經驗看長相，幫梁支書認準肯吃肯長的好豬兒，而且用巧舌勸說賣家讓價錢，頗讓他占了一些便宜，因此二人關係好。現在他把梁支書邀到場外，求他讓他請去書記們。梁支書說：「明理哥，你的舌頭伸得太長了吧？」我爹忍住難受說：「老弟，哥子對得起你啊！」梁支書想了想：「好好好，我讓你，我讓你！」就去告訴書記們。我爹連忙跟去邀請，書記們推謝再三，終於難卻盛情答應了。

電影結束，人們回家，有的點燃麥草稻草，有的點燃樹皮篾條，有的提著玻璃燈，有的晃動手電筒，黑夜裡的各條狹窄土路上，點點光亮移動，聲聲叫喊不停——點點光亮移動，是人們在拚命奔跑，深怕光亮用完；聲聲叫喊不停，是姐姐跟著別人火把呼喚走散的弟弟，是青壯從別人身邊超過，叫喊前面有光的朋友同路……我爹跟在書記們後面，一面聊天，一面把手電筒全部照在他們腳下，深怕三位貴人摔跤子。

第二天吃過早飯，兩個副書記去了五大隊，吳書記一人回公社，我爹送他一程又一程，說：「吳書記，明年正月間，讓愛書來給你拜年！」全公社許多人都想給吳書記拜年，那些想當幹部的，想讓子女讀書的，想去當兵當工人的，跟鄰居打架要找公社裁決的，都削尖腦袋，鑽去他家，吳書記很想謝絕我爹，卻又口軟，只得笑著不表態。我爹再次求情說：「管他的，讓愛書來給你拜個年！」

我爹賒了一隻小豬，準備明年春節的禮物。家裡沒有豬飼料，我媽給隊裡放牛，每天帶上豬兒，到處尋找蝸牛和豬草餵養。豬兒食量越來越大，常常餓得發瘋啃圈，哀嚎不已，我爹每頓餓著肚子留半碗，倒在清水一樣的洗鍋水裡餵豬。臘月豬兒長到一百斤，我爹請來屠子殺了，遵照政策，給國家交一半，自家留一半。正月初二，他用背篼收拾了十斤醃肉、幾斤花生和兩把麵條，叫我背去吳書記家裡拜年。

吳書記每年春節近親遠親坐幾桌，還有我家這樣毫不沾親，死磨硬纏拜年的，禮物要收兩大櫃。我不善社交，臉皮又薄，既怕在眾客面前說話獻醜，又怕受到主人冷落，精神壓力非常大，一路磨磨蹭蹭，走得很慢，猶如上刀山，下火海。我多麼希望通過文化考試升學啊，我在考場遠遠不會這麼痛苦，這麼困難……

我來到吳家大院外面，躲躲藏藏，磨蹭很久，一直挨到有人看見我，無法再躲藏，才壯著膽子進院去。吳書記門前幾桌客人打牌下棋玩撲克，我緊張得臉紅心跳，腦子發昏，差點停步不前。人們見我，沒人搭理，只有吳書記的老伴招呼我，我非常感激，背著禮物連忙走過門前，躲進屋裡。

吳書記和老伴收了禮物，叫我出去跟人打牌下棋玩撲克，我只好硬撐，走出門去，這才發現我姐夫也來拜年，他坐在別人肩膀旁邊建議參謀，高聲說笑，表現他的棋藝高超。我和姐夫四目相對，一下明白，都很尷尬，沒有招呼。

晚上睡覺，吳書記安排我和姐夫共一床，我沒話找話，消除尷尬：「嚴大哥，你也想讀師範校？」我姐夫知我沒水準，掩蓋說：「哪裡！十一大隊還差一個民辦教師……」我慚愧自己沒水準，連忙轉變話題，給他介紹一本好書，滔滔不絕講起來：

一九三八年兩個朋友同赴延安，經過日軍把守的渡口，見幾個日本兵拿著刺刀正在搜查一個孕婦的身體，遍身摸一陣，就扯光衣褲，當眾輪姦。女人哭喊叫罵，幾百個等著搜身的中國人提心吊膽，屏息凝神，一動不動，只有那瘦朋友怒目揑拳，幾次要打日本兵，都被胖朋友緊扯衣角制止住。女人咬掉一個日本兵的鼻子，日本兵用刺刀劃破她的肚子，把胎兒挑在刀尖，高高舉著，摔去老遠，然後搜查其他人。輪到搜查胖朋友，胖朋友連忙笑臉相迎，奉承諂媚，用香煙、糖果和手錶賄賂日本兵。一個日本兵在他胯下捏一陣，笑著拉下他的褲子要從後面姦他，胖朋友為了活命，只好弓腰撐地，獻出屁股，痛得咬牙裂嘴。瘦朋友衝上前去猛地一拳打破那日本兵的眼珠，幾個日本兵一齊用刺刀把他戳成篩子。

我姐夫瞧不起我的社會能力，卻向來佩服我的讀書天賦，我從來沒有進過一天像樣的學校，卻把他的初中高中課本讀得比他還精到熟悉，把他在課堂上沒搞醒豁的東西講得比他的初中高中老師還清楚，還有深度和見地。現在他一邊聽我講書，一邊在心裡說：「那瘦朋友是他媽個傻子，胖朋友才算有智慧。我今後要吸取瘦朋友的教訓……」我講完故事說：「我最佩服瘦朋友嫉惡如仇，奮不顧身！」我姐夫不以為然，爭論幾句，就入夢了。我繼續滔滔講說：「那胖朋友是個低等動物。低等動物只有利益、感情和關係，沒有是非、正義和精神；人，除了有利益、感情和關係，還有是非、正義和精神，這是人類特有的高等屬性。所以越是接近低等動物的人，越是缺少是非、正義和精神……」我講說一陣，聽得姐夫有鼾聲，感到無趣，也入夢了。

我在學校讀書挨批鬥，在隊裡幹活不積極，推薦讀書難度很大，我爹要用微薄財力廣泛維人，吳書記推薦我，受到阻力才不大。我爹根據人們地位高低，作用大小，有的送重禮，有的送輕禮，有的請吃好飯，有的請吃粗飯，有的待以香煙，有的待以旱煙，有的只是送上幾句虛假的人情話，把分寸掌握得比科學家製造太空船還精確。

縣上給興鎮公社分來兩個推薦名額，吳書記接到高跟黨舅舅的電話，公社馬上鐵定高跟黨讀書，剩下一個名額全公社千多青年競爭。那些有關係有面子的，帶著禮物直接找公社書記們說情，那些沒有關係沒有面子的，就備了禮物低三下四，求自己大隊的支書幫著送禮說情。送禮不能公開送，人們背著背筐上街，有的裝一塊乾肉，有的裝幾把麵條，有的裝幾十個雞蛋，上面掩著草帽或者衣裳，假裝去供銷社買賣東西，順便到公社一下。來到公社一間間寢室兼辦公室的門外，他們提心吊膽，怕人看見，如果自己要去行賄的那位書記的屋裡只有主人，心裡非常高興，連忙溜進屋去，如果屋裡擠滿來說公事私事的人們，他們就連忙轉身到別處，東躲西藏一陣後，又來門外打轉轉。有時書記們出去不關門，送禮者瞅到良機，連忙進去拿出禮物放了，就慌忙出來，過後才告訴。有一天晚飯後，吳書記出去轉耍，回來睡覺揭開被子，看見一袋不知誰送來的花生。

我爹深怕吳書記推薦別人，天天食不甘味，睡不安枕。這天中午收工，他在四個衣袋分別揣上用來招待公社級別的五角錢一盒的「飛馬」牌香煙，用來招待大隊級別的兩角錢一盒的「勞動」牌香煙，用來招待小隊級別的八分錢一盒的「經濟」牌香煙，以及用來招待平頭百姓的他自種自燒不花錢的旱煙，戴上草帽，頂著烈日，去公社懇求吳書記。

吳書記的寢室兼辦公室擠滿了單位頭頭和大隊幹部，他們有的坐凳子，有的坐床邊，有的坐床頭，有的見縫插針，到處站著，而九大隊那個挨打的教師站在牆角正向吳書記告狀。吳書記聽了兩句說：「回去找大隊解決！」四大隊支書想求吳書記推薦他的兒子，但是當著這多人，說話不方便，真望大家早點走，他見教師還要說，傍虎作威喝他道：「吳書記叫走，你就走嘛！我們等著彙報大隊的公事……」

我爹擠進屋去，拿出五角的「飛馬」抽出煙支，遮住煙盒口子用雙手敬了吳書記和單位頭頭們，然後一邊揣「飛馬」，一邊笑著對大隊幹部們說：「這盒完了，幸好我還揣有一盒，不然要得罪你們。」就拿出兩角的「勞動」敬了他們，看一眼挨打的教師，裝著不認識，自己抽一支叼在嘴裡，就揣了「勞動」，拿出火柴，給吳書記他們一一點煙。吳書記說：「明理到裡面看看，還有沒有凳子。」我爹點燃自己嘴裡的香煙，就進裡間去了。

裡間沒有凳子，吳書記的老伴和半傻女兒在床邊坐著，見我爹進去，一面請坐，一面擠向女兒，讓出床邊。我爹非常感激，坐下跟她拉家常，順便瞟一眼她那半傻女兒。姑娘較胖，和善笑著，她的左面床邊空著，她卻呆坐不動，擠著老媽，直到老媽叫她挪一點，她才知道挪一點。我爹想：「這姑娘也太老實。但是如果和我的二娃定親，推薦讀書就十拿九穩了！」

我爹等到眾人走了，才去外間向吳書記打聽推薦之事，低聲說：「吳書記，我的愛書您是知道的，您的姑娘我剛才也看了，如果愛書靠吳書記讀了師範，我莊明理得人點水之恩，必將湧泉而報，今後別的事情無力感謝您，兒子的婚姻我完全能做主！」吳書記知道自己女兒的貨色，心中大喜，低聲說：「但是暫時保密，連兩個娃兒都不忙讓他們曉得。」我爹連忙說：「那當然！那當然！」

吳書記進到裡間，叫老伴給我爹煮醪糟雞蛋，然後出來繼續說話。他老伴用煤油爐煮好雞蛋，給我爹舀了三個，給吳書記舀了一個。我爹天天挨餓，三十個雞蛋也能吃完，但是吳書記是何等人物，他哪敢吃吳書記三個雞蛋，就撒謊肚子不餓，再三要夾兩個出來。吳書記老伴按著他的筷子不讓夾，吳書記也說三個雞蛋吃得完，我爹仍然不吃，和吳書記老伴爭了很久，終於夾了兩個出來。

我爹人逢喜事精神爽，腳步輕快回到家，丟下草帽，脫去上衣，坐在上席扇扇子，等著我媽端飯來。我媽端來一碗稀薄的玉米糊，我爹說：「哪裡吃得完這大一碗，我在吳書記那裡吃了醪糟雞蛋的！」說著「轟」地一大口，碗裡稀粥落下去，現出一塊南瓜來，像個尖尖的島子。我媽也很光榮，問道：「吳書記屋裡人多啊？」我爹說：「多多多！盡是有頭有面的……二娃呢？」我媽說：「在隔壁看書。」我爹就低聲講說訂婚之事。說話間，他早已吃完大碗飯，將碗推給我媽說：「再舀一碗來。」

公社剛把高跟黨和我的推薦材料送到教育局，我姐夫就聽到消息，他的前途沒有了，他的禮物白送了，他非常不滿，打算馬上寫信檢舉高跟黨。去年春天高跟黨在梁家大山路上，碰到公社業餘文藝宣傳隊扮演阿慶嫂的姑娘，二人才說幾句話，他就把人家抱到沙坑強姦了。「阿慶嫂」懷孕後，她父母告到公安局，公安局把高跟黨抓進監獄，跟黨媽連忙買了好禮上門求婚，「阿慶嫂」父母考慮女兒名譽，只好同意，忙把「阿慶嫂」送到高家生孩子，高跟黨舅舅也暗中說話，因此高跟黨已經剃了光頭卻無罪釋放。推薦讀書應該優中選優，高跟黨品質惡劣有污點，我姐夫決心拉下他來自己上，但是記起已經有人上告，高跟黨巋然不動，公社仍然推薦他，他告也是白告。他打算拉下我，便偷偷寫了一封匿名信寄到教育局，檢舉我讀初中說反動話，遭全校批鬥，勞動一貫不積極，經常偷看大毒草，檢舉我爹請吃送禮，腐蝕幹部，檢舉吳書記大搞任人唯親，把積極能幹的青年埋沒在農村，強烈要求縣上叫公社重新推薦。

公社收到師範學校寄來的入學通知書，正要發給我和高跟黨，教育局打來電話，叫公社扣住我的通知書。高跟黨按照入學通知，帶上鋼釬、鐵錘、糞桶、扁擔和被子席子等等光榮入學去了，我有問題，非常沒臉，每天在隊裡幹活，受著各種眼神和背地議論。我爹著急沒辦法，只想有人幫助他，明知我沒用，卻和我商量。他每天都去公社緊緊抱住吳書記的佛腳，全公社許多眼睛盯他們，許多嘴巴背地說，吳書記常常躲我爹，我爹只好偷偷摸摸晚上去。我媽每晚對著油燈磕頭：「燈神菩薩，保佑我的二娃啊，我多給您磕幾個頭……是哪個遭天收的，使這種壞心腸啊！您讓他全家遭雷打，您讓他下世變牛馬……」

這天夜裡，我爹找吳書記商量了辦法出來回家，見門外有個黑影一閃就不見了。他剛走，我姐夫從暗處出來，進到吳書記屋裡，吳書記正在洗腳，準備睡覺，我姐夫叫了吳書記，從補丁布袋拿出一瓶棉籽油放了，就連忙敬煙。吳書記洗完腳，高聲叫喊一個同住樓上的八大員，我姐夫說：「我幫您倒！」便端起洗腳水要下樓。剛到門口，那八大員來了，剜他一眼，就問吳書記還有啥事要做，吳書記說沒有事了，八大員就回自己寢室。我姐夫在樓下陽溝倒水，頭上八大員窗口潑下一盆尿水，把他淋成落湯雞。

我爹回家摸到成富埡，一腳踩空，滾到岩下，幸好抱住桐樹才沒摔死，他後來常常講說這件事，教育我要孝順他。我爹回到家裡叫醒我，要我馬上起來給縣上寫信，明天一早進城申訴。我堅信自己有真理，要在信中承認說過鴉片戰爭給中國帶來現代化，我爹堅決不准，叫我澈底否認。我服從我爹，在信中虛構同學與我不和，污蔑陷害，虛構我不愛讀書，熱愛勞動，表現積極，常受表揚，寫得真真假假，融為一體，天衣無縫，合乎情理，讀來比我小說還有真實感。

我無錢趕車，步行進城，好不容易找到教育局長交了信。幾天後教育局派了兩人來到興鎮公社調查，吳書記盛情接待，陪著二人喝酒吃菜，釣魚打鳥，下棋玩牌，烤火聊天，又侍候睡覺，起床洗漱，等等等等，非常周到。公社樓上又有許多人白天黑夜鬼鬼祟祟出沒，要見調查人員反映情況，他們跟到二人睡覺的旅館，說我講反動話，說我挨批鬥，說吳書記吃了喝了，就推薦一個膿包去讀書，而把人才埋沒在農村，強烈要求重新推薦。全公社競爭對手捏著一把火，磨拳擦掌想打架，有的背後叫罵，有的當面諷刺，天天把吳書記叫「好吃書記」，「收禮書記」。我在學校挨批鬥，政治問題明擺著，公社卻要推薦我，完小教師也不滿，梁抬石到處諷刺說：「全公社這麼多能幹青年，只有莊愛書才是人才？」我勞動沒力氣，遇事不機靈，說話做事，不適時宜，不討喜歡，他是我的班主任，我是他的最差生，我的底細他全知。

吳書記對二人說了我許多好話，又介紹我爹的幾個朋友讓他們去調查，二人知道吳書記推薦我，引導幾人為我說好話，做好調查筆錄，回城向局長彙報，不久教育局同意我入學。我姐夫每天到公社打聽情況，這天吳書記拿出我的入學通知書要他送給我，他一下臉色變青，全身無力，差點暈倒。吳書記怕他尋短路，說：「十一大隊要增加民辦教師，你回去跟梁支書好好說一下，我看到他，也幫你說一句……」我姐夫知道民辦教師可能轉為公辦教師，連忙千恩萬謝，懇求吳書記一定幫忙。

我姐夫來到我家，全家坐在桌旁正在說著我的事。他照樣站在門口不吱聲，一面偷聽說什麼，一面等著請他坐，直到全家請了坐，他才慢慢進門來。他見桌上有點水，久久站著不坐下，我們不知為什麼，只有我爹才明白，連忙責備我媽說：「把桌子抹了嘛！」我媽撈起圍腰抹了水，不待我爹吩咐，就進灶房做客飯。我姐夫坐下半天不說話，我爹跟他聊天，旁敲側擊，抹角拐彎，想知他的來意。我姐夫不願馬上告訴我家好消息，沉默很久，才藉著我爹的話題，大肆稱功報勞，說他為我讀書，白天黑夜到公社幫我說情，給書記們敬的香煙不止兩背篼，說他半夜回家，路上差點被我的競爭對手用棒打死扔到河裡，說他組織部的朋友給興鎮分來一個入黨名額，指名道姓培養他，就因我家是中農，又因我說反動話，連累他沒入成黨……說了一陣，又等半天，他才拿出入學通知書，生氣砸在我臉上：「拿去！」我爹看了通知書非常高興，語氣嚴厲教育我：「你端到國家飯碗，要牢牢記得你嚴大哥！」

我明天一早就要進城入學，晚上我爹幫我收拾了勞動工具和生活用品，說：「齊天偉在師範學校當校長，我給他寫封信你帶去，他稍微照顧你一點，你要少吃許多虧。」我問：「你認識他？」我爹說：「民國那陣，我和他爹經常打牌，他比牌桌高一點，把我『莊姑爺，莊姑爺』喊得多甜，我給他買的包子麼，加起來不下兩籠床哇。」

莊愛書自注：

[1] 維，在我地方言中的含義是指用錢財、勞力、語言等等跟人主動友好，從而建立感情，維繫關係，以利自己。

牛瘋子終脫教書苦海，嚴傻兒始嘗送禮甜頭。08

我姐夫從我家回去，一路想著教民辦。這天晚上，他給梁支書送去巴掌大一塊臘肉，梁支書接了掂掂輕重掛牆上，本想用些水話應付他，但是昨天去公社，吳書記說了話，他只好同意我姐夫當他大隊的民辦教師了。我姐夫非常高興，第二天就去十一大隊小學上課。

十一大隊小學是座破廟，廟前豎著一根光旗杆，民辦教師牛瘋子和一群學生坐在草地上，幫他懷裡那個大男生瞄找頭上的蝨子，一個小男生伏在他背上，雙手抱住他的頸子在耳邊說悄悄話，牛瘋子笑罵道：「滾你媽開喲，鼻涕塗在老子耳朵上啦……」小男生沒有滾開，在他濃密的絡腮胡裡找蝨子，找到一個特大的，連忙高聲驚叫道：「老師，大母蝨！大母蝨！我在你鬍子裡捉到個大母蝨……」

這時我姐夫來了，牛瘋子起身招呼，帶他同去教師寢室，他們身後跟著大群學生。教室和教師寢室門外到處是背筐鐮刀和糞撮箕，學生們上學放學一路割豬草撿蝸牛，拿回家去餵豬兒，一個女生正用石頭敲爛糞撮箕裡的蝸牛，免得牠們到處爬。我姐夫打算用蝸牛做誘餌，在河裡捕團魚送給皮校長，今後來了民辦教師轉公辦的名額，皮校長把他轉為公辦教師，並且調到完小教書，然後他繼續奮鬥，當上校長股長，局長縣長……

教師寢室分為裡外兩間，外間是灶房，裡間是臥室，臥室後牆正中是木窗，木窗上方掛著牛瘋子的獵槍和火藥壺，木窗下面是條桌，桌腿、桌檔、桌面滿是祖輩今輩揩的鼻涕、留的飯垢、積的灰塵，兩邊靠牆各搭一張床，床上被子亂成團。我姐夫和牛瘋子對坐床邊商量任課，學生們有的站在跟前聽說話，有的躺在床上打玩，有的在灶房偷吃牛瘋子鍋裡的剩飯。牛瘋子教書深陷苦海，天天鳥萃蘋中，詈為木上，常想回家幹農活，但是民辦教師轉公辦，就能吃上皇糧國稅，他苦熬也要熬下去。他對我姐夫笑著說：「你教三年級，我教一年級。」我姐夫知他把三年級教得一塌糊塗，不願接手爛攤子，連忙說：「不不不，你教高年級，我教低年級！」牛瘋子再三懇求，我姐夫還是不答應，牛瘋子只得仍教三年級。我姐夫翻看一年級課本，牛瘋子倒在床上跟幾個學生聊天玩耍，把衣袋裡的炒胡豆每人發兩顆，他和學生說笑一陣站起來，踩在兩張搖搖晃晃的木床邊，提著一個學生在他胯下蕩秋千。學生們爭著要他蕩，牛瘋子怕床垮塌，說：「娃兒們，升國旗！」於是學生們一齊湧出屋去。

牛瘋子教書困難，升旗容易，因此幾年來每天升旗降旗，風雨不改。有個著名作家正愁沒寫的，這天來看姐姐，見牛瘋子在這偏僻的大山裡默默無聞，堅守崗位，還每天升旗降旗，這是多麼愛黨愛國啊！他突然來靈感：「我國民辦教師待遇最低，條件最差，為了黨的教育事業，他們甘願默默無聞，奉獻一生，撐起國家教育事業半匹河山……這構思很不錯，完全可以寫小說！」

作家非常激動，趁著靈感，連忙回家，關門寫作長篇小說，結果寫出一個中篇來。他認為中篇不能說明水準，就努力尋找民辦教師種種優點，寫完牛瘋子每天升旗降旗，又寫學校來了三個民辦教師，牛瘋子當了大隊小學的校長，上面分來民辦教師轉公辦的名額，名額只有一個，牛瘋子發揚共產主義精神，有權不用，有利不圖，和同事們互相推讓，結果把這名額讓給了娶不到老婆的年輕教師，使他討了老婆，又寫上面招工招幹，牛瘋子把鯉躍龍門的機會讓給同事，同事們先後走出大山，他一人留在山裡教孩子，還寫房後巨石砸垮學校，牛瘋子為了黨的教育事業——絲毫不是為了自己的飯碗——跟老婆種茯苓賣錢修房，把學校遷到自己家裡……你看，牛瘋子的精神多麼崇高啊！當然，作家是聰明的，他也寫了民辦教師們一些小缺點，評論家才無法說他的小說人物簡單，觀點片面。

幾個故事加上大量垃圾，七湊八湊，終於湊出二十幾萬字，雖然感情虛假，雞零狗碎，通篇沒有一個精彩細節，全然沒有文學性，乾巴巴讀得人打瞌睡，但是小說歌頌愛黨愛國，完全符合主旋律，因此全國轟動，名聲大作。可惜小說主人公的姓名不是牛瘋子，牛瘋子的命運沒有因為這部小說走紅而改變，仍然在這山裡默默無聞。

「閒話休提，言歸正傳」，還是來說升國旗。學生們整整齊齊站在旗杆前，一面看著三個訓練有素的男生把褪色國旗徐徐升起，一面跟著兩個老師莊嚴神聖唱國歌。這時一個壯漢帶著孩子，捏著拳頭，橫眉怒目來找牛瘋子，牛瘋子見勢不妙，深怕挨打，既丟老師臉面，又失儀式嚴肅，便連忙迎去，一面笑著招呼，一面拿出香煙來敬他，然後拍著他的肩膀把他勸到無人處說話。這男子高小畢業考上初中，家裡無錢送讀，於是一輩子當農民，他的許多同學吃上單位飯，最不濟也是民小教師，他常罵命運，不服同儕，自認人才被埋沒。昨晚，他聽兒子把「小白兔，乖乖乖」讀成「小白免，垂垂垂」，一陣責罵追問，方知老師教錯，所以今天捏著碗大拳頭來打老師。二人來到無人處，牛瘋子又將半盒香煙塞給他，拍拍他的衣袋笑著說：「行了吧？我們兩個相相好好的，算屌啦！」那農民怒氣消了些：「你龜兒今後少教點錯字！」

牛瘋子教三年級越來越困難，這天在場上碰到一個素不相識的老太婆，突然打她一耳光拔腿就跑：「瘋狗來啦！瘋狗來啦！」滿街人看著他大笑，都說你龜兒才是你媽一條瘋狗。第二天他老婆到完小找皮校長，說老公瘋了無法教書，要求請病假。牛瘋子已經瘋過兩回了，每次皮校長都准假，可是牛瘋子毛都沒送一根，皮校長想他連人情都不懂，他跟牛瘋子無親無故，憑啥該給他這多好處？便對牛瘋子老婆說：「不行，瘋了也要教！那麼怪，遲不瘋，早不瘋，一教高年級就發瘋……」牛瘋子沒辦法，只得不瘋了，第二天又回學校上課。

這天，牛瘋子正在上課，馬痞頭來到教室門口叫他：「瘋子，出來！」牛瘋子丟下學生出去了。他帶馬痞頭去寢室，馬痞頭笑著問：「昨晚回去和婆娘來幾次？」牛瘋子耷拉著腦袋說：「一次都沒有呢，還說幾次。」馬痞頭笑著不信，牛瘋子站住用手撈胯下：「看啊，雞兒硬不起呢。」二人進屋，坐在床邊，馬痞頭說：「到大雪塘去打獵！有人看到那怪物。打到了，你只需吃火柴頭那麼大一點肉乾，就要ri死幾個婆娘。」牛瘋子聽說過這無名怪獸，但是不信這麼凶，馬痞頭說：「你不信？楊再興他們打到過一隻，開頭不曉得是啥東西，幾個人在山上煮出來大碗小碗吃，嗨喲，才一會兒，就慌得到處跑，有的找野豬，有的追野牛，有的ri山岩，有的ri大樹，現在大雪塘的石壁上還有幾個洞，就像鋼釺戳的一樣，桶粗的大樹倒在地上橫七豎八……」牛瘋子心動了，他知道皮校長也陽痿，老婆在家常跟支書偷情，皮校長回去燒紅炭鏟烙騷處，老婆還是要偷，民辦教師飯碗不鐵，誰說一句都可除名，他打算給皮校長送那怪獸肉乾，求他把他轉為公辦教師，然後調到完小敲鐘打鈴，或者幹點其他不需要文化的工作。

牛瘋子把我姐夫請到他家用酒菜款待了，要他幫他管學生，就約上冇兕，與馬痞頭背著糧食鍋碗和棉被等等，扛上獵槍上路了。三人在海拔幾千米的冰天雪地守了幾天，終於打到那怪獸，牛瘋子回家制了肉乾，吃了火柴頭大小一點，當晚立竿見影。不久他給皮校長送去肉乾，皮校長每晚回家，老婆喊天叫地，從此不再偷漢。我姐夫給皮校長送了幾次團魚，團魚雖是美食，但是不如牛瘋子的怪獸肉乾解決皮校長的大問題，不久縣上分來一個民辦教師轉公辦的名額，皮校長將牛瘋子轉成公辦教師，並且調到完小和幾個頂班工人一起輪流拉電鈴，把他從教書苦海中解救出來。

我姐夫不再盼望轉成公辦教師了。其時國家開始改革，許多人做生意賺錢後吃喝嫖賭，豪氣十足，教師整整一月工資不及他們一盒香煙錢。我姐夫大有辭去民辦教師的念頭，他若有錢，用錢開路，豈但吃皇糧國稅，什麼可能都會有。牛瘋子調到完小後，我姐夫一人教兩班，他一邊教書一邊跑生意，常常整天不在校，於是兩班有了好景象：

打打跳跳，教室裡正像翻江倒海的五穀粥；鬧鬧嚷嚷，課堂上恰如爭價講錢之萬人市。這邊是李白拿衣兜裡的八哥讓鄰座圍觀；那兒有杜甫掏褲袋中的花生與同桌分享。張三叫：「李白，那麼狗[1]？八哥讓我玩一下吧！」李四喊：「杜甫，這樣嗇？花生給咱吃兩顆麼？」一會兒哪吒鬥東海老龍，你咬我啃翻課桌；一會兒悟空戰西天怪獸，我扔你砸飛書包。一會兒強者追打弱者，講臺上下狼奔豕突；一會兒弱者懼怕強者，教室內外鬼哭狼嚎。一言以蔽之：亂糟糟，人人貪玩；紛擾擾，個個停學。

春節，我姐夫在街上打牌贏錢，出來碰著梁富裕，梁富裕見他高興，說：「今天又贏多少？錢拿出來辦招待！」我姐夫聽說他去年和黑道朋友在場上旅館敲詐一個有錢的外地商販，又在山洞輪姦一個小姑娘，他想和梁富裕保持距離，但是又想水至清無魚，人至清無友，操社會正能量有用，邪能量也有用，於是說：「走啊，到李實飯店啊！」

二人來到李實飯店樓上的小間吃喝聊天。梁富裕說：「做木材生意不啊？」我姐夫忙問究竟，梁富裕說：「瑪律康的木材每方三百到三百五十元，運到崇原除去一切開支，每方最少賺一兩百元……」我姐夫驚呆了——他每月工資十幾元，假如買一車木材回來賣了，抵他十年工資！梁富裕接著說：「差價賺的錢是小錢，給森工局和檢尺員揣錢，在尺寸上賺的錢才是大錢……」於是二人商量各借三千元本錢，趁著還未開學做一車木材生意。

我姐夫親朋都無錢，他借三千元鉅款比登天還難，只有貸款一法。農村信用社有小額無息貸款，興鎮信用社主任把國家無息貸款當成私人恩惠，他掌握著利益施捨，心裡當然偉大，你恭維、請吃和送禮不到位，鞍前馬後叫喊他，他理也不理你。我姐夫經常看見人們在場上飯店恭請他，每次見他體面吃喝，神氣十足，心裡很不服氣，認為他享受頂班特權端上鐵飯碗，又不是德有多高，能有多大，憑什麼該受到這樣尊敬？但是他要貸款，還得像別人那樣請吃請喝，低三下四，他感到無比困難，難得像吃一堆屎。

我姐夫勸自己：「管他媽的，社會是這樣子，只能跟著混。我現在給人變狗，今後發跡，別人給我變狗，我並不吃虧……社會多麼偉大，個人多麼渺小，我必須學會跟各種人廝混，必須和社會融為一體，藉助社會力量，才能幹成大事。社會有清有濁，有賢有愚，我要容得下黑暗，看得慣醜俗，如果像愛書常常讚賞的屈原陶淵明那樣，一味純正，一味高尚，根本無法在社會立腳，當然也就幹不成一件大事，只能寫幾首詩歌。」於是他忍住屈辱，恭維、請吃、送禮，終於貸到了三千元無息貸款。他非常高興，心裡想：「講關係是好，天大的困難一下就解決了！」

我姐夫和梁富裕帶著本錢，在成都西郊揮著鈔票攔了一輛開往瑪律康的貨車。汽車進入山區，在崇山峻嶺中左鑽右轉，上爬下行。往左鑽，突然來到一條九曲狹流的危岸上，腳下便是眾多沖闖的流水；往右轉，驀地進入兩道萬仞絕壁的夾縫中，頭上只有些許高邈的天空；往上爬，腳下蒼山如怒濤，如大海，西天孤零零一輪紅日，令人讚歎鯤海鵬天之廣大；往下行，路邊赭石像臥虎，像雄獅，前岩逼仄仄幾里黑洞，使你感覺雞腸狗肚之狹小。汽車鑽過山洞沿著小溪行駛，溪水一忽兒在灌木林邊淺流，展現它的娟秀，一忽兒鑽進巨石罅隙，不見一些影子，一忽兒是千尺瀑布，水霧映出夕照之五彩，一忽兒是一泓止水，魚兒在水底發呆，又突然藏進石縫。

二人在森工局開票買了木材，雇車到林場裝貨。等候輪次時，我姐夫去看檢尺員給別人量木材，見一根木材直徑分明是三十釐米，檢尺員很快收了尺子，在本子上記下二十五釐米。他明白檢尺員收了紅包，就把梁富裕叫到旁邊耳語，準備五百元鈔票，等到檢尺員進廁所，他連忙跟去塞進他衣袋說：「師傅，我沒給你買煙，你自己買！」

輪到他們裝木材，檢尺員送了三根木材，三根木材價值兩千多元，我姐夫非常高興。他以前講關係，都是披著感情外衣送禮物，今天第一次赤裸裸塞錢，有點慚愧自己醜俗，但是又想：「看人看事要一分為二，不能只看這面，不看那面。好比母雞既下蛋也屙屎，我們吃蛋不吃屎，假如放著雞蛋不享受，天天去恨雞屙屎，這是多麼的愚蠢和無聊啊……」於是他戰勝了自己殘存的清高，他不再慚愧，而感到自己在成熟。他想：「愛書至今還在嫉惡如仇，爭究是非，還在相信真理，喜歡原則，多麼幼稚，多麼可笑！」

我姐夫他們運回木材經過檢查站，檢查站周圍幾百里無人煙，老天正下大雪。車上木材比准運證上寫明的數字多，我姐夫怕檢查，大大方方拿出五百元交給站長說：「大爺，車子出問題，我們今天走不了，在檢查站住一夜，給點食宿費！」站長不再檢查，帶著他們進屋去。屋裡，檢查站兩個年輕漢子在烤火，火堆四周亂七八糟放著各種生活品，靠牆搭著一張床，床前有雙半大女鞋，床上厚厚的被子裡睡著誰。六人圍著火堆，我姐夫說：「大爺，床上是你的孫女啊？」站長說：「嗯。」床上孩子聲音在怒吼：「我不是你的孫女！我不是你的孫女……」邊說邊用拳頭捶打床鋪，用腿腳亂蹬被子。站長說：「小畜牲！你不是我的孫女，我把你趕出去凍死！」小畜牲不再耍潑，在被窩裡蒙著腦袋嚶嚶哭泣。我姐夫知道問錯了，連忙扯開話題，問起森工局和林場的人際關係來。

閒聊一陣，大家肚子餓了，檢查站一個漢子到廚房做晚飯。一會兒晚飯好了，檢查站三人各端一碗米飯，坐在火堆旁邊，共喝一瓶燒酒，共夾一盆肉片，狼吞虎嚥，美美享受。梁富裕去簷下小便，進廚房拿起灶上油燈往鍋裡一看，見鍋裡只剩一小碗米飯。他來到火堆旁坐下，看著三人吃飯說：「大爺，把飯給我們吃點哇？」站長說：「沒有！」梁富裕說：「把酒給我們喝點哇？」站長說：「沒有！」梁富裕說：「下次給你們帶一車來！」站長說：「還是沒有！」

我姐夫拿出一百元給站長，站長才從床下拿出一些米菜油肉說：「自己做。」我姐夫到灶房做飯去了，梁富裕和司機圍著火堆繼續看三人吃飯。三人邊吃邊叫床上小姑娘起來吃飯，再不起來就要吃完了，孩子誰也不理，仍然蒙頭哭泣。哭了一陣，突然起床衝到火堆旁邊搶肉盆，身子碰在梁富裕肩上，梁富裕扭頭一看，在她胯下摸一把，小姑娘將肉盆砸在他腦袋上，梁富裕滿頭滿臉都是油，他真想把她打成肉泥，但是看看吃飯三人，終於忍氣算了。

第二天吃過早飯，我姐夫他們正說上路，站長突然發現小姑娘出去解便沒回來，站裡三人都尋找，我姐夫他們也幫忙尋找。找了一陣沒找到，站長說：「算啦，她餓了要回來！」我姐夫他們上路了，走了幾里，見前面路上正是小姑娘，梁富裕說：「把她帶回興鎮去！」我姐夫發現商機，想賺大錢，他嘗到了送禮甜頭，打算辭去民辦教師，融入廣闊社會，通過奮鬥，爭取成功，他也想玩小姑娘，但是他還要再來買木材，便說：「把她送回檢查站！」便叫司機停車，和梁富裕一同下車捉孩子。

二人在縣城賣了木材回興鎮，各校早已開學。有人反映我姐夫丟了教學做生意，皮校長在全公社教工大會上點名批評，我姐夫站起來當眾辭職，大步走出會場去。

莊愛書自注：
[1] 狗，我地方言，意思是吝嗇，不維人。

09 畢業回家，弱子憶釁門；收工吸煙，強父評相片。

崇原師範學校今天晚飯開始停伙，兩班畢業生近處的收拾東西，下午就要步行回家，遠處的因為趕不上縣城開往場鎮的末班車，還得在學校住一夜。

午飯後，二班男生寢室有的在收拾被子箱子，跟同學話別，有的在說說笑笑，打打跳跳。班長拿著大把畢業照片進來每人發一張，高跟黨叫道：「王大中，你又去看糯糍粑沒有？」班長頓時高興，很想講說糯糍粑，然而他是好學生，應該品行端正，便努力藏起高興，一本正經批評說：「高跟黨，你龜兒少說你媽這些話，馬上就要當教師了，還是要像個人民教師的樣子。」高跟黨笑著剝下他的偽裝：「你去北街拿照片，肯定看了糯糍粑！」其他同學也玩笑，都說班長看了糯糍粑，班長見抵賴不了，就跟著大家說笑起來。陸家華家住城裡，常聽家人和鄰居講說小城人事，現在笑著說：「糯糍粑只要看到男人走她門口過，就要拉人進去耍。有個老頭想耍又沒錢，她拉住不讓走，把袖子拉脫了，又拿針線出來給人家縫。」張大胖說：「糯糍粑奶子大！」陸家華說：「官對窩比她還漂亮，不但奶子大，溝子又翹又圓……」高跟黨躍躍欲試：「官對窩住在哪裡的？」陸家華說：「也在北街。」

興鎮是全縣離城最遠的公社，我和高跟黨明天才能回家。下午我去街上閒逛，遠遠看見前面高跟黨兩臂抱著陸家華和張大胖的肩膀低聲說笑，並排走著，去往北街。我一時頭腦簡單，缺少心眼，因此追去問道：「你們三個去幹啥？」陸家華回頭笑著說：「嘿，你才怪喲！我們去親戚家裡玩耍，你跟來幹啥？」我非常難受，轉身去了新華書店。以往我去書店，書店只有馬恩列斯毛、八個樣板戲、幾本紅小說和一些政治口號小冊子，有的我早已讀熟，有的我毫無興趣，此刻明知書店沒看頭，然而還是去看書。可是當我站在櫃檯外面伸長脖子，睜大眼睛，一本一本看書脊，驚喜發現書架上出現了少量的古典文學名著！我感到社會開始變化，心裡非常高興，忙叫書店人員拿來《西廂記》，站在櫃檯跟前如饑似渴閱讀。其時部分領域開始出現微小的私人經營，然而書店人員還是計畫經濟時代國企一家獨大的滿滿傲慢，見我久看不買，十分鄙屑，不耐煩地問道：「要買不啊?!」我就毫不猶豫買了書。

第二天早上，我沒有跟高跟黨同路回家，背著被蓋箱子，拿著勞動工具，獨自去趕五溝的班車。我在車上放好東西，班車還沒啟程，我就坐下閱讀《西廂記》。這時一個衣著整齊的青年來我身旁坐下，我問他道：「你在哪個單位工作？」青年說：「五溝區信用社。你呢？」我頓時有些瞧不起，自豪自己將要從事的職業：「我剛師範畢業，還沒分配工作，反正要當教師。信用社天天摸錢，滿身銅臭……」青年憤怒了：「我最瞧不起教師！」我說：「教師職業多清高……」青年不滿說：「清高？五溝中學的教師為一口湯沒喝平，在廚房打架！」我聽得笑了，中學教師多麼文明體面，怎會為了一口湯沒喝平而打架，我點兒也不相信，說那青年在污蔑。這時班車已經啟程，在很窄的石子路上顛簸，我不再跟他說話，搖搖晃晃看起書來。

我爹幹活累了，喜歡吸他精心製作的旱煙休息。中午收工後，他坐在飯桌上席，點燃油燈，拿出煙具，食指和拇指從煙袋拈出煙絲搓成小團，安在煙管上的煙鍋裡，然後偏著腦袋，就著油燈焰火燒吸，吸完了在桌邊磕去煙灰，又搓第二團煙絲。他一邊吸煙，一邊想著家事：他的兒子端上了許多人企羨的國家飯碗，他跟吳書記定了姻親，成為興鎮的皇親國戚，他吃苦一輩子，現在才走上他的人生巔峰……他想一陣，又擔心我在師範學校耍了對象，不同意他給我定的婚姻。

我爹正想著，見我背著箱子被子，帶著勞動工具回來，忙問：「好久去聽分配？」我說：「八月二十八號。」我放了東西來到桌旁，我爹又問：「畢業照片呢？拿來我看看。」我很不情願，又得服從，只好拿出照片給他。兩班學生加上幾個老師工人合照一張大照片，我爹左手拿照片，右手用煙鍋啄指著一個個女生，評論這個鼻子塌，那個嘴巴大，每評一個，看我一眼，想從我的表情發現蛛絲馬跡。我深怕「煙油」從煙鍋流出來塗在照片上，非常生氣，很想說他，卻又不敢。

我在師範學校沒對象。我沉醉書本，偷寫小說，已經二十出頭，從來沒有談戀愛，心裡只有林黛玉。女生們或潑辣，或溫柔，或熱情，或冷漠，或樸實，或做作，或生於淮南則為橘，口音習慣和舉止都是洋氣的城市知青，或生於淮北則為枳，衣著長相和觀念都是土氣的農村姑娘，卻無一個林黛玉，我看她們是俗物。

我爹看完女生，問道：「哪個是齊天偉？」我指了，我爹看了一陣：「多年不見，已經認不得囉。你說不講關係，他看了我的信，就叫你到廚房單獨由工人給你舀飯，如果你肯維工人，工人稍微給你多舀點，你都不會挨餓，這不是講關係是啥？這是你前年回來親口給我說的嘛，不是我編的嘛，嗯？我經常教育你，世界上沒有不講關係的人，看他媽啥子人都要講關係，你不聽！」他又痛心說，「但是人家給你便宜你不占，願去桌上分飯餓肚子，看你瘦成這樣子，老子有啥辦法呢？」

我入學遲去三個月，報到那天，同學們正在用鋼釺鐵錘打平石頭地基修建校辦工廠。我在牆外放下被子席子鋤頭扁擔糞桶等等，就去拜見齊天偉，齊天偉看完我給他的信說：「你們吃飯是八個人一席，每席有個飯代表在廚房用盆分飯端回席上，席上再分到碗裡，你沒來，剛好編了十二席，你來就多了一人……」他考慮把我插在哪一席，笑著說：「願意在廚房由工人單獨給你舀飯不啊？單獨舀飯吃得夠。願意我就去給工人打招呼。」我感到他親切，又覺他俗氣，不好意思，沒有開口。我明白齊校長打了招呼，短期能夠吃飽飯，若要長期佔便宜，還得經常去那幾個工人的寢室玩耍，幫他們掃地，幫他們洗衣，路上相見，老遠招呼，隔三岔五，送點小禮……若是真誠友好，這些我點兒也不難，但是懷著目的，心裡有鬼，我使出千鈞之力，也難做好一兩次，也難堅持一兩月。我學習陶淵明，不願為了自己身體享受，就讓自己精神受苦。齊天偉見我猶豫沒答話，也不好意思起來，笑著低聲提醒我：「寧願在廚房單獨舀飯嘛……」他見我仍然不說話，他是校長，應該教育學生高大上進，應該公事公辦講原則，便連忙站起來，「那麼你到第九席，我給廚房說一句，第九席增加了一個人。你的東西呢？我帶你去安鋪。」

我爹看了齊天偉，又問哪個是班主任，我指給他看了，我爹說：「這些老師肯定都是大學畢業，學問不簡單！」我聽了，心裡十分鄙視。

班主任姓肖，高中畢業本以為考不上大學，不料升學考試老師改卷來了瞌睡，把他的9分寫成90分，因此他讀了師範大學物理系。如今肖老師肚子裡的大學物理只剩三個半公式了，中師物理也不了然，便學習一個著書立說、性情怪癖、半年一年才靸著爛拖鞋講一堂課的權威教授，也靸一雙半截拖鞋，十天半月不到教室，把我們交給班長管理，自己天天和別的老師吹牛，或者回到寢室，拿出藏在枕下的美人畫，躺在床上邊看邊動作……

有時上課鈴聲響過很久，他才靸著拖鞋來教室。他壓住緊張，故作鎮靜，慢慢走上講臺，用大地方的腔調，慢句慢句安排今天或者明天的勞動。安排完了，若是下課鈴聲還不響，他就講課亮一手，讓我們知他肚裡有貨。他沒備課，不知該講什麼，就隨便撿一點兒現成知識，像他崇拜的那位大學權威講課一樣，東拉西扯說幾句。我們聽得沒頭沒腦有意見，他就無緣無故在黑板上寫出一個大學物理公式來鎮壓，我們更加莫明其妙，問他這公式是啥意思，他沉住氣，不慌不忙搬來權威蠻不講理的說法：「這是科學家證明了的，你大膽相信就是了！」他見我們不敢懷疑科學家，無法推翻這公式，集體啞然，不再反他，他失聲笑了。

我入學第二天，全班繼續平地基，肖老師站在旁邊指揮一陣，拿起鋤頭勾鬆土，象徵性地勞動一會兒，樹立他的親民形象。他邊勾鬆土邊吹牛，學生們爭著跟他說話，我迷信他的學歷，向他請教道：「肖老師，假如從我們東半球挖洞，經過地心挖到西半球，挖穿，然後丟個石頭進去，這石頭會不會落到西半球去？」肖老師把我打量一陣，懷疑我的腦子有問題：「你飯吃飽了沒事幹？你能把地球挖穿嗎？」他這理由多硬啊，他努力平靜，努力壓住粗重呼吸，聲音顫抖說，「你把這地基挖平都算不錯囉……」同學們見我提傻問，一齊嘲笑，有個男生把手裡的鋤頭交給我：「馬上挖，把地球挖穿！」另一個男生低聲說：「莊愛書像是瘋的一樣。」我忍住傷痛繼續討論：「我認為這石頭由於慣性，超過地心一段距離，最終會停在地心……」班長在提土，見我不識相，明明肖老師不喜歡了，我還在說個不停，他提起土石倒在我背篼裡：「背走！不要說些㞞沒名堂的話，把地球挖穿！」從此後，本班外班同學一見我就笑問：「莊愛書，把地球挖穿沒有？」

我正在心裡鄙視肖老師，傷痛自己遭受的諷刺和奚落，我爹說：「我從這相貌看，你們班主任可能有點陰險。」我沒有答話，我知道肖老師並不陰險，只是好色。

畢業前不久，班裡又勞動，肖老師站在樹下乘涼監工。休息時大家都去樹下親近他，跟他天南地北閒扯，他就亮出他跟別的老師吹牛聽來的時事政治和國際風雲，讓我們佩服。這些二手三手千手萬手聽聞早已變味走樣，違背常理，男生們看出漏洞，不敢反駁，擔心班主任畢業鑒定給差評，反倒爭著佩服肖老師知識淵博，女生們更是奉承諂媚，想著法子巴結他。

有個女生笑著說：「肖老師，你夫人沒來耍過呢？把她帶進城來耍嘛……」另一個女生笑著說：「肖老師嫌師娘土氣。」第三個女生說：「我一次都沒看到過肖老師的夫人，肖老師夫人肯定漂亮……」第四個女生說：「肖老師，二天你家屬來了讓我們看看。」肖老師置身萬花叢中無比幸福，笑得瓦刀臉上嘴角扯到耳根，嘴巴像一彎新月，真不知說什麼好。

有個男生厭惡女生諂媚，扯開話題說：「肖老師，讓我們到城外河裡洗個澡吧，這麼熱，我們天天幹活沒洗澡！」肖老師多麼希望女生也下河洗澡啊，桃紅李白，芍妖蓮淨，一個個任他盡收眼底，因此他打算跟齊天偉商量，晚飯後帶領女生到城東石堰河的淺灘學游泳，便同意那男生的請求。男生們雀躍歡呼，說說笑笑，忘記了跟肖老師說話。

肖老師浮想聯翩，快要瘋了，他無法管住自己，看著面前最漂亮的女生，不顧懷疑說：「莊秋菊來一下！」便回寢室，等著莊秋菊來接受教育。莊秋菊非常難堪，卻又不敢不去，磨磨蹭蹭不知如何是好，女生們嫉妒傻屄，互遞眼色，不懷好意，低聲慫恿，叫她不要怕，鼓起勇氣快點去。莊秋菊磨蹭半天，終於冒險去了，男生們有的咳假嗽，有的做怪相，有的心裡明白，表面不露。

晚飯後，兩班女生聽說要上游泳課，聚在寢室又是說笑，又是氣惱，都不肯去。肖老師和體育老師以及一班班主任同去動員，三個老師義正詞嚴，威逼再三，女生們這才去了石堰河。消息很快傳開，男生們爭分奪秒，跑往河邊，我沒得到消息，奇怪校園怎麼這樣空寂，不知老師同學去了哪，頗有失群孤寂感。這時一個男生飛跑說：「莊愛書走，到石堰河看女生洗澡，老師們都去了！」說著不見了影子。我很想也去飽眼福，又非常不好意思，猶豫一陣，終於獨自一人到教室，偷偷創作《精衛銜微木》。

石堰上游深水處，男生們一絲不掛，瘋狂游泳；石堰下游淺灘裡，幾個老師穿著短褲不停命令女生下水。女生們在岸邊嘻嘻哈哈，嘰嘰喳喳，你推我，我推你，都不下水，近旁草地呆呆站著幾個男生，等著女生脫衣褲。肖老師找到女生們不肯下水的原因了，喝斥幾個男生滾到上游去，幾個男生這才記起害臊來，連忙跑到上游去。

女生們推搡一陣，終於穿著外衣外褲勇敢下水，肖老師大失所望，命令道：「把外面的衣服脫啦！」上游男生停了游泳，一個個伏在石堰上，睜大眼睛，伸長脖子，恨不能把腦袋抵攏去，一齊呼應肖老師：「脫啦！脫啦！把衣服褲子全脫啦！」女生一個也沒脫，都下到淺灘，蹲在水裡，頗感新奇，笑鬧不停，誰也沒聽體育老師講授游泳要領。

講授完畢就實踐。肖老師忙來教導莊秋菊，莊秋菊逃跑老遠，邊跑邊呸濺到嘴裡的河水，呸得那樣響，呸得那樣重。肖老師沒有抓住莊秋菊，又去追趕吳俊華，高跟黨伏在石堰上眼紅了，高聲唱了兩句他的即興詩：「天上烏雲攆烏雲，地上男人追女人！」肖老師追了幾圈終於抓住吳俊華，把她攔腰橫抱在胸前，教她練習「狗刨沙」。吳俊華在水裡抬頭笑鬧，不停掙扎，最後生起氣來，堅決不再學游泳，從肖老師懷裡跑開了，肖老師又去教別的女生。男生們在上游一齊高喊：「教我們鳧水！教我們鳧水！」

晚上回來，男生們在木板樓上的大鋪裡久久不能入睡，興奮講著肖老師教女生鳧水。高跟黨摸一把同鋪的胯下，笑著高聲說：「陸家華的雞兒翹起啦！」大家都笑陸家華，陸家華與高跟黨打玩，打玩一陣又說笑。說到半夜，濃濃的月光把榆樹影子從窗口投到樓板上，同學們大都入睡了，有的在磨牙，有的在打鼾，有的說夢話：「西街的包子肉多！」有的屙夢尿，「滴答，滴答」滴在樓下教室的課桌上。二人嘴對嘴話知心，高跟黨低聲說：「哎喲，睡不著！」陸家華問：「怎麼的？」高跟黨說：「雞兒慌。我去搞個女生來！」說著就起身出了寢室。陸家華以為他說著玩，不過去廁所，就入睡了。

一會兒，突然聽得女生寢室許多聲音喊打鬼，老師們起來了，男生們也起來了，到處在打聽，到處在講說，全校鬧鬧嚷嚷。齊天偉和兩個班主任在女生寢室問了一陣，叮囑晚上關門，出來叫男生們睡覺，於是說話聲漸漸稀少以至於無，全校只有樹下露水之滴聲，牆邊蟋蟀之彈唱。

男生又都很快入夢。陸家華等著高跟黨，等了很久，高跟黨才躡手躡腳回來輕輕睡下，二人又相向而睡，嘴巴對嘴巴。陸家華低聲問：「搞成沒呀？」高跟黨笑著說：「沒有。我剛進門，摸到一個胖的，輕輕脫了她的褲子，她翻身給我仰著，我正要進去，她突然喊打鬼……」我在鄰鋪假寐，把二人說話聽得清楚，打算向學校檢舉，又怕無證據，只得藏在心裡。

我爹看完肖老師和另外幾個教師，又看男生，說：「你這些同學，哪個學習比你強？」我說：「龜兒些搶飯比我強！像豬牛一樣只長身體，不長靈魂……」

我入學第一天，午飯鈴聲剛響，學生們一齊奔到寢室拿碗筷，像千軍萬馬衝鋒陷陣，咚咚咚踏得木板樓地動天搖。我不好意思跑，我想要當教師了，這哪裡像知識份子，更加不像高級知識份子。我自卑沒有生存競爭能力，但是我又認為，只有低等動物才只為生存而競爭，才只遵循叢林法則，人不僅要生存競爭，還要講思想，講正義，講精神，講崇高，講體面，這才是人的高等之處。因此我不慌不忙，用平常的腳步去寢室。我來到寢室樓梯下，同學們拿著碗筷猶如勢不可擋的洪流從樓上衝下來，差點把我踏在地，我連忙讓到一旁，等到他們走完了，才慢慢上樓拿碗筷。

我拿著碗筷來到露天食堂，同學們這裡一堆，那裡一片，有的圍著乒乓臺，有的圍著洗衣臺，有的圍著方石礅，有的蹲在平壩裡，中間一盆白米乾飯，同席候著輪次，一個一個舀進碗。我到處打聽第九席，大家都在專心分飯，很少有人答理我。我好不容易問到第九席，見八人站著吃飯，地上丟個空飯盆。高跟黨入學第二天就買來一個很大的鼓肚搪瓷盆換去從家裡帶來的小碗，現在端著搪瓷盆狼吞虎嚥，非常享受，見我來了，連忙說道：「我們這席人夠了！」別的同學也說道：「剛好八個。」我說：「齊校長安排我到第九席。」高跟黨非常不滿：「看吧，二天廚房分飯，九個人的飯還不如八個人多！」他的預言有道理：全校每席飯盆寫著號，廚房師傅從鍋裡把飯分到盆裡，高跟黨每頓去端飯，看到哪盆最多端哪盆，幾次被外班同學追來席上辱罵，說他不識一二三，第九席成了有名的「好吃席」，廚房師傅也痛恨，每頓故意給第九席少分。

下午吃晚飯，我跑快了。我來到席上，見高跟黨雙手端著一盆米飯，右手還拿一把小勺子，從廚房向我們大步走來，老遠稱功報勞高聲罵：「龜兒些每頓吃現存飯，又不去端！」他來到我們中間把盆放在地上，大家連忙蹲在飯盆周圍，都想爭舀第一個，但是勺子緊緊握在他手裡。他拿起地上他的鼓肚搪瓷盆舀飯，說：「龜兒些每頓在席上爭，不到廚房爭！老子看到我們九個人的飯還沒八個人多，奪過飯瓢舀他媽一瓢倒在盆裡就端走！」他邊舀邊築，用勺子把他搪瓷盆裡的乾飯築緊築實，築滿築尖，才丟下勺子吃起來，心裡說：「老子搶來的老子吃！」他剛丟下勺子，幾個同學一齊搶，先搶到的多舀，後搶到的少舀，以至爭吵叫罵起來。有個同學不滿說：「下頓還是選個公道人出來給大家分！」高跟黨說：「哪個敢！」席上便沒聲音了。我不好意思搶勺子，最後一個舀飯時，盆裡只有幾粒殘米。我拿著空碗，站在盆邊，久久不走，想讓大家害點臊。有個同學很慚愧，看我一眼，差點要把自己碗裡分給我，但是心裡說：「我舀得最少，只有一大口，怎麼給你分啊！」

我拿著空碗走了，席上有個同學不滿說：「把輪次排起，從下頓開始，每個人轉著先舀！」

高跟黨說：「老子端飯，就該先舀！」另一個同學想出好辦法：「乾脆每個人輪流當一周飯代表……」高跟黨說：「輪流當，可以！但是不准哪個龜兒端回來的飯，九個人不如八個人多！」同學們沒有把握，都無話了。

高跟黨吃完飯，把碗筷放在水龍頭邊，連忙去廁所。他在廁所屙出一座金山，出來站在樹下整褲帶，深深歎道：「唉——，好舒服！」他正要去洗碗，見我在寢室放了碗筷去教室，想我無能，高聲笑道：「莊愛書，又沒吃成飯啊？」

我爹拿著照片，見高跟黨光著上身，肌肉發達，兩手叉腰，神氣昂揚，又把我跟他比較一番，說：「看你這樣子，不及高跟黨一條腿重。你在學校勞動肯定不行，不知挨了老師多少批評……」於是我記起高跟黨幫我抬石頭的往事，心裡傷疤又被戳了一棍子。

學校炸掉山頭，開採石料，這天老師派高跟黨去生資公司庫房背炸藥，他見街上紛紛講說縣委一把手賈書記出事，就駐腳聽究竟。賈書記想當地委書記，到成都跑官要官，見了省委幾個官員出來在街上閒逛。他聽說成都有暗娼，就到處尋找，找了很久沒找到，見前面走著幾個姑娘，就跟在後面解眼饞。姑娘們剛從農村進城當工人，工資極低，衣不蔽體，有個姑娘沒穿內褲，褲腰開衩處掉了扣子，現出點兒腹股溝。賈書記緊緊盯著腹股溝，不覺跟到動物園，動物園的非洲獅子館最擁擠，姑娘們擠進人叢看獅子，賈書記擠到那姑娘身邊，從褲子「視窗」拿出粗黃瓜，偷偷戳她腹股溝。戳了幾下，姑娘突然警覺，一把抓住黃瓜嚎啕大哭，人們一齊叫罵賈書記，同行姑娘有的打他腦袋，有的踢他屁股，喝他去派出所。賈書記死也不去，那姑娘緊緊抓住黃瓜在前拖，眾人在後推的推，踢的踢，打的打，鬧鬧嚷嚷拖了幾條街，才把他拖到派出所。所長看到證據，姑娘才放黃瓜，她跟幾個閨密坐在條椅上息氣，聽候所長審問賈書記。她沒先前激動了，這才記起害羞來，雙手掩面低頭哭，突然衝出派出所。別的姑娘忙追去，抱住不准尋短路，都說你要想開點，誰不知他是牲畜。

高跟黨背回炸藥，放在工地，站到坎上高聲喊：「停倒停倒！停倒停倒！報告一個好消息……」腳下兩班男生女生幾十套錘鏨丁丁當當響成一片，不很整齊地停了下來，大家都聽好消息。高跟黨笑著說：「賈書記在成都動物園ri一個女子的大胯根，遭那女子抓住他的guai子[1]拖到派出所，省上把他降為縣委副書記了！」女生有的裝著沒聽見，說起別的話題來，有的無力打石頭，鐵錘砸在手背上，男生們卻說笑不停，非常高興，有個男生笑著說：「我以為啥子好消息呢，才說你媽這個。」第二個男生崇拜大官，連忙炫耀說：「我看到過賈書記，胖墩胖墩的！」第三個男生高聲笑道：「萬一把賈書記的guai子扯斷了，那才趣呢！」

我和三個同學抬石頭，我天天挨餓，沒有氣力，現在蹲在地上起不來。肖老師說：「你高跟黨，說話粗魯，下來抬石頭！」高跟黨飛下坎來，拿著我的杠子說：「滾開！這都抬不起，不要活在世上，去死！」說著蹲下身子，肩膀抬杠，一下站了起來。

莊愛書自注：

[1] guai子，粗俗方言，男人陽物。以下皆同。

10 親屬逼迫莊愛書，鄰居親近吳繼祖。

我爹在畢業照上沒有看出我的對象，把照片還給我說：「你在師範學校兩年，有沒有認識的女同學？也就是說稍稍靠近一點的女同學？」我非常討厭，生氣說：「沒有！」我爹說：「我不信簡直沒有一點瓜葛？」我連忙起身，走出屋去。剛到門口，我爹喝道：「轉來！」我不敢再走，磨蹭一陣終於轉去。我爹說：「老人問話，想走就走！」他又吸一陣煙，怒氣消了些，說：「當然，人生在世，結婚也不是什麼醜事，遲早都要結婚。人不結婚，天地間哪有人煙？人不結婚，祖宗的香火誰來繼承？……」

我爹講完大大一篇道理，證明他應該過問兒子婚姻之後，才把他和吳書記定的婚姻告訴我。吳書記的半傻女兒叫吳繼祖，胸部發達起來不好意思，老媽給她縫了一塊口罩似的大白布，叫她在裡面緊緊捆了，因此她的胸脯像武士穿著胸甲，飽滿而平坦，但是小肚天生像個大西瓜，方屁股左右凹陷，向前挺著，使她寬闊的虎背熊腰呈現出曲線醜，這些老媽就無能為力了。我聽說吳繼祖，堅決不答應，我爹把煙管啪地拍在桌上：「你娃娃忘恩負義！」於是前前後後，長篇大作，細緻入微地講起推薦讀書，我家猶如落深水，一根稻草也想抓，吳書記頂著多少阻力，費了多少心思，才把我推薦去讀書。

我爹講完推薦讀書，又誇這門婚姻的種種美滿：「第一，讓社會知道我們不是忘恩負義之人；

第二，吳書記是興鎮一把手，他家沾親帶故，黨員都是八個，單位人員一席多；第三，這姑娘脾氣好，過門來不會和你媽扯筋；第四，這姑娘勞動好，背挑不成問題，不會連累我們兩個老人……」

我仍然反對我的婚姻，我爹請來親戚勸說我。這天晚上他開家庭會，他講話鳳頭、豬肚、豹尾，起承轉合，旁徵博引，講了好幾個鐘頭還遠遠沒有講到正題。親戚和家人有的打哈欠，有的伸懶腰，有的打瞌睡，有的出門看天色，卻都不敢勸他少說點，只有我姐夫截住他說：「親爺，天都快要亮了，你讓別人說幾句！」我爹才匆匆結尾，歸宗明義，要我服從他包辦的婚姻。

接著是親戚們勸說我。姑母對我最不滿：「愛書，你生在福中不知福！全公社比你能幹的青年多得是，但是都沒讀成書，你讀成了，你不靠你爹，能去讀師範？所以你要聽你爹的話，答應這門婚姻……」我聽得難受，很是慪氣，姑母是聰明的文盲，誰的社會能力強，誰的現實腦子差，她一眼能看出，但是我的滿腹詩書，她一個字也識不得，我的滿肚文才，她一點兒也看不出。我真想說出這話，但是太不謙虛，太不自量，誰也不會相信我，我只能啞巴吃黃連，把苦忍在肚子裡。

其他親戚也沒輕沒重教育我，勸說我，我還是不答應。么爹桌上一巴掌：「哥哥，不跟他說那麼多，拿毛大索來捆在柱頭上打！他能幹上天，四大骨總是爹媽給的……」姑母說：「他不答應，就叫他算伙食賬！把爹媽供養他二十幾年的伙食賬全部算清！」我爹連忙拿出紙筆擺在我面前：「算！把老子和你娘供養你二十幾年的飯食錢算清，當著親戚們交了，我們斷絕父子關係，你就滾出這個家庭！老子和你娘今後老了沒人供養，我們去討口，你當官前鋪後擁，你發財肥得油流，老子和你娘討口不到你那方向來，我們溝死溝埋，路死路埋，狗肚子就是棺材……算！快點算！」

我姐夫前天聽說這婚姻，心裡非常高興，他的社會關係又多了一個重要人物。現在他也想逼我算帳，但是我姐也吃父母飯，也該還父母，因此他隻字不提算帳，而大勢講說兄弟姊妹三人中，我讀書幾年，我哥讀書幾年，而我姐一天書都沒讀，大勢講說我推薦讀書，父母費了多少心血，花了多少錢財，我哥我姐好吃虧。他說：「今天晚上這屋裡都是親戚，關著門是一家人，我問你：家裡給吳書記送多少禮！給其他幹部送多少禮！還不說平時的煙酒茶飯……」最後他歸宗明義，義正辭嚴，「老人為你付出這麼多，家庭為你付出這麼大，你該不該聽老人的話，該不該為家庭作想，接受這門婚姻！」接著他又換了委婉語氣：「老弟，中國的婚姻都是湊合，哪有外國的什麼愛情呀，浪漫呀等等。你看我和你姐，你姐說文化沒文化，說腦筋沒腦筋，說長相……沒長相，但是我們還是在一起生活。」親戚們聽得難受，尤其是我爹，真想馬上翻臉，但是他怕影響今天的主題，又怕影響我姐的婚姻，俗話說「好馬不吃回頭草」，我姐已經有孩子，離婚回來多丟臉，鄰里鄉黨要笑話，我爹想了一陣，終於忍氣算了。

我真想大哭，真想大罵，真想還清飯錢，離家出走，但是我只有國家發給的暑假生活費，怎能還清父母二十幾年飯錢？我只能忍氣吞酸，一言不發。這時天已大亮，親戚們都想睡會兒，姑母說：「哥哥，愛書現在沒反對，說明他已同意了，他的婚姻就是這樣定了！」

我跟吳繼祖結婚的消息很快傳開，人們都佩服我爹能幹，給兒子掙到鐵飯碗，跟吳書記成了親家。我爹地位驟然提高，趕場老遠有人招呼他，進茶館這桌那桌喊他去坐，有一次兩個男子爭著給他開茶錢，竟然打了起來。他跟鄰居爭屋基，明爭暗鬥十幾年，現在鄰居不戰而退，讓出屋基，每頓端著飯碗來我家桌上吃飯聊天，又說又笑，非常友好。

婚姻登記在公社。我爹去和吳書記商定婚期，叫他在老梁那兒幫我們登記結婚，拿來結婚證。吳書記想了想說：「算啦，還是讓兩個娃兒自己去。」我爹說：「親家您放心，愛書沒有一點問題！」吳書記便去拿來兩張結婚證。我爹回家，給我一張結婚證說：「拿去，收拾好。」我差點撕得粉碎，但是不敢，只是不滿說：「政策規定，參加工作滿一年，轉正定級以後才能結婚！」我爹說：「吳書記說了，他到縣上去說情，你的轉正沒影響。」

婚期定在暑假裡，兩家開始忙婚禮。我爹請親戚，請朋友，買這買那，精打細算，要在莊家灣辦宴席，他和我媽每天忙得吃飯也沒時間，我哥我嫂分了家，也來幫忙借蒸籠，借大鍋，借桌子，借板凳，逮豬殺豬，湯毛刮毛，像幹自己的事一樣，而我一點兒積極性也沒有，一想到我的婚姻就煩惱，就氣躁，真想遠遠躲開。

雲岩寺幾百間大大小小的房屋連成一體，千年古剎，冠蓋山頂，漢柏唐槐，堆綠疊翠，環境最是清幽。文化大革命初期一群造反派打爛菩薩，鬥死僧尼，正要點燃房子觀大火，幸好內夥有人勸阻才算了。改革後各地寺廟興起，雲岩寺倖存的善男信女又回來，古剎只有幾人居住，非常空曠寂寞。我決定藏到那裡，忘掉婚姻，靜心創作《精衛銜微木》，因此婚禮前幾天，就偷偷離開了莊家灣。我來到雲岩山下，碰見愛武老婆燒香回去，我們站著聊了幾句，就各自東西。我且行且看，心情頗是愉悅：

走進溝裡，密葉能遮枝上雉鷲；爬到崗上，疏林難掩山下田舍。石徑砌雲梯，接著是裡多長的岩腔，頭上千鈞巨石滴清水；棧道橫霧壁，繼而有尺把寬的山脊，腳下萬丈深淵竄野獸。遠山洗過牛乳，起伏於天際；近樹吹著山風，俯仰在寺旁。觀音洞前，幾隻頑猴在樹上探頭縮腦，覬覦洞中果品；佛祖殿裡，一個病僧於臺下焚香點蠟，祈禱心裡神靈。

我在寺裡給了食宿費，選住山頂那邊樓房，老尼帶我爬石梯，過僧房，踏棧橋，穿巷道，七彎八拐來到一間敞開的樓房門口，只見古林蔭於窗前，新枝伸到桌上，床頭一隻松鼠從木窗逃跑出去。我非常喜歡這小屋，老尼走後，剩我一人，整個世界僅有窗外的鳥語蟬鳴，以及頭上偶爾一聲樹果砸瓦然後滾動的細響。

第二天，我正在行雲流水寫小說，聽得門外來了說話聲，接著老尼帶著我媽推門進來，我還未叫媽，我媽丟了杵路棒，突然給我跪下磕頭：「冤孽呀，你要把你老子逼死啊！你老子在屋裡拿刀抹頸呀……」老尼忙喊：「跪倒！給你媽跪倒！給你媽跪倒！」我氣得嚎啕大哭，砸筆要走：「如果能選擇，我不願給你們當兒子啊……」我媽抱住我的腿杆不停磕頭：「冤孽，我多給你磕幾個頭啊！吳書記大人大臉，二天吳家送親來不見新郎倌，這場事啷個得了啊……」我咆哮著雙手拉我媽：「起來！起來！我跟你回！我跟你回呀……啊呵呵呵呵呵……」

我和我媽同路回家，我媽一路勸我：「娃娃，我們原來過的啥日子啊？現在吳書記的姑娘跟你結婚，你還有意見！每個人好說婚就那幾年，過了那幾年，歲數大了，就越來越不好說婚啦，找不到婆娘，一輩子當光棍，把人家牙齒笑落呀！吳書記的姑娘條件這麼好，全公社好多人家托媒提親，吳書記都沒答應，你還在選啥呀？俗話說『左選右選，選個漏油燈盞』，錯過了這門婚姻，你沒法回頭啊，人家不會等你呀……」

我交往很少，不曉世事，我不知道別人的婚姻有無愛情，我只知道我的婚姻是枯樹，是僵屍，我糊裡糊塗心裡說：「也許現實裡原本沒有愛情，只有結婚完成任務，愛情只是小說家構造的海市蜃樓啊！」我渴望愛情，可是沒有一個戀愛對象，我不跟吳繼祖結婚，跟誰結婚？我人生閱歷很淺，生活經驗全無，我被我媽說虛了，害怕真的當光棍，我想：「管他的，討個老婆做樣子，免讓人家笑話我。」

婚宴那天，壩子裡十幾桌客人忙著吃喝，填飽饑腸，主家和幫工端著一碗碗一盤盤，在廚房和席桌之間往來穿梭。我不顧外面忙碌，關門藏在屋裡欣賞《西廂記》，沉醉在崔張愛情裡。我爹在外面講話敬酒完了，拿著酒瓶酒杯進來給我，逼我出去講話敬酒。我也認為該應酬，努力尋找敬酒辭，我平時談論詩書，口若懸河，爭辯學問，滔滔不絕，但是我對我的婚事沒有積極性，腦子一下變笨，現在一句話也找不出來。我爹恨鐵不成鋼，又急又慪催我說：「快點嘛！外頭客人要散席啦！」我非常著急，繼續搜找，可是搜了半天，還是找不出一句話來。

外面客人等我敬酒，有的說：「啷個不見新郎倌呢？」有的說：「老子講了話，兒子還是該出來說幾句，才像話呢！」有的說：「馬上要當老師了，隨便也能找幾句話哇！」有的說：「明理一輩子多能幹，生的兒子不爭氣！」有的說：「『上輩出，下輩弱』，這話一點不假。」

第二天，按照禮俗，我爹安排我跟著送親隊伍去吳家「回門」，我很不情願，如服苦役，但是不得不去完成任務。第三天，我和吳繼祖從吳家回莊家灣，人們以為我倆很幸福，談情說愛一路走，我卻上路之後忙前行，把她遠遠甩在後。

迎面來了一個漂亮女人，我非常眼饞，很想飽覽，卻又假裝正經，目不斜視，直到已經走過了，才回過頭去看一眼。我想：「跟這女人戀愛多麼幸福啊，但是我已結婚，沒這權利！」我心裡充滿渴望、空虛、憂鬱、惆悵和煩惱，感到生活多麼平淡、乏味、死板、枯燥和無聊，我一路問自己：「難道後面那個傻子真的是我老婆？難道我真的要和她生活一輩子？難道我這一生真的沒有愛情了？」人生多麼漫長啊，我不知道自己能否熬到最後。我後悔自己沒有扛住逼迫，跟吳繼祖結了婚，「九州生鐵鑄成大錯」，如何才能改變啊！

我們回到莊家灣，還有親戚沒走完，我爹陪客人，我媽忙客飯。姑母看見我，想起她的兒子蘇平周從小比我聰明狡猾，現在卻在農村！她羨慕我多麼命好，多麼幸福：「唉，你蘇姑父如果像你爹這麼能幹呢，你平周弟也跟你一樣，端上國家飯碗了哇！你蘇姑父一輩子只曉得背挑，叫他到公社蓋個章，他都不敢去！」我說：「國家恢復招生考試制度了，叫平周去考吧，考上了照樣端國家飯碗。」姑母慪氣說：「我農活都不要他幹，叫他看書複習去考試，他不呢……算囉，還是在公社醫院給他找個老師，讓他去學醫，找一口輕巧飯吃啊！」

親戚們都跟繼祖說話，繼祖笑著答完，不知該幹什麼，就在門檻上閒坐。她看著我媽在灶房內外忙得手舞腳蹈，看著灶房門外擺著從各家借來的蒸籠案板和鍋碗瓢盆沒有洗，看著旁邊兩筐玉米棒子快生黴，看著房前曬壩在烈日下空曬，看著曬壩邊我家菜地餵豬的紅苕藤瘋長，聽著我家豬兒在圈裡餓得聲聲長叫，她想：「這會兒有點事幹多好啊，可惜沒有事幹。」

她正想著，我媽說：「繼祖，來幫我燒鍋。」繼祖就去燒鍋。她坐在灶前，把我媽捨不得燒的寶貴木柴全部加進灶孔，鍋底燃著熊熊大火，我媽連忙細聲說：「煮麵條，你加木柴幹啥？快些退出來……」繼祖笑著，就把木柴退出來。我媽說：「木柴還在燃，萬一惹燃柴草不得了，快點埋到灰堆裡！」繼祖笑著，就把木柴埋到灰堆裡。我媽見草木灰上冒著煙，柴煙熏得繼祖流眼淚，又點撥她說：「把柴灰蓋厚點。」繼祖笑著，就把柴灰蓋厚點。

幾個鄰居女人都來我家玩耍，想跟書記的女兒親近。她們以往很難靠攏書記家，這下要跟繼祖天天在一起，今後她們在街上招呼吳書記，吳書記要答理了。我媽說：「繼祖，把背篼頭的玉米剝了。」繼祖笑著，就剝玉米。幾個女人幫她剝，一面拉起家常來，有個女人說：「我的母雞昨天下兩個蛋，今天下兩個蛋，一共就有五個蛋……」繼祖笑著說：「是，你的母雞昨天下兩個蛋，今天下兩個蛋，一共就有五個蛋。」另一個女人笑著說：「婆娘，兩個加兩個，是五個？」那女人大笑：「我才昏喲，兩個加兩個該四個，這麼簡單的賬都算錯了。」繼祖笑著說：「你真的昏，兩個加兩個該四個，這麼簡單的賬都算錯了。」第三個女人說：「我家那老婆子要死了……」繼祖笑著問：「你家那老婆子要死了？」那女人說：「嗯。已經三天沒進一口飯了……」繼祖笑著問：「已經三天沒進一口飯了？」那女人說：「嗯。依我心想，連開水都不給她燒一碗！那些年她對我那麼可怒……」繼祖笑著說：「對，連開水都不給她燒一碗！那些年她對你那麼可怒。」別的女人都勸說：「算啦，同船過渡都是八百年修造的緣分，你和她同鍋吃飯這多年，還是給她燒碗開水。」繼祖笑著說：「算啦，同船過渡都是八百年修造的緣分，你和她同鍋吃飯這多年，還是給她燒碗開水。」

玉米剝完了，繼祖又無事幹，跟幾個女人圍著半筐玉米粒繼續閒聊。我媽洗著灶房門外的蒸籠案板和鍋碗瓢盆，說：「繼祖，太陽這麼大，把玉米背到曬壩去曬。」繼祖笑著，把玉米粒背到房前曬壩。她倒下玉米粒轉身就走，玉米粒四周散開，中央成堆，我媽說：「用推耙子推開。」繼祖笑著，轉身回到曬壩，拿起推耙子把玉米粒推開。幾個女人都看她笨，但是都想，人家那麼和好，全然沒有書記家的架子，輕視人家幹啥啊。

11 去單位，一世皆輕幸運兒；見領導，全校都議輕薄子。

八月二十八日，兩班師範畢業生都進城，聽教育局分配工作，大多數因為沒有關係，都被分配到大隊小學守一輩子冷壇破廟，少數有關係的，才到公社完小教戴帽初中。高跟黨有他舅舅說話，我因吳書記——不，我岳父——暑假帶著禮物進城拉關係，都被分配在興鎮完小。

開學頭一天，全體教工到學校，早飯後我在家裡欣賞《西廂記》，久久沒去完小報到。《西廂記》文辭真美，一支曲子就是一首好詩，我讀到長亭送別，不禁拍案叫絕，認為這樣的好書如果沒有讀過，哪怕當了皇帝也是白活。這時我爹來催我：「你還不走？你看人家高跟黨腦子多靈醒，老早就去了！早點去跟領導靠攏，寢室啊，床桌啊，任課啊，都不吃虧，去遲了有啥好處？變鴨子都要搶在前頭才有清水喝……」我只得放下書本，去往學校。

我從今天開始就是興鎮場上的單位人員之一了，但是我自幼在我爹的獨裁專制下長大，我的大事小事由他操心，由他安排，由他包辦代替，我的生活和社會能力都很差，差得別說單位人員，就連許多農民都瞧不起。我結婚以後，人們都說我當教師不是靠本事而是靠婚姻，都羨慕我這命運的寵兒，要文沒文，要武沒武，卻比他們的日子好過。許多人一見我就誇我命好，一見我就誇我爹能幹，那班能幹農民尤其眼紅我，尤其不服我，叫罵老天瞎了他媽的狗眼，自己這麼能幹，一輩子埋沒在農村。他們遇到我，裝著不認識，給在場所有人敬煙唯獨不給我敬煙，跟在場所有人說話唯獨不跟我說話，以此表示瞧不起，讓我想通自己所以有今天，不是因為本領，而是因為命運。

我一路想，我能在高中教書多好啊！在高中教書，不僅因為高中語文課本的文學名篇比初中多，比初中深，講起來遠比平庸文章精彩有趣，而且能向社會證明我的能力。我甚至想教大學，講授和研究文學經典，贏得學生和社會的佩服。可是我如果不靠岳父，別說教高中大學，連在完小教戴帽初中都不能，一輩子只能在大隊小學。我到興鎮完小教書，不是靠我的能力，而是靠我的婚姻，我感到羞恥。我多麼渴望國家能像民國時期那樣實行招聘制度啊，我完全可以不去興鎮完小教書，而憑自己的才能，去中學大學應聘，但是現在全國沒有一例招聘，每個工作人員的流動都只能憑關係調動！

我痛恨講關係！高跟黨在師範學校寫大字報反擊右傾翻案妖風，總共不到三百字，就有一百四十九個錯別字，至今殘留在師範學校牆上，但是他憑著舅舅打個電話，就終生吃上皇糧國稅。蘇成鳳她爸是縣委委員，因此推薦讀大學，分配到縣城高中教語文，上講臺被滿堂學生嚇昏了，把教案本子當課本，找了半天找不到要念讀的課文，把黑板擦子當粉筆，寫了很久寫不出一個字，半年後調到縣工會當主席，天天作廟裡的菩薩，年年做聾子的耳朵……全國像這樣端上鐵飯碗、占著好位置、成為國家包袱的半文盲不知有多少，可是全由納稅人終生供養。

這時，迎面來了一個年輕農婦。年輕農婦想我推薦讀書，教書肯定很差，卻靠我岳父分在了完小，她料定我不能勝任初中課，遲早都要下放到大隊教小學。她老公和我小學同班，比我聰明調皮十萬倍，如今有的教書，有的務農，老天多麼偏心啊！她知道我肯定自豪體面，因此迫不及待想貶我，便笑著招呼道：「愛書，你分在完小的？好久下放到大隊小學去？」我詫異她何以這樣說話，心裡頗為難受，很想惡言還擊，又愧度量太小，便非常平靜說：「還沒接到通知呢。」

我走了一陣，後面有個牛高馬大的男人提著野生大鱉走來，要去場上各單位叫賣。那男人想我如果不靠我岳父推薦，在農村當農民還不如他，他不想理我，大步從我身旁走過了。野生鱉魚快絕種，我一看見，何等喜歡，我媽陰虛，正該滋補，我的暑假生活費沒用完，連忙高興問道：「團魚多少錢一斤？」男子知道我伸出一丈二尺長的舌頭舔我岳父的屁股，他偏不舔當官的，偏不怕當官的，回頭看著我說：「你買去送給吳書記的嘛。你想買，我才不賣給你！」說完大步走了。我挨了一刀，百思不解：「我從來不認識他，從來沒有得罪他，他怎麼這樣對待我？」

我來到興鎮場，興鎮完小後勤主任高大全從李實飯店出來，腳上靸雙爛拖鞋，褲管捲得一高一低，手裡拿著大包子邊走邊吃，笑著高聲叫我：「莊愛書，你龜兒分到我們學校啦？」街邊幾個女人坐在板凳上聊天，聽得高大全叫我，都低聲議論。有個中年婦女說：「那是吳書記的乾兒子。」另一個中年婦女說：「分到完小教初中。」一個年輕女人偷笑：「媽呀，他教初中？嘿嘿……」我心裡難受，裝著沒聽見，招呼高大全道：「高主任在幹啥？」高大全咬一口包子，臉上長出大大的肉瘤，語音含混說：「吃肉包姐！」

生豬經營站門外，二狗禿子殺豬湯毛後，在一根後腿上割了口子，用鐵棍戳進去，在豬皮下面戳出幾條通道，然後右手握住豬腿，左手牽開口子，偏著腦袋用嘴巴把四腳朝天的肥豬吹得像氣球一樣鼓脹。他正吹著，聽得高大全說話，捏住豬腳伸起腰來高聲說：「高大全，你龜兒不教書又在街上找吃？來幫我吹豬！」高大全走去，一把抓下二狗禿子油亮亮的帽子夾在胯下，然後拋到空中。滿街人大笑，爭看二狗的禿頭，像人類第一次登上珠穆朗瑪峰一樣新奇，深怕錯過這千載難逢的良機。二狗禿子怒目圓睜，放了豬腿搶帽子，豬腿呼呼放氣，豬肚很快癟下去。二狗搶來帽子連忙戴上，抓起殺豬刀奔向高大全，高大全靸著拖鞋「巴達巴達」朝學校跑了。

高大全回到自己的寢室兼辦公室，點燃柴火熱剩飯，柴煙升上房頂，小部分從瓦縫鑽出去，大部分漫捲下來，彌漫整間屋子，然後慢慢從門窗飄出去。他的蚊帳全黑了，帳頂積著厚厚灰塵，辦公桌粘滿飯垢，浸飽油污，上面除了醋瓶醬罐，油杯鹽碗，還有一本巴掌大、毫米厚、紅色封面上印著個財神爺的曆書，這是他幾十年來的全部藏書。

我遠遠掉在高大全後面，來到學校不見一個學生，只見教工們有的在藏著打牌，有的在打掃自己的寢室，有的在皮校長的寢室兼辦公室閒扯，打聽於己有利的資訊。我又老想自己在這裡讀書挨批鬥，老想今後跟皮校長和老師們的關係，我非常自尊，我肚子裡的書本比他們多萬倍，我雖然曾經被他們整跪下，但是不會比他們低一等，甚至還要比他們高傲。

我來到皮校長屋裡，皮校長坐在木圈椅上，正跟幾個教工說著公社修建自來水站之事，無冕軍師梁抬石起勁地指責公社這樣錯了那樣沒對，用以顯示他的精明和勇敢。我跟大家招呼說話，梁抬石記起揪鬥我，心裡有些尷尬，他是我的老師，他等著我的招呼和尊敬，決心永不低下老師的架子。屋裡座無虛席，皮校長見我站著難受，本來他也不想改態度，但是時勢變了，現在讀書不算錯，況且我已是教師了，他便去裡間拿出凳子讓我坐，說：「時間過得才快，幾年前這裡出去的學生，現在回來當老師了。莊愛書，你當初中一年級五班的班主任，教你班的語文和歷史。你的寢室是保管室隔壁那間。」說完又跟大家說起自來水站來。

我滿意自己擔任的工作，本想去看看寢室就回家，明天背來生活用品安放，但是我跪著挨鬥，低人一等，推薦讀書，遭人輕視，我異常需要尊重，需要承認，需要佩服，我迫不及待，想出風頭，讓教工們看我滿腹文章，才華橫溢，雖是推薦，遠超他們，雖挨批鬥，穩如泰山，就坐著不走，等待機會。

這時高大全端著大碗米飯來了，白白的沒有一片菜，尖尖的如像富士山，蹲在皮校長的石頭門檻上一邊吃著一邊說：「皮校長，早會兒我在街上碰到吳書記，他叫我給你帶信說，修自來水站抬石頭，輪次轉到我們學校了。」說著筷子從碗底掏出一片肥肉，埋頭塞進嘴裡。皮校長笑著說：「高大全，你把鼻蛋上那坨米飯揩了再吃呢！」大家見高大全鼻尖果然粘著米飯，都和他說笑。高大全將筷子插在飯上，騰出肥厚的手掌把鼻尖一抹，反手揩在門板上，又拿筷子吃起來。

接著大家扯起抬石頭。皮校長打算拿錢包給農民，梁抬石說：「我們自己抬，把那錢來割肉搭平伙，飽飽吃一頓！」教師們連忙贊成。高大全說：「嘿，用黃花炒肉！黃花炒肉最好吃……」於是大家說起黃花炒肉來。我久久呆坐，很想參與說話，但是我的實際生活經驗很少，說不出大家那樣的水準，就打算把話題引向書本，卻又沒有契機，現在聽得說黃花，一下有話了，連忙說：「我們今天叫的黃花和古人說的黃花是兩種不同的植物，比如《西廂記》裡『碧雲天，黃花地，西風緊，北雁南飛。曉來誰染霜林醉？總是離人淚！』這黃花是指菊花，一般是不用它炒肉的……」我心情愉悅優雅，多麼希望大家談文學啊，可是沒有人理我。

皮校長順從民意，說：「高大全，你去割二十斤肉來，明天食堂搭平伙。」高大全說：「二十斤肉每個人只有四兩多，如果吃夠，我一個人吃得完他媽兩斤！」大家正要笑話高大全，我又說：「你沒有《西廂記》裡那個莽和尚吃得，他一頓要吃萬多斤黑麵做麵皮、五千個賊兵做肉餡的包子，『萬餘斤黑麵從教暗，我將這五千人做饅頭餡。是必休誤了也麼哥，休誤了也麼哥，包殘餘肉把青鹽蘸』……」我心情愉悅優雅，多麼希望大家談文學啊，可是沒有人理我。

皮校長想著抬石頭，說：「打了肉平伙，大家要出力啊，不要喊抬石頭，又這個生病，那個有事……」梁抬石連忙誇功：「我在這學校出力比哪個都多！修石梯抬石頭有我，修廁所抬石頭有我，修洗碗槽抬石頭有我，兩百多斤重的杠子，一下就抬起來！」我說：「你氣力沒有《西廂記》裡那個莽和尚的氣力大，他『瞅一瞅古都都翻了海波，滉一滉廝琅琅振動山岩；腳踏得赤力力地軸搖，手扳得忽剌剌天關撼』……」我心情愉悅優雅，多麼希望大家談文學啊，可是沒有人理我。

我感到不趣，就看我的寢室去了。出門剛轉彎，聽得屋裡一個老教師說：「在給我們當老師啦！」我停下腳步，站在牆邊，假裝看牆上貼的《新生分班榜》，聽得梁抬石說：「給我們當老師麼，我們原不算個啥哇；連皮校長，他還要當老師呢！」皮校長知他挑撥，沒有說話，一個中年教師說：「『滿壺全不浪，半壺響叮噹』，還沒上講臺就出風頭！」一個年輕教師說：「他算老幾？不靠吳書記，他能在完小教書?!」頂班工人梁水牛笑著說：「人家這下是吳書記的乾兒子了，你們要注意點囉，警防倒楣喲。」那中年教師壯著膽子說：「吳書記又怎樣？他的權力再大，我不犯錯誤，他就把我沒法！」梁抬石說：「即使犯了錯誤，也該教育局理抹，不該公社管！我們又不是『八大員』和民辦教師，人員由公社定，工資由公社發……」

我看了我的寢室去看我班教室，路過一個教師窗外，見高跟黨他們四人在屋裡打牌，周圍站著許多教工看究竟，我真想加入群體也賭博，但是我認為打牌不管是大賭為了暴富，還是小賭為了消遣，都是浪費寶貴生命而整個社會的財富沒有絲毫增加，永遠是人類的癰疽，社會的腫瘤，永遠是歪門邪道，哪怕偉人賭博，我也堅決不賭。這樣想著，我就鄙棄地離開了。

我看了我班教室出來，路過一個年輕教師門口，見他看書，頓生親熱，想我終於有同類。我非常珍惜鳳毛麟角，連忙進去問道：「看的啥書？」那教師說：「武俠小說。坐吧。」我有些失望，坐下說：「許多武俠小說沒思想，沒生活，沒藝術。」那教師說：「故事情節不是藝術？」我說：「好情節才算藝術。有些武俠小說情節千篇一律，又很牽強，文學素養高的人不屑一顧……」那教師來了睡意，不以為然說：「嗯！」我說：「而且情節只是藝術的一部分，第一流的文學作品哪裡僅僅有情節！比如《西廂記》裡的長亭送別，情節非常簡單，大量是優美的曲文……」我正要背誦，那教師抬起兩隻渾暗的眼珠看我一眼，馬上落下眼皮，啄下腦袋，葫蘆大嘴在胸前流出口水，滴在腿上。他又抬起頭來，不以為然說：「嗯！」我無法和他欣賞長亭送別那些曲子，只好告辭走了。

我從年輕教師屋裡出來，碰著一個中年教師，我們站著聊天。那教師說：「聽說你在皮校長屋裡背誦《西廂記》啦？」我說：「是啊，我非常欣賞《西廂記》！像『四圍山色中，一鞭殘陽裡。遍人間煩惱填胸臆，量這些大小車兒如何載得起』，像『青山隔送行，疏林不作美，淡煙暮靄相遮蔽……』簡直就是一首首優美的詩歌……」那教師笑著說：「我說你呢，是啥年代了，讀那雞娃子《西廂記》！《西廂記》早就過時了。」我覺得他好淺薄，說：「一萬年以後都不會過時！文學經典不是時裝。」

我難覓知音，要回家去，明天背來箱子被子席子等等在寢室安放。路過校門外的古榕下，見梁抬石正跟幾個教師議論我在皮校長屋裡賣弄《西廂記》，一個教師鄙視說：「《西廂記》跟當前形勢邊都不沾！」我連忙上前反駁：「文學不比新聞，為當前政治服務！文學做政治的奴才，就永遠是侏儒；文學的政治觀點必須是作家自己的，像但丁那樣，像魯迅那樣……」一個年輕教師看出我的天大錯誤，斬釘截鐵說：「看你啥子都要為政治服務！」一個語文教師說：「樣板戲為政治服務，為啥能寫那麼好？」我說：「樣板戲哪有《西廂記》好！」於是滔滔不絕，分析起來。梁抬石想我好反動，膽敢說樣板戲沒有《西廂記》好，差點喝令我閉住臭嘴，差點把我扭送到公安局，但是現在國家不狠抓階級鬥爭了，他終於沒有現手腳。教師們見我滔滔不絕，又出風頭，心裡非常難受，快要作嘔，有的遞眼神，有的癟嘴巴，有的咳假嗽，有的做怪相，有的把臉轉到一旁去，努力不聽我說話。

這時高大全啃著生紅苕從校門出來路過樹下，要去場上買豬肉。前不久他跟教育局長說了幾句話，這多不易，這多體面，很想讓人知道，就蹲在石條上一邊啃吃生紅苕一邊說：「告訴你們一個好消息。那天我在城裡碰到王局長，我們站在街邊談了不下十分鐘，他說今後每隔幾年要普調一次工資，不像今年，只給部分人調……」教師們不再看我的醜陋表演，連忙轉身，跟他說起工資來。說了一陣，梁抬石發現他褲子的「視窗」開著，現出大紅花布內褲來，很想讓大家看笑話，笑著高聲說：「高大全，你把褲子扣起再啃呢！」教師們看著高大全的褲子說笑，高大全扣了褲子，繼續啃吃生紅苕。

大家一時無話。梁抬石說：「這次升工資，全校只有你一人，你招待我們吃啥呢？」高大全說：「招待你吃雞巴。」教師們一齊敲他辦招待，高大全堅決不答應，梁抬石笑著說：「他不辦招待，我們抬死狗！」於是教師們笑笑鬧鬧，馬上動手，把他扳倒在地，有的逮手，有的抓腳，抬起他來，左右高甩。高大全像蕩繩床，深怕大家鬆手，摔他老遠，嚇得緊緊捏著半個生紅苕高聲叫：「停倒！停倒！停倒！老子要毛臉啦！」教師們沒有停倒，笑笑鬧鬧把他蕩得更高。

12 咬文嚼字，莊愛書遭罰；舞勺操刀，高跟黨受捧。

第二天開學，學生到校，我從家裡背來東西在寢室放了，就安排我班學生打掃教室，放好桌凳，我又領來課本和作業本發給學生，學生們都寫上自己的姓名。

興鎮一萬多人姓梁，不知何人何時少寫了「梁」的右邊那一點，這錯字就成了流行的瘟疫，感染興鎮一代又一代人。我見我班每個姓梁的學生都少寫了那一點，就責令他們改過來，學生們很不習慣。一個男生說：「連學校《新生分班榜》上都是這樣寫的！」許多學生一齊說：「對的，我們都看到……」我昨天看《新生分班榜》也發現這錯字，我知道如果指出來，定然得罪寫榜人，但是我生性認真，不願讓這錯字謬種流傳，影響學生。我想：「人類正是不斷同錯誤作鬥爭才有進步，布魯諾和伽利略，有的受火刑，有的坐監獄，也不放棄真理，我難道要替眼睜睜的錯誤讓路？」於是說：「《新生分班榜》的梁字寫錯了。改過來！以後講形聲字，我再給你們講我說這字寫錯了的道理。」學生們只好改正了。

梁抬石從教室窗外路過，聽得我和學生說話，連忙去找梁主任。梁主任正在校門口的水泥黑板前踩著凳子用粉筆公佈值周師生姓名，幾個閒耍的教師看他寫字，都誇漂亮。梁抬石看了水泥黑板上三個少寫了那一點的梁字說：「梁主任，莊愛書說你寫的《新生分班榜》上的梁字錯了，你還不改過來？」梁主任心裡一驚，非常不滿，反覆檢查水泥黑板上的梁字：「哪裡錯啦？你們看我這字哪裡錯啦?!」幾個教師真心實意認為梁主任沒寫錯，都一齊譴責我。

這時我去找梁主任領取粉筆、墨水和教案本，聽得大家說這梁字沒寫錯，連忙上前爭辯說：「『梁』是個形聲字，本意是橋。因為橋在水上，而上古木橋居多，所以梁字的形旁是三點水和下面的木字，表示意義。右上角『刃』字右邊多一點，這字讀『創』，是『創』的古字，與『梁』韻母相同，表示讀音，是聲旁，如果少寫這一點，就不讀『創』而讀『刃』，也就不能表示讀音了……」

幾個教師沒聽懂，但是連忙反對，既打擊我這個愛出風頭不會處世的寶器，又當著梁主任做了人情。許多教工聽得聲音都來了，梁主任吵道：「全校幾十個老師都是這樣寫的，難道幾十個老師都錯了，只有你一個人是正確的?!」我說：「如果全校幾十個老師都是這樣寫的，那麼全校幾十個老師都寫錯了！」教師們大笑。梁抬石說：「那麼全校幾十個老師還要拜你為師呢！」我說：「拜字典為師，我們翻字典！」說著忙回寢室拿字典，任隨他們在背後叫罵。

我拿來字典，翻到梁字，叫這個看，叫那個看，把字典放到他們眼前，我要把大家說得啞口無言才痛快，但是大家都不看，把頭轉到一旁去。一個資深老教師像大富豪不怕一兩次小虧本，憤憤說：「寫個錯字，雞毛蒜皮，算個啥啊？我就經常寫錯字！」有個語文教師說：「語言文字約定俗成，全公社一萬多人都這樣寫，這就成了正確字……」我連忙反駁，所有教師一齊辯論我，我南征北戰，東征西討，要辯贏每個人，嗓子也啞了。

這時高大全來了，見我誰也不服，誰也不怕，就拿領導資格威壓我：「莊愛書，你混雞巴賬！年輕人不虛心接受老教師的批評教育！前天你爹在街上見到我連忙敬煙，請我教育你，包涵你，你這種態度，我們怎麼教育你包涵你?!」我知他很差，心裡鄙視，然而我們從小接受的教育是怕國家，怕領導，因此我不敢反對他。他見我軟了，才露出一點真心：「你溝子上蛋黃沒乾，不懂屁臭！人家把梁字怎樣寫，兩個卵子打架，關你的屌事？你要說東說西得罪人！」

教工們都很反感我，都很鄙視我，常在背地議論我，說我不會說話，不會做人，不懂人情世故。他們商量打倒我，壓制我，孤立我，只要我顯書本，大家一齊找錯，偏不讓我辯贏，只要我說什麼，大家馬上圍攻，偏不讓我出頭。他們平平淡淡工作，輕輕鬆鬆教書，友友好好相處，快快樂樂生活，這有什麼不好啊？可是我剛分來，就亮書袋，就出風頭，弄得他們不輕鬆。有個年輕教師木訥笨拙，穩重平庸，喜歡安分守己，喜歡萬世不變，他不喜歡我富於才華、嘴尖舌快、輕浮外露、與眾不同，他最不願意看到我這種人得勢翻身，見大家商量對付我，說：「對的，堅決不能讓他出頭！」

學校沒有一人給我漏資訊，沒有一人跟我說真心，我點兒也不知道他們在背後的議論和商量。我對知識學問和文學很感興趣，多想跟人討論啊，我想國家現在提倡讀書了，報紙也在批判讀書無用論，學校難道不是爭辯知識、討論學問、暢談文學的地方嗎？我點兒也不知道自己的錯誤，認為愛好讀書、辯論真理是一種很好的品質，因此天天照舊跟他們談書本，甚至直言不諱指出他們的淺陋和錯誤。可是我每次剛剛開口，大家一齊鄙視厭惡，一齊圍攻反對，我說三加二等於五，他們偏說等於六，我說美國在美洲，他們偏說在亞洲，我嗓子也說啞了，沒有說贏一次。

皮校長見我一個年輕教師，初來乍到，排行老么，不說謙虛謹慎，溫良恭敬，夾著尾巴低著頭，反而大大咧咧，說話比老教師還大膽，他實在有些看不慣，這天把我叫去批評教育：「年輕人，要虛心向老教師學習，老教師過的橋比你走的路多！這學校好多老師都教過你，梁主任教過你語文……」我不以為然，心裡反對，認為我的真正老師是古今中外的偉大作家，我的知識和思想全是我偷偷看書學來的，我自己讀書不遭批鬥就算萬幸，哪在老師們那兒學到一點東西啊！我的老師們教書，是浪費學生時間，白毫國家倉廩。

我在這兒讀初中，全國學校遵照毛主席「教材要精簡」的偉大指示，化學課本只有一毫米厚，高大全教化學，連這課本也不懂，就拿出他一九五八年在公社農中讀書時的筆記本，將「一價氫氯鉀鈉銀，二價氧鋇鈣鎂鋅……」抄在黑板上，叫學生天天念讀，自己到教室外面跟別的老師玩笑，他摸他的胯下，他打他的腦袋。我們學生整整背了兩年，早把這化學價歌訣背得滾瓜爛熟，卻無一人知道是何意思，背它有何用處。高大全還是不講那一毫米厚的課本，叫我們天天繼續背誦化學價。

我在這兒讀初中，天天盼望學習語文課本節選的那段魯迅文章，可是老師不懂，避而不講，只揀那標語口號式課文來敷衍，天南地北，東拉西扯，尋找熟悉言辭，堆砌現存說法：「美國人民吃不飽，穿不暖，生活在水深火熱之中，我們要團結亞洲、非洲和拉丁美洲的朋友，共同打倒帝修反，解放全世界受苦受難的人民！帝修反的末日馬上就要來了，再過幾十年，到二千○○○○○○○○年，全球一片紅……」

我越想越不滿皮校長的批評，反對說：「教過我的老師寫了錯字，難道我不能指出，跟著錯下去貽害學生？」我是剛來的年輕教師，在學校的評論極差，人緣最壞，儘管我是書記的乾兒子，皮校長完全能夠壓住我，桌上一巴掌說：「你混帳！你在驕傲啥?!你有多了不起?!」他決定給我懲罰，打掉我的驕傲，「不屌說那麼多，從下周開始，你到每個老師課堂上聽課學習，聽完所有老師的課！『三人行必有我師』，你去學習別人的長處，彌補自己的短處！」

我不想聽課，但是我資格最嫩，閱歷很淺，力量很弱，膽子不大，我跟領導撕破臉皮打仗，不知是何結局。我從皮校長屋裡出來，食不甘味，睡不安枕，經過幾天激烈的思想鬥爭，只得屈服，開始聽課了。

我去聽高大全講課。課前我到他的寢室兼辦公室，見他飯後坐在辦公桌前嗑葵花籽，我說：「高主任，我來你課堂上學習。」剛說完，上課鈴響了，高大全說：「來吧，我馬上要上課了。」說著站起來拿了桌上的生物課本夾在左腋下，右手拈著左手的葵花籽，邊嗑邊去教室。

高大全走上講臺，見一些學生伏在桌上打瞌睡，玩笑說：「龜兒些，昨晚上沒睡瞌睡在偷牛啊？上課！」話音剛落，不知誰用肛門說：「不！」把所有學生逗笑了。高大全吐了嘴裡的葵花殼嚴肅起來：「是哪個放的屁？站起來！」等了一陣，沒有人站起來，他威脅說：「要站起來不?!不站起來我要ri你媽啦喲！」學生們更加大笑。課堂平靜以後，高大全重新宣布上課，值周生喊：「起立！敬禮！」全班學生站起來向他敬禮後，他才開始上課了。他用講課的語氣宣讀課本，把「裸子植物」讀成「果子植物」，把「花蕊」讀成「花心」，把「葉綠素」讀成「綠葉素」。

我又去聽那看武俠小說的教師講課。那教師在寢室背記筆記本上外國作家的全名，見我進去，連忙請坐。我問他讀過哪些外國名著，他高興自己知識淵博，連忙說：「我讀得不多，只讀了荷馬史詩《伊利亞德》，但丁的《浮士德》，托爾斯泰的《復活》和《靜靜的頓河》，尼古拉·安德特維奇·奧斯特洛夫斯基的《毀滅》……」我耐著性子聽完，又去看他擺在醒目位置的小書架。書架上除了兩三本新嶄嶄翻也沒翻過的文學名著，便是他從學生那兒搜刮來的舊課本和練習冊，以及他幾年來的教學參考書，還有一些為滿足出書欲而用文字堆成的小冊子，他把這些書放得整整齊齊，收廢紙的老頭幾次來買，他都不賣。我知道他用這些書來裝點門面，掩蓋空虛，我不再看了，而忍受精神苦痛謙虛說，要到他課堂學習。那教師非常高興：「不敢不敢！歡迎來指導。」

他原計畫按部就班，依照課本編排講一篇議論文，現在臨時決定改講散文詩寫作，讓我看他的拿手好戲。他先講散文詩的寫法，次講自己靈感來了之後的身體變化——起初渾身打抖，不能自已，繼而五體僵硬，與神相通，接著大夢初醒，奮筆疾書——最後對我和學生們激動朗讀他發表在學校黑板報上的神來之筆《給臺灣同胞的一封信》：

同胞們，快快跳過來吧，我伸手拉你們！是時候了，再不要，再不要執迷不悟，請跟著，請跟著共產黨走！啊啊，同胞們！呀呀，弟兄們！哦哦，姊妹們！回來吧，回來吧！把幸福的美滿奉獻給黨，疏忽的大意留給自己品嘗……

我又去聽梁明祿講課。梁明祿讀師範當紅衛兵時，曾和同學們一起受到軍分區司令員的接見，這是他一生見過的最高官員，因此那司令員拿腔做調的講話使他崇拜之至，終生難忘，他至今常在人前誇講，自豪親耳聆聽過首長講話。現在他坐在講臺上，桌上攤開課本和教學參考書，右手食指和中指夾著一支煙，其餘三根指頭曲在手心，吸一口，優雅地銜到右耳旁，吐出來，慢慢看一眼教學參考書，用那首長講話的腔調說一句，加個「呃」；停一陣，吸一口，又優雅地銜到右耳旁，吐出來，慢慢看一眼教學參考書，用那首長講話的腔調說一句，加個「啊」。學生一無所獲，怨氣沖天，有的砸書，有的伏在桌上裝瞌睡，他非常冷靜，繼續優雅，繼續浪費學生時間。時間真長啊，他看一眼手錶，下課還有二十分鐘。他站起來，拿著教學參考書和粉筆，在黑板上抄寫課文的中心思想和段落大意，然後叫學生自由背誦，直到下課。

我去聽第四個教師講課。那教師講朱自清的《背影》，他啟發學生道：「本文的作者叫朱自什麼？」學生們齊聲回答：「清！」他非常高興自己取得成功，連忙用力表揚學生，深怕我聽不到：「好，大家回答得完全正確！說明同學們學懂了。」接著他又啟發道：「本文的寫作特點是以小見什麼？」幾個學生怕有錯，低聲回答說：「大。」他怕我沒注意，更加用力說：「回答得完全正確！大聲點，重說一次，以小見什麼？」學生們一齊高喊：「大！」震耳欲聾的吼聲驚醒了部分學生的睡意，使課堂充滿虛假的活躍。

我去聽第五個教師講課。那教師講的是《賣炭翁》，他講道：「賣炭翁為什麼要夜來城外一尺雪呢？因為他要趕著炭車去碾冰轍。」他講道：「賣炭翁心憂炭賤，就埋怨天氣太寒冷，叫老天爺不要下雪了，可憐可憐我們窮人沒有衣裳吧！」他講道：「兩個風度翩翩的騎馬人是誰呢？他們是皇帝派來迎接賣炭翁去當大官的使者，他們外面都穿著黃衣裳，裡面都穿著白衫兒。」

我去聽第六個教師講課。那教師按照課本編排，以一篇入伍申請書為例，講申請書的格式，卻大講帝國主義修正主義對我國的包圍形勢，大講保衛祖國、保衛家鄉、保衛人民的偉大意義，大講熱血青年應該「國家興亡，匹夫有責」。他慷慨激昂，情動鐵石，漂亮嗓子比夜鶯還婉轉嘹亮，愉悅外行的耳朵，騙取路人的佩服，竟使牆外農民駐足傾聽，以為一年一度的徵兵動員報告又開始了。

我去聽第七個教師講課。這教師講政治，沒有學生討論，沒有學生思考，也沒有任何作業，滿課堂只有他的聲音為載體的階級鬥爭時代的熟言慣語，以及滿黑板龍飛鳳舞的「資產階級」、「無產階級」、「資本主義」、「社會主義」、「馬克思主義」、「毛澤東思想」等等。他寫了擦，擦了寫，雖然這些詞語很常見，不寫學生也知道，但是他能邊講邊板書，這是多麼高超的講課水準、多麼嫻熟的課堂藝術啊！下課時，他驕傲地看我一眼，踩著講臺上許多斷粉筆，來到教室外面拍打滿身粉筆灰，自豪講課能夠找到話說，滿滿講了一課時，自豪能夠邊講邊板書，粉筆寫完幾大盒。

我去聽第八個教師講課。那教師年輕，在講臺上隨隨便便，表示不緊張。他拿著課本走上講臺，不等值周生喊起立敬禮，將課本扔在講桌上說：「娃兒們，給老子看書！」說著把講桌放到臺下，然後坐在臺上的爛籐椅裡，拿出打火機點燃香煙，兩腳放在講桌上，身子像個彎彎的大蝦。他等學生看了一陣書就開始講課了，他站起來一腳踢開椅子，右手舉著粉筆，左手劃著空氣，在臺上邊講邊走「8」字，雞腸帶從肚皮吊下來，一下又一下打著膝蓋，像舊戲裡的衙役皂隸走戲臺。

我去聽高跟黨講課。高跟黨教美術，雖然我們讀師範，學校沒有開設美術課，但是他仗著幼時在牆上畫過夥伴們的鬼臉，報到那天皮校長問他願教哪門課，他毫不猶豫選美術。現在他用粉筆在黑板上畫出個盤子大的白東西，旁邊寫上「向日」二字，再也寫不出那「葵」字來。他想了半天，寫出一個寶蓋頭，但又覺得不對，忙用擦子擦了又想，想一陣又寫出個寶蓋頭。如此寫了擦，擦了寫，一直寫到快下課，仍然沒有寫出那「葵」字來。學生們有的在說笑，有的在打玩，有的糊裡糊塗跟著畫。有個女生低聲問：「黑板上畫的是啥啊？」有個男生高聲答：「白烏龜！」

高跟黨好不容易熬到下課鈴響，連忙走下講臺出教室。他慚愧自卑，怕我跟他討論這堂課，連忙躲我，要去別處，我十分鄙視，高聲叫他：「高跟黨，你這堂課不錯啊！」說著向他走去。他知我心裡鄙視，嘴上反諷，於是站住，準備迎擊，乾脆厚起臉皮說：「哦，比你要好一點點！」我知他在嘴硬，說：「哪裡才好一點點，要好十萬倍！」他繼續嘴硬，不讓我贏：「好一點點就夠了，用不著好十萬倍！」我說：「不過有一點我不懂，要向你請教：你寫那向日寶蓋頭是啥意思？」他橫眉怒目高聲道：「那屄一個字寫不出來算啥啊?!又不是說反動話，跪在臺上遭批鬥！」我不認為我的反動話是錯誤，我不認為我應該跪在臺上挨批鬥，我有許多道理要反駁，但是剛剛打倒「四人幫」，全國上下許多人還是毛澤東時代的政治觀念，而另一些人對毛澤東的政治雖然不滿，卻心有餘悸，不敢說話，我怕跟他鬧翻臉，爭吵起來要背時，於是不再說話了。

高跟黨雖然有效回擊了我的進攻，但是深感教書比抬石頭還重，打算另外幹工作。他連做夢也憂愁，常常夢見自己無法教書，學生不滿，家長叫罵，老師輕視，領導批評。他很想幹後勤，後勤不需文化，輕鬆好耍，還能拿點這樣，偷點那樣，公共財物，誰在關心？他打算在後勤混幾年，跟皮校長關係好，取代高大全當後勤主任，在學校地位比一般教師高，在社會也有點兒體面。

學校有好幾個頂班工人，都不願到學生蒸飯房和教工廚房工作，他們從老子手裡繼承的飯碗跟教師們的飯碗一樣鐵，都是吃皇糧國稅的正兒八經的國家工作人員，他們憑什麼該低人一等，服侍學生和教師？他們惹毛了敢打校長，因此皮校長安排他們幹了較為高級的象徵性的工作——有的跟牛瘋子一起輪流敲鐘打鈴，有的專管堆放爛課桌的保管室的鑰匙，有的專管教學樓前三株塔柏，有的專管廁所旁邊幾叢冬青——而向學生收取代蒸費，用來雇傭學校附近的農民梁聽順給學生蒸飯，安排腦子半殘因此聽話的頂班工人梁高兒作教工食堂的炊事員。

學校後勤人員這麼多，天天拿著工資耍，高跟黨擔心自己去當後勤人員，皮校長不會同意。但是他又想，後勤人員再多，工資由國家發，錢又不是皮校長在給，「關係好了飛機都可以剎一腳」，他跟皮校長好好說，估計皮校長會同意。因此，他擊退我的進攻後，就去找皮校長試一試。

皮校長在他的寢室兼辦公室召集幾個教工開會，這時一個二十幾歲的瘦小老頭神情畏縮地來到他跟前站著。皮校長見他站了半天不說話，問道：「梁高兒你來幹啥？」梁高兒說：「我來檢討。」皮校長方才記起暑假前曾叫高兒來檢討，問道：「你還要吸煙不啊？」高兒聲音很低：「我這下要改正歸邪。」教工們都大笑。皮校長高聲說：「啥子?! 你要改正歸邪？」高兒說：「我要改邪歸邪。」教工們又大笑。皮校長說：「還是說錯啦，再說一次！」高兒說：「我要改正歸正。」皮校長笑著說：「你給我滾囉，連說三次都說不對！」梁水牛高聲教他說：「ri你媽，改邪歸正！這麼笨，把你的婆娘讓我搞，幫你換種！」於是教工們都羨慕梁高兒是武大郎討了潘金蓮，說那麼漂亮的婆娘讓他睡了，這好可惜啊！

大家說一陣梁高兒的老婆，又說他的工作，有的說他當炊事員連鹹淡都拿不準，你更別奢望他做飯的味道和衛生，有的說他做飯不按時，有時下午的上課鈴已經響了，老師們還在等午飯，有的說他分飯多少不均，給這個多到天上，給那個少到地下，都強烈要求皮校長換炊事員。

高跟黨來到門外，聽得屋裡說話，他明白學校炊事員只要不像梁高兒那麼笨，地位比知名教師還高，連忙高聲說：「我來當炊事員！」他進門來，伏在皮校長肩上抱住他的頸子，臉挨著臉搖晃親熱，說他保證能夠做好炊事工作。教工們爭著贊成高跟黨當炊事員，有那不大贊同的，見大勢所趨，也連忙贊成，像新皇帝要登基，群臣擁戴，唯恐遲慢，今後吃虧。

皮校長眼紅工人們白拿工資，很想強硬安排一個工人替換梁高兒，但是終於不敢冒險，挨打皮肉之痛是小事，丟臉失威信才要命啊。並且他聽說高跟黨的舅舅馬上要當縣委副書記，他打算今後提著禮物和高跟黨同去他舅舅家，不為上爬，只為在縣委副書記客廳裡坐會兒，講出去多麼光榮體面啊！這樣想著，他就同意了高跟黨作炊事員。

高跟黨開始幹炊事工作了。這天中午教工食堂吃回鍋肉，教師們老早拿著碗筷去食堂，一個老教師跨進門說：「哎喲，好香啊，高跟黨技術不錯！」一個年輕教師用筷子在回鍋肉盆裡夾了一片丟進嘴，邊吃邊說：「嗯，是不錯。高老師，你稍微努力，敢和人民大會堂的廚師比高低！」一個中年教師要誇個新內容，說：「我最佩服高老師的速度！剛才我看見他還在打牌，這會兒就把回鍋肉做出來了。」教師們顯然被回鍋肉征服了，這從他們濕漉漉的嘴角，從他們說話時含混的語音，從他們上下滑動的喉結都可知道。

高跟黨早把奉承話聽得耳朵生老繭，他心裡踏實，穩如泰山，不管大家怎樣誇讚他，一句也不搭理。他切完蔥節，丟下菜刀，兩指擒住鼻翼一擤，噴出大團玉液來，他用鞋底踹了踹，地上玉液不見了，只剩一片濕痕跡，他抹一把上唇，抓起蔥節放到湯鍋裡，然後拿起勺子攪了攪，舀來半勺嘗鹹淡，剩下一口倒鍋裡，舀點鹽巴再加上。

這時他的頂頭上司高大全拿著碗筷進來了，高大全做著懇求的語氣說：「跟黨老弟，把你的技術傳給我一點兒哇，我始終把回鍋肉做不香……」梁抬石見高大全把同宗侄孫叫老弟，笑著說：「高主任，你不要把你們高氏宗族的倫輩搞亂了——高跟黨把你叫大全爺，你把他叫老弟，再說領導不擺架子麼，也不該下降兩輩嘛！」大家都笑了，高大全強辯道：「我們生產隊的大文和我同輩，昨年死了，婆娘改嫁給跟黨的堂哥，你說我該不該把他叫老弟？」

正說著，皮校長拿著碗筷來了，聽得高大全說話，笑著說：「跟黨，你堂哥姑姑的姑姑是我嫂的嫂嫂，照倫輩算來，你該把我叫姑公啊！」高跟黨見米飯蒸好了，從灶後來到灶前，打開灶門的封板，鏟了兩鏟煤炭送進灶膛壓住火，扔掉鐵鏟來到灶後準備分肉，笑著說：「那不行！校長就是校長，少來這一套……」教工們都笑著幫皮校長找出各種理由，要高跟黨把皮校長叫姑公。

說笑一陣，皮校長又誇高跟黨社會操得不錯，抽煙抽名煙，賭牌賭大牌，參加工作才幾天，就能在場上找人去家裡幫忙抬石頭，教工們也爭著誇讚高跟黨。一個年輕教師說：「高老師，你還要抬石頭不？我來幫你抬！」另一個年輕教師說：「我也來一個！」許多中年教師也爭著報名，這個說：「跟黨，嫌我不？」那個說：「高老師，你不要我？怕我把飯給你吃貴啦？」高跟黨修了豬圈修牛圈，牛圈四牆用石頭，因此連忙表示歡迎。

高跟黨要分回鍋肉了，他左手拿勺子，右手拿鍋鏟，氣壯山河一聲吼：「拿碗來！」於是幾十個教工一齊湧向灶頭，把形形色色的大碗小碗放滿鍋臺，筷子握在手裡，在灶頭周圍站了厚厚一堵人牆。大家你踩我的腳尖，我扳你的肩頭，高個子鶴立雞群，矮個子跂腳引頸，都鼓大眼睛，專心致志，監督高跟黨勺子裡的多少，以致有家長來見班主任，連叫幾聲，王老師才回過神來，以致有學生來交檢討，梁老師非常火冒，以為他此刻特來搗蛋，以致高跟黨在輕體力勞動的同時，進行著高度緊張的腦力勞動，弄得揮汗如雨了。

馬大毛昨晚打牌故意放出紅九，讓高跟黨贏了好幾元，現在希望他投桃報李，他怕高跟黨不認識他的黃瓷大碗，幾次三番拿起來倒去碗底的洗碗水。梁明祿在心裡盤算：「每頓吃虧一角錢，每天吃虧三角錢，一年下來不少啊……」他突然記起「阿慶嫂」帶著孩子來了，說：「哎喲！跟黨，給你家屬拿碗來沒有？」高跟黨怕大家有意見，說：「算啦，她算啦。」教工們都一齊罵他，說難道你一個人吃，娘兒倆向嘴？有個年輕教師最堅決：「ri媽『靠山吃山』，你在做飯，這點便宜不該占？」說著擠出人牆，拿來案板上的大水瓢放在煙囪臺上，叫高跟黨給他老婆孩子分飯菜。

我不好意思去擁擠，把碗放到鍋臺上，就去外間坐下等待。外間只有土改時從地主家裡沒收來的一張大圓桌，可坐十幾人，每頓吃飯教工們誰搶早誰坐，沒有搶到座位的只好到處站著或者蹲著吃。我獨自一人坐在大圓桌旁，我想每個人都必須吃飯，但是志存高遠的人不會以吃飯為懷，因此我更加瞧不起教工們。廚房裡，梁抬石站在人牆周邊，回頭看我一眼，對身旁的皮校長說：「我們也該去坐著呢。」皮校長也回頭看我一眼，有點不好意思，動了動差點要來坐下，但是他不能向我學習，不高興說：「民以食為天，我看縣委幹部那麼大的官，在縣委食堂還圍灶頭呢！」

分完飯菜，教工們都到外間邊吃邊閒扯，從蘇聯局勢扯到美國霸權，從公牛打架扯到母豬配種，從街坊上誰家女人偷男人，扯到學校裡哪班男生追女生，大家有的表現真知灼見，有的表現談笑風生，有的表現資訊靈通，有的表現油嘴滑舌，都想讓人佩服。高跟黨今天稱糧認錯秤，多稱大米下了鍋，現在他端著飯菜回寢室，路過外間說：「鍋裡還有飯，不夠的自己添。」

皮校長坐在我近旁，我說：「皮校長，學校應該再做兩張桌子，每頓飯大家把碗放在灶臺上就出來坐著，等炊事員分完了才去端。」皮校長對閒扯的教工們高聲說：「大家聽到沒有？莊愛書……老師說，不准圍灶頭，每頓分飯像他這樣，把碗放在灶頭上就出來坐倒等。」大家都擠眉弄眼不說話。過了一陣，馬大毛說：「覺悟還高呢！」另一個年輕教師高聲說：「要得，我第一個響應莊愛書的偉大號召！」第三個教師慢慢說：「你第一個，那麼我就第二個呢。」第四個說：「你第二個，我就第三個呢！」梁抬石說：「你們都搶到前頭去了，我就只好第四個囉！」許多人都笑了。我說：「幾十個老師把灶頭圍住，我總覺得不好意思。」梁明祿說：「吃自己的飯，又不是吃人家的，有啥不好意思哇！」

教工們吃完飯洗碗走了，食堂只剩我一個人慢嚼細咽，邊吃邊想剛才遭到的譏諷，心裡更加瞧不起。這時高跟黨拿著空碗空瓢來食堂放了，從牆上取下貼著伙食表的木板，在表上記下今天中午每個教工米飯幾兩肉菜幾角。我多麼希望有人跟我站在同一陣線啊，我錯誤認為高跟黨定會反感教工們盯他分飯菜，說：「跟黨，每頓分飯幾十個老師站在灶頭周圍把你盯住，你高興不啊？」不料高跟黨說：「我最瞧不起有些人，心裡還是想多吃，但是又要裝斯文！就像有些賣屄婆娘，又要賣屄，又要裝正經。」

高跟黨掛起木板去廁所。他走後，學校附近的農民梁豬兒從廚房後門溜進來，見我在外間背對廚房吃飯，便輕手輕腳在碗櫥拿大碗。這時高跟黨從廁所回來洗鍋，梁豬兒連忙丟下鍋鏟和半碗乾飯溜走，高跟黨不驚不詫友好說：「豬兒吃飯沒有，來，我給你鏟一碗。」梁豬兒非常感激，轉身回來：「正是沒吃呢，收工剛回來。」高跟黨一邊鏟飯一邊說：「肉是沒有了，乾飯還有。」他怕梁豬兒臉上難過，接著說：「二天我到你家來，你也要招待我啊。」梁豬兒高興說：「來！哥兒們，有飯同吃，有衣同穿！」

梁豬兒端了大碗米飯，來到外間坐在我旁邊狼吞虎嚥。他幾次看我臉色，很想和我說話，卻又怕我不理他。我早就聽說梁豬兒常來學校偷飯，心裡鄙視，臉上鐵板，一言不發，邊吃邊想：「孔子不飲盜泉之水，廉者不受嗟來之食，蘇秦餓死不吃貓兒飯，人難道能因為饑渴，就不顧人格，不要臉皮？」梁豬兒知道我和他不是一路人，他恨我清高，恨我飽漢不知餓漢饑，見我不理他，他也不理我，只與高跟黨說話。

13 全縣作假，欺蒙聯合國；一人認真，告訴教育部。

我在教師們課堂上越聽越鄙視，越聽越氣憤，聽了高跟黨的美術課以後，再也聽不下去了。停課鬧革命、回家掙工分、高山農場和校辦工廠浪費我十年黃金時代，中外許多經典名著我都沒讀過，我不想再浪費寶貴時間，要爭分奪秒讀書彌補損失。

皮校長見我聽了幾課不再聽，打算不讓我轉正定級，打算把我下放到大隊小學，但是又不願撕破和我岳父的友好外衣。許多學校都有不好管理的教職工，教育局根據上級指示，給了校長們扣除教職工獎金工資的權力，皮校長經過周密考慮，終於決定扣我獎金，維護他的領導權威，他不輕不重懲罰我，我岳父沒有理由干涉他。

這天，我去出納那裡領工資，知道獎金被扣，精神受到巨大打擊——我經濟吃虧能忍受，面子受損最在乎——我如遭大禍，不願受罰，想著各種鬥爭辦法。齊天偉剛剛當上分管文教衛生的副縣長，他隨便說句話，皮校長如雷貫耳，我打算憑著師生關係找他告狀，就去五溝趕車進城。

我來到齊天偉家裡，他妻子說：「他在縣委開會，連午飯都沒回來吃。」我說：「那麼我晚上來見他？」齊天偉妻子說：「你近段時間最好不來找他，他忙得很。聯合國和教育部馬上要來檢查，昨晚他們開會開到十二點……」

聯合國教科文組織這次來中國，主要檢查上次給貧困地區撥放的教育扶貧款是否按照規定用於圖書室、實驗室、貧困失學、掃盲教育、殘疾兒童教育和危房改造，如果檢查合格，將第二次撥款，否則取消。崇原縣把聯合國第一次撥款用作書記縣長們的公款出國，公款旅遊，公款吃喝，公款療養，以及修建縣委和縣政府兩座豪華高大的辦公大樓等等，全縣學校圖書室有的形同虛設，有的連屋子和管理人員也沒有，理科實驗室沒有設備，上課都是紙上談兵，嘴上實驗，貧困學生大量失學，掃盲教育有人員沒工作，殘疾兒童教育從來沒有，危房每所學校皆有，幾年間全縣發生八次危房砸死師生事件，一些鄉村學校連廁所也沒有，師生們下課後，跑去附近農家解便，或者滿山遍野亂屙。

現在書記縣長們著急了，連忙召開緊急會議研究如何迎接檢查。會議決定：

（一）馬上購買兩車課外書，聯合國官員檢查到哪所學校，圖書就事先運到哪所學校，檢查完畢就裝車，運到下站的下站作好準備。

（二）馬上購買一些簡單的教學儀器和實驗用品分配到各校，各校專門培訓幾名學生做實驗，聯合國官員來檢查，老師反覆抽那幾名學生做表演。

（三）各校馬上印製各種表冊，編造失學率、高分率、升學率等等假資料，以及師生們的種種優秀事蹟，填寫近幾年的點名冊、成績冊、好人好事登記冊和學生個人檔案等等，應該有的，一律補齊。

（四）將教師進修學校的牌子換下來，改名殘疾兒童教育學校，每個公社至少送去五名殘疾兒童，聯合國官員走了後，又送殘疾兒童回家，換上教師進修學校原來的牌子。

（五）各區教育辦公室掃盲專幹趕緊編造掃盲資料，制好表冊，以備檢查。

（六）各校馬上檢查危房，在迎檢期間要垮的立即拆除，迎檢期間暫時不垮的，塗抹縫隙，染上顏色。

（七）馬上召開全縣校長會議，要求各校扎實做好迎檢工作，不出紕漏，力爭拿到聯合國第二批教育扶貧款。

（八）為了提高各校積極性，縣上在校長大會上放話，拿到第二批教育扶貧款後，要給各校教職工發獎金。

（九）財政局、教育局和銀行等有關部門做好第一次教育扶貧款使用的假賬，以備檢查。

（十）嚴防有人當臭蟲，如果膽敢捅漏子，破壞這次迎檢工作，將受到縣委縣政府嚴厲處分！

教育局長還在會上提出書記縣長們沒有考慮到的一個問題——用汽車把縣城幾十個乞丐和瘋子運到外縣去傾倒，以免影響觀瞻，有失體面。但是有人說，不如把這些乞丐瘋子集中藏在一個地方，等聯合國官員走了再放出來，教育局長馬上反駁，說這樣縣上多開支一筆吃飯錢，還要專人看管，不如叫城管人員運到外地傾倒省事，書記縣長們同意了教育局長的意見。

我從縣城回到興鎮完小，見許多教工正在古榕樹下高興議論聯合國要來檢查，有的說：「我還沒有見過外國人，來了好生看看。」有的說：「這次檢查合格，要給我們縣撥兩個億！」有的說：「可能是外國人到我們貧困地區來盜寶，假裝說檢查。」有的說：「是不是騙我們的喲！帝國主義是吃人魔王，把錢白交給你？」

縣委馬上召開了全縣校長會。皮校長開會回來，晚上召開全校教工會，傳達縣上會議精神，部署本校迎檢工作：

（一）由高大全到印刷廠天天催促加班，趕制各種作假表冊。

（二）由梁主任到教育局學習編造近幾年的假資料，回來指導教師，教師再指導學生填寫作假表冊。

（三）由理科老師學會使用教育局將要送來的教學儀器和實驗用品，再專門培訓幾個學生，以備檢查時翻來覆去抽他們做實驗給外國人看。

（四）由梁抬石到處尋找殘疾兒童，每個殘疾兒童配備一個教工全程護理，直到檢查結束，學校負責一切費用。

（五）由團支部在興鎮場和學校掛滿歡迎檢查團的橫幅標語。

（六）由會計請來工匠裝修接待室，塗抹危房裂縫，趕做書架。

（七）由出納到成都買來高檔沙發、茶几、茶具、茶葉等等放在接待室。

（八）放掉四個班的學生回家，騰出教室來擺放各種作假表冊，讓檢查團翻看。

（九）其餘各班全部停課，天天給校園洗臉，時時刻刻保持乾淨整潔。

最後他傳達了縣委縣政府嚴懲臭蟲的決定，希望臭蟲不要出在我們學校，希望臭蟲不要給興鎮完小丟臉。他說，如果檢查合格，聯合國要給我們縣撥兩個億，縣上已經表態，這次拿到教育扶貧款要給各校分錢，他鼓勵大家扎實做好作假工作，爭取不在我們學校出紕漏。

他剛講完，梁抬石馬上獻策，說現在各校都在尋找殘疾兒童，原來避之唯恐不及的聾子瞎子啞巴呆子一下走俏，千金難求，而且護理出了安全問題，家人天天來學校糾纏，本來是個臭雞蛋，一下變成鳳凰兒，賠他十萬百萬還嫌少，不如選幾個精明學生裝聾子、瞎子、啞巴和呆子，調教了送到進修校，既省事又安全。教工們笑了，齊聲誇讚好點子，皮校長叫各班推薦聰明學生，由梁抬石負責調教。

我在會上聽得非常驚詫和氣憤，發言說：「各位領導，各位老師，各位工人同志們，我談點看法。我認為越是作假埋藏問題，教育就越搞不好，國民素質就越差，正確的態度應該是，把我們工作上的問題擺出來讓檢查團批評指正，今後認真搞好工作。再者，聯合國的錢是別國人民的錢，我們騙來兩個億，其他國家就少了兩個億，這跟賭博贏錢一樣，自己錢包鼓了，但是整個人類的財富並沒因此增加一分……」

我還沒講完，有個工人反對說：「管他媽那麼多……」馬大毛向我豎起大拇指：「咦，胸懷世界，放眼全球，好兒童，該表揚！」一個中年教師怒斥我：「莊愛書，你還是個裸織娃娃！」一個年輕教師說：「錢弄來不給他分！」梁抬石說：「我們學校要出臭蟲！」

我繼續高聲講：「我不理解大家經歷了大躍進浮誇作假的慘痛教訓，現在怎麼又公然作假。我不理解大家平時個個都是好人，現在怎麼眼睜睜看著壞事不憤恨，不反對，還要積極參與……」皮校長不等我說完：「這是縣上部署的工作，任何人反對不了！散會！」就站起身來走出會議室。於是所有教工也連忙走出會議室。

散會後，教工們三五成堆站在一起議論我，我非常激憤，上前繼續發表意見。一個語文教師說：「莊愛書，你聽說遼寧省女子田徑隊的事情沒有？遼寧省女子田徑隊接連產生幾個世界冠軍，給國家爭得榮譽，但是女子隊內部爆出教練強行拉胸罩，強行讓隊員服用興奮劑，甚至強姦女隊員，有個記者蹲點採訪幾個月，掌握許多鐵證，寫了長篇報告文學拿到北京一家雜誌發表，雜誌社不敢戳國家的漏眼，刪掉服用興奮劑那部分內容才發表，但是仍然引起很大社會輿論，遼寧省委把那家雜誌社告到黨中央，那家雜誌差點停刊！」一個工人說：「那當然囉，人家給國家爭了榮譽，立了大功，你才去揭人家的短。」我義憤說：「靠興奮劑爭來的虛假榮譽，不是靠真本領拼出來的真實榮譽，國家要它幹什麼?!」許多教工一齊反駁，都說這是國家利益。我高聲說：「人類正義高於國家利益！我愛國家，更愛正義……」教工們有的說我說大話，有的說我很偉大。有個教師估計我要戳漏，說：「這回縣上是下了決心的，哪個當臭蟲，哪個就倒楣！」我憤恨邪惡，認為自己光明正大，因此高聲吼道：「我就要當臭蟲！我就要戳漏！我就要整弄虛作假！」

我回到寢室徹夜不眠。我鄙薄教工們「成熟」，他們越說我幼稚，我越認為幼稚美好。社會正是由於「成熟」太多，「幼稚」太少，才這樣低俗，才這樣缺少崇高和正義，我要永遠做個「幼稚」者！我完全懂得人們經常講的道理：世界無惡便無善，無假便無真，無醜便無美，宇宙本無盡善盡美的天堂和盡惡盡醜的地獄，只有對立統一的真實世界，這世界因了罪惡、虛假、醜陋、愚昧、膚淺、庸俗等等，才如此五彩繽紛豐富複雜，才免了單調乏味，因此一切反面事物都有存在的理由。但是我仍然希望真善美的純粹世界，仍然憤世嫉俗，認為人類寬容罪惡、虛假、醜陋、愚昧、膚淺、庸俗就沒有進步，人類正是同自身這些缺點作鬥爭，才比禽獸高等。

我憎惡辯證法，憎惡所有為反面事物尋找開脫的說辭，憎惡「一切都好，一切都使人幸福」的包容、平靜和老成。我認為沒有辯證法，才有《離騷》情懷的偉大，才有陶淵明不為五斗米折腰的高潔，才有包文正怒斬親侄的正氣和原則；有了辯證法，就有了笑看扒手得逞的漠然，就有了「劫匪也要生存」的說辭，就有了那些為假惡醜辯護的理論基礎。

第二天皮校長進城向教育局長彙報了我的動態，教育局長叫他派人每天二十四小時監視我，不讓我接近檢查團。此後學校天天忙迎檢，縣上也輪番來人檢查督促，看作假工作做得扎實不扎實，到位不到位。高大全用貨車運回各種作假表冊，滿滿堆在保管室，梁主任到教育局學習兩天回來，召集教師們講解如何編造資料，然後發放表冊，教師們指揮學生一摞摞抱到課堂上，然後教他們填寫。

我不去領表冊，梁主任派學生給我抱來，我叫學生抱回去。梁主任向皮校長彙報了，二人研究決定，根據填表數量給教師發放高額獎金，領導和工人發放高額後勤服務費，讓我看著難過！消息傳開，教師們都連忙跟梁主任拉關係講感情，爭著多要表冊。梁明祿想讓我後悔，見了我說：「我每天掙十幾元，差點抵我半個月工資，這錢有啥掙不得？」我覺得吃虧，卻阿Q似的說：「我不填表，落得輕鬆。」梁明祿不讓我精神勝利：「學生填寫，我又不填，啥不輕鬆？」我無話可說，默默難受。梁明祿想讓我為五斗米折腰，說：「保管室還有表冊，你去給學校認個錯，拿來填寫。」我寧肯吃虧，也不向錯誤認錯，憤怒道：「我有啥錯?!是你們在錯！」

這天，興鎮完小接到教育局通知，檢查團上午九點左右到學校。教工們馬上端莊起來，不再說笑，學生也收起了平日的粗野，都早早進教室上課，下課時間到了，學校不拉電鈴，師生們在教室憋住大小便不出來，校園一片肅靜。

五溝到興鎮的泥土公路上，幾輛小車顛顛簸簸，來到古榕樹下停住。聯合國官員和教育部長以及一些中外隨員都下車來，皮校長連忙上前迎接，請他們到接待室喝茶聽彙報，聯合國官員不進接待室，要到課堂看看，皮校長就帶他們來到生物課堂看學生做實驗。學生們三五成堆，每堆圍著一架低倍顯微鏡觀察植物切片，聯合國那為首的官員見每堆學生始終只有一人擺弄顯微鏡，其他學生無事可做，規規矩矩坐著，他很懷疑，就叫一個閒著的男生使用顯微鏡。那男生摸也沒有摸過顯微鏡，如何知道使用？他害腸炎，肚裡雷鳴，肛門正在用力管束，見外國人叫他使用顯微鏡，就急中生智，「嘩」地放了滿褲襠，那官員受到惡臭襲擊不再深究，帶著檢查團連忙躲開。檢查團時間安排很緊，看了看圖書室和幾間表冊擺放室，就要上車去別的學校。

我早已寫好檢舉揭發署名信，敘述這次迎檢全縣作假。我見檢查團正要上車，連忙上前激動問：「請問哪一位是這次檢查的負責人？」檢查團所有人員都看我，教育部長的隨從問：「什麼事？」我正要拿出懷裡的檢舉信，背後梁水牛和馬大毛一把將我拖走，我大吵大鬧，他們有的捏我嘴巴，有的卡我喉管，很快把我拖到校園東南角一間屋裡關起來。聯合國官員和教育部長都問怎麼回事，皮校長、教育局長和書記縣長們連忙解釋說，這是瘋子，幾次進神經病院，現在又瘋了。聯合國官員和教育部長有些懷疑，但是他們按照計畫時間，還要檢查許多地方，因此上車了。

檢查團走了，下課鈴這才拉響，師生們出教室自由活動。許多教工義憤填膺叫罵我，有的說：「全縣這麼多人忙的事，差點遭臭蟲一下戳翻！」有的說：「他又不做，別人做，他還要搞破壞！」有的說：「這回全縣花好幾百萬元，如果臭蟲戳翻，就『逗雞不來倒折一把米』喲！」有的說：「狗ri壞人，專整爛事！」有的說：「把他龜兒捶一頓！」

接著大家又說起檢查團，有的遺憾忙了十幾天，檢查團只停留了幾分鐘，有的說自己這回親眼看見外國人，接著大家爭論誰是聯合國為首官員，誰是教育部長等等。說了一陣，說到那個拉屎的學生，大家都高聲笑談他的機智，一泡稀屎臭跑檢查團，給這次迎檢工作立下汗馬功勞，要求皮校長重獎這學生。皮校長叫班主任寫來這學生的「三好」事蹟材料上報教育局，然後頒獎五十元，並且減免全部學雜費。

檢查團離開了崇原，縣裡檢查合格，將要獲得聯合國兩億教育扶貧款，崇原個個官員都高興，都誇自己在迎檢工作中的功勞。我憤恨不滿，趕在教育扶貧款撥來之前，馬上給教育部寫信，實名揭發這次迎檢全縣如何作假，自己如何遭綁架等等。不久，教育部派出調查小組到崇原，書記縣長們用謊話遮掩，捉襟現肘，漏洞百出。調查小組查出真相，回到北京彙報了，教育部下達文件，作了四條指示：取消崇原縣兩億教育扶貧款，用於其他貧困地區的教育事業；崇原縣委和縣政府做深刻的書面檢查；崇原縣教育局組織全縣教職工學習討論，認真反思迎檢作假，肅清不良影響；要保護檢舉揭發人，不能打擊報復。

全縣到處都在講說我給教育部寫信戳漏，到處都在叫罵我好壞好膽大。組織部長說：「那是他媽個屎沒名堂！」一個中學校長說：「原是個瘋子！」人事局一個副局長說：「龜兒把飯吃飽了沒事幹！」組織部副部長說：「找人把他弄死！」我一下成為全縣名人，不管走到哪裡，都有人指指戳戳低聲說：「那是莊愛書！你們看，那是莊愛書……」接著就是許多人的叫罵。我很想聽清他們的叫罵，可是走攏去他們又不罵了。

教師們恨不能把我捶一頓，甚至有人提議用摩托撞死我，其他人連忙贊成，有個教師說：「撞死了，擺個假現場，公安局走一下過場，就說是情殺或者其他啥子！他那麼臭，哪個替他翻案？」一天我爹去趕五溝場，幾個教師坐在街邊板凳上聊天看見他，有個教師說：「老太爺，問你問你！」我爹去了，那教師說：「你那兒子啷個那麼壞啊?!」有個小學校長寫了聯名信，串聯全縣學校簽字，強烈要求縣委縣政府開除我。縣委常委打算開除我，開會反覆討論，但是怕我又寫信，終於算了。

教育局決定全縣教職工在城裡集中學習三天，以示認真執行了教育部指示。縣城幾所學校放假，學生全部回家，鄉下的教職工在縣城幾所學校食宿。五溝區的教職工住在南門中學，大家報到交了伙食費，呼朋喚友，兩兩三三去逛街。我獨自走著，無人理我，雖然孤獨，心裡卻自豪為社會做了一件好事。這時我發現有人在指我，在罵我，有的說：「看，臭蟲！」有的說：「狗ri的，整脫全縣兩個億！」我遠遠跟在一群教師後面，想聽他們怎樣罵，身後一個教師快步走來，朝我憤憤吐了口水，高聲叫著前面那群教師：「同路同路！」就超過我大步走了。我正難受，聽得南門中學大門口坐著的幾個教職工和家屬也在低聲罵我，有的說：「那個就是莊愛書！」有的說：「把他龜兒抓來捶！」一個十幾歲的蠻小子站起來要打我，被他媽媽低聲喝住。我以為是幻覺，連忙驗證自己瘋沒瘋，我看前面，前面是熟悉的南門橋，我看後面，後面是南門中學的教學樓，我判斷自己沒有瘋。我恨不能揭起地皮，把這些只有利益沒有正義的低等動物全部活埋！

大會吃飯是八個人一席自由組合，中午我到南門中學吃飯，食堂、教室和壩子裡到處擺滿用課桌拼成的席桌，教職工們坐在席上說說笑笑等著大會服務人員端來飯菜，一個男子在每席穿梭串聯，低聲說話，許多教職工都在看我。我尋找空位入席，每到一處，教職工們都說有人。我非常難受，偏要在一個空位坐下，席上幾個教師笑著哄我說：「這兒有人，進廁所去了，馬上就來。」正說著，門口進來一個教師，大家連忙叫他這兒來坐。那教師來了，我不好意思打架，只好忍氣走開。我見壩子角落有張桌子還剩三個空位，五個教師在聊天，我就厚著臉皮走去。有個教師說：「你要來嗎？你要來我們就走，看你一個人吃得完不。」說著站起來，「走，我們另找座位！」五個教工一齊走了，席上只剩我一人，我非常難受，坐了一下，就去街上飯店吃飯。五個教工見我走了，又回原席。

下午，教職工們仍然自由活動。我去找教育局長說理，我在心裡準備理由：「我受會議安排，和他們同在一處吃飯，又不是我願意和誰在一起，為什麼有人搞串通，不要我同席……」我來到局長辦公室，局長見我要找他，頓時憤恨，一臉怒氣，他知道我愛講原則，他就對我講原則，看一下手錶說：「出去！有事上班時間來，現在不到三點，才兩點五十八分五十九秒，還差一分零一秒！」我沒有理由還擊他，忍下精神痛苦，向他講說中午的情況，他說：「你去找教育部告狀，你的事情教育部才能解決，我們縣上管不了！」

第二天上午開大會，會場在崇原中學大操場。主席臺上端端正正坐著縣委、縣政府和教育局的領導，每個人都不願召開這次大會，他們臉上難過，心裡有氣，不滿小小的莊愛書讓他們這麼多人打了敗仗。臺下搭著一排排學生的板凳，坐著幾千教職工，許多人看著臺上，低聲打聽哪個是賈書記，哪個是齊縣長，哪個是縣委宣傳部長，哪個是縣政府辦公室主任等等，尤其是那些大隊小學教師，平生第一次見到這麼多大官，都滿懷崇敬，感到幸福，認為這次開會收穫不小，一定要牢牢記住大官們的相貌，回去要對老婆孩子和朋友誇說。

我聽得周圍許多教師在低聲議論我。有個教師笑著說：「莊愛書還凶呢，把我們這麼多人弄來學習。」另一個教師說：「這回他贏了。」我背後一個教師非常嫉妒、鄙視和憤恨，高聲罵給我聽道：「凡是告狀都是他媽的尿沒名堂！」第四個教師也不願我自豪，就貶教育部：「教育部那些人是他媽的傻子，最好騙！白虎公社一個尿沒名堂的瘋子給教育部寫信，說他要辦孔子大學，要求教育部支持資金，教育部真就給他撥了一筆錢，他拿著教育部的錢到處誇耀，到處吃喝玩樂，結果連個幼稚園都沒辦呢。」

大會開始，主持人請賈書記講話。賈書記憤恨我搞壞事，拿著秘書字字推敲句句斟酌寫成的講話稿，把那些穩妥的假話、空話和套話讀一陣，就放下稿子將話題扯到我告狀：「這次迎檢，我們縣是作了假，怎麼樣?!這算多大個問題?!不作假，錢從哪裡來？教育怎麼辦？我們作假，是為了辦教育嘛，兩個億弄來，不是揣進我們個人腰包嘛，要分到各校嘛！這有啥錯?!但是有個臭蟲戳漏子，一下整掉全縣兩個億！同志們，兩個億啊……」說了一陣，又將話題扯到教師隊伍建設，「各校回去，要加強教師的管理和教育。有的教師是社會渣滓，混進教師隊伍，敗壞教師形象！興鎮完小有個年輕教師是變態人，處處違背主流社會價值觀，跟任何人處不攏，遭社會叫罵……」

臺下幾千教職工竊竊私語，許多人東張西望想看我，我附近幾個外區教師經人指點，站起來看我一眼又坐下。我心裡翻著狂濤巨浪，作著激烈鬥爭，我的名譽受到這樣大的損害，我氣昏頭腦，忘記理智，馬上站起來指著臺上賈書記高聲吼：「你閉嘴！你才是真正的社會渣滓，根本不配坐在臺上……」說著離開座位，衝上臺去，要對著喇叭說話。

臺上臺下所有人都憤怒譴責我無法無天，破壞開會，都怒喝把我抓到公安局，教育局保衛股股長帶著兩個勤雜人員來扭我，會場響起一片熱烈掌聲。我奮力反抗，大罵賈書記幾年前在成都動物園用自己的狗鞭子戳一個姑娘的大腿根，遭那姑娘抓住鞭子拖到派出所……可是我的叫罵被成千上萬聲音淹沒，人們到處在怒吼：「把他捆起！」「把他抓到公安局！」「打！打死叛徒！」「打！打死內奸！」

14 脫離群眾，池魚思廣水；招聘員工，井蛙誇大天。

我被扭送到公安局關了十五天，出來打算寫信告狀，但是《治安管理處罰條例》規定：「擾亂機關、團體、企業、事業單位的秩序，致使工作、生產、營業、醫療、教學、科研不能正常進行，尚未造成嚴重損失的」，「處十五日以下拘留，二百元以下罰款或者警告」。我違反《治安管理處罰條例》，擾亂他們的開會秩序，誰會為我翻案呢？我雖然坐監，不算羞恥，古今中外仁人志士為正義坐監，例子多得舉不完，我這樣想著，就厚著臉皮回到學校上課。

興鎮許多人一見我就仰天大笑，一見我就把話題扯到拘留，扯到監獄，我心裡流血，差點爆炸，但是人家又沒直接說我坐監獄。梁豬兒終生難忘他在教工食堂看到我的那臉色，我的鄙視他心知肚明，我的清高他刻骨銘心，這天聽說我回來，就到學校來看我。幾個教師站在古榕樹下閒聊，梁長頸見他來了招呼道：「豬兒在幹啥？」豬兒說：「犯人呢？犯人回來沒呀？我來看看！」大家知他在說我，幸災樂禍都默笑。豬兒說：「我們這些人雖然沒本事，但是沒有犯過法！」梁長頸有點心軟同情我，玩笑說：「你龜兒天天在圈頭吃了屙，屙了吃，怎麼會犯法？」

興鎮完小那些略明事理的教師，內心並不認為我拘留可恥，但是反感我的性格和人品，反感我的處世和做人，反感我當「屁眼蟲」，損了他們的利益，就壓制良心，努力認為我可恥。我非常在乎我的不體面，心裡極端難受，極端憤恨，然而表面若無其事，毫不羞恥，經常大勢講說我的告狀義舉，大勢吹噓我在拘留所怎樣受到優待。教工們偏不承認我應該當內奸，偏不承認我坐監光榮，經常跟我爭得唾沫飛濺，面紅耳赤，甚至有時故意問我在監獄挨打沒有，在監獄罰跪沒有。我更加難受，更加憤恨，更加傲慢，更加高調，更加激烈爭辯，更加激烈吹噓，硬要把顛倒的是非扳過來。

皮校長見我不以坐監為恥，反以坐監為榮，堅決要打壓我的囂張氣焰。他知道我在學校人緣最差，決定召開一次民主評議會，由全體教工評議我和高跟黨兩個新教師參加工作以來的表現，讓大家眾矢齊發批臭我，貶低我。

這天晚上，會議室裡早來的教工你叫我的諢名，我叫你的綽號，說說笑笑比賽玩笑話的水準，皮校長、梁主任和高大全坐在主席臺上，等著人員到齊。這時兩個年輕教師從場上買回滿滿一筐糖果、餅乾、花生和煙酒，進門高聲說：「吃招待！吃高主任的招待。他加工資，我們敲他幾個月，才把招待敲出來……」梁抬石高聲笑道：「全靠我喊抬死狗！」教工們非常高興，都和高大全說笑，高大全笑著說：「龜兒些不要臉嘿嘿嘿嘿嘿……硬要老子辦招待嘿嘿嘿嘿嘿……」

兩個年輕教師剛把背筐放下，馬大毛說：「管他媽的，嘗個味道。」就離開座位抓糖果。另外幾個年輕教工眼紅了，也跟著去抓，梁抬石笑著高聲抗議：「你們像啥話啊?還是要給我們留點呢！」皮校長擔心大家開會不專心，說：「乾脆吃了招待再開會！」話音剛落，所有人連忙跑向背筐，圍著爭搶，有的搶糖果，有的搶花生，有的搶餅乾，有的搶整條香煙，有的搶整瓶白酒，皮校長、梁主任和高大全也擠進人堆，與民同樂。

我無限鄙視，坐著不動，沒去爭搶。我雖然坐監，沒有面子，雖然在興鎮完小最沒地位，但是我要用我的高雅對比他們的低俗。我點兒也瞧不起這些食品，我親眼看見縣城糖果廠女工一邊包糖果一邊不停在胯下搔癢，做餅乾的師傅弓腰攪拌麵粉，鼻尖的清水鼻涕反射著電燈強光，像顆搖搖欲墜的珠子。

我正想著，與我同桌的梁長頸雙手捧著花生餅乾，腋下夾著一瓶白酒回到座位，他把花生餅乾放在桌上，白酒藏到桌下，又從褲袋抓出許多糖果來，見我沒動，說道：「你沒去搶？」就分一把糖果給我。我記起《莊子》：「南方有鳥曰鵷鶵，非醴泉不飲，非練食不食，非梧桐不棲……」便把糖果還給他：「我不愛吃這些。」

教工們搶回東西邊吃邊笑，你說我搶得多，我說你搶得多。梁抬石見高大全嘴巴塞滿餅乾，玩笑說：「豬八戒，慢點吃，謹防口裡打血泡！」高大全也玩笑：「孫猴子，我有你吃得快？」梁水牛說：「長頸鹿，你搶那麼大一堆糖，給我們拿點過來。」梁長頸說：「水牯牛，你搶整條煙，別說平分麼，至少每人抽一支嘛……」梁水牛說：「你把酒拿出來大家喝一口！」許多人都跟梁長頸說笑，叫他把酒拿出來大家喝。

有人發現我沒吃，感到幾分害臊，頓時不再說笑了，別的教工也發現我沒吃，都默默吃著，不再說笑，整個會議室無人說話。梁抬石要打破這尷尬，又高聲說笑起來：「今後每個人，凡是有喜事都給大家辦招待，這要形成一個制度。這哪裡是為吃？主要是圖趣。我們要吃出歡樂，吃出團結……」話未說完，大家高聲贊同，有的提議成立一個「敲招待委員會」，有的提議定出辦招待的不同規格等等，會議室裡又恢復了熱鬧。

吃完招待就開會。會議除了批臭我，貶低我，還要評選縣級先進教師。皮校長講完開場白，說：「現在先評先進教師。來哇，大家提名。」教師們人人都望別人選自己，因此人人等待，會場沉默。興鎮完小一幫青年教工結為兄弟會，高跟黨排行老九，兄弟會老大估計自己選不上，沉默一陣搶先送好：「我選老九！」老二說：「我同意！」老三說：「我完全同意！」老四說：「我百分之百同意！」老五說：「我百分之兩百同意！」老六說：「我一千個同意！」老七說：「我一萬個同意！」老八說：「我十萬個同意！」別的教工見大勢所趨，都爭先恐後說同意，於是高跟黨成了先進教師。

接著皮校長又說：「這下評議兩個新教師參加工作以來的表現。來哇，先評議高跟黨老師。」教工們踴躍發言，高度評價高跟黨，有的說他思想好，有的說他品德高，有的誇讚他的炊事工作，有的誇讚他的為人處世，有時兩人同時發言，爭著講說。梁明祿準備在心裡的話被別人說了，只好另找優點：「高跟黨同志愛辦招待。老師們只要到他寢室去，他就拿煙啊，酒啊，菜啊出來，那天我去，下酒菜完了，他連忙叫學生上街買幾個包子來下酒。」他順便敲打我一棒，「不像有的年輕教師狗眉狗眼，任何人抽不到他一支煙，喝不成他一口酒，別說吃包子，連水果糖都沒有一個……」他怕別人笑他，連忙解釋說，「這不是在說哪個的吃。那一口吃有好稀奇？誰稀罕誰那一口吃？這是看一個人團結不團結同志。」梁主任作會議記錄，最後發言，見大家把各種優點說遍了，甚至許多是重複，只好另闢蹊徑，笑著說：「你們都講優點，不講缺點，不符合一分為二，我來給高跟黨同志提個缺點：高跟黨同志樣樣都好，只是娃兒都那麼大了還沒舉行婚禮，你好久把婚禮舉行了，讓我們吃你的喜糖呢！」於是大家七嘴八舌說笑高跟黨，都說等著吃喜糖，高跟黨使盡全部腦力，笑著尋找應酬話。

接著皮校長叫大家評議我，教工們一下不說話了。皮校長一次又一次催促，催了很久，才有梁抬石第一個發言，他前不久從我班教室窗外走過，聽得我教了錯字，現在他要當眾揭醜，於是很不高興地說：「本來不想說的，領導又再三叫我們說。莊愛書作為這裡出去的學生，點兒都不虛心學習，說這個老師把字寫錯了，那個老師把課講錯了！我經常說的話：中國字這麼多，哪個敢說他認得完？」接著他彈無虛發，厲聲喝道：「莊愛書，我問你！你把『鄭人買復』教成『鄭人買履』，你教對沒有?!那個字到底該讀『復』呢，還是該讀『履』?嗯?!」接著許多人發言，有的說我當臭蟲，整掉全縣兩個億，有的說我參加工作第一天，就到處賣弄《西廂記》，有的說我抬高自己，貶低別人，竟然敢說梁主任和全校老師把梁字寫錯了，有的說我驕傲自大，皮校長叫我聽課，我聽了幾課不再聽，有的說我不知天高地厚，敢說教學參考書有錯誤，有的說我在小學教書，托人在成都買部《康熙字典》回來，有的說我有資產階級生活作風，在窗臺上養一株茉莉花。我非常鄙視，憤怒反駁，但是我剛發言，皮校長說：「散會!」就起身走出會議室，於是所有人連忙跟著走出會議室。

我更加瞧不起教工們，教工們也更加瞧不起我。我不想理他們，除了工作需要，十天半月不跟他們說句話，他們也不想理我，除了工作需要，十天半月不跟我說句話。大家故意孤立我，他們藏起來打牌呀，邀約朋友去某處看漂亮女人呀，偷獵野狗來搭平伙呀，談論學校秘事呀，有什麼便宜可占呀，都不讓我知道。我的資訊很閉塞，多想知道情況啊，有時看見他們站在壩子裡或者榕樹下說什麼，儘管不想理他們，還是厚著臉皮湊攏去，想聽一些耳風，可是我剛走攏，大家不是轉變話題，就是馬上散夥。

興鎮全公社都知道我在學校最沒人緣，最沒勢力，最沒地位，最沒面子，人們都很看低我。這周星期六，我從學校回家，走出場口碰到高跟黨，雖然我們互不喜歡，但是我孤家寡人，渴望力量，便主動招呼，與他同行。我們一路說話來到四大隊，地裡幾個男女在幹活，都一齊招呼高跟黨，卻無一人招呼我。我忍著難受，若無其事，繼續和高跟黨說話，耳朵卻在聽身後。身後一個農民低聲說我什麼，另一個農民高聲說：「他那屄，跟不上高跟黨一點邊邊!高跟黨幫人轉學，幫人減免學費，幫人開後門讀書，幫了好多人，他連至親讀書開後門都沒法……」

莊愛武原不打算讓兒孫讀書的，現在社會變了，家家都送子女讀書，戶戶都望孩子成龍，他也動搖了讀書無用的信念。他見我和高跟黨從學校回來，晚上辦了酒菜請去高跟黨一人吃喝，要高跟黨幫他開後門，把他沒有考上初中的孫子弄到完小讀書。高跟黨說：「這沒問題，我跟皮校長說一句就得了。」

我哥去愛武家借秤看見後，回來對我爹彙報了，我爹非常難受，馬上把我叫去教育通夜，說得我渾身潰爛，一無是處。他坐在床頭，就著桌上煤油燈的焰火一鍋又一鍋燒旱煙：「娃娃，這就是你不會做人、不會處世、不隨大流的結果呢！你在學校不說當官，就是當一般教師當伸展，我賭他愛武這樣掃你臉！我經常跟你說，個人強不過社會，要跟社會同流合污，打成一片，大家都在假假真真，敷敷哄哄，你總要那麼認真，那麼老實！老子年輕時候跟你一樣，見事講真理，見人瞧不起，結果吃了很多虧，但是老子吃了虧馬上就轉變，不像你再碰多少釘子都不改……」

我也覺得掃面子，我也覺得很難受，真想改弦易轍，重做新人，從此跟社會融為一體。興鎮完小許多教師明顯比我差，因為跟絕大多數人一個樣，因為跟領導老師關係好，活得比我面子，比我快樂，比我幸福，我又不是腦子笨，我若改變做人方向，跟社會搞好關係，不說當校長，就是當個教導主任，校內校外馬上有許多人尊敬我，奉承我，巴結我……

星期天下午，我從家裡到學校，聽得一個教師站在寢室門口吆喝：「打牌打牌！哪些來打牌？」另一個教師說：「人不夠呢。」我在心裡很鄙視，但是頑強笑著說：「人不夠，我來湊。」教工們見我改邪歸正都驚了，個個連忙歡迎我，那些今晚不打牌的，都來陪我打牌，很快湊了一桌多。他們知我平時不打牌，現在牌技不高，有的站在我背後當導師，教我出牌，有的耐著性子不催我，等我慢慢出牌，有的誇我牌技不錯，鼓勵我進步，有的故意打錯牌，讓我贏錢，提高興趣。可是我打了一陣，怎麼也提不起興趣來，邊打邊想看書，一局還沒打完，就找藉口退場了。

第二天中午，我厚著臉皮跟大家一起圍灶頭，一些教工見我不再虛偽，開始落教[1]，都跟我說笑，關係好了許多。可是我總要不斷回頭，看看有沒有學生從食堂門外經過，看看有沒有家長來找老師。這樣站了幾天，我又一個人坐到外間那張大圓桌上了。

我和教工們共同興趣的話題很少。他們說打牌，說釣魚，說佔便宜，說幹農活，說得非常起勁，非常精到，非常有水準，我卻毫無興趣，一句有水準的話也說不出來；我說讀書，說思想，說文學創作，說得滔滔不絕，很有見地，他們又毫無興趣，沒有話說。我和他們只在國家政治和學校教學方面有共同話題，但是他們不讀書，不思考，常把膚淺可笑當成深刻認識，常把胡扯亂說當成絕對真理，我起初藏起自己的觀點，附和他們的看法，但是堅持不到一個月，心裡憋得發慌，實在忍耐不住，就丟掉假面具，又滔滔不絕反駁起來，又跟他們爭吵起來。

興鎮崇原交通不便，資訊閉塞，思想僵化，觀念落後，人物平庸，書籍匱乏。這裡普遍是盲瞽，不識荊山之玉，普遍是愚昧和膚淺，缺乏知識和思考，普遍不懂道理，缺少正確邏輯，普遍是墨守成規，缺少創新思維，普遍是奴才性格，缺少民主意識，普遍是利益和關係，缺少正義和原則，普遍是狹窄和渺小，缺少海量和大志，農民吃得起一個雞蛋要在鄰居面前誇嘴顯擺，單位人員掌了小權要在社會高傲偉大……我天天孤獨、閉悶和壓抑，很想跟人交往，跟人說話，可是農民見面就說家長裡短，說吃喝拉撒，說「今天天氣好」，說「今年收成差」，單位人員見面就說誰靠什麼關係調進城，誰靠什麼關係升了官，誰靠什麼關係開了後門，誰靠什麼關係占了便宜，我不是覺得膚淺無聊，就是覺得沒有話說，在他們面前只能當啞巴。

我多麼渴望有個朋友啊！我常在腦裡把我認識的所有人逐個排查，可是一個也無法成為朋友。朋友除了需要地位相當，三觀相同，品德相近，還需要文化、思想、才能在同一層次上，方能互相理解，互相欣賞，建立感情。我曾在本公社外公社和縣城主動交往朋友，然而他們不管是小有名氣，自視很高的，還是寫詩作文，毫無成就的，不管是老實善良，文明禮貌的，還是伶牙俐齒，市儈圓滑的，在文化、思想和才能方面都膚淺平庸，我與他們無法交流，無法欣賞，不可能成為朋友，交往幾次就算了。

興鎮崇原不是我的天地，別人在這裡活得有滋有味，順風順水，我在這裡處處碰壁，事事跌跤。我多麼盼望在名牌大學讀本，讀研，讀博啊，然後憑著真才實學，分配到北京精英薈萃、人才成堆的高層文化單位工作生活，脫離現在的環境。

其時國家已經恢復高考，全縣所有民辦教師都想改變命運，躍躍欲試想參加，但是都怕落榜丟臉，只有少數壯著膽子報了名，而公辦教師端著鐵飯碗，全縣沒有一人去報名。我很想參加高考，卻不知道公辦教師能否參加，我想去教育局瞭解政策，但是政府機關從來不對百姓公開文件，有關係有禮送，就順順暢暢讓你私下瞭解政策，並且出點子拿主意，幫你鑽政策空子，沒關係沒禮送，你問半天不理你，或者偉大傲慢，很不耐煩，把那對你不利的條款告訴你，把那對你有利的條款藏匿著。教育局恨我告狀，我去瞭解政策，他們告訴我嗎？幾十年後，我在北京方才聽說，正是我想參加高考這年，教育部發出通知，公辦教師可以參加高考！我讀初中和師範，學校沒有開設外語課，我參加高考，怕考外語，幾十年後，我從別人的回憶文章裡才知道，正是我想參加高考這年，北大招生不考外語！這天晚上我打算馬上辭職，回到家裡，自學外語，參加高考。我心潮澎湃，熱血沸騰，輾轉反側，通夜未眠，差點半夜起床回家跟父母商量。我耐著性子等到天亮，等到上午講完課，連忙興致勃勃跑回家。

我剛攏家，見我姐夫全家來了。灶房裡，我媽轉灶，我妻燒鍋，我姐站在灶旁聊天，她激動地把嘴巴湊到我媽耳邊，低聲誇說丈夫怎樣行賄，怎樣賺到大錢；隔壁屋裡，我爹陪我姐夫坐在桌旁吸煙說話，兩個孩子伏在桌上爭吃我爹的待客糕點。其時全國公社改稱鄉或鎮，生產大隊改稱村，生產小隊改稱組，土地開始分到戶，農民幹活不再由幹部安排，外出不再由幹部批准，我姐夫在縣城辦公司，將自家土地送人耕種，讓我姐進城協助他，把兩個孩子送來我家，暫時由我父母代養。

我招呼了我姐夫，就急忙講說我的辭職打算。我爹經常慪他兩個兒子都很差，經常感歎命不好，一輩子外無靠山，內無助手，一切靠他個人打拼，好不容易才把家庭弄到今天這地步，我才要丟了鐵飯碗去冒險，他沒聽完我說話，啪地拍下煙管說：「你給我爬遠點啊，有多遠爬多遠啊，不要把老子的腸子慪斷了啊！嚴相公，你看啊，這就是我的好兒啊……我前世沒做好事，這世在遭報應啊……」

我姐夫批評我說：「你是倒奸不憨！說你憨呢，你又懂一點；說你奸呢，你又不過火。我問你，你把飯碗丟了去讀書，哪個供你？」我生在新社會，長在紅旗下，所有資訊，所有印象，所有經驗，全部來自那個時代的牆內，我對國民黨的全部認識就是賣國投降，不打日寇，抗戰勝利之後連忙跟我黨搶桃子[2]，我對國外的全部認識就是資本主義國家是地獄，人民在水深火熱之中受苦受難，帝國主義陰謀顛覆我美好的社會主義中國，我「不知有漢，無論魏晉」，腦海裡哪有市場經濟的概念？連市場經濟這個詞語都沒聽說過。我想辭職時，市場經濟的租賃、打工等等才剛剛在城市萌芽，我從來沒有去過大城市，在興鎮這資訊不靈、觀念落後的環境裡，點兒也不知道大城市的情況，想也想不到世間還有一邊讀書一邊打工、自己掙錢供養自己完成學業這回事，因此我姐夫一句話就把我問傻了，我一個字也答不出來。

我姐夫想著他的創業，想著他的兩個需要代養的孩子，又說：「兩個老人六十幾了，還在天天起早摸黑，『臉朝黃土背朝天』，交完國家公糧和集體提留款，剩下才是自己的，有錢供你讀本科，讀研究，讀博士？不說讀本科，讀研究，讀博士，你拿到錄取通知書，父母給你湊得夠路費不啊?!」

我爹說：「老子一個平頭百姓，連生產隊長都沒當過一天，給你爭來飯碗好不容易，你才要砸啦！你說，你是你媽的瘋子還是傻子?!嗯?!我和你娘苦一輩子，今天死不知，明天死不曉，現在土地下戶，剛剛說自己找來自己吃，吃幾天飽飯才去見閻王爺，你『尿想長了打肚皮』，還要我們供你讀啥讀啥！」

我的現實頭腦很不行，一時熱情衝動，只想遠大前途，竟然忘了我姐夫和我爹提到的這些現實問題。這時我媽來拿櫃裡的東西，說：「娃兒，你現在的日子啥不好過？教書輕巧乾淨，旱澇保收，不像農民天天泥裡來水裡去，老天讓你吃飯才能吃！你不要這山看到那山高，就在興鎮好好教，人的命運是老天爺給你定了的。過去有個孝子，他的老媽生病想吃白米粥，他外出討口要米，晚上住在破廟裡，他想討滿一升才回去，但是每天晚上都有個白耗子來偷米，他始終討不滿一升，觀音菩薩就給他托夢說，『你命上只有八合米，行走天下不滿升。』……」

我爹和我姐夫也叫我就在興鎮好好教，同時把他們聽到的社會對我的種種叫罵告訴我，批評我不合大流，我行我素，批評我戳漏，一下得罪很多人。我痛恨世俗，回答我姐夫，也是安慰自己說：「要想不遭世俗叫罵，你只有跟世俗一個樣，要想得到愚人讚賞，你只有降低到愚人的認識程度！」我姐夫聽得難受，批評我說：「不要『舉世皆醉唯我獨醒』，不要『舉世皆濁唯我獨清』！」我爹說：「我經常教育你，你不是偉人，你改變不了社會，你只能跟著社會走，但是你不聽老子半句教育……」

我姐夫有很多事情等著他，吃過客飯就去城裡了。下午我姐把兩個孩子丟在我們家也走了，她要回去嚴家溝收拾東西，明天也去城裡。她回到嚴家溝，抱著一捆柴草送給堂嫂，堂嫂在她背上打一拳：「婆娘，你這下安逸了，要過城市生活啦！你把柴草送給我，你們在城裡燒啥呢？」我姐高興得顧不上收斂：「你們這些農村人，簡直沒有見過世面！城市做飯完全燒蜂窩煤，哪裡燒這柴草……我忙得很，沒時間陪你，二天到我們縣上來耍！」便轉身跑了。堂嫂說：「這下你瞧得起我們這些農村人囉！」

第二天早飯後，我姐收拾了滿滿一筐東西，捉住雞兒拴了腳，又去圈裡牽豬兒：「來，跟我到城市過好日子！」她家公司有狗棚，她的豬兒肯吃肯長多麼乖，她捨不得賣了，要弄到狗棚去餵養。興鎮剛剛通班車，我姐背起東西，牽著豬兒，拎了雞兒，就去興鎮趕班車。

來到興鎮場外，一個白髮老太婆牽著豬兒迎面走來，兩隻豬兒相遇，都站著不走，相互聞了聞，突然咬起來。我姐非常氣憤，想老太婆的賤種豬膽敢咬她的高貴豬，便用樹枝狠打賤種豬。老太婆氣憤說：「你這瘋婆娘打我的豬幹啥?!」我姐說：「牠咬我的豬幹啥?!」老太婆說：「豬又不是人，咬一下多大個事？」我姐說：「我這豬比你人還高貴，牠馬上要過城市生活了，你老婆娘毛都活白了，過城市生活沒呀?!」

我姐好不容易把豬兒弄進城，正要牽去狗棚，遭我姐夫臭罵一頓，說她丟了西瓜拈芝麻。我姐夫把雞豬送給公司員工改善伙食，叫我姐馬上回興鎮招聘二三十名體力工人。公司急著用人，我姐買個饅頭邊走邊吃，坐上班車回興鎮，一路想著她家公司好大，想著丈夫好能幹：「連城裡那些局長他都攀上了！興鎮鄉上的書記鄉長全是他的朋友……」

班車到了興鎮場，一個女人忙著下車，碰了我姐的肩膀，我姐火了，想這刁婆娘不知天高地厚，竟敢跟我搶路，啪地打那女人一耳光，還要拉她去鄉上，她想我姐夫在鄉上多有面子，書記鄉長們肯定會偏向她。女人不知我姐的來頭，和她對打，那班想在華龍公司打工的，想找我姐夫借錢的，都來勸架，拉住那女人讓我姐多打幾下。兩個女人被拉開，又隔著人群對罵，有人在那女人耳邊說：「少罵兩句，這是嚴總的家屬。」女人說：「管他媽的啥子腫，屄腫屌腫guai子腫，她罵我就要罵！」

我姐在嚴家溝招聘了十幾個親戚熟人，又回莊家灣招聘，莊家灣嬸娘叔母和嫂子們都來跟她聊天。大家問起城裡生活，我姐近來經常進城，她有太多見識要傾倒，她誇完城裡按時吃飯，誇完城裡人的聰明等等，又迫不及待說：「城市官多，每天都能看到大官！那天有個人跟醒夢在街上站著說話，我過後問醒夢，才曉得是清管所的所長。你以為清管所的所長官小啦？人家要管好多人！掃街的，運垃圾的，看守公廁收錢的，全都歸他管。」徐三嫂有點輕視守廁所，我姐說：「哼，你不要小看守廁所，權力大得很！你不交錢，屎尿脹在褲襠頭都不准你進去；熟人關係好，點個頭打個招呼就進去。我還親眼看到齊縣長！醒夢給吳局長的兒子作介紹，吳局長給兒子結婚請我們，縣上好多大官都來了。我和齊縣長那才隔多遠？就像這兒到杜頭這麼遠，我把齊縣長看得清清楚楚的。我們那席有個人在縣委守大門，一般人不准你進去，醒夢給他敬酒，他給醒夢敬酒，關係多相好……」梁二嬸問城裡的婚宴辦得好不好，我姐連忙說：「好得很！盡是山珍海味，菌子，耳子，墨魚，還有啥子魚，好多菜你這些農村人連名都叫不出來。人家那些魚是人工飼料餵養的，你鄉壩頭這些野生魚根本上不了城裡的大席桌。連蔬菜都是用冰櫃凍過的！哦，你以為像你農村人，土裡土氣，從地裡摘回來就吃？」

莊愛書自注：
1 落教，我地方言，意思是當好人，不搗蛋幹壞事。
2 搶桃子，見毛澤東《桃子該誰摘》。

15 莊愛書實驗新方，梁抬石發洩舊憤。

《漁父》曰：「新沐者必彈冠，新浴者必振衣，安能以身之察察，受物之汶汶者乎？」因此我沒有接受我爹和我姐夫的教育和勸告，仍然不與社會合流。大學夢破滅後，我打算一邊教書一邊完成我的《精衛銜微木》，一舉成名，調到北京，用才能和奮鬥改變自己的命運！我認為北京高層文化界也有腹笥空虛，混得虛名者，也有刁鑽耍滑，奉承諂媚者，也有世俗平庸，隨波入流者，但是有才能、有見地、有眼力、有正義、有是非、有精神的人肯定比興鎮崇原多。荀子說「君子居必擇鄉，遊必就士」，我應該到高層文化界工作和生活。荀子說「蓬生痲中，不扶自直；白沙在涅，與之俱黑」，我到高層文化界工作和生活，有利於我的事業發展和人格塑造。

但是邊教書邊寫一部百多萬字的長篇小說談何容易，教書不認真，學生有意見，家長要叫罵，學校要過問，社會要鄙視，我點兒也受不了。我打算在腦海裡繼續思考《精衛銜微木》，等到將來再創作，而在教育工作上稱雄，幹出一鳴驚人的顯著成績，既能贏得社會承認，又能憑著業績調離興鎮崇原。其時初中語文教材由省教廳編寫，雖然比我們讀書時的課本多了幾篇文學名篇，但是多數仍為當時報刊上的平庸文章，而且毫無體系湊在一起，我若依照教材按部就班，平庸教學，肯定不能幹出一鳴驚人的成績。我打算做語文教學實驗：不使用語文課本，到書店給學生訂購文學名著選本，結合選本裡的文學名篇，自己編寫出《初中語文基礎知識講授和基本能力訓練綱要》，再按照綱要體系編排的知識講授點和能力訓練點，在課堂上講授和訓練。同時我還要給班裡訂閱《幼苗》雜誌，鼓勵學生觀察生活，感受生活，思考生活，把觀察、感受和思考所得寫成文章，我修改評講，然後選出優秀作文寄給《幼苗》發表，以此提高學生的作文興趣和能力。這樣既用文學名著薰陶學生的情操，提高他們的思想文化素養，又能在升學考試一鳴驚人。雖然我認為用升學考試成績來衡量教師的教學品質很片面，並且導致應試教育，但是目前國家還沒找到衡量教師教學品質高低的科學辦法，我只能靠升學考試來驗證我的教學。

我作新一屆班主任，擔任我班語文和歷史課，決定開始教學實驗。我在班上講了我的教學實驗構想，叫學生們回家拿錢購買文學名著選本，學生許多窮得每學期幾元錢的學費和書本費都拖欠，聽說回家拿錢另外買課本，都叫苦連天，齊聲反對。我想硬逼，又不忍心，只好去找皮校長講說我的教學實驗設想，要求學校解決購書資金。

皮校長在他的寢室兼辦公室召集教代會成員開會，大家沒聽我說完，七嘴八舌一齊反對。梁抬石一眼就看出我的問題，他本來不想點醒我，但是又想顯精明，因此鄙視說：「書是省上編，題是省上出，你不照課本教，升學考試打零光蛋！」我連忙反駁，說我要讓學生掌握語文基礎知識和基本能力這兩把萬能鑰匙，不管省上怎樣出題，不管考題怎樣變化，都能考高分。一個老教師認為我不知天高地厚：「省上編的課本不用，自己編！」梁主任說：「自己編的才有水準呢。」梁明祿說：「只有大學教授才能編教材，你一般人敢編教材！」高大全說：「莊愛書，你是『雞娃子不鑽洞——笨㞗』，拿著現存的課本照著教不輕鬆？要費腦筋自己編！」

梁抬石說：「還有，你買書，錢從哪裡來？」我說：「學校解決！學校應該支持教師搞教學實驗，只怕教師無所作為，平庸教書，工資一分不少，飯碗照樣很鐵……」大家又聽得十分反感，做著各種怪相，有人差點嘔吐。幾個教師都怕皮校長解決購書資金，讓我班占去便宜，梁明祿說：「皮校長，學校好多班的桌凳都爛了，該買木料來修理喲……」梁抬石說：「學校應該拿間房子好好裝修，辦個教工俱樂部，讓老師們下課後打打牌，下下棋……」一個年輕教師說：「皮校長，人家大興完小已經給教工修起了洗澡堂，我們學校好久修呢？」皮校長對我說：「學校早把節餘那點錢用完了，哪有錢給你班搞特殊？」

我仍然要搞教學實驗。我一面編寫《初中語文基礎知識講授和基本能力訓練綱要》，一面組織學生課餘飯後到野外撿蟬蛻、挖麻芋，總集起來賣給收購商，用以積攢購書之資。學生們在野外歡蹦亂跳，比上課輕鬆活躍許多，尤其那些讀書很差的學生，勞動時大顯身手，出人頭地，好像英雄有了用武之地，每天渾身是汗不在乎，而在乎自己的麻芋和蟬蛻比別人多。不久我到成都買了五十幾本《中外古今散文集萃》，又預定了《中外短篇小說精選》、《中外經典戲劇選》、《中國古今詩歌集萃》、《革命領袖經典論文選》和《古今說明文經典》各五十幾本，作為學生今後的課本。

我向來認為學生應該廣泛閱讀，可是興鎮完小沒有一本課外書，這天我又找皮校長說：「學校應該辦起圖書室，讓師生多讀書！老師多讀書，才有可能教好學生，自己知識少，怎麼能讓學生知識多？學生多讀書，眼界開闊，有助於課內學習……」皮校長不高興說：「我們這是小學，不是大學，要讀書自己買，學校哪有錢辦圖書室？」我只好從家裡背來大木櫃放在自己寢室裡，用學生們勤工儉學的錢買些文學名著，加上我的個人藏書放在櫃裡，每天讓我班學生課外借閱。

我把教育局統一訂購的省編語文教材當成學生課外讀物，而按我的《初中語文基礎知識講授和基本能力訓練綱要》編排，選講《中外古今散文集萃》了。千古名篇比平庸文章大有講頭，這使我的講課十分精彩，大大開闊了學生的眼界，激發了學生的興趣，他們知識顯著豐富，思維顯著活躍，尖子生如雨後春筍般一個個冒出來。

有個叫梁岫雲的女生進步最快。這天我改作文，見她的文章文才初露，「楊家有女初長成，養在深閨人未識」，文意曲折，「山重水複疑無路，柳暗花明又一村」，文體兼備，「橫看成嶺側成峰，左右高低各不同」，而書寫呢，灑脫如公孫大娘舞劍器渾脫，歪扭像彭澤縣令醉既熟春醪，我非常驚喜，上課時馬上在全班念讀，鼓勵大家向梁岫雲學習。梁岫雲平時眼看別的同學出盡風頭，自己默默無聞，今天突然受到老師高度表揚，激動得差點流淚，她非常感激老師，決心更加努力學習。

下課後，我叫來梁岫雲，鼓勵她用這篇作文投稿，梁岫雲不敢答應。前不久我在《人民日報》發表一篇教材研究文章，現在我見梁岫雲不敢投稿，就從抽屜拿出發表的文章讓她看。梁岫雲不再覺得發表文章很神祕，將作文工工整整謄寫了寄到《幼苗》雜誌去。

梁岫雲借書更勤，求教更密了。她提問切中要害，思考鞭辟入裡，悟性越來越高，她與老師討論課外文學名著，常常是「心有靈犀一點通」。有一天上課前，我在寢室完善《初中語文基礎知識講授和基本能力訓練綱要》，梁岫雲拿著《復活》進來，問這小說的主題思想。我放下筆說：「《復活》的主題思想是基督教的博愛精神。涅赫留朵夫年輕時的罪過使純潔的喀秋莎墮落成為瑪絲洛娃，後來他受良心譴責，為瑪絲洛娃翻案，用愛使瑪絲洛娃死去的靈魂又復活了，到流放時，二人心靈都已十分聖潔。小說結尾宣揚《福音書》，更是直接與主題有關。」梁岫雲說：「那麼小說還寫了監獄、法庭、官辦教會、官衙、農村以及流放途中許多腐敗和悲慘事情，這與主題有啥關係呢？」我說：「這是揭露和批判沙皇統治對人民的殘忍無愛，對偉大的博愛精神的違反。」梁岫雲又問：「那麼托爾斯泰為什麼要反對革命黨人的暴力革命呢？」我說：「暴力革命是愛嗎？」梁岫雲完全理解了《復活》的主題思想，像盲人看到光明一樣高興，非常佩服我。

梁岫雲無問可提了，但是仍然站在我的辦公桌橫頭不願離去，她想看看老師怎樣備課，怎樣寫字，怎樣批改他們的作業，想看看老師寢室裡的桌椅、箱子、床鋪以及桌上這盆肥綠的茉莉花。她覺得老師字寫的姿勢都比他們好看，她覺得老師寢室裡的東西簡樸而不土氣，常見而不俗氣，就連那個洗臉盆，和她家的同是一個廠家生產，樣式花色全相同，可是老師的要好上十倍。她尤其喜愛桌上的茉莉花，觀賞一陣說：「老師，我幫你澆水！」我說：「澆吧。」她從桶裡舀水澆了幾滴，見我床上的被子亂成一團，高聲笑道：「老師，你被蓋都沒疊？我幫你疊！」便幫我疊得整整齊齊。接著她又拿起掃帚掃屋子，又將桶裡的水倒在洗臉盆裡，去外面提來滿滿一桶。她點兒也不渴，卻想知道老師的開水是什麼味道，說：「老師，把你的開水我喝一口。」我說：「碗在那兒，洗一下。」她不明白老師的碗這麼漂亮乾淨，怎麼要洗，提起水瓶倒了半碗就美美喝著。這時一個男生拿著課外書來請教：「莊老師，這句話是啥意思？」梁岫雲覺得那男生叫得不親熱，連忙糾正：「不要叫『莊老師』，叫『老師』！」

教師們天天非議我搞教學實驗，斷言我肯定會把我班搞得稀爛。梁抬石教我班和梁明祿班的數學課，他自認是學校的數學權威，在學校人緣又好，說話很有分量，學校許多事情皮校長都聽他的意見，我是他的學生，點兒也不恭維他，他堅決不讓我成功。他不願把他的能力用在我班，而要全部用在梁明祿班，他不改我班一本作業，全批全改梁明祿班的作業，有時該到我班上課，他偏到梁明祿班上課，讓我班學生在課堂上玩耍，他要讓梁明祿班升學考試數學人人得百分，讓我班升學考試數學人人得零分。

皮校長打算叫停我的實驗，多次到我班教室外面查看，見我班不管是學習紀律還是學習興趣，都比別的班級好許多，他又叫去我班學生詢問，學生們都說莊老師教得好，他們學習很有興趣，成績大有長進。其時農村學生唯一出路就是考上中專大學，成為國家工作人員，家長們但見某校多少學生考上中專大學，一片驚呼，齊聲讚揚，但見某校考差了，齊聲叫罵校長和老師耽誤了他們孩子的前途。皮校長非常希望他的學校考好，考慮再三，終於沒有叫停我的教學實驗。

梁岫雲寄到《幼苗》雜誌的文章發表了。這天她收到五元稿費和兩本雜誌，消息轟動全校學生，學生們奔相走告，認為何等了得。梁岫雲在學生中一下成了明星，午飯後男生女生圍著她，要看看雜誌，要看看編輯短短幾句話語的來信，甚至要看看那張五元鈔票跟他們的同不同。梁岫雲嘗到了成功的快樂，嘗到了人生還有如此的精神幸福，她決心努力學習，用更加優異的成績報答她的恩師。

這時巷道裡幾個教工正在爭著講說場上昨天爆發的情殺新聞，梁明祿班一個高大男生飛快跑過，梁抬石估計能夠叫住他，連忙喝道：「轉來轉來！」那男生轉來了，低頭站在他面前。梁抬石修理說：「數學作業完成沒有？」男生說：「完成了。」梁抬石又問：「你在跑啥？」男生說：「我去看梁岫雲發表的文章。」梁抬石以為是梁明祿班裡的梁秀雲，訓斥道：「你站起多高一根，坐倒多大一堆，塊頭能分兩個梁秀雲，你為啥不發表一篇文章？天天只曉得耍！」梁明祿也批評說：「你比梁秀雲大兩歲，分數沒有人家一半高。」另一個教師說：「看不出那麼小個女生能發表文章。」梁抬石說：「珍珠騾馬不在大小，烏龜有肉在殼殼頭。梁秀雲肯定是中專苗子！」梁明祿見自己班的學生受誇，這於他也很光榮，他非常高興，講著梁秀雲的種種優秀事蹟。那站在一旁的男生說：「是六班的梁岫雲，不是我們班的梁秀雲。」教師們頓時不高興，不再誇了。梁抬石垮下臉說：「發表文章有啥稀奇，有啥好看？滾回教室把作業重做一次！」那學生拖著沉重腳步回教室去了，教師們貶起梁岫雲來，說她上課愛提怪問，愛看課外書，完全受了莊愛書的錯誤教育。梁明祿說：「我總認為，學生還是應該以課內學習為主。我就反對啥子投稿啊，啥子看課外書啊，影響課內學習！」

正說著，上課鈴響了，教師們散夥。梁抬石回寢室拿了課本和三角尺去我班上課，見教室裡缺了許多人，一問才知這些學生午飯後到野外挖麻芋還沒回來。他頓時來了火氣，他在興鎮完小多麼強勢，連皮校長也暗暗有點忌憚他，他找到了罷課的理由，氣沖沖去找皮校長。走到門口，見許多學生提著麻芋大汗淋漓跑回來，進教室連忙打開書本坐好，但是他仍然走了。

梁抬石對皮校長講說我班學生上課遲到，講說我班學生常在他的數學課堂上偷看課外書等等，說：「他那班的數學課你們另外安排人，我沒法上！去上課，教室沒有人，我怎麼上課？」皮校長知道他是針對我，但是怕亂了學校常規，心裡很不高興，說：「意見算意見，課還是要上！」梁抬石這回非要我低頭認錯不可，說：「要我上課，除非他來把話說好！」

16 出蠻力，惹同儕嫉妒；講真理，遭上級棄嫌。

我素來瞧不起梁抬石按部就班，平庸教學，培養不出創造型和自學型人才，現在聽說他不到我班上課，我心裡反倒很高興。

我忙去課堂，借來一個學生的數學課本，問了學習進度，安排學習內容，叫學生們認真看書，邊看邊記住不懂的問題，等會兒提出來我給他們講解，然後開始和學生一齊看書。我看一陣，遇到難題久思不得其解，見有些學生已經看完書，時間不容許我再耽擱，我跳過那道難題迅速將書看完，就開始講課。

我講到那道難題，說：「這道題我不懂，有誰能把我教懂？」學生們有些莫名其妙，不信學生能夠教老師，都笑著你看我，我看你，沒有誰敢說話。我鼓勵說：「同學們，老師不是全才全能，樣樣都比學生不錯。我不長於數學，只是語文暫時比你們高一點，你們只要努力，將來肯定會超過我，尤其是數學！」學生們見我有誠意，一下活躍起來，那些真懂這道難題的，那些似懂非懂以為全懂的，甚至根本不懂的，都爭著舉手，要講這道難題，有的高聲叫嚷「我來我來」，有的用手肘舂課桌引起我的注意。

我點了一個學生上臺，遞給他粉筆後，退到一旁聽講，並且提醒學生們，不懂這道難題的要認真聽講，不要錯過機會，懂了這道難題的也要認真聽講，看別人講錯沒有，以便糾正。那學生開始講解了，我認真聽講，不懂就問，追問到底，硬要他把我教懂。那學生講了一陣，到底沒有教懂我，這時全班學生爭著講，我就向全班請教，和全班討論，有時七嘴八舌聽不清，我就抽一個學生上臺講解，直到我和所有學生澈底弄懂這道難題，我才繼續講課。

我和學生互教互學，引導每個人積極思維，跟我說話，跟我爭辯。我發現學生錯誤，有時我糾正，有時全班集體討論，課堂雖然鬧鬧嚷嚷，亂七八糟，但是每個人都投入了學習，忘記了外界。我讓每個人都能登臺講課，每個人都能教懂老師，每個人都產生自信，全班學習積極性很快提高。學生們群情激奮，議論紛紛，非常高興，都說這樣學習才主動，才不打瞌睡。他們都以教懂老師為榮事，課內課外主動看書，認真學習，互相請教，鑽研難題，要在課堂上大顯身手。

皮校長正在犯難梁抬石罷課，見我向他要求擔任我班數學課，他簡直不相信自己的耳朵，說：「這不是玩笑啊！好多專門教數學的都把難題弄不懂，你弄得懂？老師不懂，怎麼教學生！」我講了我的數學課，見他還不放心，說：「這樣，下節課我上數學，你來聽！」皮校長果然來聽課，見全班學生積極討論，投入學習，興趣很高，效果很好，就同意我暫時頂替梁抬石。

我教數學從來不備課，到了課堂才和學生一道自學，一道鑽研，一道長進，遇到我和全班學生攻克不下的難題，我就請教其他幾個數學教師，唯獨不請教梁抬石。幾個數學教師難得我這謙遜，都對我展現他們的數學知識和解題能力，絲毫也不酸難我，我和他們常常共同鑽研，共同討論，關係比從前好些了。

我做了一個厚厚的記功簿，讓學習委員記下每個學生攻克的全班難題，又在教室牆上做了光榮榜，每週公佈哪些學生攻克了哪些難題。每頓吃飯時，教室牆下總有一堆學生端著蒸飯邊吃邊看光榮榜，嘴上又說又笑誇讚別人，心裡卻在樂滋滋欣賞自己，連外班學生也來分享自己的好友、鄰居和親戚的榮耀。我定期批改數學作業，掌握情況，發現問題，然後在班上講解，有時忙不過來，就叫來幾個數學尖子幫著改，邊改邊記下同學作業中的錯誤，上課時尖子們各自登臺，糾正錯誤。

許多教師認為我教數學是鬧笑話，預言我會教得一塌糊塗。他們常常裝著過路，到我班教室外面觀察，卻見學生興趣很高，紀律很好，心裡受著嫉妒的煎熬，仍然不願承認我的教學，都說提高興趣很容易，提高成績才困難，期末考試才是看高低的時候。

寒假前，學校舉行期末考試，安排不同年級教師交換監考改卷，教師們背著我約定，這學期不舞弊，嚴格監考，公平給分，看看莊愛書的教學實驗究竟如何。考試結束，同年級六個班，我所教語文和歷史為第一名，數學因為我任課時間不長，不是第一名，而是第二名。

許多教師暗暗吃驚，甚至動念也用我的教學方法，但是我的課堂教學一切緣事而發，非常天成，他們搬用不了。他們還是不願承認我的教學，他們承認我的教學就是打自己的耳光，他們沒有那麼傻，因此有的說：「那是碰運氣，碰到生源好的班，成績就好！」有的說：「如果梁抬石繼續教，數學肯定是第一名。」一個年輕教師擔任我班化學課，這時突然來靈感，驚喜說：「嘿，他能幹，我們都像梁老師那樣，都不教他那班的課，讓他一個人教完！」大家被提醒，都說好主意，那化學教師連忙跑去串聯我班的政治、外語、物理、地理、生物和體育教師。

春季開學，我班幾個科任教師一齊去找皮校長，說我叫學生課外挖麻芋，鼓勵學生看課外書，佔用了學生課外時間，學生沒時間完成他們所教學科的作業，都堅決要求不擔任我班的課程。皮校長怕出爛攤子，因此堅決不同意，用盡全力做他們的說服協調工作，甚至把他和他們建立的私人感情也用上了，大家礙著皮校長的人情和面子，非常猶豫。

這時我去皮校長的寢室兼辦公室拿學校唯一的那份報紙閱讀，在門外聽得他們說話，我心潮澎湃，熱血沸騰，我真心實意瞧不起他們的教學，我要用我的互教互學法盡可能多地提高學生，影響學生，升學考試一鳴驚人，而且我要讓人們看清國家的分配製度何等不合理，我擔任好幾人的工作，教學品質比他們高，可是我只拿了一個人的工資，並且是最低級別！我連忙進去說：「皮校長，我教完我班除開外語和體育的所有課程！」教師們見我如此，一齊叫好，不再猶豫，馬上走了。

屋裡只剩我和皮校長，我無比自信，滔滔講說。皮校長點兒也不相信我能勝任那麼多課程，說：「你算過沒有，有八門課程啊！就算你門門都懂，你哪有那麼多時間和精力！」我很不高興他小看我：「學生學十門課程，我只學八門課程，我還不如學生？我不備課，不搞滿堂灌，一邊和學生共同學習，一邊引導他們自學，就像和他們做遊戲一樣……但是有個條件：學校不管我寫多少頁教案，不管我改多少本作業，也就是說，不來管我的教學，只看我的效果！」皮校長被我的自信影響了，決定冒險讓我試一試，就同意我擔任我班語文、政治、數學、物理、化學、歷史、地理、生物課了。

我恨不能馬上創造奇跡，見諸報端，轟動全國，然後調離興鎮崇原，創造條件完成我的《精衛銜微木》。我的實驗初見成效，我越幹越興趣，越幹越來勁，每天除了吃飯睡覺進廁所，全部時間和學生在一起，雖然辛苦忙碌，但是其樂無窮。我跟他們打成一片，不僅掌握了每個學生的學習情況，還把他們的家庭、性格、心理、身體冷暖和同學糾紛知道得一清二楚，我在他們的學習和生活中因勢利導，因材施教，明察是非，秉公斷事，任人唯賢，伸張正義，同時關心他們的冷暖饑渴和病痛，順勢教育和影響他們的品德和做人。

學生們非常感激，非常聽話，一切以我為榜樣和準則，學習、紀律和生活唯我馬首是瞻，我一聲令下，他們赴湯蹈火，在所不惜。因此外班天天有打架、偷盜、翹課、賭博、抽煙、酗酒和戀愛，我班一次也沒發生過；因此外班課堂老師講課學生沒精打采，昏昏欲睡，老師缺課學生打打跳跳，鬧鬧嚷嚷，而我班課堂老師在時，師生說說笑笑，興趣盎然，老師不在，學生鴉雀無聲，人人看書。

我厭惡我的婚姻，羨慕別人的愛情，心裡常常充滿渴望、煩惱、惆悵、空虛、無聊，只有跟學生們在一起，我才暫時忘記這些情愫，只有完全沉在我的教學實驗裡，我才有快樂和充實。每週星期天，學生蒸飯房和教工食堂都停火，師生們都回家去了，我不管吳繼祖在家種地一塌糊塗，獨自留在空曠寂寞的校園裡，用煤油爐做簡單飯食，一邊批改學生作業，一邊盼望學生早點來學校。

馬大毛教書困難，他請了兩次病假，又拉關係到教育局幹雜工，後來一則因為送禮少，二來因為缺教師，教育局長叫他還是回學校任教。他對學生威壓、關懷、拉攏和哄騙，十八班武藝全用完，學生還是懷疑他的腹笥。他越來越要露餡了，正在危難時刻，恰逢我任八門課，有些教師沒課上，他便決定停薪留職做生意。他想：「當教師工作難，工資少，還要這樣師德，那樣師德，要求多高，不如出去做生意，和社會朋友吃喝嫖賭多自由……」不久，他去教育局講關係，辦了停薪留職，到社會自由去了。

幾個科任教師以為這回一定難倒我，不料我不僅擔任八門課，而且搞得有聲有色。他們怕我出名，非常後悔，就給教育局寫了一封匿名信，說莊愛書丟開教科書自編教材，教完他班八門課，要求教育局制止我的胡搞，新任教育局長覺得我很怪，就派李股長和肖老師到興鎮完小調查。全國校辦工廠和高山農場停辦後，各校開始抓教學，肖老師在師範學校混不下去了，就通過縣委一個親戚調到了教育局。

這天上午，二人來到興鎮完小，一進校門就見壩子裡幾個男生低頭站著，一個年輕教師背對校門正在理抹學生。李股長瞧不起一般教師，真不願跟這年輕教師說話，卻又不知皮校長住在學校哪間屋，來他身後問道：「皮校長在哪裡？」年輕教師轉身看見教育局領導，腦袋嚇昏了，結結巴巴，問牛答馬：「他……他們……他們……調皮搗蛋！」肖老師壓住鄙視說：「李股長問你皮校長在哪裡！」那教師慌忙指著皮校長的寢室兼辦公室說：「在在在……在那裡！」連忙丟下學生去帶路，高聲叫喊皮校長，一腳踩在陽溝裡，額頭跌出大青包。

皮校長出門把二人迎進屋裡喝茶。李股長說明來意之後，從皮包拿出《崇原縣教育局關於轉發省教廳〈關於全省中小學教師參加繼續學習考試的通知〉的通知》交給皮校長，要他安排時間給教師們傳達。三人正說教師考試，梁抬石進來熱情地同兩個上級握手說話，借此察言觀色，瞭解資訊，並且讓兩個上級知道興鎮完小埋沒了一個能當校長主任的人才。

門外遠遠站著幾個閒聊的教師，眼睛都盯皮校長屋裡，猜測教育局來人幹什麼，都想去結交上級卻又不敢，有的笑著低聲說：「狗ri的孫猴子是比我們不錯，你看他在當官的面前說說笑笑，點都不怕。」有的自我安慰：「我不愛和當官的打交道，你認識他，他不認識你，你招呼他，他怠答不理。」

梁抬石從皮校長屋裡出來，迎著大家的目光低聲說：「要考試！教師馬上要考試！」於是講說他在皮校長屋裡聽來的全省教師參加繼續學習考試的消息。教師們叫苦連天，怒罵起來，有個年輕教師說：「我們這下不上課，天天坐著看書！」梁抬石說：「ri媽那些當官的，坐在辦公室頭定政策，想當然！」一個老教師說：「我就不去考！我看他膽敢把我開除了！」一個年輕教師說：「你們老資格當然囉。」梁長頸對一個年輕教師笑著說：「梁光，如果二天我倆同在一個考室，就互相幫助啊？」梁光說：「行！現在就約好：摸耳朵表示第一題，摸鼻子表示第二題，揉眼睛表示A，搓腮幫表示B……」梁明祿說：「卷子可能要拿到教育學院去改。」陽鯤在教育學院認識一個守門的，覺得非常面子，他要把這關係顯出來：「送禮！到教育學院送禮！」

下午第一節，我上語文課。我走到講臺，剛剛宣布上課，李股長、肖老師、皮校長和梁主任突然進教室，坐在最後一排聽課。學生們都很嚴肅，做著用心聽課的樣子，我知道他們的注意其實在四人，便憑著我的深刻見地和中肯語言，上課不到三句話，就轉移了他們的注意力，連四人也不知不覺被我吸引了，課堂一會兒除了我的精彩講演就沒有別的聲音，一會兒滿堂忘情，開懷大笑，一會兒學生和四人跟我自由對話討論，一會兒大家忙忙完成我布置的書面作業。總之，教室裡每個人都在愉快地學習，自由地討論，用心地思考，欣喜地收穫，直到下課鈴響，我剛好講完，大家才結束藝術欣賞的樂趣，四人才記起吹毛求疵的初衷，事先準備好的聽課筆記本上除了作業，沒有記下一個字。

李股長暗暗詫異興鎮完小竟有這樣的教師，他從我的知識功底、語言表達、教學方法以及課堂氣氛和學生思維，判斷我的教學在全縣絕無僅有！他尤其欣賞我因實力生出自信，因自信生出從容自然，上課非常輕鬆。課間休息時，他對皮校長他們不斷誇我，說他在全縣聽了很多課，有的知名老教師一堂示範課準備幾個月，事先設計從教室門口到講臺走幾步，設計上了講臺該做哪些動作，設計師生怎樣朗讀怎樣對話等等，然後把每個步驟，每個動作，每處板書，每句說話，全部寫進教案裡，寫了厚厚一大本，然後叫來學生，暗授機宜，天天演練，然後在示範課堂上一步步做給聽課領導和教師們看，而莊愛書上課和學生自由討論，共同思考，一切緣事而發，如拉家常，沒有半點做作、拘謹和緊張。皮校長梁主任聽他誇我很難受，但是他們知道李股長要當教育局長，只得藏起難受，跟著誇我。

一會兒，第二節上課鈴響了，四人又聽我的數學課，更是稱奇，毋庸贅述。這時莊愛武和莊家灣幾個男女在興鎮糧站庫房交了公糧路過學校大門外，大家記起高跟黨，都覺榮耀，要去跟他耍一耍，就背著背篋進學校。他們在廚房跟高跟黨聊天，看他做飯，問這問那，瞭解單位生活，然後在學校到處閒逛。他們見我講課，非常奇怪：「連高跟黨那麼能幹都沒教書，他能教書？」愛武說：「走，我們去看看！」就帶著幾人來到教室窗外。看了一陣，見課堂說說笑笑，鬧鬧嚷嚷，一片混亂，一個女人低聲說：「老師不懂，讓學生教！」愛武不願再看了，說：「走！」帶著幾人走開了。出了校門，愛武說：「他是白吃國家飯！」一個女人說：「但是有啥法？你本事高，不如他命運好。」一個男人說：「農民最吃虧，養他媽多少閒人啊……」

聽完數學課，李股長對我能夠擔任八門課程深信不疑，不再聽別的科目了。他認為我在全國也罕見，確實能夠創造奇跡，他很想馬上召開教工會，對我大加表揚，但是他知道他們在下面說話一字千金，一言九鼎，哪怕是輕微褒貶，都會使某個教師在學校的地位驟然發生巨大變化，使他終生榮耀或者終生蒙羞，因此他必須克制熱情，注意分寸。他只把我叫去問了教學實驗計畫，和肖老師翻了我編寫的《初中語文基礎知識講授和基本能力訓練綱要》以及學生作業本就算了。二人要去場上趕車回城，皮校長說今天最後一班車已經走了，留他們在興鎮住一夜，二人只好同意了。

中午學校三個領導還有掌握財經黑暗的會計出納陪著二人在場上飯店吃了大宴，所以二人的晚飯就在學校吃。開飯時，皮校長陪著李股長和肖老師來到教工食堂，在那張唯一的大圓桌旁坐下等飯，教工們把自己的飯碗放在灶臺上，就捏著筷子出來到處站，既沒人圍灶頭，也沒人搶座位，儘管大圓桌還有許多空位，卻無一人大顏不慚，去和領導平起平坐。

高跟黨拿出他的全部本領，把肉絲麵條做得十里飄香。他給每個領導滿滿弄一大碗，梁抬石搶著端飯，一碗一碗畢恭畢敬放在領導們面前，並且給每人端端正正安好筷子，每個動作，每句說話，都很有分寸，無可挑剔，比我講課還完美，達到了爐火純青的藝術境界。

教工們端來自己的麵條這兒那兒站著吃。李股長因為和梁明祿是師範同學，賜坐說：「明祿來坐著吃，還有這麼多座位。」梁明祿非常榮幸，推辭一陣，才去坐了。我在師範學校幹活沒出息，肖老師點兒也瞧不起，今天見我教書比老教師還輕鬆自如和老練，頗因我是他的學生而自豪，因此見李股長賜坐梁明祿，他也叫我去他身旁坐。

領導們吃飯聊天。李股長說：「凡事都應該三思而行，再思可以。」我發現錯誤，很想指出，我知道這會得罪李股長，但是「真理面前人人平等」，我不願當領導的奴才，我把李股長看成伯樂，認為真正的伯樂哪怕千里馬咬他踢他仍要欣賞，因此連忙說：「不對，思考兩次就可以了……」

李股長已經靠攏書記縣長，很快就要當局長，他在全縣教育部門的威信與日俱增，他將決定許多教師的前途和命運，此刻見我當眾掃臉，頓時嫌我不會做人，不懂處世。他原打算回教育局向現任局長讚揚我，建議等我實驗成功，在全縣推廣我的互教互學法，還可上報市上省上，但是現在放棄了這個打算，決定把我打入冷宮，永棄不用。他不高興說：「這是孔子的話，難道幾千年來錯啦？」

我愛在學問上爭死理，見李股長不高興了，卻還固執己見：「孔子的意思不是你說這樣。《論語》說，『季文子三思而行。子聞之，曰：再，斯可矣。』季文子遇事多次考慮才行動，孔子聽見這事，說：考慮兩次，這就可以了……」

梁抬石他們站著吃飯，見我把李股長說得啞口無言，心裡吃驚不小，既鄙視我這傻包不會做人，又幸災樂禍，笑著互遞眼色做鬼臉。皮校長連忙制止我：「莊愛書不准說了！李股長的古書比你讀得好……」梁明祿也馬上證明：「李股長的語文，我們同校那還不曉得？全校第一！」

李股長非常難堪，挑起一箸麵條說：「明祿，來幫我，我實在吃不完！」梁明祿連忙把碗推攏去：「你看你看……這才是！」邊說邊拿眼睛瞧大家，看教工們是否注意到他享受的這一殊榮。肖老師後悔叫我來桌上，但是又想年輕人來日方長，前途不可定料，他也吃不完麵條，挑起一箸說：「莊愛書也來幫我……」我從來不吃別人吃過的東西，連忙把碗移開說：「不不不！我連自己碗裡都吃不完！」肖老師見我不識抬舉，很是難堪，皮校長氣憤說：「肖老師，吃不完餵豬！我們學校養有豬！」

第二天早上，李股長和肖老師仍然在教工食堂吃飯。李股長吃完飯說：「我們兩個人該多少伙食費？」皮校長連忙責備：「少說空話，哪要你們給！」梁抬石高聲說：「高跟黨，把李股長肖老師的伙食賬記在我名下！」高跟黨笑著說：「你搶不去，我在記帳，要記在我名下！」梁主任說：「你們少爭，我昨天下午就打了招呼的，李股長和肖老師的伙食費由我給！」梁明祿更堅決：「你們都沒資格爭！李股長是我的老同學，肖老師我們早就相識，我們找大家評理，該你們給還是該我給？」許多教工都想爭，知道自己爭不贏，只好算了。四人還在無休無止爭著，皮校長一錘定音：「你們都不爭，由學校開支，高跟黨把賬記好。」

我也想給二人伙食費，但是我想：「他們下來檢查教學工作是他們的職責，國家給他們發了工資，單位還給他們出差補助，他們吃飯為啥不該給錢？大家都趨炎附勢，假如兩人倒楣，給不出伙食費，有人這樣爭著給嗎？除非他們真倒楣，無錢給伙食費，我才給。」這樣想著，便埋頭吃飯，一聲不吭。

李股長和肖老師回城了，幾個教師站在大榕樹下望著他們遠去，幸福回味兩個上級跟自己交往的每個細節，哪怕雞毛蒜皮，也要回憶得一點不漏，光榮講說兩個上級跟自己說過的每一句話，哪怕毫無意義，也要講得乾乾淨淨。梁抬石說：「李股長的記性真好，他跟我握手說，『我記得你姓梁。』全縣幾千教師，他記得我姓梁……」梁明祿說：「昨天晚上我吃得太多了！自己那碗吃完啦，李股長給我挑那麼大一箸，我也吃完啦……」

17 辦喪事，皮校長活埋老娘；行婚禮，高伙夫痛打親叔。

幾個教師在大榕樹下正說著，聽得皮校長廣播通知全體教工開短會，大家就去會議室。

皮校長宣讀教育局轉發教育廳的考試通知。他也反對考教師，邊讀文件邊發表反對意見，見教師們又罵起來，便停下宣讀，讓大家叫罵。我沒做聲，極端鄙視，心裡說：「平時你們教初中語文的只看初中語文課本，教初中數學的只看初中數學課本，此外什麼書也不讀，現在就怕考試了！」我幸災樂禍，希望國家多考幾回，用照妖鏡照出他們的真嘴臉！皮校長等到大家罵夠了，才又繼續宣讀：「這次免考對象為：A、各校校長；B、教齡滿三十年或者歲數滿五十歲者……」大家譁然，免考的鼓掌叫好，不能免考的都羡慕別人。我仍然沒做聲，心裡十分悵然，遺憾教育廳政策不徹底，真希望所有教師都考試，讓他們人人遭苦難，個個現原形，我才痛快。

散會後，皮校長登記教師們的姓名、任課和出生年月日，以便教育局統計考試人數，許多教師都去皮校長屋裡說笑笑套近乎，想把自己的歲數變大。陽鯤二十八歲，再三央求皮校長給他寫成五十歲，皮校長很為難，陽鯤說：「皮校長，你不要這麼認真，全縣幾千教師，教育局連人都認不完，我賭他們把每個教師的出生年月日搞得清！」皮校長還是很為難，陽鯤突然記起說：「嗨，我差點忘了，下周星期三是皮校長的生日呢，我們給他祝生！」於是教師們人人爭先，個個恐後，一齊笑鬧著要到皮校長家裡去祝生。皮校長很想收禮錢，當然高興大家給他祝生，但是他老媽最近幾天要死，他操辦祝生大宴不合適，便婉言謝絕大家說：「算啦，免得把錢給你們花費了……」教工們哪裡同意，繼續鬧個不停，陽鯤笑著說：「那不行！管你答應不答應，我們下周星期三到你家裡坐倒不走，睹你好意思不端飯出來給我們吃！」我班學生在上體育課，我又去皮校長屋裡拿報看，見得大家醜態，心裡非常作嘔，拿了報紙就走了。

我回屋裡看報紙，讀到一篇短文章：英國有個員警陪他八十多歲的母親逛公園，母親折了一朵花來玩，那員警按照公園規定，要他母親到園林管理所去接受罰款，母親不去，他把母親背到園林管理所，幫她交了罰款，出來又陪母親逛公園。我讚歎這員警精神多麼崇高，我想：「中國人別說家人摘一朵花，就是犯了殺人罪，也要千方百計幫他逃脫法網。西方自啟蒙運動以來，法制觀念深入人心，形成重原則輕人情的契約文化；中國兩千多年來儒家思想占主流，儒家重人情關係，輕法制原則，因此民眾缺少法制觀念，沒有契約精神，遇事就講關係人情。中國社會大大小小這麼多的腐敗和黑暗，不是由權錢交易產生，就是由關係人情產生……」我痛恨關係人情泯滅了多少公平和正義，決心一概不講關係人情！

教工們正鬧祝生，皮校長老婆從家裡來了，說他老媽已落氣，要他回家辦喪事。教工們不再笑鬧，有的溜出去講說重大新聞，商量禮錢送多少，有的留下來出謀劃策，操心喪事，討好皮校長。皮校長叫來梁主任和高大全交代了近幾天的學校工作，就帶著幾個貼心教師到他家幫忙跑腿去了。

幾個教師剛攏皮家溝，就幫皮校長裝棺材，請陰陽，請主祭，請鑼鼓，請廚師，請吊客以及挑水劈柴、湯豬刮毛等等，每個人都展現自己的全部才幹。皮校長又在皮家溝挨家挨戶落實幾百客人的睡鋪，同時借這借那，教師們跟在他身後背飯桌、扛板凳、抬蒸籠、頂蒸鍋、挑大桶、提小桶，還有勺碗瓢盆、筷子杯子、紙牌麻將、撲克象棋等等等等。

第三天，皮校長帶著幾個教師來場上買鞭炮、買香蠟、買供品、買花圈、買煙買酒、買油買菜，買齊喪宴所需東西，他讓他們背回去，自己來學校委託梁主任幫他邀請全體教工去弔喪。他剛進校門，幾個修整學校陽溝的石匠一齊招呼他，包工頭說：「皮校長，哪天出喪？我們來哀悼！」皮校長不願收他那點禮錢，降低自己的身價，連忙說：「不不不，我不請客！」包工頭說：「真的，是哪天？」皮校長說：「我真的不請客，好多熟人我都推了！」

出喪的頭一天中午，梁主任廣播通知學校放假，學生們連忙背著裝糧的背篼高興回家，教工們扛著花圈去弔喪。大家天天在學校過著千篇一律的生活，今天不上課，輕輕鬆鬆，快快樂樂，走出校門吃宴席，和熟人聊天，跟朋友玩笑，這是多麼美好的人情啊。高大全叫梁長頸幫他扛花圈，一路和年輕教工追打跑玩，樂得像孩子。大家經過興鎮場，只見李實飯店門外，四十多歲的老闆娘在塑膠盆邊弓腰洗碗，肥大而滾圓的屁股分明地分成兩瓣。高大全上前抱住女人的大腿根，肚子猛地一挺說：「我ri死你個胖婆娘兒！」他把那ri字說得非常狠，抒發了他滿腔的熱情。女人腦袋舂到盆裡，一碗水潑在高大全臉上：「你狗ri的敢再來！」高大全笑著跑開了，眾人高喊又來又來，然而女人不又來，抱著碗碟進店了。

我班沒有放假，照常上課。我決定從皮校長老娘的喪事開始，永遠不接受任何人的婚喪壽慶宴請。我瞧不起世俗，結婚要請客，祝生要請客，死人要請客，生娃要請客，參軍要請客，喬遷要請客，退休要請客，子女考上初中要請客，考上高中要請客，考上大學更要請客，大家你請我，我請你，都想收回禮錢，都不願少請一次，永遠沒完沒了！我瞧不起皮校長，老母去世不懷念，不悲哀，而有心情操辦大酒大菜，賣抬喪飯，發死人財。我懂得人類不比禽獸，婚喪壽慶應該請來客人，舉行儀式，表明事情的嚴肅和意義，但是世俗把禮儀搞成了飲食生意，客人吃了飯，交錢才能走路。先聖創禮，原要改造大眾，可是後來被大眾改造了，成為代代相傳的陋俗。朱光潛說：「凡是風俗，都是毫無思想、毫不動腦的盲從。」我絕不隨俗，絕不合汙，我要有「獨立之精神，自由之思想」，我雖然只是滄海一粟，付出全部生命也不能改變世界絲毫，但是我要像精衛銜微木，我要像刑天舞干戚，我決不妥協世俗，附和世風。況且，我跟皮校長無親無故，只存在工作關係，不存在私人關係，我憑什麼該因私廢公，耽誤教學，去拍馬屁？

我下課休息，去看工匠幹活，包工頭見我沒去弔喪，非常奇怪，非常不懂，想我一個知識份子，怎麼不講人情世俗，怎麼不走人生正道，還不如他們農民大老粗，他忍住不滿，一邊打石頭一邊問我：「莊老師，全校老師都去皮校長家裡吃酒，你啷個不去呢？」我打算宣傳我的想法，但是又想：「『眾不可戶說兮，孰云察余之中情』，愚人這樣眾多，我費許多唇舌，把這個教懂了，哪個又不懂，一輩子也教不完。孤獨不是我的選擇，而是我的命運啊！」因此懶懶說：「我不支持他做飲食生意！」就走開了。一個石匠很不懂：「他說啥？做飲食生意？」另一個石匠說：「他原是瘋子，愛說瘋話。」第三個石匠說：「他跟他爹點都不同，他爹很講人情世俗。」第四個石匠說：「乾脆像莊愛書這樣還安逸，省多少禮錢啊。」第五個石匠說：「你有他那麼不要臉沒有哇？變人連人皮都不披。」第六個石匠說：「我們再沒錢，該撐的面子還是要撐。」

皮家溝四合大院的朝門在下房正中，朝門外面的樹上掛著串串鞭炮，一個點炮的大孩子爬上磚瓦堆放哨，小孩們在樹下紙屑中專心致志找啞炮。院內幾處人家的灶房正在熱火朝天辦宴席，人們匆忙進出，拿這送那，而皮校長揣著香煙，到處安排，到處指揮，到處應酬。寬大的院壩裡搭滿飯桌板凳，坐著一些早來的客人，有的吸著主家的香煙，有的咂著自帶的旱煙，有的無事可幹，就欣賞面前的搪瓷茶盅和劣質茶水。茶盅是皮校長從各家借來的，大小不等，花色不一，卻都疤痕累累，老垢重重；茶水幾人共飲一盅，滾燙開水沖起老茶的灰塵和柴棍，連同泡沫在盅壁浮成一圈。有個農民讚賞說：「這茶高檔！」第二個農民想皮校長是高等階級：「他們這些人的茶，那當然囉！」說著把滿滿的茶水移到第三個農民面前，「喝茶。」第三個農民用竹管咂著葉子煙，他要把肚子留著裝酒菜，將茶水還給他說：「我不喝茶。茶有啥好喝？像牛尿一樣。」大院上房的正堂大門外，鑼鼓隊坐在一張飯桌周圍，老頭們各自守著響器，喝茶，吸煙，聊天，吐痰，七十幾歲的主祭坐在他們中間，用帶痰的破嗓子低聲練唱祭文。正堂屋裡，棺材上蓋滿花圈，前面一碗菜油燃著豆大燈焰，還有幾個果品和一盆紙錢灰燼，皮校長的大姐二姐和三妹一面守靈，一面拉家常。

放哨的孩子看見完小教工來了，連忙跳下磚瓦堆，點響一串鞭炮，鑼鼓隊的老頭們打起響器，表示歡迎，守靈三姊妹卻拉家常，忘了哭喪，一個孩子跑去說：「快點哭！快點哭！外面來了很多人……」三姊妹停下拉話，一齊嘹亮地哭起她們無師自通的喪歌來，嗓子非常好聽：「媽呀——媽喲，我苦命的媽喲……」哭了一陣，吊客進院，招呼說笑，坐下聊天，外面鞭炮停了，響器停了，三姊妹也停下哭喪，繼續拉家常。三妹接著先前的話題說：「他在外面和那些野婆娘勾搭，回來還要把你打死又打活……」大姐說：「我那老東西一輩子好吃，大年初一都偷嘴……」聊了一陣，外面又來一路吊客，三姊妹聽得鞭炮鑼鼓報信，停下聊天又一齊哭起來：「媽呀——媽喲，我苦命的媽喲……」

客人漸漸來齊了，大院裡坐得滿滿當當，這兒在親熱說笑，那裡在生氣爭吵，整個院子一片嚶嚶嗡嗡，嗡嗡嚶嚶。一會兒晚宴開始，幾個幫工在席桌之間穿梭往來，拿來香煙、白酒和碗筷，端來大盤、小盤和盆缽，客人們停了說笑爭吵，吸煙的和不吸煙的，每人分了一盒香煙，就咂咂有聲吃起來。

幾碗幾盤之後，每桌端來八個大蒸肉，高高架成「十」字，貴賓們都從衣袋拿出包裝來，有的是廢紙，有的是菜葉，有的是塑膠薄膜，要將自己的大蒸肉包了明天拿回家去。李牛是大院裡的女婿，他在席上奉菜最勤，總把小塊奉給別人，大塊夾到自己碗裡，現在見大蒸肉從上往下數第一個最小，第六個最大，在心裡盤算一陣，就站起來從他堂岳父開始，順著時針轉動的方向依次奉去。堂岳父早就忍著一肚子火，現在見那最大的蒸肉落到李牛自己碗裡，「啪」地拍下筷子：「李相公，這一席我們都不吃，讓你一個人吃完算啦！」

貴賓們吃飽之後，開始敬酒。大家都以醉倒別人為能事，到處是勸酒拒酒，到處是說笑爭吵，有的席桌吼破嗓子在猜拳：「一魁首呀，二紅喜呀，三桃園呀，四季財呀，五五五呀，六六六呀，七七七呀，八八八呀……啊哈哈哈哈哈……你輸啦，你輸啦，你輸啦……喝喝喝喝喝，這沒說的……再拿一瓶酒來！」於是：

贏家斟酒，「呃嘿嘿，呃嘿嘿」怪笑，要罰輸者喝滿碗；輸者耍賴，「那不行，那不行」高喊，不受贏家懲半滴。東邊叫：「喝喝喝，喝大杯！」西面吼：「罰罰罰，罰滿瓶！」張三不勝五盞，被眾人逼到桌下當賤狗；李四難飲三杯，由同席按在地上學蠢豬。王五拿著酒瓶來到趙六背後，抱住脖頸硬灌，酒打濕衣襟；趙六仰起腦瓜倒在王五胸前，抓著酒瓶強推，腳蹬翻席桌。

晚宴後「坐夜」，正堂內外擠滿人，年輕女人和孩子們因為文革破四舊，從未見過唱祭文，寧肯站個通夜，也要看看主祭老頭的好戲，但是那些年長的，從前見過唱祭文，便沒這般興致，有的要睡覺，有的要打牌，有的要下棋，有的要打撲克，皮校長安排睡鋪，安排屋子，指揮家人給客人拿來紙牌、象棋、撲克、油燈等等，忙得半刻不鬆懈。

第二天早宴，客人又坐滿院子，皮校長三個哭喪姊妹在吃席，正堂屋裡冷冷清清，只有棺材、花圈、果品和燃著豆大燈焰的油碗。有個孩子吃飽了，跑到正堂去看鬼，終於不敢進門去，站在門外看裡面。他見屋裡一隻瞪著綠眼的大花貓，扭頭看他一陣，突然藏到棺材下，他想花貓定是鬼變成，嚇得正要跑開，只聽老太婆在棺材裡有氣無力地呻吟叫喊，拍打棺壁，他連忙跑回席上告訴媽媽，說他聽見鬼在叫。媽媽端著酒杯正跟同桌敬酒，沒有細聽他說話，安慰說：「不怕，這麼多人，管它啥子鬼都壓得住！」說完繼續說酒話。

早宴快要結束時，皮校長按照陰陽先生算的時間忙出喪，一一安排丟紙錢、端灰盆、唱喪歌、吹鎖啦、放鞭炮、扛花圈、舉葬幡、拿鋤頭、背草灰，八個抬棺漢子向主家要索要杠要抬杵，又有親戚向皮校長提醒這樣建議那樣，皮校長忙得東奔西跑，像個沒頭蒼蠅。一些貴賓喝醉吃飽，拿著大蒸肉要回家，皮校長一面忙出喪，一面防人吃混飯，不寫禮錢就溜走，他拿來幾把鎖子，鎖了大院各家後門，只留朝門沒有鎖，在門口搭起兩張桌子把關，委託知己幫他記帳收錢。

貴賓們在院子裡這兒一堆，那兒一夥，低聲商議禮錢數目，爭論酒菜價值，有的說蒸肉大，有的說燉肉小，有的說每席至少要值兩百元，有的說每席只值一百元。皮家溝村那堆人討論最激烈：新任村支書有孩子在完小讀書，帶頭寫了五十元，但是有人痛錢，只寫三十元，村支書跑到皮校長灶房拿出大木盆丟在地上高聲大罵：「龜兒些不要臉，吃了不想給錢，吐出來老子端去給主家喂豬！吐！ri媽你們吃的東西才值三十元？吐！」大家到底吐不出來，只好都寫五十元了。皮校長一邊關注寫禮錢，一邊指揮家人收拾滿院殘席，以免鄰家偷去，這時山上墓地有人高聲叫他去做主，他只好上山去了。

完小教工寫了禮錢回家，一路爭論喪宴。高跟黨說：「他這回席桌辦得不錯！」梁水牛說：「但是甜肉坨子有點小。肉絲呢，每人夾一筷子就光了，我們那席夠端不夠吃……」梁抬石笑著說：「你們那席有高大全，再有十個人端菜都忙不贏！」梁長頸回頭一看，見高大全脹得走不動，獨自一人掉在後面，催他說：「豬八戒走快點。」高大全說：「同路。」梁抬石笑著說：「豬八戒，要人抬不？」高大全也玩笑：「孫悟空，你翻個筋斗十萬八千里，哪個跑得贏你？」梁抬石又笑道：「哪個主家碰到你就倒楣，禮錢收得再多都要虧……」

梁水牛又說起皮校長的喪宴，回頭對身後的高跟黨比出兩根指頭：「他這回可能要賺這個數！」高跟黨說：「賺不到！你不算人家的本錢？」高大全在後面高聲說：「你們聽說沒有？朱成祥請客純賺好幾千！」一個教師不滿說：「有些人請客純粹是為了賺錢！」於是大家譴責請客風，都說有些人沒事找事來請客收錢，我們每年幾十家的禮錢在哪裡去找啊。高跟黨說：「我一次都沒請過客。」梁長頸說：「跟黨，你的兒子都那麼大了，好久請我們吃喜酒呢？」一個老教師說：「高跟黨，人家母豬下崽，都請他媽幾桌客人收錢，你結婚正兒八經該請客，為啥不請？」教工們都跟高跟黨說笑，強烈要求他補辦喜酒，高跟黨送了很多禮錢出去想收回，他感謝教工們一片好心，笑著說：「我回去跟家裡商量。」

高跟黨回到莊家灣，許多人都來圍觀大蒸肉，有的誇讚蒸肉香，有的誇讚蒸肉大，接著又問席上其他菜，高跟黨一一講說。鄰居們走後，高跟黨對老婆說：「我們還是該舉行個婚禮啊？」「阿慶嫂」說：「那就在場上包席桌吧。」跟黨媽考慮包席賺錢少，主張就在家裡辦，高跟黨和「阿慶嫂」都嫌家裡辦席太麻煩，跟黨媽只好說：「那就在李實飯店包。」跟黨妹說：「哥，少請也是請，多請也是請，乾脆見人就請！好多人你不請他，他要請你，憑啥應該白吃虧？」

高跟黨把婚期定在國慶日，他採納妹妹建議，印了一千多張請貼到處邀請。這天，他在興鎮完小遍發請帖，高大全蹲在自己寢室的石頭門檻上吃飯，接了他的香煙別在耳朵上，高聲笑著說：

「跟黨，你要叫李實把豬耳朵切厚點囉！昨年梁大山打發女，我們在李實飯店吃酒，豬耳朵比紙薄，一口都吹得上天嘿嘿嘿嘿……」梁抬石說：「李實飯店越來越假，連加水稀飯都上席了，簡直是七月半潑水飯——哄鬼！」高跟黨說：「我給他打了招呼的，保證讓你們脹得爬不回來！」說著給他們發了請帖，就往別處去。高大全望著他的脊背又高聲說：「叫李實把甜肉坨子切大點！」

高跟黨來到我寢室，我正在看書，他說：「愛書，國慶日中午我在李實飯店舉行婚禮，請你參加。」說著遞了請帖。我極端鄙視，想他無非是為錢，拿出三十元給他：「我沒時間，錢拿去！」高跟黨這才記起我連皮校長家的喪事都沒參加，他後悔自己太莽闖，白白丟了大面子，一把抓回桌上請帖說：「我稀奇你這三十元?!」說著就憤憤走了。

國慶日中午，李實飯店樓上樓下坐滿了喜氣洋洋的客人，新郎新娘以及家人在席間忙著散發瓜子喜糖和煙酒。貴賓們有的高聲說笑，顯弄油嘴滑舌，有的嘴巴咬著瓜籽，眼睛饞著新娘豐滿的屁股，有的則在急切等待菜肴上席，批評廚師出菜太慢。一會兒佳餚上席了，於是：

肥腸燜豆腐誘發了眾客唾液，瘦肉燒韭黃吸引著大家眼球。大牛端著酒杯盯鮮香，要讓自己飽肚；二虎拿起竹筷瞄肥大，只等別人動手。小盤白油炒竹筍，難填三豬餓肚；大碗紅糖燒豬頭，可飽四狗饑腸。蒸菜多用紅苕充數，燉肉全靠蘿蔔當家。海帶絲很多很長，像河裡生長的茂盛水草；山雞塊又小又少，如草中躲藏的稀疏河蝦。最讓人失望的，是兩塊豬蹄饗遍幾十桌食客；最令人生氣的，是一個雞蛋哄完數百張嚼嘴。

宴會之後，主家一邊托人記帳收錢，一邊準備婚儀。「阿慶嫂」忙著穿婚紗，她的兒子幫她牽後擺，跟黨媽怕孫子在婚禮臺上搗亂，把他哄到街上玩耍。主婚人見新娘準備就緒，高聲宣布結婚典禮開始，於是客人們一齊觀看婚禮臺。主婚人展示自己懂古，把他從老一輩那裡聽來的、從電影上看來的和自己想出來的一切繁文冗節毫無道理地堆在一起，婚儀長得令所有人生厭。

好不容易等到捉弄新郎新娘這一節，大家立即高興起來要看好戲，梁抬石他們想出新奇點子，笑笑鬧鬧高聲向主婚人建議，以示足智多謀。高革命在侄兒的婚禮場上最活躍，一俟主婚人拖長嗓子宣布「夫妻雙雙過獨木橋」，他連忙找來很窄的板凳，笑鬧著硬逼新郎新娘站到板凳上相向而過，迫使他們當眾擁抱。

「阿慶嫂」羞澀地笑著，堅決不過「獨木橋」，她在幾百貴賓面前不能沒水準，開動腦筋尋找正確理由，但是話剛出口，許多人就高聲笑鬧反駁。鬧了很久，新郎大方上板凳，但是新娘應該害羞才是，因此始終不上去。賓客有人笑著喊：「把她抱上去！」高革命聽說抱新娘，正巴望不得，真的來到侄兒媳婦背後抱她。新娘屁股抵到硬東西，笑得不能站穩，醉倒在了叔叔懷裡，然而她在眾目睽睽之下終於頑強站起來，自己上了板凳。她知道幾百雙眼睛盯著她，於是平展雙臂，左搖右擺，像踩鋼絲，動作非常優美。新郎新娘相遇了，擁抱著小心翼翼過「橋」，還是倒在了「橋」下，大家歡呼雀躍，笑得熱淚盈眶屁滾尿流，吼破嗓子叫重來。

這時大門口站著許多人看熱鬧。一個婦女看著新娘嫉妒說：「屄呢，已經老了。」梁豬兒快到四十還沒老婆，常和一個半瘋半傻、長著籮圈腿、像隻癩蛤蟆、名叫香兒的老女人在山洞中或刺叢裡苟合，現在他把新娘看得垂涎三尺，聽得身旁婦女說話，肯定地說：「不老，她不算老！」一個十幾歲的孩子鄙視說：「不老，你不嫌老！」眾人都笑了。有個三十多歲的男子笑著說：「梁豬兒好久娶新客？我們等著吃你的喜酒！」梁豬兒知他諷刺，說：「笑話，老子要娶婆娘，隨便能娶幾百個，像你那婆娘我還瞧不起！」那男子說：「我那婆娘總比香兒強；我不像有些人，連老母豬都沒有一個。」梁豬兒的瘡疤被棍子戳痛了，握緊拳頭說：「沒有好！沒有才不當龜子！有的人婆娘遭人家搞了，自己當龜子……」二人便打起來。

不遠處的街上，新郎新娘的兒子手舉小紙旗，一面奔跑一面用普通話高喊：「我要結婚啦！我要結婚啦！我要ri屄呀！我要ri屄呀！」正跑著，迎面來了一個初中女生，要去門口看熱鬧，孩子便脫下褲子，握著雞兒，朝她一下一下挺肚子：「ri！ri！ri！」女生假裝沒看見，低著腦袋紅著臉，繞路走過了。

高跟黨和「阿慶嫂」過了幾次「獨木橋」終於成功，於是下一個節目開始，主婚人拖長嗓子高聲喊：「新郎新娘共吃喜糖——」高革命連忙舉著用線拴上一顆喜糖的釣魚竿，將喜糖吊在二人嘴邊，二人伸長脖子咬喜糖，正要咬著，他抬高竿子不讓咬，二人低下頭來，他又降下竿子，讓喜糖在他們嘴邊晃動，二人忙又共咬喜糖，他又抬高竿子……如此反覆，無休無止，讓人發笑，直到新娘撐不住笑臉了，他才讓他們吃到喜糖。

這樣鬧了很久，主婚人拖長嗓子又高喊：「最後一個節目——，送新郎新娘入洞房——，滾鋪！」一說著帶頭大笑，雖然並無可笑之處。於是眾賓歡呼，人潮湧動，笑著鬧著都想進洞房在新娘鋪裡打滾，但是洞房遠在莊家灣，多數客人都各自回家，只有高跟黨的幾個鐵哥們和高革命笑笑鬧鬧簇擁著新郎新娘去洞房。梁豬兒不愛笑鬧，但是也要去滾鋪，分享點兒新娘氣味，就盯著「阿慶嫂」那頗富性感的屁股跟去了。跟黨媽收了禮錢在跟飯店結帳，跟黨妹本想留在後面幫老媽，見高革命要回莊家灣滾鋪，便跟著也回去了。

幾個青年一路笑笑鬧鬧，找出許多歪理，要高跟黨等會兒站在洞房外面，讓他們與新娘滾鋪，高跟黨堅決不答應。來到莊家灣，高革命回家耽擱，幾個朋友抬起新郎扔進一個大水坑，連忙拉著新娘往洞房奔跑。高跟黨像落水狗一樣爬起來追趕，朋友們抓起牆邊一根牛鼻索把他捆在樹上，就與新娘進洞房。高跟黨真想放聲大罵，真想放聲大哭，可是鐵哥們關係好，才有這般興致，他不能掃興與失朋友，只得強撐笑臉，求人放他，可是莊家灣的人們無人上前，都站著笑看樂事。

高革命從自家屋裡出來，跑著去洞房，跟黨妹等在房後，見四下無人，一把拉住他說：「不准去！」高革命非常厭惡，扯出手來：「你有啥資格管我?!」便往洞房跑去。跟黨妹來到房前放了哥哥，高跟黨跑進洞房，見朋友們有的在鋪上打滾，有的圍住「阿慶嫂」笑鬧，高革命擠在「阿慶嫂」背後，手爪從她肩上伸過去，插進領口摸奶子，「阿慶嫂」雙手護胸，笑個不停，高跟黨一把抓過親叔叔，按在地上就痛打，邊打邊說：「老子割了你的狗雞巴！老子割了你的狗雞巴……」

18 梁抬石巧奪他人之成果，莊愛書笨丟自己的關係。

皮校長辦完喪事不久，中青年教師進城考試。大家在場上坐班車，先上車的和後上車的，一見面就互相招呼，說說笑笑，卻無一人搭理我。我心裡難受，也不理人，獨自坐到最後邊。

一會兒售票女人上車來，教師們你爭著給我買票，我爭著給你買票，唯獨沒人給我買票。我不吃宴席不送錢，不講關係不講情，大家就跟我這無情無義的冷血動物不講關係不講情，看我難受不難受。陽鯤豪氣說：「你們都不買，我給你們一下買了！」於是與售票女人一起點數教師人頭。售票女人點到我，陽鯤很不高興低聲說：「沒有他！」我非常難受，連忙舉錢對那女人高聲喊：「來收錢！」

教師們在城裡下車，一路擔心不及格。有個教師說：「不及格可以參加補考。」另一個教師說：「補考題比正考題淺。明說，補考都是放人過關。」第三個教師想到了聰明辦法：「嗨！我們請病假，不參加正考，二天參加補考！」梁長頸說：「有時候補考題比正考題深……」梁主任笑著說：「長頸鹿，明天我在廁所藏著假裝屙屎，開考五分鐘你來解便告訴我，題淺我就來，題深我就參加補考……」他怕別人笑他，乾脆老起臉皮，「明說，這些年是把書本忘完了呢！」梁長頸玩笑說：「你給我辦啥招待哇？」梁主任笑著說：「請你到西街吃包子。」

皮校長連話也不想跟我說了。他當校長多麼了不起，我竟敢掃他的面子！我在學校沒有一個朋友，沒有一點力量，他高興把我怎樣就怎樣，他決心不讓我再搞教學實驗。我岳父已經退休，回到家裡像農民，皮校長點兒也不顧忌他。華龍公司幾座高樓拔地而起，公司除了木材，還經營石油、建材和房地產等等，我姐夫已是全縣首富，興鎮完小許多教工常佩服，皮校長點兒也不服氣：「民小教師出去的，沒啥大不了，無非是賺了幾個臭錢，捨得送錢舔溝子！」這回我得罪他不淺，他堅決要收拾我。

這天，他進城參加工資會議，在校門口碰到我，說：「你從下周星期一開始，還是只教你班的語文和歷史，其他課停下來！」他本想先跟科任教師們通氣，讓他們都答應接任課程，再通知我停止實驗，但是他等不住，他要儘早讓我難過。我說：「你同意了的呀?!」他說：「原來同意，現在不同意！你亂搞，我們能讓你長期亂搞?!」說著就走了。我如臨大戰，天天食不甘味，睡不安枕，一面繼續實驗互教互學法，一面想著應對辦法。

工資會上，教育局獎勵全縣教師考試前十名，把獎金交給得獎者所在學校的校長帶回去，我為全縣第一名，得獎一百元。同時，教育局還轉發了教育廳通知：各校推薦一名優秀中青年教師參加縣上的講課競賽，縣上篩選後推薦到市上參加講課競賽，市上篩選後推薦到省上參加講課競賽，獲得各級競賽名次者，發給證書，作為將來提拔增資等等的重要依據。

皮校長回到學校召開全校教工會議，傳達縣上會議精神。說到教師考試，他說興鎮完小教師集體考得好，教育局獎勵學校一百元，他決定學校再添一百元，買肉在教工食堂大家搭平伙。多年以後，我從一個外鄉校長嘴裡得知教育局獎勵我一百元，我要衝回興鎮打畜牲，但是他得癌症已死了。他在會上沒有傳達教育廳講課競賽的通知，他知道我最有能力參加講課競賽，散會後叫去一個聽話的年輕教師，叫他準備去縣上競賽。年輕教師臉紅心跳笑著說：「那麼多人聽課……」皮校長鼓勵說：「年輕人，管他能不能選上，只當鍛鍊破膽。」那教師就認真準備去了。

皮校長叫去科任教師，要他們接任我班課程。梁抬石說：「你何必這樣？現在各校都在辦尖子班，集中能力強的教師打突擊戰，你等他教到快要畢業時，來一次校內統考，然後根據統考成績，把六個畢業班的尖子生抽出來編成一個尖子班，讓梁明祿當班主任，其餘差生編成五個普通班……」皮校長恍然大悟，完全同意他的建議。

升學考試快到了，六個畢業班校內統考之後，皮校長召集梁主任、高大全、梁抬石和梁明祿等人開會，研究畢業班分班之事。這天我去我班上課，見皮校長、梁主任、高大全和梁抬石拿著名單在班上宣布分班，指揮學生馬上抱著書包到自己的新班去，學生們坐著久久不動，皮校長呵斥說：「走！馬上走！五分鐘內不走的，我們把姓名記下來，不准參加升學考試！」梁主任、高大全和梁抬石也威脅說，不聽從學校安排，馬上開除，通知家長來領人！學生們仍然不動，等著我去說話。

我很想上前阻撓，但是又難預料事情後果，不敢和學校鬥爭，並且我認為老師在學生面前發生衝突很不體面，今後無法教育學生。我想上前說些道別話，用以煽動學生感情，讓他們留戀我，不服從學校安排，但是我瞧不起這種作為，我不願用感情留住學生，我要用教學留住學生，我的真金要經得起烈火檢驗才算，否則我不屑一顧，我相信學生願意留在我班，相信學生會自發鬥爭，況且我認為學生對老師的感情要發自內心才算，要經得起風吹雨打才算。我勤於做事，懶於鬥爭，我為我的懶惰找到了理由，就在這關鍵時刻退縮不前，而去別班教室外面看情況。

學生們都很害怕學校，梁抬石選中幾個膽小羞澀的女生，把她們的書包拿了放到講臺上，搬掉她們的課桌，呵斥道：「走！馬上走！」幾個女生沒座位，站在教室很惹眼，生氣走到講臺，抱起書包去了尖子班。打開一個缺口，於是慢慢地，別的學生也只好跟著動起來。

我去三班教室外，見班主任在講臺上動情地和學生們說著離別話，竟然流出兩滴眼淚來。老師的淚水果然見效，幾個感情脆弱的女生把腦袋伏在桌上嗚嗚地哭起來，其餘女生怕班主任有意見，也努力傷心，努力擠眼淚，雖然她們並非個個要去尖子班，幾個傻頭傻腦的男生也莫名其妙地跟著嗡嗡哭起來，雖然他們一個也不會去尖子班。於是教室裡的哭聲由少到多，由小到大，纖細的，粗莽的，嗚咽的，號啕的，哭得天愁地慘，哭得山崩地裂。你看，三班班主任工作幹得多好啊，學生多麼留戀他！我非常鄙棄，又到另外幾班教室外面看了看，班裡風平浪靜，班主任們巴望不得分班，今後考差了，他們可以向社會解釋，他班原會考第一的，只因尖子被抽走了。

我回到我班教室，見原班學生只剩三個人，其餘全是新學生，我滿腔怨憤，決定去找教育局領導伸張正義。教育局局長已經調離，李股長當了幾天副局長，現在作了一把手，雖然那次我指出他對孔子的話理解有錯誤，但是我認為爭論學問是好事，那些讀書教書很差的教師從來不爭論學問呢，領導不會記刻我。崇原高中遷校址，我姐夫承建新校舍，據說給李局長送了大錢，李局長跟他稱兄道弟。我打算通過我姐夫去找李局長說話，但是剛有這念頭，我就感到自己卑鄙：「我痛恨社會講關係講人情，現在我不也想講關係講人情？自己沒本領，不能獨立做人，就狐假虎威，受蔽他人……」我姐夫是典型的世俗，親戚、朋友和熟人有事，他愛幫忙，但是他幫別人，不是佛家的善念，不是基督的精神，完全是要別人感激他，完全是給自己樹威信，完全是為自己指揮別人、訓斥別人、利用別人增加籌碼。我不願做他麾下的小卒和走狗，打算自己去找李局長。

我進城來到教育局，見李局長的辦公室關著，我到隔壁去打聽。隔壁辦公室的中年人我不認識，我問道：「老師，李局長去了哪裡？」那人認識我，他常聽人們講說「興鎮完小的莊愛書最狗最嗇，任何人抽不成他一支煙，喝不成他一口酒，收不到他一分禮錢，遇事講原則、講是非、講道理，點兒也不講關係和處世，沒有一點人情味」，他最痛恨我這種人！我愛講原則、講是非、講道理，他今天就跟我講原則、講是非、講道理，於是冷冷說：「他是領導，走哪裡又沒跟我請假，我怎麼知道？」

我非常難受，懷恨出來，記起師範學校我們的班長王大中調到教育局，新近提了副股長，就去向他打聽。我來到他的辦公室，他正在抄寫一個著名醫學家的健康知識講座稿，抬頭看我一眼，正要招呼，又想「我當這官，也算不小，應該擺擺架子才是，不然莊愛書把我這官位看得太不值錢，今後沒大沒小，我怎當官？」於是繼續抄寫不理我。

我說：「大中在忙啥？」便去翻看那本健康知識講稿。他見我還像同學那樣直呼其名，而不叫他王股長，心懷不滿，臉露慍色，忍了忍終於說：「坐吧。我在寫書。」說著拿起自己抄寫的厚厚一疊遞給我欣賞：「你看，寫到一百三十七頁來了，這是啥概念！」我一看，書名是《怎樣才能有一個健康身體》，再看內容，是醫學家第一人稱的精闢見解，攙雜副股長第三人稱的毫不通順、毫無內容的口頭話，兩種語言截然不同，像一股濁水匯入浩浩清流。

我看不下去，還了書稿，問他道：「李局長哪裡去啦？」他占了地位優勢，不怕得罪我，抬起頭來厲聲問：「你有啥事?!」我講了，他居高臨下說：「我點醒你一句——回去搞好關係！你莊愛書教書是沒說的，但是不維人，狗！」他把那「狗」字說得非常重。接著，他又伸長脖子靠近我耳朵，低聲說出做人訣竅：「人在社會上，要捨得本，才求得利，越是狗，越要遭整！專門整狗！」他坐正了，用平常音量說：「我坐在這個位置上，本來不該給你說這些話，但是我倆是老同學，我才沒有打官腔。明說，當官要學會兩套話——官話和私話！人不相熟就講官話，那就是政策話和冠冕堂皇的大道理；人相好了就講私話，那就是真實話……」

我又問：「李局長哪裡去啦？」他想了想：「到三亞考察天涯海角去了，你等他不哇？」停了一下高聲說：「你回，不要在城裡憨等！你莊愛書又不是有錢人，在城裡多耽擱一天就多花幾元錢。再節約麼，五角錢一碗的削刀麵要吃嘛，兩元錢一晚上的雞毛店要住嘛。你看，老同學又幫你節約了哇！如是其他人，我不會輕易說真話，讓他在城裡憨等。明說，老同學當了官，你這點光都不沾？」接著他笑著說：「喂，我們師範學校的同學進城來，個個爭著請我吃飯，你今天捨得錢請我不啊？」我忍著他的鄙俗沒說話，他見我不表態，連忙說：「我這就把你考驗出來了呢！你果然捨不得錢呢！你以為我真的在叫你請我？」接著高聲說：「你想請我，還把我請不起！我不大不小是個副股長，天天請我的人排輪次……」

我從他辦公室出來，見李局長辦公室門打開了，進去說：「李局長，我向你反映一件事情。」李局長對我在教工食堂的表現比我在講臺上的表現記得還深刻，他聽我講著，心裡說：「你就找我來啦？那次我們為你的事情下來，照理你最應該給伙食費，但是你狗眉狗眼，大家都爭著給，你埋頭吃飯不吭聲！」他知道我是嚴醒夢的內弟，他想：「如果嚴醒夢來說情，少不了我給皮校長說一句，叫他安排莊愛書當尖子班的班主任；現在嚴醒夢沒來找我，我當然就要裝著不知他跟莊愛書的關係了！」因此他對我說：「學校調整班級，這是工作需要和校長的權力，教師學生必須服從，我們也只能支持學校的工作！至於你不照教材教書，另搞一套，瞧不起老師們上課，自己教完所有課程，這早就有人反映，我們那次下來調查，沒有處分你嘛！給你留了改正機會嘛！難道你還要繼續堅持你的錯誤？你說你教得好，那是你個人的看法……」我忙要申辯，他搶著說：「就是這樣！我跟你談了十幾分鐘了，我忙得很，還要去開會。」說著站起來收拾桌上東西，準備出門關鎖辦公室了。

第二天我去成都，要找教育廳伸張正義。我在教育廳打聽王廳長，都說到北京開會去了，我去王廳長的秘書辦公室，秘書聽了我的訴說，心想：「這也是個活寶器！這點小事來找教育廳，教育廳管得完這多事？大家都去給領導送禮，你為啥不去？不會做人，不會處關係，跟領導搞不攏，就該吃虧呢。」因此他對我說：「教育廳沒有直接管轄鄉完小，你回去找教育局。」我求他給李局長打電話，但是他跟我無親無故，又沒一點利益交換，我憑什麼應該白白享用他的地位好處和權力資源？因此他還是叫我回去找教育局。

我回到學校，滿心惆悵，怨恨群小，天天躲在斗室裡，朗讀我翻譯的《離騷》：「……時俗之人本來就善於投機取巧啊，他們違背原則而改變既定措施，離開正路搞歪門邪道啊，努力苟合把這當成當然之事。我多麼憂愁而失意啊，獨自一人受困於世俗得勢之時。寧可馬上死去並且亡靈消失啊，我也無法耐著性情學習他們的樣子。雄鷹不與凡鳥合群啊，自古以來本就如此。方與圓怎麼能夠契合啊，路線不同如何能夠相安無事……」

尖子班百分之九十是我原班學生，星期六回家，星期一大多不來上學。梁岫雲她爸不顧農忙，約了幾個學生家長來學校譴責皮校長分班。皮校長訓道：「學校的家，你們就當完啦?!你們懂教育，就留在家裡自己教嘛，送到學校來幹啥?!」家長們用轉學威脅，梁抬石說：「轉！馬上轉！看你轉到哪裡去！」梁主任知道學籍管理規定，笑著說：「不管轉到哪裡，都要回原籍報名，拿到我們發的准考證，你們的娃兒才能參加升學考試。」家長們害怕拿不到准考證，只好回家勸孩子來讀書了。

十幾天後升學考試，梁明祿的尖子班全被錄取。教育局排了名次，興鎮完小尖子班是全縣第一名，梁明祿和梁抬石他們幾個科任教師進城，分別領了教育局頒發的優秀班主任獎和優秀科任教師獎。

19 黃金園中藏小姐，白鷺灣裡集富人。

華龍公司需要招聘一名辦公室主任，我姐夫聽說我分班吃虧，打算叫我丟掉教師飯碗去他公司打工。他知道我不是做生意的材料，但是寫點報告申請等等，文字功夫要不完，他稍微給我一點錢，遠比小學教師工資高許多。我雖然端著鐵飯碗，但是半碗稀飯餓得半死不活，在學校關係又很糟，不如到他公司做事情。但是他知道我的個性，怕我高傲，怕我不聽指揮，因此他不能貿然請我，而要先到莊家灣漏點資訊，我若主動請求，至誠懇切，態度恭順，他才慢慢答應我。

崇原掌權部門卡壓我姐夫的公司，該辦的手續不辦理，該供的能源不供給，並且三日一檢查，五日一罰款，攪得公司人心惶惶。有個局長給他打電話：「我分分鐘搞垮你的企業！」我姐夫馬上提錢去送禮，二人成了朋友，以後什麼話都好說，什麼事都好辦。不僅政府部門敲詐他，還有商業對手、地痞流氓、當地農民都想吃他這塊唐僧肉，經常跟他的公司發生衝突，他的公司要想生存壯大，必須依靠關係，依傍政府。

崇原氮肥廠連年虧本，縣委縣政府招標拍賣，賈書記分管工貿，他的外甥放話說：「拍賣會誰敢舉牌，老子砍斷誰的手杆！」結果五萬元購得氮肥廠。我姐夫打算用高價從賈書記外甥手裡買來氮肥廠做地皮，建成豪華高檔的娛樂場所，邀請官員們免費吃喝嫖賭，然後根據公司事情的需要送紅包。他聽說賈書記的外甥這段時間在興鎮梁家河外家釣魚玩耍，他打算先到我家試探我，再去賈書記外甥的外家說件事，裝著邂逅相遇，跟他親近友好，陪他打牌，陪他釣魚，瞅著無人時刻，跟他說說笑笑談生意，這比在城裡喝茶好一點。

興鎮經常有人進城去我姐夫家，我姐夫托人專程到我家帶信，說他這周星期天要到莊家灣，坐一會兒就要走。他發財以來，給我爹我媽拿了一點毛毛錢，這多光榮體面了不起，他到我家是顯貴客人，我爹我媽完全應該提前作好接待準備。我姐對帶信人說：「叫他們把院子打掃乾淨，把桌子凳子洗一次，門前掛的篩子鞋子全部收起，要整整齊齊像個樣子！」帶信人答應了，她又繼續指導：「叫他們把開水燒起，茶葉準備起，不要醒夢攏了他們才手慌腳亂忙不贏……」

帶信人從城裡回來，星期六中午才來我家帶信，我爹我媽連忙打掃院子屋子，抹洗桌子椅子，取了門前柱子上的鞋子襪子辣椒篩子等等，我媽泡黃豆，磨黃豆，打豆腐，我爹上街買這買那，忙得撲爬筋斗，栽岩跌坎。星期天，我爹忍痛殺了那只剛剛下蛋的母雞，留下我媽一人在灶房忙碌，他帶著自己吸的旱煙，揣上見了女婿敬的香煙，老早去路上迎接。我聽得來人帶信，看見父母發忙，心裡非常反感，一下瞧不起我姐和我姐夫渺小！我想：「不就是有幾個錢麼？把自己看得那麼大！」我十幾歲受《范進中舉》的影響，鄙視世俗，痛恨市儈，我姐夫和我姐越是有錢了不起，我越是要傲慢輕視，疏遠他們！

我姐夫開著小車回興鎮，剛攏場口，就有男子到處奔跑報信：「小轎車來啦！小轎車來啦！起碼縣委書記級別才能有小轎車……」興鎮驚天動地，大人孩子全來圍觀小轎車，人們低聲讚歎，低聲佩服。有個孩子摸了一下車，他爹重重打他一巴掌：「摸得摸不得，你都要摸！」馬上拉回屋裡關起來。我姐夫從車裡出來，人們屏住呼吸，不敢招呼，我姐夫努力謙虛低調，拿出名煙一一敬去，鄉親們這才緩過氣來，開始跟他說話。我姐夫應酬完了，留下小車到我家，鄉親們有的圍著小車繼續觀看評說，有的捨不得吸完名煙，留著半支到處誇說，讓人觀看。

我爹陪著我姐夫來到我家，進屋請坐之後，連忙敬茶敬扇子，又從櫃裡拿出自己捨不得吃的珍貴糕點放在桌上待女婿，陪著女婿說話。我姐夫搖扇喝茶說話，一面等著我的出現，我在隔壁看書，聽見他們說話，偏不過去陪坐，直到我媽端出飯菜放桌上，我爹生氣叫喊我：「愛書！你過來陪你嚴大哥嘛！」我才慢慢過去請坐說話，一同吃飯。

我姐夫問我分班情況，幾次想叫我辭職去他公司，但是見我對他沒有點兒親近佩服，他終於沒有露聲色，直到我爹我媽留他耍一天，他才說：「我忙得很，吃了飯就要走！我到梁家河耽擱了回去，要談幾筆大生意，還要招聘辦公室主任，」他看我一眼，見我毫無反應，接著說，「還要和李局長喝茶，他已經約我好幾次了！我和李局長比弟兄還親……」他慪我分班吃虧不求他，他要讓我悔得腸子變青！

我姐夫用五百萬元從賈書記外甥手裡買來氮肥廠做地皮，修建起了豪華深廣的黃金園。黃金園經理是他弟弟嚴長夢，嚴長夢從各地招來幾十個漂亮小姐，在園林深處一座佳木掩映的別墅的大廳裡脫光小姐們衣褲集訓道：「公司把錢給你們開夠，床鋪給你們每天換洗，把領導給我服侍好！如果聽到半點意見，馬上開除！」黃金園亭臺悅目，蘭桂飄香，名師主廚，佳人比比，局長們一請就到，經常在這舒適的環境裡免費吃喝、賭博、打球、游泳、唱歌、跳舞、桑拿、瘋狂、睡大覺，可是書記縣長一個也不來。

我姐夫通過一個局長牽線搭橋，給縣委縣政府分別送了寶馬賓士，就與幾個書記縣長坐到了宴席上。書記縣長們開始在黃金園出沒了，我姐夫又經常根據公司需要，給他們送金條，送鑽石，送象牙，送虎皮，送現錢，送購物卡，還讓我姐陪著他們的老婆旅遊全國風景名勝，書記縣長們的老婆在前面高興消費，我姐拎包跟在後面不停買單。不久崇原縣委換了一把手，我姐夫打聽到新來的曲書記架子大很好色，吩咐弟弟道：「必須把他拿下來！給他安排一個漂亮的。」長夢說：「王小姐。」我姐夫說：「聽說老曲有點凶啊。」長夢說：「那就李小姐。李小姐能戰通宵，她在成都賓館一晚戰勝十幾個！」

北京有個軍區司令員，十幾歲在崇原老家放牛，牛吃麥苗，他怕挨打，離家出走，當了土匪，後來又當紅軍，如今八十高齡，已退二線，兒子是國家扶貧辦主任。司令員夫人前年去世，他在老家找了個三十幾歲的漂亮媳婦當保姆，這媳婦悉心照料老人，頗得老將軍喜歡，據說老將軍將要贈她部分遺產。曲書記想見大官，剛到崇原就和賈書記商量同去北京拉關係，找老將軍跟他的兒子說話，把崇原定為國家級貧困縣，每年撥放扶貧款。

兩個書記反覆研究送禮，老將軍受過革命教育，他們不敢送重禮，決定送輕禮。二人懷著朝聖之心，不敢貿然叩門，進京之前派秘書找到那保姆的農民丈夫，通過他給老婆打電話，方才進得首長門。他們熱情拜見老將軍，老將軍看見薄禮，心裡老大不快，他功勞這麼大，威望這麼高，胡作非為也有理，訓斥兩個小兒說：「給我送禮來幹啥啊?!我有，提走！」兩個書記非常難堪，笑著道歉，沒有提走，老將軍站起身來，把禮扔到窗外去。

兩位書記無功而返，回到崇原把那保姆的丈夫招聘到縣政府當了農業局的副局長。不久兩位書記又到北京，買了三千八百多萬元的貴重禮品來到老將軍家裡，再次請求老將軍對國家扶貧辦說一說，老將軍念及家鄉貧困，收下禮品，答應支持家鄉建設。崇原縣在北京設了駐京辦事處，配置一名主任和四名工作人員，負責接待進京的崇原縣委書記和縣長們，以及辦理縣委縣政府委派的其他事情。辦事處楊主任經常代表縣委縣政府看望老將軍，送去貴重禮品和家鄉人民的問候，老將軍對家鄉感情更深了。

曲書記從北京回來，在他辦公室的裡間看報紙，桌上電話響了，他拿起聽筒：「哪一位……什麼？嚴醒夢？哪個嚴醒夢……沒時間沒時間！工作時間打啥牌……晚上也沒時間！」不等對方說完，就放下聽筒又看報。看了一陣，市上領導來電話通知他，財政部一個撥錢的司長要從西藏到成都視察，下周星期三順路下車看看崇原縣，省上決定省市縣三級派人去西藏跨省迎接，指示縣裡備好禮品。曲書記聽完電話想：「財神爺好吃香，省上也要派人跨省迎接！財政部的錢是誰的？」他想到崇原籍司令員，「也難怪這司長……上頭都變了，我還當什麼傻子！」他後悔拒絕我姐夫，「我和他打牌，雖然降低身價，但是他會在牌桌上送錢……」

他正想著，只聽外面辦公室秘書說：「你找誰？」來人說：「我見曲書記。」秘書說：「曲書記到省上開會去了！」來人說：「我是華龍公司的嚴醒夢……」曲書記聽得，連忙說：「讓他進來。」秘書不好意思，讓我姐夫進了裡間。我姐夫敬煙之後又請打牌，低聲說：「我安排人陪你。」說著拿出幾張李小姐全裸大彩照放到曲書記面前。曲書記一張張看過，李小姐電影明星一樣的容貌身材和魅力讓他高興得差點笑出聲來，他再看幾眼，毅然還給我姐夫：「只打牌，其他算了！」

當晚，我姐夫、嚴長夢與李小姐在黃金園最深處那座林木掩映的別墅裡共陪曲書記打牌。李小姐坐在曲書記右邊，一面打牌一面不停用腳去勾曲書記，曲書記收回腿去，李小姐又堅決勾來夾住。曲書記打牌不停犯著低級錯誤，最後還是贏了萬多元，他還想再打，我姐夫站起來說：「二天又陪你。夜深了，今晚就在這裡睡，李小姐服侍一下曲書記，我們先走了。」說著與長夢連忙出門。曲書記正在猶豫，李小姐坐到他腿上抱住頸子吻他，曲書記連忙抱住她的腰臀：「關門！關門！外面有人……」

李小姐在床上把曲書記逗得喪魂失魄才突然停下，要他給我姐夫打電話三人一起玩。曲書記明白我姐夫用錢收買了李小姐，他一個縣委書記怎麼能讓本縣民營企業老闆看見他的下流啊，因此堅決不同意。李小姐一把推開他，性感的裸體在床上擺出各種姿勢，展示她的優美曲線，曲書記管不住自己了，可是剛剛挨碰李小姐，李小姐猛地一腳把他蹬下床：「你再來，老子踢爛你的老二！」就側身向裡，把個十分完美的屁股對著曲書記。曲書記猴急惱怒，卻又無可奈何，他想：「許多偉人也在女人面前屈服呢！嚴醒夢想跟我交朋友，我就放下架子跟他交朋友吧，跟他交朋友我又不會吃虧……」於是說：「你給他打電話！」李小姐說：「你打！」曲書記拿起床頭電話的聽筒：「說號碼。」李小姐說了我姐夫的電話號碼，曲書記撥通說：「嚴總啊，醒夢啊……還沒睡啊……過來一下，你過來……好……好。」就放下聽筒去抱李小姐。

我姐夫為了隱秘，只請書記縣長和一些掌握實權的局長副局長在黃金園吃喝玩樂，無法遍請多如牛毛的小股長和辦事員。他怕小幹部們有意見，曬出華龍公司官商勾結的種種黑暗，每逢端午就派人去成都，在全國著名的食品公司買回幾大車品牌粽子，每逢中秋就派人去重慶，在全國著名的食品公司買回幾大車品牌月餅，每逢春節就派人去沿海，在船上買回幾大車珍貴海鮮，送給縣委、縣政府和各大機關的每個幹部職工。而書記、縣長和局長們過節、升遷、生日、生病、子女升學等等，我姐夫都登門拜訪，送去大小不等的紅包。

曲書記和我姐夫共玩李小姐之後毫無距離，成了至交。這天晚上他又來黃金園共玩李小姐，第二天上午和我姐夫在園裡天香閣喝茶，半夜一場中雨把樓外那些繁茂佳木洗得更加翠綠，一支黃葛蘭伸到桌上，發出沁人心脾的芳香，二人一面觀賞面前的新葉花蕾，一面聊著政壇內幕，商海風雲。曲書記等到拿水的姑娘走開後，告訴我姐夫說，他打算把國家扶貧辦撥來的三億扶貧款用來扶持華龍公司興建一所貴族中學。他搬來報紙上專家的理論對我姐夫分析說：「縱觀世界，放眼全球，任何發達國家都經過了一個城市化過程，這個過程一般是五十年，這五十年裡城市人口迅猛增加，城市房地產飛速漲價。我們國家的城市化剛剛起步，目前地價不高，房子不貴，將來房地產增值，你停了辦學賣房子，可是一筆不小的財富啊！」我姐夫說：「如果這三億元到了我公司賬上，我馬上拿一半在北京買豪宅送你。」曲書記很高興，又有一些憂慮，他振振有詞，好像是對我姐夫也好像是對自己說：「根據中央的戰略構想，振興國家關鍵在人才和科技，而人才和科技的基礎是教育，我們把錢用於崇原縣的教育事業，用教育興縣，是符合中央精神的，是沒有錯誤的……」我姐夫沒有注意聽，而想著貴族中學的校址。白鷺灣是崇原少有的一片沃土，在縣城與成都之間的高山腳下，那裡的山泉、空氣和自然風景令許多成都人羨慕，他早就打算買下白鷺灣千畝良田修別墅，將來賣給成都富人，現在他跟曲書記商量，決定將校址選在白鷺灣，並且要把學校設計成別墅群。

曲書記召開縣委常委會議，研究用三億扶貧款扶持本縣民營企業辦一所高規格中學。他講了一陣教育對實現民族復興偉大夢想的戰略意義後，提出他的教育興縣的戰略構想，最後提議由全縣最有實力的民營企業華龍公司來辦學。常委們都明白我姐夫要給曲書記分錢，如果有誰提出不同意見，就是拿掉曲書記嘴邊的好肉，他們今後要想在工程項目上拿紅包，或者在調動升遷等等方面違紀違規，曲書記當然也不會放過他們，並且他們都得過我姐夫的好處，他們整痛我姐夫，我姐夫當瘋狗，亂咬他們怎麼辦？因此幾個常委不但無人提出異議，而且每個人都積極獻言獻策，努力促成此事，甚至連校名也幫華龍擬好了，叫住仁德中學。

三億扶貧款撥到華龍賬上了，我姐夫和曲書記同去北京買豪宅。二人在崇原縣駐京辦事處公款吃住，楊主任周到安排，殷勤侍候，幾個下屬疊被鋪床，買菜做飯，每天更是忙得跑斷腿。李殺敵離開莊家灣後，我姐夫經常寫信問候，表達對他父親的崇敬，頗得殺敵幾次回信，現在殺敵父親已從副國級退下來，殺敵雖然年輕，然而已是正廳級，我姐夫不願曲書記攀上他，打算買房後逗留北京，等到曲書記回崇原，自己一人去拜見。

李殺敵真的有些懷念莊家灣和我姐夫，聽得我姐夫打去電話要見他，心裡很樂意。他的新宅還沒請保姆和廚師，他和妻子忙工作，多半在父母家裡吃飯。這天他對老首長說：「爸，明天中午我要在您這裡接待一個重要客人。」老首長問：「哪裡的？」殺敵說：「莊家灣的。」高層勾心鬥角，險惡無比，稍有不慎，萬劫不復，老首長厭倦高層，多年來天天懷念底層民眾的簡單、熱情、率真、樸實和厚道，常想回去家鄉種地，輕鬆自然地生活，卻有諸多不便，現在聽得底層來客，心裡很是高興：「哦，莊家灣的要好好接待！」

我姐夫買了貴重禮物來到老首長家裡。他見了大官有點緊張，全部腦子用於說話，客廳沒有仔細觀察，名茶沒有仔細品嘗，連小便脹了也忍著。一會兒午宴擺了一大桌，除了幾樣小吃，全是名廚精心烹調的特供珍稀。殺敵的兒子坐在老首長身邊，客人還沒拿筷子，他就站起來撿他最愛吃的野生鱉魚肉，大大夾來放到自己碗裡，殺敵夫妻正要呵斥，老首長端來盤子把鱉魚肉全部倒在孫子碗裡：「這是好東西，聽說越來越少了。」殺敵責備說：「把他慣壞了！」說著拿起筷子：「請，醒夢！」吃了一陣，老首長問孫子要不要坐到自己懷裡，遭到全家反對，老夫人對我姐夫說：「老頭子的皇帝原來是毛主席，現在是這小東西了。」我姐夫並不喜愛這孩子，卻連忙笑著說：「小皇帝！小皇帝！今年幾歲啦？」孩子吃著鱉肉沒搭理，殺敵夫妻幫他回答五歲了。說話間，老首長伸出筷子夾來小盤裡的炸薯條，老夫人曾是北京一家著名大醫院的黨委書記，懂得一些養生知識，一筷子打落首長的薯條：「醫生叫你不吃糖！桌上哪樣不好吃，你就偏饞那東西，真是……」她差點又罵老首長「真是殺豬匠出身」，看一眼我姐夫，到底沒有罵出來。老首長溫和笑著沒說話，只好去夾別的菜。我姐夫心裡輕鬆了，這才注意到老首長兩隻耳廓果然有彈孔。

仁德中學高檔別墅群剛建成，許多人都去白鷺灣參觀，佩服我姐夫好能幹。我姐夫高薪聘請崇原高中下臺的溫校長為仁德中學校長，師源生源面向全國，教師月薪最高一萬，最低一千，學生包吃包住包學習，每年交費十萬元，升學考試成績優秀將來能夠考上名牌大學的，一切費用全免。溫校長知道我姐夫今後要停辦學校，招聘了一個外國教師和兩個獲得國務院特殊津貼的特級教師做招牌，就不管教師品質，完全講關係聘請本縣教師，許多真有才能的外地中青年骨幹教師在報紙上看到廣告，千里迢迢趕來應聘，卻一個也沒錄用。

其時貧富差別越來越大，各地冒出大小土豪，土豪們不差錢，就差孩子教育，那些被公辦學校當成破銅爛鐵扔出校門的富二代，或者智力低下，或者性格乖張，或者習慣惡劣，或者心理病態，非常不堪教育，仁德中學為了錢，一概來者不拒。土豪們在多家媒體看到仁德中學「一流的師資，一流的校園」的廣告後，從全國各地紛紛湧來，他們無法認識師資，只能認識房子，見學生上課在別墅，睡覺在別墅，吃飯在別墅，打玩在別墅，「啊，好學校！」就毫不猶豫傻丟錢，留下孩子忙錢去。

我姐夫見收來的學費堆成山，揚言要給崇原孤老院捐一億！這天，他的小車徐徐前行，中間一輛大卡車，幾個武警端著衝鋒槍守衛桌上高高的錢山，後面幾輛卡車貼滿大紅標語，站滿公司員工，員工們一路敲鑼打鼓放鞭炮。車隊遊完縣城大街小巷，才來到城外幾里的孤老院，我姐夫在門外拿出幾百元，派兩個高管代表他看望老人們，自己指揮員工把錢山搬到桌下，然後車隊回公司。

富豪男扶貧識佳麗，窮困女傍款做明星。20

我姐夫從孤老院回來，早有崇原縣慈善基金會王會長等候見他，我姐夫知他來要錢，故意耍大：「明天來，今天不空！」就進一間屋裡砰地關起門。王會長第二天又來，我姐夫從後門出去坐車，到縣委曲書記辦公室去了。王會長跑了幾天，我姐夫才接見，聽他說話後，心裡說：「與其把錢給你，不如我直接做慈善！」就撒謊他要投資新項目，一分錢也不答應捐獻給慈善基金會。

我姐夫打算救助崇原縣三百名特困學生。他到教育局瞭解特困學生情況，確定了三百名受助對象後，宣布救助額度：小學生每人每年一百元，初中生每人每年兩百元，高中生每人每年三百元，專科生每人每年四百元，本科生每人每年五百元。接著他和李局長商量決定，剛放暑假召集三百名救助對象在教育局領取救助金，又派公司高管到成都請客送禮，邀請幾家媒體記者屆時來採訪報導。

發放救助金那天，華龍公司和教育局把會場布置得非常花哨，引來全城熱烈關注。主席臺上坐著曲書記、賈書記、齊縣長、文縣長以及我姐夫和教育局的幾個局長，主席臺正中的前面也就是曲書記的前面，搭著一張寬大的辦公桌，華龍公司管理人員從車上抱來三百個紅包，每個紅包比磚厚，在桌上碼成一道高高的紅牆。主席臺下站著三百名受助學生和他們的家長，都自感無能，灰頭土臉，低著腦袋只恨腳下無地洞，那些源源不斷湧來看熱鬧的閒人，有的把目光投向錢牆，有的欽佩臺上人物，有的新奇地看著幾個記者攝影。

我姐夫端坐臺上，不時看一眼臺下那個漂亮的女大學生。今天紅包由他發，包上都寫著學生的姓名，他打算在女大學生上臺領錢時，記住她的姓名，今後特別關照，多給點錢。他的資產這麼大，他在喜歡的女孩身上花點錢，這算什麼？好多男人窮得家裡沒飯吃，但是貸款嫖婆娘呢。他第一車木材生意賺錢後，就想離了我姐娶個漂亮的，卻怕社會罵他陳世美。社會最強大，他不能脫離社會，尤其在中國，如果遭到千夫指，萬人唾，哪怕能幹上天，也一事無成。現在社會越來越開放，離婚遭人叫罵，偷情受人羨慕，那些大官給情婦修別墅，買名車，有的同時養著好幾個。算啦，不離婚，還是在外偷點嘴。

我姐夫正想著，李局長宣布會議開始，先請縣委曲書記講話。曲書記原打算去市上的，今天應邀來給我姐夫增光彩，他高度讚揚嚴總和他的華龍團隊，鼓勵貧困學生和家長們以嚴總為光輝榜樣，學生要努力學習，報效國家，感恩社會，家長要白手起家，自強自立，不要完全依賴社會。接著其他官員個個講話，他們發揚我黨優良傳統，緊緊團結在曲書記的周圍，統一思想，統一步伐，講話當然和曲書記一個樣。

講話完畢，我姐夫開始發紅包，照著包上寫的姓名個個喊。學生們羞愧難當，無地自容，都用毅力逼自己，低著腦袋上臺去，領錢敬禮忙下臺，深怕多留一秒鐘。一個學生忘敬禮，領了紅包就轉身，臺上官員都義憤，認為他不知感恩，有個官員說：「轉來轉來，學點禮貌！」那學生連忙轉來，向我姐夫深深鞠躬，腦袋磕在桌角上，額頭冒出大青包。

發完紅包，大會安排受助對象跟恩人嚴總合影，教育局幾個副局長指揮家長們和自己的孩子共同高高舉起紅包，站在我姐夫的兩邊和後面，各路記者忙著攝影。合影後，學生和家長連忙離開會場，我姐夫見那漂亮女大學生快要走了，對他妹夫說：「熊經理，你先陪領導和記者老師們去吃飯，我在後頭馬上來！」

熊經理請領導和記者們上車去了黃金園，我姐夫追著那漂亮女大學生叫道：「張昕等一下。」張昕回頭一看非常驚喜，忙叫嚴總，我姐夫把她叫到一旁，看著她的兩峰說：「你的家長沒有來？」張昕有點不好意思：「我個人來的。」我姐夫又問了她兩句，說：「明天公司召開招聘會，你家裡困難，可以來打暑假工，掙點學費錢。」張昕高興答應，我姐夫又貪婪看一眼，才轉身朝他的小車走去。

張昕在回家的大班車上，一路想著嚴總剛才的眼神和說話，滿腦子總是他的身影。她想：「嚴總能幹帥氣，正值盛年，又是有名的富豪，他的妻子真有福氣啊！嚴總拔根寒毛也夠我的學費，他已經說了，他的公司要錄用我，我暑假在華龍好好幹，讓嚴總多給點薪酬，加上這紅包裡的五百元，加上家裡湊點錢，就勉強夠下學期的學費和生活費，就可以斷絕那老教授了。」

這年，也就是人類空前絕後的偉大領袖毛主席評價他的生活秘書張玉鳳「工作認真，但是性子爆，一觸即跳，是張飛的後人」這一年，張飛在四川的另一支後人張昕才五歲，她的弟弟才一歲，姐弟倆的媽媽生病無錢吃藥，丟下他們去世了。媒婆先後給張昕她爹帶來幾個女人，但是都嫌他家太窮，媒婆和對象上門，連半碗稀飯也端不出來，乾坐一陣就走了，因此張昕她爹終生成光棍。

有一年生產隊紅苕豐收，張昕她爹吃了幾天飽飯，就飽暖思淫欲，打起張昕的主意來，張昕那時才九歲！一天半夜，他見小兒子酣睡，就輕輕起床來到女兒鋪裡，第二天張昕藏在被窩哭了整天不去上學。傍晚，她點燃油燈，坐在鋪裡，用針線把蚊帳的四周腳邊縫在篾席上，妄想攔住她爹，油燈在鋪裡冒著黑煙，泛著昏黃，門外過路鄰居透過蚊帳，看見小姑娘邊縫邊哭，兩行汪汪淚水反射著微弱的亮光。

張昕羞怯少了，不再把那當回事，山上雜樹林裡撿牛糞的老頭，河邊巴茅叢中割豬草的孩子，遠方遊客，本房叔爺，只要給點小錢或零食，一概來者不拒。這天她搭著書包去上學，路過生產隊廢棄的養豬場，六十幾歲的張老頭藏在雜草叢生的斷牆下邊低聲叫她，不停點頭，張昕便去了。一個農婦飯後出工，碰見他們從養豬場出來分路走開，追去低聲詐問張昕道：「朽屄冠冠，老狗給你多少錢？」張昕以為她躲在旁邊窺見了，只好承認：「哪個說他媽那龜兒子嘛，才給我拿兩分錢。」

張昕初中高中成績在班裡都名列前茅，但是常在學校餓肚子。這天，崇原高中下課吃晚飯，學生們都去食堂，張昕飯錢完了，就去街上一家家飯店門外裝著過路，邊走邊看別人吃飯。她走一陣回學校，在校門口碰著同班那個失學男生帶著兩個小混混來找她，失學男生昨晚拿小刀搶了同學的生活費，現在對張昕豪氣說：「走，去吃串串！」張昕跟著去了。

他們來到一家燒烤店，在門外壩子裡的小桌旁坐下，失學男生叫來幾把串串，幾瓶白酒，四人縱情吃喝，高聲說笑。不遠處，一個全身赤裸的瘋乞丐背上披著一張廣告布在垃圾桶裡找吃，頭上的披肩亂髮藏滿蝨子蟣子，纏著草節草籽，胯下羞物垂頭喪氣，滿是塵灰，過路女士個個難堪，連忙轉臉。四人正在喝酒劃拳，笑笑鬧鬧，乞丐走來抓起一把串串邊吃邊跑，失學男生追趕一陣回來，又買幾把繼續吃喝笑鬧。

四人喝酒到深夜，街上不見一個人影，偶爾才有一輛汽車跑過，路燈冷寞地照著街樹，把濃黑的或者疏淡的影子投在地上。張昕醉後堅決不要失學男生送她，七歪八倒回學校，最後倒在圍牆爛洞外邊睡著了。睡了不知多久醒來，發覺乞丐脫了她的褲子在蹂躪，她奮力搏打哭罵，乞丐嗷嗷嚎叫，死死壓著不放她。這時一個掃街老婦趕來用掃帚猛打乞丐，張昕才連忙爬起來，轉臉朝河邊跑去。

她坐在河堤痛哭，真想跳進水裡了結此生，但是她的成績這麼好，又是學校的表演明星，她完全能夠考上大學，大學畢業就有美好前途。她記起失學男生叫她到小旅館同居，他找錢養她，現在她走投無路，打算答應男生，靠他完成高中學業。這時東方既白，晨光熹微，街上行人車輛漸漸多起來，她擦乾眼淚，走回學校。

張昕考上北京一所戲劇學院的表演系。考上大學好了得，四鄉八里都誇讚，她爹讓她弟弟停學，拚命種地供她讀書。大學高昂的費用她爹種地如何承擔得起，張昕第一學期交完學費就無錢吃飯，第二學期連學費也欠著，她只好裝著上門求教，經常去一個瘦小的單身老教授屋裡，老教授不僅拿錢讓她交學費，而且常常做好飯菜等待她。

一天晚上，張昕和老教授睡在一起，她雖然不喜歡老頭子，但是前奏很久，到底被老色鬼挑逗起來，叫快些做了好睡覺，明天還要考試呢。老教授幾十年苦熬一本著作後，身體更加孱弱，無論怎樣努力，「阿斗」始終軟弱無能不爭氣，像鍋鏟下面的一團母豬油。張昕不再進入狀態，不管老教授在上面怎樣享受「上帝賜給我的最後禮物」，她都在下面用心看書，準備明天考試取得好成績。

張昕揣著華龍公司的五百元救助金回到家裡，天氣很熱，她爹正在幹活，見她回來：「張昕，鍋裡有飯。」張昕沒有理他，挑著水桶去井邊。她爹說：「張昕，你挑水洗澡啊？缸裡有水。」張昕還是沒理他。她挑回水來，提了一桶進圈房，放在全家大小便的地方，拿來水瓢肥皂和毛巾，用幾根木棒把豬圈門嚴嚴實實頂住，又用紙團塞好牆上所有孔洞。豬圈隔壁是灶房，她正在洗澡，見灶房那邊有根小棍戳掉紙團，一隻賊眼在偷看，她連忙抓了全家用來擦屁股的報紙遮羞，蹲下身子高聲喊：「弟弟！弟弟！灶房有野狗偷豬食，快！快！」弟弟在房後幹活，聽得叫喊，跑進灶房，他們老子和氣說：「哪有狗嘛，是我在拿水扁擔。」

第二天張昕去華龍公司應聘。她二十歲的綽約身姿和漂亮容貌，加上她進入大學見識增加，言談舉止變得文明起來，平時練習專業，又學得一些表演技巧，一顰一笑，一舉一動，無不吸引小城多少欽佩眼光，那些認識她的人都說她比原來高了幾個檔次。她來到華龍公司，見許多俊男倩女有的在打聽情況，有的在填寫履歷，有的在接受面試，有的在找關係耳語，她正要去跟招聘辦的人員說話，公司一個高管把她叫走了，別的美女非常羨慕，非常嫉妒。

我姐夫坐在豪華辦公室的轉椅上，一面享受空調，一面等著張昕。他做生意以來，從處女到少婦，從娼妓到女縣長，嘗了不少新鮮，但是還沒嘗過大學女生。張昕的性經歷只有她生產隊和學校部分老師在背地裡祕密講說，我姐夫點也不知道，他想大學女生多清純，多有文化，他為張昕傾家破產也不悔……

高管帶領張昕從外面蒸籠一樣烘熱的世界推門進來，說：「這是嚴總，你們談。」就出去順手關門走了。張昕連忙笑著嫵媚說：「嚴總的空調好爽啊！」我姐夫自豪說：「整個崇原只有書記縣長和我才用空調。把門鎖上！」張昕有點害怕，低聲說：「不——，嚴哥！」我姐夫堅決說：「鎖上！」張昕猶豫一下，終於轉身擰內鎖，我姐夫拉上窗簾，如狼似虎把她撲倒在沙發上……

我姐夫和張昕坐在沙發上握手聊天，門外來了腳步聲，來人不敢敲門，用指頭輕輕一戳，又響著腳步走去了。我姐夫說：「我把北京的別墅給你一套，再給你請個保姆，買輛寶馬，你不必住學校，我經常來北京看你。暑假不打工，等我兩天，我把公司的事情收拾一下，同到北京耍暑假。」

張昕激動得哭了，雙手端著我姐夫的腦袋「嗚嗚——，嗚嗚——」邊哭邊吻，淚水打濕了我姐夫的臉頰，打濕了我姐夫的額頭。

張昕在城裡旅館住著等嚴哥。她關起門來躺在床上休息，簡直不敢相信我姐夫在北京送她一套別墅，她懷疑自己在做夢，懷疑自己在受騙，但是她已深陷愛河不能自拔，哪怕我姐夫欺騙她，虐待她，把她投進火海，推上刀山，她也心甘情願不後悔！她腦海裡不斷出現嚴哥那昂首天外的雄壯物，她喜氣洋洋，燦若桃花，想不幸福都不行。她記起從前那些厭惡東西，臉上的燦爛一下不見了，心裡憤恨說：「畜牲在飯裡給我放避孕藥……真想砍死他……生產隊那些老頭……那時我好傻屄啊，點兒也不知道自己的價值……瘋子噁心死了，幸好是半夜……混混不懂情趣……老叫獸……唉，齷齪！唉，地獄！」她坐起來朝窗外憤憤吐了一口唾沫。

我姐夫忙完公司幾件事，就和張昕同坐飛機去北京。他把距離張昕讀書最近的那處別墅送給她，又給她買了豪車和戒指，就每天與她過著天堂般的生活。

這天，二人瘋狂完了共同做飯，我姐夫一邊切菜一邊和張昕聊著她在學校的演藝。張昕說：「上學期馮導來我們學校物色《天鵝之歌》的女主角，看上了我和范ＢＢ……」我姐夫問：「把你們叫去潛規則沒有？」張昕說：「他請我們喝咖啡，在咖啡廳抱著我強吻，我厭惡他的白癜風，厭惡他的葫蘆嘴，雙手緊緊蒙住嘴巴，他又要摸胸，我雙手緊緊抱在胸前……」我姐夫握斷刀把，眼珠快要滾出來：「畜牲，老子叫人割掉他的狗雞巴！五百萬元見雞巴……」張昕忙說：「看你那勁，臉紅脖子粗的，又沒摸成……」接著她又說：「他去抱范ＢＢ，范ＢＢ那賤貨當著服務員讓他摸。第二天他把我倆叫去量三圍，要我們連內褲也脫完，他來拉我的褲子，我用磕膝頂他老二，開門就跑，留下范ＢＢ一個人……那畜牲愛搞性虐待，剃毛，爆菊，尿頭頂，打屁股，渾身赤裸捆在柱子上強姦，玩多男一女，多女一男，花樣多得很，也不管別人願意不願意，聽說范ＢＢ遭他整慘了！」我姐夫說：「范ＢＢ肯定要當主演！」張昕說：「已經當了……」我姐夫沒有玩過明星，打算把張昕捧成明星，他想：「哪個明星不是政治大腕、商業大腕、文藝大腕捧紅的？就算真有演藝也得靠捧，何況演藝平平。」這樣想著，便問張昕：「你想不想當主演？」張昕高興說：「嚴哥，片子都開機了，你怎麼讓我當主演？」我姐夫講說他的辦法，張昕聽了非常高興：「我馬上打電話約他！」

第二天晚上，馮導和張昕在外面吃了飯，開車來到張昕別墅。馮導誇讚幾句別墅豪華，就急著要抱張昕，張昕裝醉，說想上床，馮導扶她到臥室。張昕剛倒床上，馮導慌忙給她解衣褲，張昕奮力反抗，馮導欲罷不能，拉爛張昕褲子，張昕叫喊嚴哥，我姐夫從陽臺進去，把馮導打得趴在地上像豬狗，說：「起來給老子跪倒！」馮導深怕丟命，起來真就跪下了，雖然有些艱難。我姐夫說：「怎麼說！私了還是公了?!」馮導問：「私了怎麼了？公了怎麼了？」張昕說：「如果私了，你就把范ＢＢ那爛貨換下來；如果公了，我們馬上把攝像交到公安局！」馮導連忙叫苦：「片子已經拍了三分之一，重拍損失不下兩千萬……」我姐夫說：「重拍費用由我買單，你只換人！」馮導不難了，答應讓張昕擔主演。

張昕開始主演《天鵝之歌》了。《天鵝之歌》表現舊社會一個芭蕾舞蹈女演員不甘墮落而終究墮落的人生，張昕扮演的主人公有許多芭蕾舞蹈鏡頭，有個鏡頭是這樣：張昕面向觀眾，靠著背後男演員的幫助，右腳尖著地，左腳抬到頭頂，與右腿成為一條直線。馮導見張昕演藝平平，擔心電影不盈利，打算讓她「晾肉」，吸引觀眾眼球。

這天他叫來張昕商量，要她不穿內褲，把舞蹈褲的褲襠沿著前後線縫剪開，演到兩腿成一直線時，褲襠對著觀眾裂開豁口，保證能夠賺得興奮和驚呼，觀眾看了一次看二次，看了二次看三次，電影票房收入定然猛增。張昕堅決不答應，說是要挨全國罵，馮導說：「就是要挨罵！不罵不出名，越罵越出名，不然電影電視這麼多，你一個無名之輩誰注意？」張昕還是不答應，馮導又講說文藝市場策略，講說影片虧本風險，講說許多女演員一脫成名等等，二人爭吵幾天，張昕終於同意剪褲襠。

21 拒絕吃喝，又使校長洩憤，丟失工作，再讓家人生憂。

尖子班畢業後，皮校長防我又做教學實驗，新學期不再讓我當班主任，而只教兩班語文課，我又動了一邊教書一邊創作《精衛銜微木》的念頭。

興鎮一帶到處在讚譽我的教學，到處有人講說我分班吃虧，皮校長屋裡天天擠滿家長來說情，有的敬好煙，有的送雞蛋，有的送不花錢的奉承話，要把孩子弄到我任課的班上補習語文。皮校長藏著不滿，只答應了場上幾個有點面子的單位領導、村小兩個認真工作很聽話的教師和外鄉三個關係戶，其他家長一個也不答應。這天梁主任來向皮校長請示工作，見屋裡擠著許多人，有個家長正求情，他非常不滿：「不是讀書的材料，看他媽哪個教都等於零！」接著呵斥幾個站在桌旁的沒有臉面的老實農民，「出去出去，我和皮校長要研究工作！」

我的課堂偷偷來了許多外班學生，開始一個兩個，後來三個四個，再後來更加多了，他們跟表哥表弟，同院夥伴，或者小學同學擠著坐，抱著肩膀共看一本書，板凳頭上只坐了半個屁股，有的找不到關係，就壯著膽子站在後面牆邊，拿著課本站著學習。我沒有勸退他們，反而把課講得更加精彩，吸引更多外班學生。教學工作是小說創作的大敵，小說創作是教學工作的大敵，我不願踐踏自己的教學聲譽，再次決定放下小說，等到將來有條件，一鼓作氣創作完。

這天上課鈴響，外班學生又朝我課堂跑來，牆邊牆角和走道都站滿了，外面還有學生要跑來，幾個教師在攔截。梁明祿跟一個大男生打起來，幾個男生拉偏架，一面委婉勸說梁老師算啦，一面抱住他的胳膊讓那同學打。梁明祿氣急敗壞，奮力搏打，掙斷了廉價的人造革褲帶，褲子一下掉到地上，他連忙拉起來，一手抓著褲腰，一手跟那學生打架，幾個拉架學生邊笑邊拉架。

梁明祿難咽這口氣，老著臉皮去找皮校長，強烈要求開除大男生。大男生聯絡許多同學給皮校長寫了聯名信，題為《學校教育管理改革設想》，要求打破現行的班級學習制度：學校定下老師講課的時間和教室，學生不固定在一個教室學習，而自由選擇老師聽課，學校派人每天點數各個老師的課堂人數，然後按照聽課人數給老師計算工資，至於學生平時的思想教育和紀律管理，學校可以另外委任生活教師，給予一定報酬。

全校學生天天叫嚷選擇老師，皮校長馬上召開師生大會高聲訓話：「最近我們學校有股歪風邪氣，有些學生不在自己教室學習，一窩蜂擁到外班聽課！甚至有人提出由學生選擇老師，簡直稀奇古怪！自古只有老師選擇學生，哪有學生選擇老師?!你屙泡稀屎照一照，你多大個人，你懂什麼?!你知道哪個老師教得好，哪個老師教得不好?!從今天開始，如果有學生亂跳班，全部開除！」

外班學生不敢再來我的課堂聽課了，許多人開始蹺課。那個打梁明祿的大男生帶著一幫同學在場上小旅館租了一間房，每天在床上辦公，在床上吃飯，在床上玩耍。他任命了生活部長、組織部長、情報部長、改革部長，生活部長每頓從學校蒸飯房給他拿來蒸飯盒，組織部長聯絡更多同學加入他的團夥，情報部長去學校打聽情況，而改革部長天天跟他在床上討論研究他起草的《學校教育管理改革設想》，要修改了寄到教育局。當然，有時也賭博，也下棋，也打玩，肚子餓了，派人去飯店偷包子，去商店偷餅乾。

學校終於知道他們蹺課了，幾個班主任把他們抓回去寫檢討。蹺課，租旅館，成立幫派組織，偷包子，偷餅乾，這多麼典型多麼有內容啊，學校在操場召開大會，開除十幾個害群之馬。師生們站在臺下聽皮校長厲聲講話，十幾個害群之馬站在臺邊，任隨臺下同學低聲恥笑，爪牙個個都低頭，自覺從此沒臉面，唯有首領不服氣，橫眉怒目望著天。梁明祿憤怒上臺，按下大男生的腦袋：「趴倒！抬起幹啥?!」大男生猛地一拳打倒他，連忙跑出校門去，幾個教師在後追，叫喊路人幫抓住。

學校亂收學生費用存入「小金庫」，全校除了皮校長和會計出納，沒有第四人知道「小金庫」準確數目，教工們經常暗地議論。其時公款吃喝、公款旅遊、公款嫖宿、公款療養和行賄受賄等等腐敗盛行，皮校長不敢直接貪占「小金庫」，就叫老婆兒子在場上辦起大飯店，專營學校公款吃喝。學校經常接待縣區領導和隨行人員，經常藉口解決辦學困難，招待鄉黨委政府所有人員和場上一些單位領導，還有完小村小一百多教師過端午節、教師節、中秋節、國慶日、三八節、重陽節、五四青年節、六一兒童節和年終團年等等，每年在他飯店吃喝幾十萬。

這天上午，幾個沒有上課的教師又在古榕樹下閒扯。一個教師問：「今天中午食堂怎麼不做飯？」另一個教師說：「區教辦幾個來了，中午全體教工在皮校長飯店陪他們，你不知道？」一個物理教師說：「區教辦原來半年難得來一次，現在每個星期都要來……」梁抬石不滿說：「學校小金庫的錢吃就吃完了，還說給教工們分，分啥？」出納笑著說：「報紙上說，中國每年公款吃喝的酒，比太湖的水還多……」於是話題扯到全國公款吃喝，大家義憤填膺，紛紛大罵。罵了一陣，一個教師看手錶：「十二點了，皮校長飯店擺起了。」說完就往場上跑，別的教工停了叫罵，一齊也往場上跑。

皮校長飯店裡，人們一面吃喝，一面搜索枯腸，絞盡腦汁，在心裡準備一些半通不通的敬酒理由，或者諸如「借花獻佛」呀，「一切在酒中」呀等等酒席上的陳詞濫調，然後端著酒杯，拿著酒瓶，去這桌那桌敬酒。大家你方唱罷我登場，人人都要敬酒，個個都要說話，這才有禮節，這才算水準。倘若有誰沒酒量，無法喝完每杯酒，敬酒者自然不甘休，旁邊人也幫著找理由，笑笑鬧鬧，爭爭吵吵，硬要那人喝完，每個人只顧顯示自己口才，全然不管人家身體。最後，人們酒足飯飽，紅臉腆肚，說說笑笑從飯店出來，有的在門外握手道別，有的在街上自由遛躂，於是小小的興鎮場，到處是打著飽嗝的猴子屁股，到處是搖來晃去的不倒翁，到處是菜香、酒氣和屁臭。

皮校長送走區教辦幾人後，回到學校寫領條，然後在自己的條上批了，趁著出納屋裡無人，連忙拿去報銷。出納見領條寫著每席兩千元，心想無非是雞鴨魚兔，每席兩百元也高了，因此頗有一些眼紅，但是他教書困難，當出納既不任課，又很吃香，他要緊緊跟著皮校長，就笑著說：「你那酒席才值這點錢？每席大大方方寫三千！」就將領條退給皮校長。皮校長知道不會有人算他一席酒菜值多少，拿了出納桌上紙筆重新寫領條。

我吃喝兩次，不再參加。我恨腐敗，可是自己也腐敗，我還有資格罵腐敗？許多人恨貪官，不是出於正義，不是出於高尚，而是眼紅，而是自己無權貪腐吃了虧。況且我不喜歡酒席上的俗氣，況且我不滿皮校長辦飯店。皮校長見我不去他的飯店公款吃喝，就以我不參加集體活動為理由，每缺一次扣我工資二十元。我更加憤恨，去教育局向李局長檢舉學校腐敗，李局長說：「你說的是事實，也很有道理，但是我們沒辦法，因為全國都在公款吃喝。皮校長好到哪裡去了啊！他這點事連毫毛都比不上，全國許多貪腐大案嚇人聽聞，你們天天在小天地裡鬧不平，連聽都沒有聽到過……」我原計劃縣上不處理皮校長，我就寫信到省上和中央，現在洩氣了，我想上面連大貪都抓不完，忙得過來抓全國多如牛毛的小貪嗎？我毫無辦法，回到學校，仍然死撐硬頂，不去吃喝，妄想以此感動教工們，喚醒教工們。教工們沒有一人回應我，有的背地笑我傻：「瘋子兩頭吃虧。」有的當面對我說：「不吃白不吃。」

黃壩中學創造「優化組合」管理模式，教育部樹為全國典型，報紙天天宣傳，崇原縣教育局要帶領全縣先進校長去取經。剛放暑假，教育局一百多幹部職工和一百多家屬連同幾個先進校長到幾千里外的黃壩中學參觀學習，然後公款旅遊大半個中國的避暑勝地。皮校長領導出了全縣第一的尖子班，因此成為先進校長，榮幸地參加了教育局的參觀旅遊。

參觀旅遊回來，教育局決定下學期在興鎮完小試點優化組合，然後在全縣推廣，李局長和皮校長共同研究了優化組合試點方案。人們盛傳教育部門改革大潮馬上要來了，學校將要全面實行優化組合，全縣教職工惶惶不安，謠言四起，都說下學期要打破鐵飯碗，辭退一半人，辭退對象是那些能力差而工作又不努力的冗員。

暑假裡，興鎮完小許多教工從家裡來到學校打聽優化組合的搞法，有的甚至天天住在學校，密切關注改革。他們無憂無慮教書多年，誰知現在飯碗要打破，大家擔心自己被淘汰，連打牌也不快暢，即使在贏家合牌的高聲歡叫裡，也帶著幾分的淒涼。

這天，幾個教工在古榕下站著議論改革。高大全說：「改革改革，改成資本主義。」梁抬石道聽塗說一點中國歷史，現在拿來佐證自己的觀點：「我常說的話，中國沒有哪次改革是成功了的！商鞅變法成功沒有?王安石改革連腦殼都改落了。接下來是蘇東坡，遭慈禧太后關在監獄頭，改得好！現在又要鬧改革！」梁水牛十多年來專職管理教學樓前三株塔柏，他擔心自己飯碗不牢，說：「看他怎樣改，總要給我拿飯吃。不拿飯吃，老子砍落他媽幾個人頭！」梁明祿說：「資本主義要給你拿飯吃！報上登載，美國去年冬天有十萬人無家可歸，流浪街頭……」為了煽動大家對資本主義的不滿，他把報上的一萬人說成十萬人。

我聽得他們反對改革，不願再忍耐，不願再壓抑，連忙上前發洩：「我就希望澈底砸爛鐵飯碗，搞成資本主義，讓那些吃國家閒飯的人去討口！」在場所有人都聽得憤恨，那專管堆放幾張爛課桌的保管室鑰匙的女工人最難受，連忙躲開了。她老公是語文教師，認為我腦子點兒也不機靈狡猾，毫無競爭能力，在萬惡的黑暗的人吃人的資本主義社會絕對要吃虧，說：「搞成資本主義，你才要討口！」我非常難受，非常氣憤，吼破嗓子高聲吵：「我教八門課，一個人做你們幾個人的事，品質比你們高，工資比你們低，我的剩餘價值哪裡去了?!遭你們剝削了!搞成資本主義，我比這學校誰都富，我在吃大鍋飯的社會裡，遭寄生蟲們剝削窮了……」教工們一齊圍攻，一齊鄙視，都說我教書最差。有個老教師說：「就憑你這麼不會說話，你就要討口！」

教工們罵完改革，都回自己寢室暗暗鑽研起業務來。梁抬石原打算用他肚子裡那點初中數學吃一輩子飯，現在拿出高中數學課本，把那些早已丟到爪窪國的知識重新學起來，而別的教師，有的努力背記教學參考書總結出來的課文段落大意和中心思想，有的認真補寫教案，雖然錯字別字成堆，話句嚴重不通，分段也不合邏輯，但是字跡的工整，格式的漂亮，版面的清潔，讓人賞心悅目。梁水牛到底心虛，也要幹好工作保飯碗，雖然暑假該他休息，卻拿出梯子和柴刀，把教學樓前三株塔柏的枝葉精細地剔到末梢，像三杆高高的標槍。

這天，皮校長從教育局回來，剛到古榕下，一堆閒聊的教工連忙圍住他打聽優化組合。皮校長透露了優化組合的大體搞法：校長聘任班主任，班主任聘任科任教師，失聘者由學校安排臨時工作，學習提高，等待來年組合，倘不服從安排，就領百分之五十的工資靠邊站。教師們一下明白優化組合關鍵是關係，關係好辦，關係是他們的強項，於是緊繃的心弦一下放鬆了，個個臉上洋溢著喜悅。梁水牛問：「後勤人員呢？」皮校長說：「後勤人員不參加。」於是那些後勤人員也放心了。皮校長回他屋裡去了，教工們又你邀我打牌，我約你上街，不再鑽業務，恢復了原來的生活節奏。

皮校長接連幾天都在他的寢室兼辦公室起草優化組合細則，考慮聘任哪些人當班主任。這天一個年輕教師進來說：「皮校長，你哪些衣裳要洗？」皮校長進裡間拿出髒了的內褲、襪子、面衣和面褲，又到外間工作。年輕教師把衣物放在盆裡淹泡著，拿掃帚掃了裡間外間，然後端著盆子去洗刷。

這時一個中年教師來告密。他坐在皮校長桌前低聲說完了，就打聽優化組合誰當他班的班主任。皮校長說：「還是你當算囉。你上學期的工作不像話，今後再是那樣子，我們沒法講人情囉？」那教師連忙解釋上學期的工作。解釋一陣出來，見巷道口一堆教工在閒聊，便也去了。

陽鯤閒聊一陣，小便脹了去廁所。他解開褲子正要屙，記起皮校長屋裡有尿桶，就收住尿液去他屋裡小便。他來到皮校長門口，隨隨便便說：「皮校長，尿脹了，懶得往廁所跑，在你這兒來屙泡尿。」皮校長知他跟自己親近，說：「屙吧。對著桶壁沖，不要『通通通』沖得滿屋臭，你們年輕人有點凶……」一個物理教師也來關心自己當不當班主任，笑著說：「陽鯤屙尿把地球都沖得穿……」陽鯤跟他說笑，走進裡間，邊屙邊說：「皮校長，你好懶啊，尿桶滿了都不倒。」物理教師說：「你自覺點，快些把自己屙的尿提去倒了，皮校長這麼忙，給你提尿？」陽鯤心裡非常感激那教師：「不要你教，我曉得。」就提了尿桶去廁所。

我鄙視優化組合徒有改革之名而無改革之實，我憤恨皮校長利用手中小小權力變相貪污學校公款，我不腐敗反倒遭他扣工資，我連理也不想理他，怎麼能夠虐待自己的精神，像別人那樣天天去舔他！我的教學實力這樣強，教學聲譽這樣好，我就不信這回能夠把我組合掉！皮校長把我內心看得一清二楚，這次優化組合他堅決要把我整落！他決定陽鯤、梁抬石、梁明祿、梁秋蓮、梁長頸和皮雄獅等十五人作班主任之後，就開始規定每個教師的任課科目。每個教師最多只能擔任兩門課，興鎮完小語文教師過剩，他便規定我只教語文課。他知道陽鯤、梁抬石等人對我意見大，肯定不會聘任我作語文教師，梁明祿等人要聘任自己作語文教師，梁秋蓮要聘她新近的戀人作語文教師，梁長頸要聘他的剛剛師範畢業分配來校的兒子作語文教師，皮雄獅要聘他的鐵哥們作語文教師，這樣一來，我就失聘了。他知道我和我姐夫關係不太好，他料定我姐夫不會為我說話，就算我姐夫通過李局長干涉他的工作，他這回也要想盡千方百計收拾我！

開學前一天上午，皮校長在教工會上宣讀了他的《興鎮完小教師優化組合細則》，宣布了班主任名單以及每個教師的任課科目，要求班主任們最遲明天上午把自己班的科任教師名單交到學校來，以便學校填寫課程表。班主任個個高興說笑，在心裡決定他人命運；科任教師那些會前打聽到班主任聘任情況因而活動穩妥的，洋洋得意，笑看他人有好戲，那些會前沒有打聽到班主任聘任情況因而工作無著落的，都提心吊膽，心急如焚；而後勤人員都事不關己，高高掛起，都馬放南山，刀槍入庫，或逗小孩，或談穿戴，或開玩笑，或看究竟，心境頗為悠閒。

散會後，教師們穿梭往來，緊張活動，這裡嘰嘰咕咕，那裡咕咕嘰嘰。皮雄獅對我有些同情，聘了他班政治、英語、數學、物理、化學、地理和生物教師後，在心裡猶豫著語文和歷史教師的人選，他知道我剩下沒人聘，等著我去找他。

我知道優化組合是假改革，秋後螞蚱長不了，非常憤恨，非常鄙視。我不願像別人那樣，老早秘密打聽哪些人當班主任，然後去親近友好，我深受築台拜相、三顧茅廬這類歷史的影響，常常思考我們的社會何以沒有任人唯賢，現在明知自己會失聘，仍然在寢室獨坐，而不想辦法。皮雄獅見我沒去找他，恨起我的高傲來，決定不再等，而要聘別人。這時一個語文教師來了，玩笑說：「雄獅，要我不？」皮雄獅高聲笑罵道：「我ri你姑奶奶不要你，把你掛起！」那教師笑著沒說話，皮雄獅抱住他的肩膀邊走邊說：「ri媽你想我倆是啥關係，會把你掛起不啊？」

優化組合塵埃落定，教師們又聚在一起說笑。一個教師笑著說：「把人嚇他媽一跳，以為真的要辭退一半呢，結果只弄脫一個莊愛書。」梁長頸同情我，說：「他去向皮校長好說一下，皮校長完全可以改定他教歷史，皮雄獅那班還差歷史教師……」第三個教師說：「這回就是要把他掛起！我去跟梁秋蓮說，叫她多教一班歷史，把皮雄獅那班帶上。」說著就跑了。梁抬石笑道：「他經常喊改革，這下改到他頭上了，看他還喊改革不哇……」那專管保管室鑰匙的女工人說：「他說改成資本主義別人要討口，這下他才要討口！」

第二天逢場，皮校長在全鄉村小完小教工大會上宣布我失聘掃廁所，如果不服從安排，只領百分之五十的工資，我在會上和他大鬧。散會後，我回寢室獨坐，感到自己倒楣，感到人人對我幸災樂禍。我越倒楣越硬氣，越不向任何人乞憐，我堅決不市儈，得志就趾高氣揚，倒楣就卑躬屈膝。我又變得孤僻了，我惡見人影，惡聞人聲，只想離開學校，去往幽僻樹林躲藏。

我在鄉間小路獨行，後面來了幾個趕場回家的農民。他們問起我的失聘之事，都為我不平，既做了人情，又有了話說。我明白這是我平時藏著輕視，耐著性子，跟他們打招呼得來的回報，並非出自正義，假如我和他們沒有淺薄的見面情，皮校長把我莊愛書殺了，他們也不會為我不平。我認為世俗只講感情和利益，不講是非和正義，強盜可能成為他們的朋友，聖人可能成為他們的敵人。我不願真正和他們成朋友，況且我知道幾個農民的鳴叫無濟於事，我回答問話，懶懶敷衍，講說不平，掛一漏萬，最後放慢腳步，讓他們前行。

李局長見興鎮完小優化組合沒風浪，開學不久教育局又召開全縣校長大會，讓皮校長在會上發言介紹成功經驗。皮校長寫了幾天發言稿，字斟句酌寫好後，上午召開教工會，講了他要在全縣校長大會上發言的榮耀，下午就趕車進城去了。我憤恨不平，決定在校長大會上登臺講說我的教學實驗和失聘，揭開優化組合假改革的面具，第二天一早就趕車進城。

我來到會場外，老遠聽到皮校長高聲讀著他精心準備的發言稿，把他搞的優化組合講得非常完美，我怒火中燒，熱血沸騰，正要衝進會場，卻見臺下中小學校長濟濟一堂，臺上坐著賈書記、楊縣長、李局長等等，會場門口來回走著幾個身體健壯人員，好像專為防範莊愛書鬧事而作好了準備。我記起我在全縣幾千教職工大會上被人扭送公安局拘留的往事，我不敢輕舉妄動，猶豫一陣離開了。

我在街上徘徊，越想越不平，越想越憤恨，要不顧一切衝進會場！我又來到會場外，這時大片人流從門口出來，要到全城最豪華的賓館理所當然地公款吃喝，皮校長走在人流中，校長們圍著他邊走邊討經驗，教育局鐘主任拿去他的發言稿，要在教育局的《教育簡報》上發表。我連忙躲開，打算下午去會場登臺講演，但是又想下午皮校長不會再發言，我已經錯過鬧事的最好時機。我為自己的膽怯找到了退縮理由，就去趕車回興鎮。

我岳父聽說我落聘，打算低下架子去找皮校長說情，可是心裡很不是滋味。他退休回家，手裡沒權，連招呼他的人也少了，他難受炎涼，很少上街。他慪我不聽話，真想不管閒事，但是我的工資本來很低，如果只拿百分之五十，全家更要挨餓。他猶豫幾天，終於買了一瓶糖水梨子罐頭，一瓶糖水橘子罐頭，一瓶豬肉蘑菇罐頭，一瓶低價白酒，裝在人造革提包裡，撐著笑臉來見皮校長。

如今皮校長哪會把他當人物，但是一見他連忙熱情請坐，噓寒問暖，感情非常深厚，點兒也看不出世態炎涼。二人閒話幾句，我岳父說出來意，皮校長連忙講說政策，講說原則，講說優化組合的方案對事不對人，最後說：「吳書記，你是黨的老同志，我們的老領導，比我更懂黨性原則，黨的政策定下來，私人關係再好都沒法幫忙。」我岳父要拿出禮物，皮校長見瓶瓶罐罐一大包，價錢難值二十元，連忙按住他的雙手說：「吳書記，你拿回去自己享受！你拿回去自己享受！我嘴巴再大，不敢吃老領導……」

我爹不滿皮校長，找了許多道理來學校質問他，愛書犯了啥錯誤，你為啥不要他教書。皮校長說：「老太爺，不是我不要他教書，我給他定了語文教師崗位，但是老師們都嫌他，都不聘請他，我有啥法？優化組合是改革，全國都在搞，你有意見就到北京去找教育部，還可上訪黨中央……」我爹氣得一時無話說，皮校長差點笑出聲來，說：「你回去叫你的兒子服從學校安排，掃廁所拿滿工資，工作又不重，好好學習業務，好好提高水準，爭取明年優化組合有人要他。」

我爹把我叫回家，教育整整一下午，又說得我渾身潰爛，一無是處，這時鄰居來我家玩耍，說：「嘿，你到仁德中學去教書呢？那是你嚴大哥的學校，工資又高！」我說：「私立學校只是工資高，沒有絲毫前途。」我爹說：「那學校遲早要賣，公辦學校的飯碗不能丟。」鄰居說：「學校賣了，他就跟著他嚴大哥做生意呢！」我爹說：「另外說一個人還差不多，你說他！他點都不是做生意的料！」我做生意沒有絲毫興趣，連忙說：「我瞧不起做生意！」鄰居又獻策：「找你嚴大哥把你調到城裡的公辦學校！」我姐夫發財以來，許多人都讚歎他，巴結他，我姐回來經常誇嘴，我聽得非常難受，非常嫉妒，非常反感，現在雖然很想進城教高中，但是怎麼能夠去求他？我多希望通過面試、筆試和講課調到縣城中學啊，但是國家從來沒有這先例。我爹說：「算囉，還是老子厚起臉皮去跟你嚴大哥說一下喲……」他很慪我，責備我說，「你進城住旅館，都不去看你姐姐一下！每次你嚴大哥和你姐姐回來，你沒半點熱情，做起你那怠答不理的樣子！」

我爹背著滿滿一筐土產趕車進城看望女兒女婿。他剛攏，就遭我姐吵一頓：「你送這些來幹啥？我們有！你來看我後陽臺，關著幾隻土山雞還沒吃，你來看我廚房，這條野生魚是別人剛送來的……」我爹見廚房牆上掛滿去年冬天醃製的野雞、野兔、乾魚、香腸等等，說：「這些也是人家送的？」我姐說：「是啊！要吃，吃不完；要扔，又可惜。那些人都曉得醒夢跟曲書記關係好，一有事情就來找醒夢……嘿，昨天有個寶器才怪呢，他來找醒夢把他調進城，別說送東西，連煙都沒有一支！哪是稀奇他的煙？是看他的態度。醒夢是沒好氣呢，幾句話就把他趕出門，醒夢說：『我這麼忙，連他媽個屌沒名堂的瘋子都來找我！』……」我爹問：「醒夢哪裡去啦？」我姐說：「集團總部要遷到成都，他在成都忙事情，明天才回來。」

我爹看完女兒陽臺和廚房的豐盛來到客廳坐下，我姐拿出許多水果糕點，讓老父見識城市的榮華富貴：「這是芒果，外國運進來的，這是鳳梨，海南島產的，這是北京月餅，中央首長吃的，是用三十幾種高級食物做出來的，全部是特殊供應，就連水都是從幾千裡外的山裡運去的礦泉水……這樣吃，我教你，」她一把奪了老父右手的餅子放到他左手，「左手拿餅子，右手撕開一點包裝紙，輕輕咬一口，不要咬多了，然後右手趕忙接在下巴底下，把渣渣末末接到吃了，芝麻大一點都要值好多錢！你以為便宜啦，這是中央首長吃的……」

第二天我姐夫從成都回來，我爹看他心情高興，才用全部說話藝術，講起我優化組合落聘之事，小心翼翼求他調我進城。三年「自然災害」後，我姐和我該上學，家裡窮得買不起鹽巴煤油，我爹重男輕女，讓我姐在家割豬草掙工分，只送我讀書，我姐和我姐夫都慪我爹偏愛我，現在見他又為我操心，氣不打一處來。我姐夫千言萬語忍在肚子裡，緊閉嘴巴不說話，我姐說：「你一輩子保他，他給你爭氣沒呀？興鎮那些人一進城來，就向我們反映他，把他說得稀屎爛臭，我們的耳朵啊，天天難受啊！要不管，又骨頭連住筋；要管，別人又該說他……」我姐夫實在忍不住，訓我爹說：「我的事情這麼多，你替我考慮過沒呀?!他是你生的，愛家就不是你生的？他給教育部寫信，一下整掉全縣兩個億，書記縣長局長校長們一提起他就叫罵，他的名聲那麼臭，哪個把他調進城？他挨罵，我都受他多少連累！」我姐說：「那些當官的，一見了醒夢就說，『你那個爛舅子啊，整脫全縣兩個億呀！』……」我爹忍氣吞酸，又跟女婿求情說好話，我姐夫才決定開車送我爹回去，他要好好訓斥我，只要我服軟，只要我願意改邪歸正，他可讓我停薪留職，在仁德中學教兩年，今後把我調到城裡公辦學校。

我多想一步跨到北京高層文化單位工作，跟全國名人、社會精英廣泛交往啊，但是我必須全國有名，才能實現理想。我決定領百分之五十的工資全心創作《精衛銜微木》，一夜成名，調到北京。我想：「寫小說是個人勞動，只要有那天賦，任何人無法阻止我寫出一部好作品，不比教學實驗，和學校關係不好，他們不讓你搞，和教育局關係不好，你幹出成績，他們不宣傳不推廣。」我知道文壇也有關係、金錢、美色、機遇等等，但是還有作品品質，有的草根憑著一部好書一夜走紅，成為名家。

我決不十天磨一劍，磨出一堆破銅爛鐵，我要十年磨一劍，磨出龍泉或太阿。我不稀罕暢銷小說，這種小說或因迎合時勢，題材搶眼，依靠國家力量而走紅，或因情節離奇，口味大眾，依靠淺薄讀者而暢銷，或因宣傳有力，策劃有方，依靠商家攪動市場風雲而賺錢，但是終因沒思想、沒藝術、沒生活而成為過眼雲煙。我也瞧不起那些靠後臺、靠金錢、靠上天入地的社交本領而混出名的作家的作品，這些作品有的忸怩作態，故弄玄虛，假裝深奧，有的堆砌文言，增加「典雅」，活像醜婦塗上厚厚脂粉，有的假意虛情，宣傳政治，一本本毫無深度，毫無文采，甚至敘事不清，邏輯不通，粗製濫造，不堪入目。我更瞧不起那些連一個小縣城也有幾十人出版的自費書，作者們為了職稱、工資和精神安慰，搜刮枯腸，拼湊文字，有的比筷子薄，有的比磚頭厚，統統沒有一句內容與見地，徒然浪費紙張和時間。

我姐夫和我爹在興鎮下車來到我家，我正在屋裡寫小說，聽得他們說話聲，又寫了一陣，才去請坐。我姐夫問我失聘情況，我講說優化組合的弊漏，講說皮校長的飯店，講說眾人的蠅營狗苟，我姐夫說：「不要舉世皆濁唯我獨清，不要舉世皆醉唯我獨醒！會怪，怪自己；不會怪，怪別人。老弟，只有個人適應環境，沒有環境適應個人，你再不回頭，這輩子還要吃大虧……」我爹插話說：「我經常跟你說，個人強不過社會，做人要隨大流，你連半句都不聽！老子深怕你走彎路，把我一輩子的經驗教訓給你說完，只爭沒把心子肝子挖出來給你看……」我講說屈原，講說陶淵明，講說伽利略和布魯諾，我姐夫好忙，哪有時間聽我講書，說：「你是書呆子！你只會讀幾本死書，根本沒有讀懂社會這本大書……」我跟朝鮮伊朗一樣，越倒楣越自尊，越倒楣越硬氣，連忙說：「你才是真正的書呆子。你讀社會這本俗書很聰明，讀得非常好，所以能占國家和社會許多便宜，但是拿到人類知識思想的結晶這種書，一下變呆了，點兒也不懂。你這才是書呆子——讀書的呆子……」我姐夫忍住憤怒站起來：「我要回了！」我爹連忙勸留，我媽從灶房端出醪糟雞蛋，說再忙也要吃了走，我姐夫說他胃病不能吃，掙脫我爹我媽的拉勸，就去場上開車回城，我爹只好跟在後面，送他老遠，不斷勸他大人不計小人過。

我爹送客回來責罵我：「娃娃，你嚴大哥還說叫你到他學校教兩年，今後把你調到城裡公辦中學，你才這樣罵他……你嚴大哥公司那麼大，連縣委書記都跟他打得火熱，好多人想盡千方百計都難靠攏他，你擺著這麼好的條件不利用啊！你這是自自然然的親戚關係，又不是像別人那樣，毫不沾親，相隔十萬八千里，生拉硬扯認攏的親戚關係……你活成孤家寡人了啊，你門前在長草了啊！你把社會得罪完，連自己的親姐夫都要得罪啊……」他用拳頭咚咚捶打胸脯，「我啊我啊，我前世不知幹了啥壞事，這世才生了你這冤孽啊……」

我怕我爹捶斷胸骨，心裡不斷祈禱，望他不要再捶打。我真想改弦易轍，順從社會，我懷疑自己，有點動搖：「難道舉世皆醉唯我獨醒？難道舉世皆濁唯我獨清？」我想到我十幾歲時懷疑國家走邪路，料定歷史不可能永遠那樣下去，結果事實證明我正確。我想到我上學路上講說鴉片戰爭給中國帶來現代文明，被同學譏諷，遭學校批鬥，可是現在的歷史課本對鴉片戰爭的論述幾乎與我原話相同。我想到我在師範學校勞動時，跟肖老師討論地心吸引力，肖老師和同學們都說我腦子有毛病，可是後來我跟一個讀過大學物理的教師說起這事，那教師說大學物理課本就有這樣一道思考題。我想到我常常思考社會人生，每有深見，正欲為文，又從中外先賢書裡讀到相同認識，我只好輟筆。我記起師範學校同學們搶飯，記起師範學校的游泳課，記起興鎮完小教工食堂圍灶頭，記起我寫信揭發全縣作假，遭到多少人憤恨和叫罵，記起全中國請客吃飯收禮錢的醜陋風俗……我對自己說：「是的，舉世皆醉唯我獨醒，舉世皆濁唯我獨清！」

我更加自信，更加倔強，別說興鎮，就是崇原全縣幾十萬眾加起來，也休想改變我一絲一毫！我知道我不與社會合流，註定要吃虧，註定要倒楣，但是我拿定主意，寧願吃虧倒楣，也決不與世俗同流合污。

22 王玩蛇發功治貴病，嚴醒夢克己攀高人。

我姐夫去興鎮場上，一路有人尊敬，佩服，誇讚，請他去家裡耍會兒。他一路應酬，站著說話，好不容易才來到他的小車旁。

他正要上車，王書記和梁鄉長忙來請他去做客，說他們派人在梁漁子船上買來幾條野生魚。他再三推謝，王書記說：「嚴總，這個面子無論如何你要給！」梁鄉長笑著說：「嚴總，你是我們興鎮的人，家鄉感情要講！」我姐夫說，公司總部遷成都，許多事情等著他，說著打開車門就上車。王書記想當組織部副部長，要找我姐夫給曲書記說話，現在眼看大事要落空，不顧滿街子民盯著他，連忙跪到車前說：「嚴總，你不領情我就不起來！你不領情我就不起來……」梁鄉長也想攀上我姐夫，見王書記跪在車前，也連忙去跪下：「嚴總，你總不會從我們身上開過去！你總不會從我們身上開過去……」我姐夫哪有時間去鄉政府做客啊，但是王書記梁鄉長當著這多人給他下跪，他喜歡這體面和榮耀，再忙也要領人情，於是下車說：「好，去坐會兒！但是時間不能長了，最多一小時。」王書記梁鄉長連忙起來陪他去了鄉政府。

我姐夫完全明白，如果他沒攀上曲書記，王書記梁鄉長萬萬不會跪請他。多年來，他切身體會萬般皆下品，唯有當官高，他攀上曲書記以前，儘管已是全縣首富，地位不如一個小股長，每次宴請當官的，他都坐在最下位，從來沒有含糊過。華龍集團涉足川西水電、涼山礦產和成都房地產，他已成為省內富豪，但是掌權部門照樣要卡他，他每座廟子都磕頭，每個菩薩都燒香，官員們吃了玩了拿了，仍然不給他做事，仍然東推西踢拖時間，有時一份申請蓋了百多個公章，還是遲遲批不下來。李殺敵父母樹大根深，官場關係很廣，李殺敵已經升任廣東省委副書記，我姐夫給他父子送的禮品禮金不下一個億，他打算把企業法人變更為他的妹夫，自己退到後臺掌控，趁著年輕去考幹，利用李殺敵這一寶貴資源當上高官，不僅地位更高，光宗耀祖，而且以權謀私，庇護華龍。

崇原國土局還可擠進一名副局長，崇原縣許多人忙著送錢，激烈競爭，縣委幾個常委、兩個副書記三個副縣長、組織部、人事局、編制辦和國土局長都想大撈一把，要在在職人員中提拔調任。我姐夫聽得消息，忙把曲書記約到成都玩耍，說了他棄商從官的打算。曲書記問他多少歲，他實際年齡四十歲，身分證年齡三十歲，便說剛滿三十歲。曲書記問他經濟管理專業函授畢業沒有，他用十萬元買到本科文憑，現在說早就畢業了。曲書記回到崇原，立即指示這次國土局進人必須按照中央要求，打破原來的提拔調任慣例，面向社會公平、公正、公開招聘，並且親自對應聘條件作了嚴格規定，要求應聘者必須同時具備下列四個條件：一，年齡剛好三十歲；二，經濟管理專業的大學本科學歷；三，有資產超過五十億元的民企總裁經歷；四，本縣戶籍。招聘通知發出後，許多人對副局長一職望而卻步，只有三五個瘋子傻子報名應聘，結果由我姐夫穩奪魁首。我姐夫在國土局副局長任上幹了不多久，很快當上正局長，副縣長，縣委副書記，他得隴望蜀，天天想著通過李殺敵攀上省委一把手鄒男根書記。

這天他專程飛往廣州，來到李殺敵辦公室。殺敵正在說電話，兩個開發商共同請他今天中午吃飯，他擺不脫糾纏只好答應了。他說完電話，聽我姐夫想結識鄒書記，他和鄒書記不很熟悉，就告訴我姐夫，王玩蛇大師跟鄒書記關係非同一般，建議我姐夫先學習大師的華夏盤古功，他在適當時機帶他去見大師，然後由大師介紹他認識鄒書記。我姐夫先前聽說大師雜耍出身，曾因行騙在家鄉坐過兩年牢，他懷疑大師跟鄒書記有深交，因此有點無動於衷。殺敵便講說許多高官富商爭當大師的徒弟，大師只收省部級以上官員和百億級以上富商當徒弟，而且要行跪拜禮，他叫我姐夫爭取成為大師第八十八名弟子。我姐夫聽說大師這等了得，就答應學習華夏盤古功。

二人正說著，李殺敵電話又響了，是一個年輕女子的溫柔聲音，殺敵跟她說一陣，叫她中午到藍天賓館來吃飯，女子高興答應了。殺敵剛剛放電話，電話又響了，又是一個年輕女子的溫柔聲音，殺敵也請她一道吃飯。我姐夫玩笑道：「你現在比原來開放了。」殺敵說：「沒辦法。社會在變，個人也要跟著變，許多事情身不由己，言不由衷，跟著混啊……中午你也一道去吃飯。」

藍天賓館四十六樓豪華的雅間裡，兩個開發商把上位留給李殺敵和他的兩個情婦，他們坐在最下位，邊說黃話邊等李書記赴宴。一會兒李殺敵帶著兩個十八九歲的漂亮女子以及我姐夫來了，兩個開發商連忙站起來熱情請坐，殺敵在臨窗上位坐了，兩個女子坐在他左右，我姐夫挨著開發商坐下。

殺敵剛一落座，就笑著對兩個開發商說：「這兩個小女子需要扶貧，」他指著左邊的女子，「天龍你的房子修得好，給她送一套別墅，」又指著右邊的女子，「地虎你買的小車不錯，給她送一輛勞斯萊斯。」兩個開發商知道李殺敵已在心裡答應幫他們辦事了，非常高興，連忙同意。說話間，服務姑娘早已端來滿桌佳餚，拿來幾瓶美酒，眾人喝酒吃菜，兩個女子有的端起美酒微開櫻桃喝半口，嬌滴滴將殘杯送到書記唇邊，有的夾來佳餚大張玉齒咬一截，情綿綿把剩菜餵進情夫嘴裡。

王玩蛇大師自幼腦子機靈，活潑好動，十二歲耍魔術，隔空抓蛇、空盆變寶、撲克變錢等等，把邑人糊弄得神魂顛倒，眾口叫奇。大師十四歲耳朵聽字，全國大小黨報頭版報導後，省委書記帶著隨從親到竹籬茅舍看望他——許多黨報登了照片，書記坐在床邊，大師父母坐在書記左右，大師站在書記腿前，隨從們沒有坐處，就站在門口——鼓勵他積極向上，用自己的人體特異功能為祖國四個現代化作貢獻。

大師果然積極向上，後來不僅能耳朵聽字，而且能鼻子嗅字，背脊看字，腋窩猜字，腳趾摸字。全國媒體紛紛報導，衛生部和國家体委派人專車接他到北京做試驗，大師幾次試驗成功，全國許多高官、巨賈、明星、記者爭看大師的特異功能表演和隔空抓蛇絕技，北京兩所著名大學成立了專門的研究所，用科學實驗證明大師人體特異功能的真實存在。一九八二年五月十八日，大師由人引到北京西山葉劍英元帥的別墅，專為元帥作表演，從此名聲更大作。

大師的特異功能越來越厲害，他能發出功力打飛機打火箭以及戳死外星人。一九八三年六月二日，國防科工委把他招聘到國家航天醫學工程研究所，讓他享受專車、專宅、專職人員服務的國寶級待遇，將他的人體特異功能用於國防事業，讀者您若不相信，請去單位查檔案。大師剛到國家航天醫學工程研究所不久，就用身體發功，摧毀了萬里之遙的美國針對我國的尖端武器，並且戳死幾十名妄圖顛覆我社會主義中國的敵特人員，為我國國防事業做出了巨大貢獻。

大師成功後，全國這裡那裡紛紛出現各種身懷特異功能的奇人，有的用自己的意念指揮手錶、鋁片和蒼蠅進出別人的腦袋，有的頭頂鋁鍋接收宇宙資訊，用宇宙語跟外星人對話，有的在省公安廳長親自監督下，隱身入壁盜走公安廳保險櫃裡一萬元，而保險櫃完好無損，公安廳長佩服得當場跪下當徒弟，有的在幾千里外發功熄滅大興安嶺那場著名的森林火災，有的用天眼看穿山體，探明礦藏，省了地質科學家們多少汗水和腦力，有的用氣功治好成千上萬人的癌症等等。

有人懷疑人體特異功能，但是遭到國防科工委副主任張震寰將軍的批評，著名科學家錢學森給黨中央寫信說，「以黨性保證人體特異功能是真的，不是假的」，全國六十八所大學和三十八個研究所共計一千多名科研人員研究人體特異功能和中醫氣功，一百多家新刊物如像雨後春筍冒出來，專門刊載人體特異功能和中醫氣功研究的文章。全國興起練功潮，從農民到高官，從孩子到老人，人人都想練出特異功能，有的大師門下弟子幾千萬，弟子們人手幾本練功書，每個大師單是出書，就成巨富。

我姐夫從廣州回來，買了王玩蛇大師幾本磚頭厚的練功書，把那些雲天霧地的神話琢磨完，只收穫了幾個名詞術語，又電話聯繫李殺敵。不久他和殺敵同到北京華夏盤古練功中心拜見大師，大師在他豪華寬大的辦公室喜氣洋洋，正跟總書記的妹妹說電話。二人不聲不響坐到沙發上，我姐夫觀察大師，只見他臉上脂粉非常厚，香氣沖出辦公室，額上頭髮往後梳，亮出女人髮際來，蛾眉畫得很細長，眼睛笑成豌豆莢，鷹鉤鼻子抵玉齒，嘴角扯到兩耳根。

大師說完電話，看我姐夫一眼，李殺敵連忙介紹，又高度讚揚大師。我姐夫嘴上奉承，心裡總想大師是神棍，大師見他不虔誠，打通電話對人說：「你在哪裡……我問你在哪裡……二十分鐘趕到我辦公室來！」便放下電話，不容對方說困難。果然一會兒，門口出現一個中年男人，他叫了大師，進來走向沙發，大師指著門口一把椅子說：「就坐那兒！」男人退回兩步，坐在了椅子上。大師介紹說：「這是河北省委政法書記張超越。」接著又介紹李殺敵和我姐夫。三人起身握手，親熱寒暄，然後各回原位。大師開始作指示，張超越連忙拿出筆記本，在大腿上認真做筆記。大師說，邯鄲商人鄒大勇，自從和他爭奪香港地皮以後，不再認師，不再學習盤古功，甚至雇兇殺師，大師現有鐵證，要張超越馬上法辦鄒大勇。

我姐夫看得目瞪口呆，張超越走了後，他連忙跪下懇求大師收他為徒弟。大師再三不收，殺敵幫著求情，求了很久，大師才說：「好，看在老首長和殺敵情面上，圖個吉利，八八，收你為關門弟子！」說著拿了自己新近出版的自傳扔給我姐夫。我姐夫接了自傳，起來坐在沙發上，跟殺敵一同翻看，齊聲嘆服。自傳除了少量文字，全是大師喜氣洋洋抱著一個個外國總統、我黨政要、世界巨星和全國首富們肩膀的一張張合影！

大師來沙發坐在二人身邊，指著一頁高興說：「這是蘇哈托總統和夫人跟我的合影！總統在釣魚臺國賓館請我治病，國務院派人陪我去，我到門口看見總統和夫人坐在沙發上，我伸手一抓，從他身上抓下雞蛋大一塊惡性腫瘤，總統頓時感到身體好轉，連忙站起來和我擁抱，流著熱淚說，『大師啊，你不僅為我本人，更為我國幾千萬人民造了福，我還有很多工作沒有完成呢！』……」

我姐夫崇敬地問起大師在航天醫學工程研究所的情況。大師說：「我用氣功打掉美國火箭導彈和飛機後，美國中情局派人偷偷來中國挖人才，贈送給我八十張綠卡，請我到美國定居，但是我要愛黨愛國，當面怒斥美國佬……」我姐夫小心翼翼問道：「大師，中情局給您一張綠卡就夠了，給八十張幹嘛？」大師生氣道：「我有徒弟呀?!他們搞策反，叫我帶徒弟到美國呀?!」我姐夫還有許多不解，但是見大師生氣，不敢再問了。

第二天，李殺敵帶著我姐夫去人民大會堂聽大師作報告。報告會只能局級以上官員及其眷屬參加，許多處級官員聽說大師現場發功治病，到處拉關係找門路，結果一個也沒混進門。殺敵父母當然來了，老首長和夫人跟其他那些退居二線的開國元勳、在職的國家級省部級坐在最前面，後面是大片廳級官員和眷屬，整個會場約有千多人，大家為黨為國做貢獻，完全應該身體健康，長命百壽。

臺上，大師聲音洪亮，口才很好，大講他如何把失去生命體徵已經運往火葬場的死人用奇功挽救回來，如何在幾千人的報告會上現場發功，使瞎子頓見光明，聾子立聞聲音，啞巴當場說話，瘸子會後奔跑。接著大師看一眼臺下大片比他爺爺還老的開國元勳和比他父親還大的在職官員們，用字字緩慢句句悠長的神的聲音說：「我要開始發功啦——，我是你們的父親——，你們是我的兒子！你們必須像兒子服從父親那樣——服從我，才能驅除疾病，身體健康……」許多老首長無比虔誠，果然在心裡把他當父親，病痛立即全無，精神頓時爽朗，高興得左右言說，齊聲頌好，只有幾個沒在心裡把大師當父親的官員，痛仍然痛，癢照舊癢。

報告會結束，大師離開座位，出去上車，臺下前排的首長們連忙蜂擁上臺，有的搶坐大師的椅子，有的搶喝大師的剩茶，有的爭奪煙灰缸裡的煙頭，美玉煙灰缸掉在地上摔得粉碎，廳局級官員們也想去搶，但是他們混跡官場，懂得規矩，只好恭讓上級了。

我姐夫被大師徹底征服了：「難道元帥將軍們是傻子？難道全國那麼多精英，智商不如我？」他不再猶豫，決定馬上送去拜師禮。他買了一輛寶馬，大師再三不收，說省長部長排隊見他，他有哪些徒弟送他勞斯萊斯，哪些徒弟送他蘭博基尼，他的豪車要不完。我姐夫又加上幾根金條，百萬現鈔，再三懇求，大師這才勉強收下拜師禮。

我姐夫要大師把他引薦給鄒書記，大師心裡說：「一個小小的縣委副書記，送這點兒禮，就要我把他引薦給鄒書記！」他不願徒弟佔便宜，把我姐夫引薦給了成都市委呂書記。大師還認為徒弟佔便宜，幾個月後，我姐夫帶著張昕去他家裡玩耍，大師看我姐夫脖子上的鑽石項鍊價值幾千萬，便要拿來觀賞幾天，我姐夫只好取給他。

我姐夫發財當官，保養很好，又穿一身世界名牌，早不見幼時傻相。他和呂書記相識後，呂書記見他高大帥氣，心裡喜歡，常跟他喝茶，吃飯，打牌，坐飛機到國外度假打獵。

這周星期天，呂書記約我姐夫晚上去他家打牌，我姐夫見他家裡空空蕩蕩只有他一人，便問：「王主任呢？」呂書記說：「到她閨密家裡過夜去了。」我姐夫又問：「趙姐呢？」呂書記說：「回家去了，我放她一晚上假。今天晚上你就在這裡睡覺……」我姐夫見領導對他如此親密，自然答應，正要叫呂書記約人來打牌，呂書記叫他去參觀他的臥室。

我姐夫正在讚賞臥室豪華，呂書記笑著說：「床上坐。」我姐夫有點莫明其妙，但是官場講服從，他怕得罪呂書記，只好尷尬坐在床邊。呂書記抱住他的肩膀低聲說：「耍會兒……」說著激動地動起手來。我姐夫恍然大悟驚呆了，他想呂書記坐在臺上好端莊，講起話來好高大，平時樣子好威嚴，老百姓跟他說話驚驚惶惶，結結巴巴，卻滿滿裝著一肚子髒屎！我姐夫感到無比厭惡，無比噁心，差點嘔出飯來，連忙衝出臥室，逃往樓下，可是經過客廳，卻又坐到了沙發上。

我姐夫知道呂書記是鄒書記的親信，鄒書記一個念頭，一個電話，一個書面批示或者幾句當面指示，就能讓他飛黃騰達。他記起多年前在我岳父家拜年，我講的那段抗戰時期胖朋友瘦朋友的故事，他不能像瘦朋友那樣吃傻虧，而要像胖朋友那樣包容寬忍，他要忍住噁心和呂書記逶迤周旋。他想著他的遠大前程，想著華龍集團，想著他的家庭和親友，心裡歎道：「唉——，這地獄我不下誰下，這苦海我不渡誰渡！我不是紅二代富二代，天生養尊處優，名氣地位和金錢從娘肚子裡帶出來，我只能隱忍奮鬥，刻苦競爭……」

他正想著，呂書記從臥室出來坐到他身邊，左手抱住他的肩頸講說許多著名人物同性戀，右手開始忙起來。我姐夫忍住噁心，尋找理由安慰自己：一切存在都合理，世界本來就豐富複雜美醜並存，惟其如此，人生才這樣五彩絢麗，免去了多少平淡無奇和單調……

呂書記玩夠我姐夫，與他同床聊天。我姐夫打聽鄒書記的家庭情況，呂書記說：「鄒書記父親去世早……」正要講說鄒書記和母親關係不好，母親在他單位自縊而亡，還要講說鄒書記嫌他夫人，去年次子鄒陬留下斷絕父子關係絕情信離家出走，獨自一人在外住賓館，全靠鄒書記夫人寄錢生活等等，但是他不能損害領導的光輝形象，因此停了一下說：「鄒書記的長子叫鄒洇，掌控一家跨國集團公司，是世界有名的企業。鄒書記的幾個兄弟侄兒外甥都能幹，在北京、天津、上海和香港都有跨國集團公司……」我姐夫忍著巨痛注意聽，無奈屁股流出很多血水，染紅了呂書記床單一大片，說：「哎喲，可能要感染！」呂書記翻身起床：「我去拿藥水。」

我姐夫定下一席總統宴，通過呂書記宴請鄒書記全家。席間，我姐夫聽說鄒洇的北京東晨集團在金鼎山開發的旅遊項目停建，便問原因，鄒書記說：「年輕人一時衝動，沒有考慮到那地方位置偏僻，風景平平，投進巨額資金，將來遊客不多……」我姐夫也知道金鼎山沒有旅遊開發價值，但是努力尋找金鼎山的種種優勢，故意談出不同看法，說金鼎山旅遊前景很可觀，表示願意馬上購買這個停建項目。鄒書記全家以及呂書記都心知肚明，也不十分反對我姐夫的看法，我姐夫幾次三番問鄒洇，金鼎山停建項目要賣多少錢。鄒洇在金鼎山只搞了一點前期基礎建設，連同征地和搬遷，所用資金不過五百萬，便說：「我投進去的資金不下一個億，你只給我五千萬吧。」我姐夫欣然同意了。

幾天後我姐夫邀請鄒洇喝茶，說：「我倆好朋友，不能讓你吃虧，既然你在金鼎山投資一個億，我就給你算一億！」鄒洇見他仁義大方，與他越談越親熱，漸漸小了距離。我姐夫回到公司，與妹夫熊總講起購買金鼎山停建項目之事，熊總認為他犯傻，堅決反對，我姐夫知他為人穩重，嘴巴很緊，低聲說：「這是一個高幹子弟的……」其時許多騙子冒充高幹子弟到處行騙，熊總提醒他警防上當，我姐夫心中有數說：「就算白丟一億吧。」熊總又再三陳說開發金鼎山陷進鉅資沒價值，我姐夫說：「放在那兒不開發！」

我姐夫經常設法去鄒書記家裡，送去貴重禮品和購物卡。他留心鄒家每個成員的說話、舉動、喜好和習慣，每次從國外回來，都帶去他們各自喜好的名貴特產，努力討他們喜歡。他注意發現鄒家哪些事情應該做，哪些東西需要買，就主動幫忙，悉心辦理，儼然成了大管家。他努力改變自己，適應他們，努力誠實穩重，忠心耿耿，鄒書記夫婦暗中考驗很久，果然相信和喜歡他了。

其時華龍集團成立川西水電公司，耗資幾十億建成幾大水電站已經產電，我姐夫怕他和鄒家剛剛建立起來的那點兒感情冷下來，又將川西水電公司百分之二十的股權送給鄒氻的北京東晨集團，聘請鄒氻的岳母作水電公司的掛名高管，替女兒女婿代持乾股，年終分紅，然後由鄒氻將錢轉給鄒書記。

鄒書記老婆又黑又瘦，是他貧賤時的糠糟妻。鄒書記常懷離婚打算，儘管他不露聲色，深藏厭惡，黑臉婆還是明察秋毫，因此在全世界幾十億人裡，她最瞧不起的人就是鄒書記，鄒書記每說一句話她都非常反感，每做一件事她都竭力反對，倘若家裡無客人，她就在嘴上叫罵，不是說鄒書記馬屎皮面光，就是說鄒書記連狗都不如，倘若家裡有客人，她就在心裡叫罵，不是微微癟嘴，就是把臉轉開——自然，這需相當細心才能發現。一日，我姐夫在鄒書記家裡吃飯，大家說到鄒書記老家，我姐夫問：「老夫人怎麼沒來成都生活呢？」鄒書記說：「老人家不喜歡城市，獨自一人在老家農村……」黑臉婆連忙揭露：「你老娘……」終於沒有說出後半句。鄒書記繼續撒謊：「但是她老人家身體非常健康。」黑臉婆忍住厭惡，遞給鄒書記一張紙巾：「把嘴擦一下！」鄒書記心裡仇恨加一層，但是嘴邊的確不雅，猶豫一下終於接過紙巾擦了嘴。

我姐夫心裡不像先前那麼神聖鄒書記了，但是他要依靠鄒書記的權勢，因此在鄒書記面前仍然恭敬親熱，仍然誠惶誠恐，忠心耿耿。他聽呂書記說鄒書記愛收乾兒，打算拜鄒書記夫婦為乾爹乾媽，這天他又宴請鄒書記全家，他給鄒書記夫婦斟酒後，端著酒杯說：「鄒書記，我有一個夢想，想請您圓夢……」鄒書記說：「你講。」我姐夫說：「鄒書記德高望重，才智超群，為官哪裡，造福哪方，群眾心口齊頌，我想拜寄給鄒書記和夫人，以便時時受教，經常學習，萬望乾爹乾媽瞧得起，收下乾兒……來，乾了這杯！」鄒書記已經收了幾個乾兒，多了嫌麻煩，說：「算啦，收什麼乾兒，就保持這樣的關係！」我姐夫急了，不停向鄒書記夫婦輕晃酒杯，又不停用眼神向鄒氿求助，說：「乾爹！乾媽！我已經叫了，再難改口，大人有大臉，小人有小臉，請乾爹乾媽賞個臉！」鄒書記想他購買鄒氿虧本項目，又送川西水電乾股，就端起酒杯不高興說：「今後在公開場合不准這樣叫！」我姐夫連忙說：「這當然！這當然！乾兒不是傻子，乾兒懂得低調……」

我姐夫攀上鄒書記馬上就要前途無量，他從來沒有今天這樣自豪，從來沒有今天這樣幸福。他想到我的執迷不悟，仍然走在錯誤的人生道路上，他覺得我多麼幼稚可笑。人際關係決定一切！他要抽時間寫一本厚厚的大書，建立一門系統學術，這門學術叫做「人際關係決定一切學」！

我姐夫閒暇寫了千字短文，打算作為他將來要建立的「人際關係決定一切學」的組成部分，他非常滿意，隨時帶在身邊，小車裡，飛機上，不時拿出來讀一讀。這天他去乾爹家，要讓乾爹欣賞他的文章，不料鄒書記不在家，他拿出文章讓乾媽轉交乾爹。黑臉婆想鄒書記寫東西錯字成堆，連篇病句，她幫他糾正不少，才沒鬧出笑話，她接了我姐夫的文章，癟著嘴巴低聲說：「他！」千言萬語不說了。

黑臉婆跟鄒書記的仇恨與日俱增，她知道鄒書記在黨內拉幫結派的驚天祕密，知道鄒書記巨額受賄的關鍵線索，知道成都新區開發的許多官商勾結內幕，知道全國活摘人體器官祕密商業通道在成都的網點，如果鄒書記把她逼急了，她就要喊出這些驚天祕密。

我姐夫同情乾媽，打算勸說乾爹，又怕乾爹不高興，終於沒有妄動。他不再是學生時代的嚴醒夢，他要戰勝良心，站在乾爹一邊！張昕在北京已經走紅，雖然全國媒體不斷叫罵，但是「市場就是硬道理」，她主演的《天鵝之歌》和別的幾部影視，每部票房收入好幾億。我姐夫仍然深愛張昕，但是為了自己的前途，他打算把張昕介紹給乾爹。張昕是漂亮的電影明星，又比乾爹年輕三十幾歲，乾爹定然喜歡。他主意拿定，第二天就坐飛機去北京。

我姐夫和張昕一陣瘋狂後，躺在床上抱著閒聊，他不停誇著鄒書記的權勢地位才能和體貌。張昕對鄒書記不感興趣，幾次聊起別的事，話題都被我姐夫扯回來。張昕說：「嚴哥，你這是啥意思？你要我跟鄒書記結婚？」我姐夫說：「正是這個意思。」張昕憤然掀開他，側身轉到一旁去。北京成千上萬男人追求她，她每天用盡心機，好不容易才躲開男人們的追求，不料嚴哥要踢她，她默不作聲，淚如泉湧！我姐夫在她背後又抱她：「乖妹妹，聽我把話說完……」張昕愛恨交加，真想和我姐夫一刀兩斷，但是她像染上鴉片，深深愛著我姐夫不能自拔。我姐夫說：「你嫁給他，地位比現在高，金錢比現在多，天天榮華富貴，不必再在娛樂圈摸爬滾打，受人叫罵。外國有個二十八歲的女大學生，嫁給八十二歲的諾獎物理學家，毫不費力擁有億萬家產，而且一下子全世界有名，這才算聰明，這才是智慧！假如她不嫁給那科學家，她一個女大學生像螻蟻，誰能知道她？」張昕生氣說：「我不要地位，不要名氣，不要金錢，只要你！只要你！只要你！」我姐夫說：「你嫁給他，我們仍然可以相愛。偷情永遠比結婚有味，情婦永遠比正妻可愛，我喜歡偷情的女人，我不喜歡賢妻良母。我就喜歡偷別人的老婆，我就喜歡給別人戴綠帽子！別說真偷，連說一說也無比幸福……」

鄒書記稍有閒暇就看《天鵝之歌》和張昕主演的另外幾部影視。他天天想著把張昕娶為正妻，或者弄來當情婦，他腦海時時出現張昕頗富性感、奪人魂魄的身姿，很有幾回說話做事差點犯下低級錯誤。他知道張昕演藝低俗，遭人叫罵，但是他想：「可以讓她淡出演藝圈，專職當貴婦……」他知道我姐夫認識張昕，好幾次差點向乾兒露心跡，希望幫忙撮合，但是他多麼端莊，多麼尊貴，多麼威嚴，多麼神聖，他不能輕舉妄動，讓乾兒把他看賤了。

這天，鄒書記在他辦公室看一陣文件又想起張昕來，他丟開文件拿起筆，畫著張昕性感的曲線，把胸部、臀部和那最可愛之處畫得非常豐滿，近乎誇張。正畫著，我姐夫打來電話，說張昕來到成都，很想今晚跟他打牌，鄒書記非常高興，一手接電話，一手用打火機燒掉紙上張昕，免讓秘書來看見。他和省委幾個常委原定今天晚上開會，和我姐夫說定今晚打牌後，又通知幾個常委，把開會時間改到明天晚上。

張昕懷上鄒書記的孩子了，天天打電話催逼鄒書記辦理結婚手續，可是黑臉婆死也不離婚。頤和園有處地方不對遊人開放，因為有人手眼通天，在此辦了私人會館，專供省部級高官和百億級富翁祕密聚會，我姐夫和鄒書記在這會館喝茶吃飯，商量鄒書記的棘手事情。鄒書記眉頭緊鎖，腦袋低垂，五指撐額，輕輕搓揉：「不管給她多少錢，她都不離呢！」我姐夫狠下心來，打算冒險，一面玩耍桌上手機一面說：「這事交給我！」鄒書記抬頭看著他：「你怎樣辦？」我姐夫用手機猛推茶杯，鄒書記一下明白。他惡恨黑臉婆擋住他和張昕的道路，憂慮黑臉婆掌握他的驚天祕密，天天打算派人弄死她，可是一直沒有合適人，現在我姐夫主動請纓，他自然高興：「你派誰？」我姐夫說：「我自己！」鄒書記說：「小心囉！」我姐夫說：「我知道！」

我姐夫買了一輛新車，這天打電話跟鄒書記閒聊。鄒書記說：「醒夢啊，在哪裡啊……在成都哪個地方？……忙不忙啊？……你乾媽？你乾媽今天和幾個女人開車到大邑鶴鳴山燒香去了……剛走的呀……嗯……嗯……嗯……好……好……祝你一路平安，萬事如意啊！」我姐夫和鄒書記打完電話，馬上開著新車去往鶴鳴山。他在鶴鳴山轉了一圈，看見乾媽的豪車，就把自己的新車停在不遠處，關著車窗在車裡等待。

等了很久，乾媽和幾個女人燒香出來上車回成都，我姐夫尾隨其後。剛剛離開鶴鳴山，幾個女人見路邊賣山貨，停車下來都去買，我姐夫見路段沒有交通監視設備，猛然開車從乾媽身上飛馳而過跑遠了。人們一片驚呼，都問：「看清車牌號沒有？看清車牌號沒有？」都說：「沒有看清！沒有看清！」

我姐夫很快從縣委副書記升任成都錦江區區委副書記、書記，又升任成都市副市長。

23 學校沒有清靜地，家庭豈是安樂窩。

我堅決不掃廁所，決定只拿百分之五十的工資在學校創作《精衛銜微木》。這天我正寫小說，五溝區教育辦公室譚主任像座巍峨肉山出現在我門前：「莊老師，你好你好，我來看望你……哎喲！又遭門框碰個包……」他揉著腦袋，小心翼翼擠進門，我連忙起身讓座，他拍著我的肩膀說：「你坐你坐，我坐床上，你那凳子我怕給你坐垮啦……」說著坐在我床邊。他輕輕搖晃木床，「該不會垮吧？」木床不堪重負，吱吱呀呀，發出隨時垮塌的警告。

譚主任最大的幸福是大油大肉，吃飽喝足，然後才是女色、住房、友誼、榮耀等等。他當主任，公款吃喝占他吃飯的百分之八九十，皮校長開辦飯店後，他來興鎮更勤了，而且每次帶著區教辦那些全靠關係調去的所有閒耍人員。他在席上，一邊敬酒說話，像個領導，一邊大塊夾肉，囫圇吞咽，吃到最後，大家個個吃飽，跟他敬酒之後，又端著酒杯敬別人，他不慌不忙，乘空端來盤盤碗碗，把各味剩菜全部倒在自己碗裡幾口裝進肚。

現在他知道我需要讚賞，坐在床邊用盡他的所有溢美之詞把我大大讚賞一番，然後和藹問道：「你在寫啥？」我多麼需要文學知音，多麼望人欣賞我的小說啊，連忙從抽屜拿出稿子開頭部分請他指導，等著他的中肯意見。我的小說起首便是那樣地真實精彩，而文筆又是那樣地優美流暢，他裝模做樣看一陣，一個字也沒進入腦袋，還給我說：「風景寫得不錯……」我的小說開頭根本沒有寫風景，我大失所望，沒有話說，他接著勸我：「不屌寫小說，還是去教書。」我大講分班吃虧，大講優化組合等等，希望他為我伸張正義，批評皮校長，他卻告訴我，白虎鄉有所村小無教師，叫我去那兒代課，他怕我不願去，說：「我跟白虎鄉說好了，你遭扣的那一半工資由白虎鄉負責給。你的編制和工資關係還是在興鎮完小，明年有師範畢業生分配到我們區，你就回來。」我真願一個人在偏僻村小教書，但是猶豫一下沒答應，說我要全心全意寫小說。他誠懇勸我：「不屌搞空名堂，作家不是凡人能當的。」我的志向豈止當一般作家，我想他連我的小說都沒看，根據什麼判斷我？我非常慪氣，很想一吐為快，明知他是一頭豬，卻大講我的小說的思想內容和藝術價值，大講我要創作一部流傳千古的文學巨著。他見我瘋了，笑著平靜說：「白虎鄉有個瘋子，小學畢業就務農，他去北京好幾次，要找中南海申請專利，說雜交水稻是他培育出來的，袁隆平盜竊了他的科研成果……你相信不哇？」

我拿滿工資尚且不能養活家小，現在只拿半工資，吃不起教工食堂伙食，也燒不起煤炭用不起電，更加用不起液化氣。我用瓦片鐵絲和稀泥做了一個小柴灶，從家裡背來糧食、蔬菜和木柴，在寢室每頓自己做飯。這天，我的靈感剛剛出現，正在妙思泉湧，筆吐珠璣，突然下課鈴響，學生從各班教室沖出來跑向蒸飯房，擠著尋找自己的飯盒，教工們在寢室拿了碗筷，忙去食堂圍灶頭，我才記起該做飯。我繼續行雲流水，飛快寫著，直到師生們吃完飯，學生到處追打跑玩，教工到處吹牛說笑，我餓得肚痛腸鳴，頭昏腦脹，才心煩意亂，怨氣沖天，「啪」地拍下鋼筆去做飯。

我急於馬上成功，認為做飯浪費時間，我看著上頓沒洗的鍋碗瓢盆，看著現在該洗的蔬菜紅苕，看著滿地灶灰和沒有劈開的木柴，看著許多要我親手去做的雞毛蒜皮小事，我做飯感到非常畏難。我打算回家寫小說，跟老婆孩子同鍋吃飯，但是我家窗子既小且高，窗下桌面非常暗，白天也得燃油燈，況且進出只有一間屋，吳繼祖和我的兩個雙胞胎兒子定會時時打擾我，況且我一看到吳繼祖呆笨就慪氣——別人家的傻子再呆笨，我點兒也不慪氣。我多羨慕賽凡提斯在監獄裡寫小說啊，不管飯食好壞，有人拿來。我眼紅那些有人做飯、營養良好的食肉饜肥之輩，住在高樓大廈裡，坐在明窗淨几前，搜索枯腸，絞盡腦汁，才寫出幾篇言之無物、狗屁不通的文字！我的大事只有少數人才能做，卻把時間浪費在多數人都能做的小事上，我恨老天瞎眼，社會不公，把我拋在最底層。

我拿起柴刀，狠劈木柴，砍得柴塊亂飛，砸爛鍋碗，砍得地板破爛，飛沙走石。我發洩一陣勸自己：「你到目前為止，沒有寫出任何一部作品，你憑什麼怨天怨地怨社會？你唯有戰勝困難，寫出傳世之作，如果命運還不變，你才有資格怨天尤人……」我點燃小灶，小灶沒有煙囪，柴煙彌漫斗室，熏黑鍋耳，熏黑蚊帳，熏黑牆壁，熏黑房梁，熏得我淚流滿面。我洗手切肉，拿碗端鍋，鍋墨染黑油手，油手染黑碗筷，染黑抹布，染黑盆子，染黑桶梁，染黑臉頰，染黑紙筆。

我只有一個瓦灶和一口鋁鍋，沒有條件和時間做炒菜，就把油肉糧食和蔬菜一鍋熬，天天如此，沒有變化。我每天用千鈞毅力做飯，常常做一鍋吃幾頓，吃到後來已變餿。我每頓懶洗鍋碗，丟到下頓，無法再挨，才去洗它，我知道滋生細菌，但是已成習慣。

這天學校放忙假，師生們急急如魚歸淵藪，匆匆像鳥放山林，都回家去收麥插秧。我和父母已分家，儘管我爹我媽天天指點吳繼祖，吳繼祖還是把田地種得一塌糊塗，同樣天地，同樣政策，別人糧食吃不完，我家糧食不夠吃，還到處欠著提留、化肥、農藥、種子、農具錢，等著我的工資去償還。我憂慮家裡農活，但是恨不能馬上完成小說，改變命運，我珍惜學校放假難得之清靜，不顧家裡農忙，獨自留在空曠的校園寫小說。

第二天，梁明祿來學校背他放在寢室的化肥，見學校只有我一人，不知我在搞啥鬼名堂，就裝著閒聊來看我。他翻看我桌上的小說稿，見我吃著冷陳飯，說：「其實你完全應該好過的……」他知道我想奮鬥，便「隨風潛入夜，潤物細無聲」，影響我說：「我們這些人，知足常樂。我最欣賞《真心真意過一生》那首歌，『何不平平淡淡活到老……不如輕輕鬆鬆過一生。』人生只有幾十年，我們多活一年，多拿一年國家的錢。」我心懷鄙視沒說話，他繼續說：「現在當教師有啥不好過啊！飯碗呢，只要不判刑，就永遠是鐵的；業務呢，不在人前不落人後就行了，中間水準是大多數；職稱呢，反正是教到老來，人人都是中級職稱；工資呢，有政策規定，一根杠子卡下來，想多給我拿一分不可能，想少給我拿一分也不敢；獎金呢，領導叫改多少本作業我就改多少本作業，領導叫寫多少頁教案我就寫多少頁教案，我不得罪他，他就不會扣我的。活人就是這樣哇，要做個啥？」我仍然沒說話，我想：「我通過奮鬥能夠成功，為什麼要像你們那樣作庸人？老莊是敗者的慰藉，懶人的托詞，不能成為社會主流思想，我愛《莊子》，不是接受它的思想，而是欣賞它的文學。」

忙假結束那天下午，師生從四面土路陸續來校。學生們背著一周口糧，一路上說說笑笑，爭論不休，打打跳跳，你追我趕；教工們有的扛著一捆竹子，要用課餘編糞筐，有的挑來兩筐麥粒，要找學生擇石子，有的滿身大汗，弓背彎腰，背著菜籽，提著油壺，明天要在場上榨菜油，有的用四張床單包麥穗，挑來學校要在操場拍打……如此等等，不一而足。

學生們在寢室放下背筐，拿了飯盒裝糧加水放到蒸飯房，就去街上閒逛，就到操場打球，就在教室內外跑玩；教工們在自己寢室放了東西，都來古榕樹下休息閒聊，大家你問我秧苗插完沒有，我問你麥子收完沒有，之後誇起自家的收成和手上的繭巴來。

梁抬石說：「我算定今年繭子要漲價就多養蠶，果然賣了好價錢……」梁明祿說：「我今年收了兩千多斤麥子，手上老繭都磨出來了，看啊！」說著伸出兩隻巴掌。一個姓杜的教師二十幾年來，把家庭經濟當主業，把教書育人當副業，家裡常年養著五頭母豬，一頭公豬，還有兩頭大肥豬，他每天只要不上課就偷跑回家，揑豬食，抓柴草，練就「勞動人民一雙手」，此刻他見梁明祿亮老繭，連忙伸出一雙黑黑的牛屎笣：「你那算啥？看我這兩隻手……」

正說著，有個教師從家裡挑來兩筐春繭，明天要到繭站賣好價。經過樹下，大家一齊圍住他，誇讚繭子又白又大，有的說繭子還沒熟，有的說繭子已經熟了。杜老師很內行，抓起一把繭子在耳邊搖幾搖，丟下繭子說：「熟了！」可是繭子全部掛在他掌上。他用左手摘右手的繭子，繭子掛在左手上，他用右手摘左手的繭子，繭子又掛在右手上。一個年輕教師笑著拿起他的手掌說：「你們看，杜老師這巴掌比銼刀還硬！」杜老師玩笑著用手掌去摸他的嫩臉，果然銼出血痕來。

大家說完農事，無話可說。梁抬石問：「莊愛書忙假沒回，在學校搞啥？」梁明祿說：「在搞屎沒名堂，寫小說。」正說著高大全來了，他弓腰退下捲起的褲腳，抖出大捧泥沙，然後脫下黃布幫子膠底鞋，又倒出一捧泥沙，笑著說：「黃皮寡瘦的，連肉都吃他媽不起，天天就喝光稀飯。」梁抬石說：「連光稀飯都不該喝！這麼忙，不回去幫婆娘幹活呢，寫小說！」一個物理教師說：「他把小說寫出來，石頭開花馬長角。」一個工人詮釋說：「小說要作家才能寫，你一般人，能寫小說！」一個語文教師笑著說：「二天人家像老舍那樣出了名，我們興鎮完小要修成『莊愛書舊居』，成為國家文物保護單位！」又一個語文教師笑著說：「搞屎沒名堂，頭髮都磨白了，皺紋都出來了。」梁長頸說：「其實他應該找他姐夫把他調進城。」另一個教師說：「他和他姐夫關係不多好。」

這時我去場上買火柴，在校門內聽得大家議論，我無比激動，非常憤恨，連忙出去惡罵道：「低等動物生存的全部意義就是吃喝玩樂，用物質來滿足官能享受，躲避皮肉之苦！人是高等動物，除了物質需求，還有精神生活，只重物質不重精神的人，比低等動物高級不多，我不高興像獸類那樣活著，你們有意見也沒辦法！」教工們無言對答，等我走後才叫罵，接著商量醫治我。有個年輕教師說：「他說把他沒辦法，把學校的高音喇叭綁在他門外樹上，天天對著他的耳朵吵！」許多人笑了，都說是個好辦法。

年輕教師馬上去找皮校長建議，說學校死氣沉沉，應該在每天三餐和飯後休息時，用高音喇叭給學生們放音樂，高音喇叭可以安在莊愛書門外樹上，那兒正好對著學生。皮校長同意了他的建議，第二天安排幾個教工把高音喇叭綁在我門前樹上，又安排那年輕教師管理廣播室，每天播放音樂。

那年輕教師去場上買歌碟，他選聽碟子，聽得「財神到，財神到，財神來了要發財！迎財神，迎財神，家家戶戶快開門……恭喜發財！恭喜發財！恭喜發財喲……」，聽得「……真真假假怨人生，不如輕輕鬆鬆過一生……是非恩怨隨風付諸一笑……真心真意過一生……」，他見這些歌曲這麼淺顯，這麼貼近大眾，心裡非常高興：「我以為藝術多深奧多神祕呢，才這麼簡單！」就選了碟子回學校。中午吃飯時，他進廣播室把高音喇叭開到最高音量，輪番播送《財神到》和《真心真意過一生》，就關門吃飯去了。

高音喇叭驚天動地，震耳欲聾。我天天過度用腦，有時夢中也在寫小說，我越來越失眠，越來越神經質，蒼蠅從眼前飛過嚇我一大跳，鳥兒在房頂鳴叫也如重錘砸心，現在哪裡受得了這高音喇叭聲。我每天聽著俗不可耐的歌曲，鄙薄憤恨，咬碎牙齒，連忙出門，逃往野外，去往遠處樹林裡、清流邊、山路上躲藏，直到下午上課，喇叭停了，我才回學校。這天，我在十幾裡外的山上看著興鎮場那些大小不等、參差不齊的房子，聽著興鎮完小遠遠傳來的高音喇叭聲，我多希望用幾十門大炮把這片罪惡之地炸成齏粉啊！

我在野外發現學校山那邊有個岩洞，林木蔭翳，人跡罕至，點兒也聽不到高音喇叭聲，就到處找石頭當凳子，好不容易找來一塊碗大的石頭，每天躲到那洞裡，在膝蓋上寫小說，常常坐得屁股難受，腰酸背痛。

初中二年級女生每晚睡覺說話到深夜，成為學校老大難問題不能解決，皮校長只好等著她們畢業走出學校。教師們見我每天帶著紙筆到野外，仍然能夠寫小說，又有人找皮校長建議，說二年級女生寢室不安全，男生容易半夜進去，應該換到莊愛書隔壁的雜物保管室，皮校長心有靈犀一點通，馬上找來木匠把雜物保管室簡單改整，就叫二年級女生搬進去。

女生們搬到新寢室非常興奮，滅燈鈴響後，仍然鬧鬧嚷嚷不滅燈。值周教師履行職責，來寢室外面象徵性地批評幾句，見女生們說話聲小了，就去梁水牛屋裡藏著打牌，女生們等到老師走開，照舊打跳笑鬧起來。我睡眠很差，聽得隔壁鬧聲，更加無法入睡，我頓生憤恨，怒聲喝斥，女生寢室這才滅燈靜下來。

這時高壓電突然停了，全校一片漆黑，幾個打牌的教工無法通夜賭博，梁水牛就到古榕樹下扯開嗓子高聲叫喊梁聽順來發電。梁聽順住在學校附近，已經睡覺，不想起來，但是他是給學生蒸飯的農民工，飯碗不鐵，他在學校不能得罪任何人，便連忙起來，打著手電筒，睡意蒙矓來學校。他在發電房拿起柴油機搖手一陣猛搖，柴油機「碰碰碰」響幾聲，就「突突突」長響起來。他無法回家睡覺，就去梁水牛寢室看打牌，陪著他們熬通夜。皮校長對教工通夜賭博有意見，很想穿衣起床去干涉，但是學校除了梁高兒和我，個個教工都賭博，他若禁賭，很少有人支持他，他把人得罪完了要成光杆司令。他想與其禁而不止，不如不禁，就安然入睡了。

初二女生聽得柴油機響聲更加睡不著，幾個女生忘記隔壁有老師，你說我的奶子大，我說你的奶子大，說笑一陣起來拉開電燈強行剝內衣。打玩一陣，有個女生餓了，從自己背筐裡拿出一瓶鹹菜，又找調羹兒——我們興鎮一帶叫瓢殼兒——邊找邊說：「我要嫖客兒——，我要嫖客兒——，哪個偷了我的嫖客兒——」另一個女生從她身邊走過，順手在她胯下摸一把，用「老師好」的英語諧音說：「梏倒摸你體器兒！」我在隔壁大罵，女生們才又靜下來。

我每晚干涉隔壁女生寢室紀律，道理講完了，凶話說盡了，女生們開始怕我，後來知道黔驢技窮，不把我的干涉當回事，照舊說話到深夜。我每晚只能等到她們鬧夠了，隔壁沒有聲音才能慢慢入睡，可是睡著不久，學校起床鈴響，值周教師吹口哨，吆喝學生做早操，全校又開始一天的喧鬧，我無法睡覺，只得起床。

崇原文化館有文學、美術、書法、音樂、舞蹈創作人員七八人，改革前充當政治工具，經常編輯《崇原文藝》宣傳黨的方針政策，指導群眾唱紅歌跳紅舞等等，隔三岔五給人存在感，改革後國家以經濟建設為中心，文化館沒有點兒用處，頗受社會冷落，許多人不知它為何物。老一輩館員退休後，子女頂班繼承鐵飯碗，但是絲毫也沒繼承父輩那點粗淺藝術，新一輩館員無事做，把微薄工資當外水，全都外出做生意，文化館空置多年。我很想調到文化館，躲開學校搞創作，但是文化館人員已滿，調去很不容易，我不滿頂班制度讓那些毫無藝術細胞的新館員占著雞窩不下蛋。

我寫出許多精彩章節，多麼望人欣賞啊，我真想逢人就講說我的小說，逢人就請讀我的小說，但是全社會崇拜權力和金錢，追求權力和金錢，誰還欣賞窮藝術？許多人都說小說沒用處，都瞧不起寫小說，都勸我不寫小說，有的叫我養身體，有的叫我去掙錢，有的勸我好好過日子，有的勸我回家同老婆一起幹活，有的慫恿吳繼祖：「你和兩個娃兒住到學校去，讓他天天寫小說！」我若請人欣賞我的小說，定會討沒臉。況且文學欣賞選擇人，不是見人都有興趣，見人都有眼力。我回憶全縣我認識的每一個人，考慮再三，最後決定找現任文化館長看小說。這館長原是農村青年，文革時期認真揣摩「三突出」，寫了許多小小說，懷著朝聖般的崇敬拿到省刊編輯部，編輯見他態度恭順，選了兩篇發表了，於是他在崇原出了名，連忙送禮講關係，好不容易脫農皮，成了文化館的館員。改革後文壇不再奉行「三突出」，他卻囿於舊框框，作品仍然假大空，儘管筆耕不輟，多年不再發一篇。他洩氣不再寫，而在實利方面用腦子，想把兒子調到縣政府，就以編輯《崇原文藝》為由頭，天天跑到縣政府向縣長局長們求稿。縣長局長們從來沒有發表過文章，倒也很想風雅一下，於是像公雞下蛋，努力擠壓，擠出雞屎交給他。我點兒也瞧不起這館長，但是他寫過小說，算是同道，不像其他人，有的一竅不通，有的毫無興趣，因此我想找他看小說。並且，我聽說文化館有個館員做生意最近被殺了，我還打算向館長探聽文化館進人情況。

這天，我帶上小說進城來到他家，他正在恭讀縣長局長們的珍貴稿子。我天天做著孤獨事，見到同行很高興，滔滔不絕說創作，拿出小說請「指點」。館長想他耗盡畢生精力，只在省刊發表兩小篇，莊愛書不知天高地厚，才有這般興致，他接了我的小說稿，丟到一旁勸我說：「莊愛書，好好教書……」許多經驗不再喊響。我又扯了幾句閒話，才問文化館的人員編制和進人情況，館長一下明白我的來意，他經常聽說「莊愛書不是東西，任何人都跟他合不攏」，他堅決不能讓我到文化館，連忙說：「早就超編了！文化館的編制只有幾個，但是實際人數是十四個，不需要人了。連一個在我們的《崇原文藝》發表了好幾首詩歌的作者想調來，都沒來成……走，我們去找機器人算命。」說著站起身來，要帶我到街上照顧他女兒的觀音菩薩算命機的生意。

我提著我的小說稿跟館長出來，沒去照顧他女兒的生意，而分道走了。我看著滿街人流，忙忙碌碌，熙熙攘攘，真想跟人談文學，可是人們找吃找穿找享樂，有誰跟我談文學？我正惆悵，碰到王大中，王大中抄完醫學家的講座稿，在縣城印刷廠印出幾千冊《怎樣才能有個健康身體》，然後宴請全縣校長，高價塞給每個教職工，除去所有費用，純賺好幾萬，現在他居高臨下問我道：「莊愛書沒教書，在搞啥？」我好想跟人談小說，但是「酒逢知己飲，詩對會家吟」，我非常猶豫，過了一陣才說道：「在寫小說。」我引出話題，多麼望他和我談小說啊，可是副股長點兒也瞧不起寫小說，認為我寫小說遠遠不如他抄書有出息，因此非常鄙視：「寫那雞娃子小說！」就走了。

文化館屬於文化局領導，我打算去找文化局長要求調到文化館。縣城所有單位的所有人員，不管有能無能，不管該進不該進，哪一個不是憑關係或者送金錢調去的？我痛恨社會只講關係和金錢，不講任人唯賢，社會越是這樣，我越不這樣！二十幾年前，文化局長和我同在文化館參加業餘創作會，但我不願跟他拉文友關係，我找他調我到文化館完全是公事——我的小說謳歌正義，鞭撻邪惡，完全是正面力量，我寫小說為社會生產精神產品，我調到文化館要做事，不像別的館員白領工資。

我來到文化局長辦公室，把小說稿放在他桌上，講了情況要求調到文化館。局長聽得想冒火，滿臉怒氣心裡說：「我當官最厭惡這種人！他有事來找你，好像你該給他白幫忙！我當局長送了十幾萬，銀行貸款沒有還，文化局長是根光骨頭，要權沒有多大權，要錢沒有多少錢，如果白幫忙，我那十幾萬元怎麼辦？現在教師調進城，要經過縣委常委討論，書記縣長們下了一萬元不伸手，還有人事局教育局也要請吃送錢才辦事，他分錢不送，我幫他勞神費心，還要給他倒貼幾萬元！這是他媽個不懂屁臭的活寶器！」他差點把我轟出去，但是他的醜陋不能露出來，終於忍住憤怒說：「我跟你說實話，文化館是可以再進一個人，但是明說，要留著照顧關係！現在縣城很多單位都嚴重超編，別說你一個小學教師，就是局長股長都很難把自己的關係弄進城……」他知道我不講關係，他就是要說實話，讓我難受，讓我悔改。

我非常憤恨這社會，但是又沒絲毫辦法。我要求他看我的小說，大義凜然問他國家機關調動工作人員為什麼不堅持原則，任人唯賢，而公開照顧關係。他氣炸五臟心裡說：「講關係是全中國的社會現實，偉大人物都沒法，你媽個屎沒名堂的瘋子膽敢責問我！」他桌上一巴掌：「出去！你出去！你是瘋子！你是神經病……」這時早有文化局其他人員聞聲聚來看究竟，他對他們高聲說：「他說他是人才，硬要叫我把他調到文化館！」文化局二三十個人員圍著我，有的冷嘲熱諷，有的怒聲斥責，都說我大顏不慚，腦子進水。我高聲吵鬧，自誇小說，鄙視他們讀不懂。有個高大壯實漢子走到我跟前輕聲問：「你曉得害羞不啊？嗯？你曉得害羞不啊？」我還沒反應過來，他突然從我手裡拿了小說稿扔到門外怒聲說，「你寫這個垃圾，揩溝子都沒人要！」

我回到莊家灣，打算改造我的窗子寫小說。我爹我媽的臥室窗子低，光線好，我多想跟他們商量換屋啊，但是我爹看我如狗屎，進屋連忙「嘭」地關門，出門連忙躲到野外，我不敢跟他商量。我媽在我耳邊低聲嘮叨，說我不會做人，說我不合大流，她痛心疾首：「兒子啊，你要聽話呀！你一個單位人員，搞得不如農民有吃有穿，人家要笑掉牙齒呀，你要給娘爭氣呀，幹點正事呀，不寫你那小說啊……」

我請來木匠，正要改造窗子，我爹來喝道：「停倒！這房子是我的，老子死了才是你的！你要敗家，等老子死了才敗，老子不見狗屎不發嘔……」我和我爹吵起來，我爹把我屋裡的被蓋枕頭全部扔到院壩裡，說：「你滾！你帶著婆娘娃兒滾，不住我的房子！你能幹，你有錢，你工資高，你把他們養得起……」說著拿來鎖子將門鎖了，不准我進屋。

我吵嘴之後，千言萬語想傾倒，很想有人理解我，可是我能找誰說？我把我的小說看得至高無上，看得重如己命，別人卻當狗卵子。高革命雖然照樣沒文化，照樣不能理解我，但是我倆是發小，向來關係比較好，我考慮半天，便饑不擇食，寒不擇衣，找他訴苦去了。他在石窠打石頭，我幾句閒話一說，迫不及待扯到吵嘴，扯到我的小說。他一邊幹活一邊聽，砸陣鐵錘停下來，抹把汗水摔地上，斬釘截鐵對我說：「把你那小說擱倒！」我聽得難受，非常寒心，問他為啥，他說：「好好搞家庭！啥都是虛的，肚子餓了才是實在的。」我無法再說，但是還想再說，他新近買了電視機，很想讓我去欣賞，見我站著不離開，收拾工具對我說：「走啊，到我家去耍啊，我也要收工了。」

我和他來到他家，他扔下鐵錘鐵楔，砸凹泥土地板，叫老婆把我的午飯做上，然後端下飯桌上的玉米筐子，順手拿起老婆的舊褲子抹了桌上泥巴，叫我坐了，就打開他那寶貴的電視機觀看連續劇。我「曾經滄海難為水，除卻巫山不是雲」，點兒也瞧不起當下又臭又長的電視劇，很望他不看電視，聽我訴苦，便說：「我簡直不看電視劇。」他問為啥，我說：「描寫泛泛而然不深刻，情節生拉硬扯不真實，篇幅又沒完沒了……演員呢，慣用幾十年的表演腔，慣用幾十年的表演動作，男人只要思考問題就吸煙，女人只要憤恨男人就打耳光……」他見我這麼狂妄，努力把難聽的話忍在肚子裡：「你簡直呢……連電視劇都瞧不起了！你編一個去放啊？」我的目標遠比那些電視劇高遠，但是無法對他講說，只好忍在心裡。我很想跟他講說元雜劇和莎士比亞，講說莫里哀和易卜生，但我只能當啞巴。我想：「『朝菌不知晦朔，蟪蛄不識春秋』，他在文學上見識的天地就是這又臭又長的電視劇，我能跟他說什麼？我和他幼時是整個朋友，如今只能做半個朋友了。」這樣想著，我不顧他的勸留，告辭走了。

我不再找人談心事談文學，我必須忍耐孤獨，習慣孤獨。我每天爬上莊家山，冒著暑熱坐在灌木叢下，把大腿當桌子寫小說。墨蚊密密麻麻，無處不在，不停叮咬手臉，有時一巴掌打死幾十個，可是眨眼功夫又叮滿皮肉。我在硬硬的地上坐得久了，屁股腰背很難受，就倒在草叢裡休息，螞蟻滿身亂爬，毛蟲掉在頸上，我連忙起來渾身搔癢。我天天上山，人們不知我在搞啥鬼名堂，這天我寫得正入神，突然聽得窸窣聲，我以為是蛇，猛然抬頭，卻見腳下斜坡上，一個老婦隔著草叢窺視我。

野外沒有好條件，我還是在家裡寫小說。我們興鎮一帶房簷很寬，我把飯桌搭在門外，光線充足，能寫小說，但是家人時時經過桌前，還有我爹的滿臉怒氣，還有院壩邊過路鄰居的眼神，還有院子裡的豬叫羊啼，讓我難以靜心寫作，我必須努力忘記環境，努力沉在自己的小說世界裡。

這天下午，人們都忙著到田野打穀去了，院子裡只有幾隻嗉囊鼓鼓的覓食雞婆，偷跑出欄的誰家豬兒，以及野外傳來的「嗡嗡，嗡嗡」的打穀機聲，我珍惜這短暫清靜，在門外飯桌上爭分奪秒寫小說。一會兒西天太陽漸漸下沉，大花蚊早早從竹林出來，從牛棚豬圈出來，從黑暗的屋裡出來，嗡嗡嗡且舞且叫，那聲音宛如千軍萬馬在遠處廝殺。我右手忙著寫小說，左手不停打蚊子，滿身隆起疙瘩，癢得心煩意亂，我連忙丟下鋼筆，雙手狠搔。

這時我媽杵著木棒背了滿滿一筐棉花回來，說：「冤孽，普天下找不出第二個你這號人啦！你回來啥事不管，田裡地裡丟給繼祖一人幹，繼祖幹活又慢，我和你爹幫你幹，你哥哥嫂嫂看見又要說虧欠。你山上地的棉花開得像滿天星宿，我實在看不慣，才偷偷幫你摘回來。氣象預報說，明天要漲大水，家家戶戶都在搶收穀子，你那河邊田的穀子收回來一顆沒呀?!」我想起這些該幹的農活，更加心煩意亂，收起紙筆去野外，躲開老娘的嘮叨。

第二天沒大亮，我媽起床看天色，見天空積著厚厚烏雲，連忙進屋說：「老漢，快些起來！

天要下大雨，我們去把繼祖河邊田的穀子搶些回來，幾張嘴巴沒吃的，還是要來向著你……」我爹氣憤，不理我媽，翻身向著牆壁繼續睡。我媽搖他肩背求情說：「快嘛老漢！老天爺馬上要下大雨了，我們割多少算多少，長熟的東西遭水淹多可惜……」我爹賭咒發誓不管我，任我爛成啥樣子，他怎不痛惜稻子遭水淹，只是努力不想，努力忘掉，但是終於頂不住我媽的嘮叨，突然坐起來大罵：「生你媽那禍害……」就下床拿起鐮刀背筐去河邊。我媽又來催了繼祖和我，就拿起鐮刀，杵著木棍，也往河邊跑去。

四人下田才割幾把，頭上一聲炸雷，馬上下起暴雨：

雷公發怒，閃電施威。雷公發怒於是銀河漏水，閃電施威因此烏雲裂縫。田野裡雨幕茫茫，禾苗東倒西歪；山坡上風聲蕭蕭，樹木左搖右擺。男人女人衣服淋透，一齊跑向簷下，轉身觀雨，深怕天塌；雄鳥雌鳥羽毛打濕，全部躲在林間，側耳聽雷，唯恐禍降。千山淌泥石，滾滾黃流夾帶雜草、樹木和民房，山神見此生憂；萬水歸汪洋，滔滔濁浪翻卷木板、牛羊及瓜藤，河伯望之興歎。

大雨下了三日方停，河水漸漸消退，我的河邊田的稻子埋在厚厚的泥漿裡發芽，我爹、我媽、繼祖和我在田裡摸稻子，渾身上下像泥人。我們把裹滿泥漿的稻子在水裡淘了背回家，用鍋灶烘，用簸箕曬。我哥我嫂見兩個老人給我幹活，又鬧不平，我哥一邊掃著他的可愛臥室和院壩，一邊用哭腔唱著「世上只有媽媽好，有媽的孩子是塊寶，沒媽的孩子是根草……」我嫂去這家那戶串門，向鄰居傾倒塊壘，說他們兩口子再好，愛書再不成器，兩個老人都要偏心。

我家收回幾十斤發芽的稻子，大米吃到十月底就光了，頓頓只吃紅苕蘿蔔，我的兩個兒子舌尖生瘡，嘴角流膿，我嚴重貧血，繼祖天天鬧胃病。我媽慪我不聽話，也想放棄不管我，但是我再不成器，到底是她的兒啊，因此她常常等到我爹我哥和我嫂都到野外幹活去了，才用撮箕端些米麵油肉放在我屋裡。她每天做飯多做兩碗，吃到最後，把我爹的碗底和她的碗底加在一起，舀上鍋裡的剩飯剩菜，背著我哥我嫂，從後門給我家端來。

我媽也給我哥我嫂端飯拿東西，免讓他們說虧欠，雖然他們囤子櫃子裝滿陳糧，鍋裡碗裡剩著餿飯。這天我媽給我嫂拿去一瓢麥麩讓她餵豬，婆媳倆站在灶房拉家常，我媽想讓我嫂憐憫我，說：「你看啊，別人家庭有吃有穿，冰箱電視樣樣齊，他家連糧都不夠吃……」我嫂說：「你生的好兒呢！」我媽很難受，卻又實在說不起話：「哪個人生兒不想生好的啊！生下地哪曉得是他媽這號貨？」她慪毒了，「曉得是這號貨，簡單得很……」心裡說：「丟到尿桶裡就完了！」

我爹殷勤對待女兒女婿，因此現有存款十萬元，他常想給我拿點錢，但是慪我不聽話，弄到今天這地步，他的錢哪怕多得擦屁股，他也堅決不給我。他見兩個孫子嘴舌生瘡，新鮮豬肉能清火，他趕場割了幾斤回來，要讓兩個孫子飽餐一頓。他和我媽燉了一大鍋，叫去繼祖和兩個孩子，又叫去我哥我嫂兩口子，七人在桌上吃著，唯獨不叫我。他邊吃邊慪我，他知道我貧血，知道我這會兒一個人在灶房煮紅苕，但是他吃不完餵豬也不叫我吃一口，心裡說：「老子讓你天天寫小說！」

我哥兩個兒子初中畢業都在華龍上班，他和我嫂天天吃肉，現在他吃了幾口就飽了，但是見繼祖和我的兩個孩子吃得比他們多，他不願吃虧，繼續往肚裡硬塞，塞得兩隻眼珠挺出來，圓圓鼓鼓，眼神發呆。他感到胃裡難受，突然放下筷子，雙手蒙住嘴巴跑回自己灶房，把滿滿一肚子燉肉吐在豬食桶裡。他吐空肚子，又去硬塞，然後跑回灶房又吐，直到繼祖和兩個孩子沒吃了，他才放下筷子。

我哥在他灶房吐完最後一肚子，提起滿滿的豬食桶餵了豬，就去興鎮衛生院找醫生。他雙手抱肚弓著腰，路上一步一呻吟，走得比蝸牛還慢，熟人見面招呼他，他有氣無力，艱難應酬。

24 莊愛書偷戀有情女，吳繼祖哭罵無義郎。

我爹看我如狗屎，然而說是不看，卻又天天在眼前，他躲也躲不開，忘又忘不掉。如今他的女婿當大官，人們都在巴結他，他謙虛低調，沒人說他低一等，因此他買了好幾百元的禮品，心平氣和去找皮校長，求他安排我上課。興鎮完小優化組合唯一的變化就是班主任吃香，大家搞好關係，耍照樣耍，差照樣差，教學品質沒有絲毫提高，因此後來任課仍由學校安排，不再優化組合。皮校長現在真心服我姐夫了，見我爹送禮說好話，便講了我的許多不是，答應安排我教語文和歷史。我沒完成小說，很想在家繼續寫，但是窮得熬不住，打算回校教書，能寫多少算多少。

這天我去學校教書，在校門口碰到梁岫雲招呼我，我見她幾年不見長變了，一下激動起來，站住問她情況時，竟然臉紅心跳，語無倫次，心情非常緊張，全然沒有從前的從容自如。梁岫雲也一下拘謹起來，說話也頗緊張，她告訴我，她在高中不喜歡老師講、學生聽那種教學方法，常在課堂埋頭自學，老師批評她不聽講，高中畢業她因各科沒有全面發展，高考總分差一分，復讀一年後，總分反倒差五分，她爸找了關係讓她回到興鎮完小復讀初中，打算參加中考，吃上皇糧國稅。我努力掩藏緊張激動，努力表現老師的說話水準和從容風度，同時密切注意四周，深怕全校師生看我們。我多想跟她多待一會兒啊，但是跟她說話不輕鬆，又怕別人懷疑我，千言萬語沒說完，滿臉通紅離開了。

我早就不再只有林黛玉，經常想著現實生活裡的美女們。我曾在心裡偷偷愛著場上一個女人，經常上街裝著買東西，瞅著無人注意，飛快瞟她一眼。我多想再瞟一眼啊，但是我必須管住自己，必須用正人君子的端莊掩蓋自己的醃醜，不讓社會鄙視我。我為正義遭拘留，社會譏笑鄙視我，我滿懷憤恨，不以為恥，但是男女之事，卻是人間第一恥啊。

我一生從來沒有享受愛情，天天多麼渴望啊。我曾用千鈞之力愛繼祖——我把她帶到城裡，照著場上那女人的衣著打扮她，可是仍然沒有愛情，只有反感。我在成都公園跟在一對對情侶後面羨慕別人的幸福，像乞丐看著豐盛宴席，後來我把繼祖帶到那公園，像別人那樣牽手而行，可是仍然沒有幸福，只有噁心。我不理解那些自由戀愛的夫妻為什麼要離婚，我若自由戀愛，享有愛情，我絕對忠貞，絕對白頭偕老！

我常常跑到無人認識我的偏僻山野，在樹林蔭翳、行人稀少的路段獨自徘徊，渴望遇到女人，兩情相悅，談情說愛。我一次又一次低聲歎說：「這裡多好談情說愛啊！」可是半天不見一個人影。有時碰到一個老婦，或者一個老翁，或者一個壯漢，或者一個醜婦，我與他們看一眼，互不說話走過了。有一次迎面走來一個漂亮姑娘，我頓時高興，貪婪看她，姑娘見我眼神，嚇得如遇豺狼，一面憤怒看著我，一面遠遠繞到地裡走過了。

我時常渴望、煩惱、空虛、乏味、憂鬱和惆悵，時常羨慕那些新潮男人，敢在公開場合跟別人的老婆打情罵俏，享受幸福，我真想改變自己，也像那樣，可是終於不敢。老天生我來吃苦，不像別人有享受，我只能忙忙碌碌搞教學，全心全意搞創作！我努力壓制渴望、煩惱、空虛、乏味、憂鬱和惆悵，用做事來暫時忘掉這些情愫，日子就這樣一天天熬下去。

今天我遇到梁岫雲，第一次感到從未有過的幸福，我怎麼也戰勝不了這幸福的巨大誘惑。我到寢室放下東西，去教工食堂造了吃飯計畫，就在學校到處走，希望再次看到她，再次跟她說幾句，決心這次勇敢點。上課鈴聲還沒響，師生都在自由活動，我見梁岫雲坐在我任語文課的教室裡看書，我非常驚喜，非常感謝老天的安排，很想去教室裝著關心學習，跟她說話，但是我怕說話又像剛才一樣緊張，讓其他學生看出問題。師生戀愛鬧出驚天醜聞，後果不堪設想，我壓制自己，回到寢室，努力忘掉梁岫雲，努力集中心思看書，努力集中心思寫小說，但是一切努力都白費。

我每天只要不上課，眼睛時時搜索梁岫雲的身影，耳朵時時注意梁岫雲的聲音，一旦看見她的身影，或者聽到她的聲音，全身一陣顫慄，眼角冒出淚花，心裡無窮幸福！可是每當我碰到梁岫雲，尤其兩人單獨相遇，我總是呼吸急促，胸口亂跳，神情緊張，語無倫次，用盡千鈞之力，難以保持老師的從容自如和居高臨下。我深怕外人看出我的鬼胎，又怕梁岫雲看我沒水準，每次迎面看見她，遠遠繞路躲開去。

我常常藏在自己寢室，從視窗和門縫向外偷看，等著梁岫雲的身影在對面巷道口出現。學生一群又一群，一個又一個，有的把手，慢慢走過，有的奔跑，一晃而過，可是「過盡千帆皆不是」，我常白等。有時花費很長時間，才看見梁岫雲路過巷道口，我連忙肆無忌憚看幾秒。

我為梁岫雲而認真備課。我每天準備了精彩的語文課，興致勃勃走上講臺，做著威嚴的樣子掃視全堂，裝著檢查缺席人數和課堂紀律，順便瞟一眼梁岫雲，我的貪婪目光真想停留，但是滿堂學生看著我，我便毅然移開目光。倘若那天梁岫雲座位空著，我頓時天愁地慘，興致全無，講課效果大打折扣。我常想抽問梁岫雲，借此跟她說話，但是我怕露馬腳，便一視同仁，從前排左起第一個學生開始，挨次抽問，這堂課抽不完，下堂課接著輪次抽，這樣抽完所有學生，才能抽到一次梁岫雲。我跟梁岫雲討論學習，努力與其他學生一個樣，努力進入老師角色，我在心裡不停欺騙自己：

「我是老師，她是學生，完全該她匍匐我腳下，不該我自慚形穢膽怯她！」

梁岫雲多想還像幾年前那樣，天天拿著書本到我寢室請教和討論啊，但是現在不敢了。她聽說我在寫小說，很想獨自來我寢室借去欣賞，她一次又一次鼓勵自己：「怕什麼？這是學習，正常的師生關係，不要想歪了！只要心裡沒鬼就沒鬼……」可是到底不敢獨自來。這天午飯後，她等到我拿著碗筷從教工食堂回到寢室，就約上同桌女生勇敢來我寢室，站在桌子橫頭說：「莊老師，聽說你在寫小說，我們欣賞一下？」我非常高興，連忙拿出手稿：「這是我的生命，千萬不要整丟了！你們先看第一本，看完再換第二本……」

兩個女生走後，我看課程表，今天下午我沒課，打算寫小說。我恨不能馬上完成小說，轟動全國文壇，離開興鎮崇原，可是我心煩意亂，靜不下來。我從高高一摞作文本裡找出梁岫雲的，關起門窗伏在本子上親吻撫摸，悄聲訴說，淚水打濕封面。我輕輕沾乾封面，開始批改她的作文，我字斟句酌，認真批改，眉批尾批竟比原文長。我改完她的作文，多麼希望她寫得再長一些啊，哪怕錯別字垃圾話也行。

我戀戀不捨放開她的作文本，拿來別的作文批改，頓時毫無興致，艱苦無比，真想不改。但是我要一視同仁，才不會讓人看出問題，磨蹭一陣，這才批改。我生氣作文太差，真想敷衍了事，完成苦工，但是我怕學生們發現梁岫雲的作文批改多，他們的作文批改少，就咬緊牙關，拚命批改，每本作文滿版滿篇寫批語，讓紅字都跟梁岫雲的差不多。有的作文只寫了一個標題，連垃圾話、錯別字也湊不出來，我既痛心，又很高興，感到輕鬆一大截，連忙扔到一旁，又拿別的作文來批改。

我改完全班作文，又把梁岫雲的本子親吻撫摸一陣，拿出膠水，裁了紙條，細心粘好封面的破損。我怕發下作文本，梁岫雲的前後左右同學看出問題，又將所有本子一一檢查，用膠水紙條粘好每處破爛。第二天作文課，我抱著本子到教室發放後，站在講臺一本正經批評學生們不愛惜作文本，讓我粘了整整一小時。

我多麼希望梁岫雲單獨來我寢室換小說啊，我滿腔熱血滿腔深愛，可以向她透露一點點，但是她每次都帶著那女生同來。兩個女生站在桌子橫頭向我請教我的小說，我滔滔講說，忘了緊張，把小說的時代背景、構思立意、謀篇佈局、人物描寫和寫作特色講得清清楚楚。每次，梁岫雲沒有什麼可問了，完全不該再留下，但是仍然站著不走，直到預備鈴響，那女生扯她衣角，二人才告辭走了。

這周星期天，我又沒回家，而在學校寫小說，可是邊寫邊想梁岫雲，從前的靈感妙思，精彩筆墨，現在點兒也沒有，我越寫越不像樣，越寫越不滿意。我停下小說，寫了一封長長的情書，要尋機會交給她。師生戀愛多丟臉，學校是教書育人的地方，豈容這等事，我害怕在學校交信，離開學校越遠越有安全感，雖然在校外交信，性質沒有絲毫變化。我打算去梁岫雲家裡，卻又找不到像樣的由頭，況且我一見她就緊張，她的父母定會看出大問題，定會對我不禮貌。我打算到她家附近的山野躲藏，等她出來，便揣好情書，冒著酷暑，去往她家附近。

我遠遠躲進她家對面的山林，透過縫隙偷看她家的房子，房子前邊的小路，後邊的山頂，左面的菜地，右面的樹林，還有菜地裡幾隻覓食的雞婆，還有梧桐樹下臥著反芻的水牛，這些本是鄉間平常景致，在我眼裡極富詩情畫意，連山牆旁邊簡陋的草棚也是山水畫家的妙筆。

我期盼梁岫雲出來，可是等了很久，沒有看到她的影子。我見她家附近的石橋河邊，孤零零的村小放假無人，就走出樹林，去那村小，希望梁岫雲到河邊洗衣放牛路過學校。我在學校一邊等她，一邊觀看：

前面水田裡，白鶴跟家鴨為伍；後頭山坡上，雉雞與鳩鳥合群。左面岫雲家，人影透過樹隙，彷佛能見；右邊石橋河，水聲傳出竹林，隱約可聞。山牆下，老師把新菜澆灌得那樣嫩綠；木門前，學生將古榕磨擦得這般光滑。星期天，教室裡只剩下三五排課桌；節假日，黑板上還留著一兩個錯字。校舍簡樸而無風雨之虞，雨點猛砸在瓦上，天籟之音多麼悅耳；環境冷清卻有自然之趣，天地盡展於門前，眼福之樂何等娛情。

我在村小逗留很久，我愛這兒的冷僻，愛這兒的自然，更愛這兒離梁岫雲家很近。我多麼羨慕在這兒教書的教師啊！我真想調到這裡教書，每天夜晚，獨坐孤燈，或聽窗外蟋蟀，神遊八荒，思及今古，或讀桌上古籍，探索唐虞，叩問殷商，或寫心中小說，迸發靈感，產生奇構。星期天，我獨自一人在這孤零零的學校裡，或種菜，觀賞蔬果生長，或等她，盼望倩影來臨。寒暑假我們相逢阡陌，互通靈犀；漫步河邊，觀賞游魚；閒逛山野，把玩小花；同坐窗前，共論翰墨。這種生活拿了皇帝的日子來換，我也不願答應啊！

我在梁岫雲家附近躲躲藏藏耗費了好幾個星期天，終於看見河邊只有她一人在放牛，我非常驚喜，壯起膽子，連忙走去，裝著跟她邂逅相遇。我邊走邊四處張望，深怕路上來了過路人，深怕樹叢遮著幹活男女，我越攏越緊張，越攏越怕人看見。水牛在淺草地上低頭啃草，梁岫雲坐在路邊看書，她見我去，也非常膽怯，卻努力鎮靜，沒有逃跑。我低聲叫她，拿出信來丟到她懷裡，就一秒不停走過了。

又是一個星期天，我在學校盼著梁岫雲來校讀書。盼到半下午，學生背著一周糧菜陸續來了，教工也漸漸多起來，校園又到處是人影，到處是聲音。我坐在寢室向外看，等著出現梁岫雲，等了一陣，果然見她拿著課本向我寢室走來，我非常驚喜，非常害怕。她進來站在桌子橫頭，臉紅心跳請我講解語文題，我連忙站起，雙手接書，倒拿書本看半天，個字也沒進腦子，句話也沒講出來。這時晚自習的預備鈴聲響了，她才從懷裡拿出折好的信紙交給我，拿過課本就走了。

我激動不已，連忙看信，句句品讀，字字研究，揣測她的內心深處，每句都讓我無比溫馨，每句都讓我流出眼淚，但是讀到「您是有妻之夫，我們還是作師生吧」，我頓時心灰意冷，天崩地陷，我的整個宇宙都毀了。我反覆看信，反覆研究她的感情，決定馬上回去和吳繼祖離婚。

吳繼祖和兩個孩子昨晚睡得點兒也不踏實。鋪裡非常悶熱，蚊子整夜叮人，老鼠咬爛蚊帳鑽進去，在她和孩子們臉上跑來跑去，兩次啃咬她的手指頭。天亮時，她起來坐在門檻上，笑看鄰居打開雞圈門，笑看鄰居去井邊挑水，笑看鄰居房頂冒著炊煙，不知自己該幹什麼活。一直坐到肚子餓，食欲催她快做飯，她才知道該做飯。

她點燃柴火去舀水，水缸乾得現了底。她挑回水來，重新點燃柴火，煮熟白米稀飯。她和兩個孩子在桌上沾著鹽巴下稀飯，櫃裡豬油已臘黃，去年的綠豆蛀成空殼，前年的胡豆全變黑了，牆角半筐土豆在發芽，地裡青菜快抽苔，她想：「光稀飯真難吃，有菜下飯多好啊。」

吃過早飯，兩個孩子到村小讀書去了，莊家灣的人們都忙著下地幹活，我哥我嫂我爹我媽也早早去了野外。吳繼祖不慌不忙，她在灶房洗鍋碗，把水倒進豬食桶，提著清水去餵豬。豬兒叫著不喝水，她在槽邊教訓說：「起瘟的，你嫌嘴！連人都沒吃的，你要吃啥？」

她餵豬出來，閒坐門檻，心裡說：「耍著無聊，有點事幹多好啊。」坐到太陽快當頂，我媽杵著木棒，背著麥捆回來，著急說：「繼祖，你秧子沒插一窩，紅苕沒栽一苗，地裡的麥子乾得脆斷，你不快些去割麥，坐著幹啥呀？」吳繼祖這才知道有事幹，不慌不忙在這間屋裡找鐮刀，去那間屋裡找草帽。這時我爹陪著一個遠親老太婆回來，我爹我媽請她坐，吳繼祖也請坐，然後出工去了。老太婆說：「你們這媳婦多好！我每次來，她都招呼我，不像有些年輕人，做起那要不完的樣子……」

正說著，我從學校回家，也請老太婆坐，老太婆又誇我：「你們這兒子也好啊，走路眼不亂看，腳不亂行，端端正正，從來沒有看見他跟哪個女娃兒開句玩笑，從來沒有聽到他有啥風聲，哪像有些年輕人，在大街上跟婆娘打打跳跳的……」我爹說：「他在這方面倒是沒說的。」我媽說：「從小就跟閨女兒一樣，動不動就臉紅……」我默默領受他們的誇獎，心裡五味雜陳。老太婆怕我嫌棄繼祖，又誇繼祖許多好處，說：「我經常教我那些兒子，娶妻不在容貌，關鍵在賢慧！看你們的媳婦多賢慧……」我爹說：「訂婚那陣，我看的就是她賢慧。過門這麼久了，從來沒跟我們吵過一句嘴，我們也把她當成親生女，沒吃給她拿吃，沒柴給她拿柴，雖說分了家，等於沒分家。」我媽說：「我們這媳婦，在老人面前聽使聽叫多孝順，前年我癱大半年，天天就是她背我去解手，叫她指溝子就指溝子，叫她穿褲子就穿褲子，點都不嫌。」老太婆非常羨慕：「你看這多好！像我那些媳婦？」於是講起自己三個媳婦的不好來。

我陪坐一陣，就到我屋裡。屋裡搭著結婚時吳家抬來的衣櫃和木箱，衣櫃木箱裡只有幾個扣子，以及婚前公社婦女主任手把手教繼祖織的半件線衣和幾個線球。門口、床下、屋角和屋子中央到處是大人孩子散亂的夏鞋冬鞋，這兒一隻，那兒一隻，像滿屋亂爬的癩蛤蟆。蚊子息在帳內，密密麻麻，每個都像熟透的櫻桃，蚊帳架上搭滿大人孩子的棉衣棉褲單衣單褲。篾席下面的稻草裡滿是繼祖忘記的鞋墊、襪子、內褲、剪刀、線團、衛生帶、爛毛巾等等，篾席上面滿是頂針、扣子、褲帶、髮夾，還有兩個孩子的衣褲，還有入夏以來成為多餘的兩床棉絮。我一邊慪氣，一邊收拾，拉開棉絮時，棉絮被老鼠咬爛，一隻母鼠跑出來藏進衣櫃下，丟下一窩小鼠嘰嘰叫著，到處亂爬。

中午，老太婆走了，繼祖收工回來，我喝問她：「為啥不收拾屋子?!我跟你說了不下一千次！」她流著眼淚生氣說：「沒時間！」我說：「你經常在門檻上傻坐，沒時間？」繼祖說：「我沒有傻坐！」我只恨沒有錄影機，又說她的其他錯誤：「昨年冬天，兩個娃兒棉衣袖子短了，手腕凍出雞蛋大的瘡，現在還有疤，你天天和鄰居女人圍著火堆烤火說笑，為啥不邊烤火邊用爛棉衣給兩個娃兒接袖子？難道這也沒時間?!」繼祖說：「家裡沒有爛棉衣！」我馬上拿出一件爛棉衣：「你說家裡沒有爛棉衣，這是啥?!」她忘了自己剛才的說話，氣得大哭：「這先人老子才慪人囉，我好久說家裡沒有爛棉衣？你栽誣我！」我恨沒有答錄機，說她剛才說話就忘了，她記起興鎮人賭咒的現存話，「我跟你說不清，我們把指頭插到屁眼兒喊三聲青天……」我恨現場無證人，跟她吵嘴吵不清。結婚以來我們經常吵嘴，我從未吵贏她一次，我氣了一陣，心裡只好怪自己：「我跟傻子吵嘴，我才是真正的傻子！好比我趕鴨子上樹，鴨子痛苦，我也痛苦。」

我不再吵，好言勸她：「我們離了算啦，免得在一起，大家都不幸福……」繼祖想她多麼愛我啊，但是我無情無義不愛她，她大淚滂沱，頓時生恨，記起別的女人對付離婚的好辦法：「我不離！我和你纏著死在一起，讓你一輩子娶不成聰明漂亮婆娘……」她哭一陣，把聽來的一切咒語罵給我：「你要栽岩！你要滾河！你要遭汽車碾死！你要遭天收！你病在床上長聲長聲像牛叫，死了屍水淌多遠都沒人收屍……」

我爹我媽聽得鬧離婚，都來罵我。我爹說：「你要丟全家人的臉，我把你沒辦法，但是現在我們老了，你該供養我們，你嚴大哥給我們拿多少錢，你也拿多少錢！」我媽說：「剛才還在誇讚你，才是你媽這號貨！娃娃，你把繼祖離了，娶一朵花回來，老娘都不承認！繼祖，煮飯吃，不替他哭！」

25 眾口鑠金因造謠，群言銷玉為離婚。

我跟吳繼祖協議離婚不成，就去五溝區法庭起訴離婚。我離婚的消息很快傳開，到處在議論，到處在叫罵，都說莊愛書忘恩負義，靠岳父推薦讀書端到鐵飯碗，現在喜新厭舊離老婆。

我自然聽不到各種叫罵，可是我家親戚和我爹的朋友們卻把社會叫罵好心轉告我爹我媽，我爹我媽等我回家，就將各種叫罵傳給我，就在耳邊聒噪我，責罵我，叫我不離婚。我非常憤恨，放聲大罵：「我第一次看見繼祖就不喜歡她，我哪來什麼喜新厭舊！岳父對我有恩情，我該用婚姻來感恩嗎?!我本來是個讀書的好材料，本來可以考大學，如果不是停課鬧革命，如果不興推薦讀書，我早就考上名牌大學，早就在高層單位工作了！」可是我的怒吼只有父母才聽到。

許多人一碰到我，就關心我的離婚，打聽我的離婚，問我為啥要離婚，用道德標準批評我離婚，用兩個孩子可憐和繼祖可憐來勸我不離婚。尤其是場上那些閒得無聊於是成天搬弄口舌並且以此為能的女人們，對我離婚最感興趣，最是高興，她們向我打聽了離婚最新動態，樂呵呵假意勸說幾句，連忙四處宣傳，說變原話，把螞蟻變成大象，把鮮花變成狗屎，讓社會更加譴責我，叫罵我。

我對人們的關心、打聽、批評和勸說非常厭惡反感，但是希望社會理解我，就耐著性情解釋我的無愛婚姻，講說吳繼祖怎樣腦殘，怎樣無法共同承擔家庭責任等等。儘管我講得那樣清楚，那樣直白，他們還是無法理解我，有的男人好心說：「不屌離婚，現在小姐那麼多，有錢呢，出去漂亮一下，沒錢呢，自己的老婆將就用。」有的女人不滿說：「你老婆那麼好，離了幹啥啊？」有一天，有個外鄉教師碰到我，打聽我的離婚事，我又第千次第萬次解釋我的無愛婚姻，他點兒也不相信：「你和老婆沒愛情，怎麼有兩個娃兒的？」我說：「娃兒是婚姻的結果，不是愛情的證明。封建社會的包辦婚姻，兩口子邊打架邊生娃，有的生出十幾個，能說他們有愛情？」那教師覺得我說話好奇怪，轉身仰天大笑就走了：「哈哈哈哈哈……『娃兒是婚姻的結果，不是愛情的證明』！」

崇原官員們聽說我離婚，都高興我自蹈覆轍，這下他們完全可以譴責我的不道德，審判我的不道德，把我的名譽和精神打進十八層地獄！縣委書記、副書記、縣長、副縣長們在各種大會小會上講話都要扯到我，大講我靠岳父推薦讀書，忘恩負義離老婆，大講我整掉崇原兩個億，給全縣教育事業造成巨大損失，大講我心理畸形，人格變態，反對主流社會，跟所有人合不攏。各區區委書記、副書記、區長、副區長們在縣上開會回去召開全區擴幹會，教育局長、副局長們在縣委縣政府開會回去召開全縣校長會，傳達書記縣長們的講話，又大講我離婚、告狀和變態等等。各鄉黨委書記、副書記、鄉長、副鄉長們在區上開會回去召開全體黨員幹部大會，各中小學的校長們在教育局開會回去召開全體教工大會，傳達上級領導講話，又添油加醋，隨意發揮，大講我離婚、告狀和變態等等。全體黨員幹部和全體教職工開會後，在地裡幹活也好，在家裡吃飯也好，在單位閒聊也好，在朋友聚會的茶桌酒席上也好，在趕場回家的路上也好，又添油加醋，隨意發揮，大勢講我，笑我，叫罵我。

那些最憤恨我的人，那些最不喜歡我這種人的人，他們不管是農婦還是村夫，不管是單位領導還是單位員工，都不約而同找到了洩憤的好辦法——到處造謠誹謗我。他們有的說莊愛書把一個少婦的肚子搞大了，少婦逼他離婚，有的說莊愛書愛偷東西，有一回偷雞被農戶打傷，半夜爬回學校，有的說莊愛書騙錢賴帳，逢場天在街上被人脫光衣褲打耳光，有的說莊愛書教書最差，遭學生在他背上潑墨水，貼紙條，遭學生趕出教室，有的說莊愛書最愛嫖婆娘，有一次嫖娼不給錢，小姐和男朋友追到大街上和他打架，有的說莊愛書強姦女生，已遭公安局槍斃了……他們或文明巧妙，笑裡藏刀，或粗魯笨拙，青面獠牙，或事先編造，溫婉含蓄，或臨場發揮，刀鋒直露，全因各人性格不同而不同。

大眾不明真相，齊聲叫罵，互相影響，眾口鑠金。許多人都不懂莊愛書為什麼那樣壞，為什麼不當好人，要當壞人，一些從來就不認識我、根本就不瞭解我的人，聽人說得，也在憤恨，也在叫罵，打聽我是啥模樣，多高多矮，多胖多瘦，都說「哪天碰到他龜兒，好好捶一頓！」連我的幾個遠親和一些從前非常讚賞我的人，都慪我幾年不見，怎麼一下變成那樣子。

興鎮完小有個物理教師笑著告訴我，書記縣長們在會上講我離婚、告狀、變態後，全縣都在叫罵我，他見我非常氣憤難受，添油加醋講得更加高興。這天，我氣鼓鼓進城，要找書記縣長責問他們為什麼在大會上亂放狗屁，毀我聲譽！

我路過縣委附近的商場外，碰見一個在城裡女兒家享福的鄉下遠親，我招呼他，滿以為他會像從前那樣跟我熱情說話，不料他冷冷看我一眼不答理，轉身躲開了。我非常難受，非常憤恨，非常後悔，決心以後不再輕易招呼任何人。

我在縣委和縣政府到處尋找書記縣長，書記縣長們經常躲著百姓藏貓貓，辦公室不僅無門牌，而且經常關門，我找了很久，一個也沒找到。我到處打聽，公務員們有的說不知道，有的說到外地開會去了。我不相信，繼續打聽，見有間辦公室坐著個中年人，門牌是「組織部副部長」，就進去問他。這副部長認識我，見我不認識他，厲聲喝道：「出去！縣委書記不是一般人能夠見的，不要在這裡來問！」我氣瘋了，桌上一拳：「縣委書記算狗卵！」他衝到我跟前指著我鼻子：「你跟老子再說一句！」我「啪」地一耳光打在他臉上，接著再打，邊打邊問：「你給誰充老子！你給誰充老子！……」

我倆打成一團，這時早有許多人進來把我們拉開。我隔著人群大罵他：「你有多了不起?!中國當官，無非是捨得舔溝子送錢，又不是你能有多大，德有多高。你要了不起，我就把了不起給你打落！」那些對他不滿的同事幸災樂禍，嘴上假惺惺勸我算啦，心裡望我再打，那些跟他關係較好的同事幫他說話，怒斥我不該動手打人，我高聲怒道：「他給我充老子，我沒有打他，我在打我的老子！這辨公室不是他的私宅，他為啥該喝我出去?!」幾個來辦事的群眾，剛才一進縣委大門就心情緊張，誠惶誠恐，現在見他挨打，一下輕鬆起來，不再畢恭畢敬，不再覺得官府神祕威嚴。

我沒找到書記縣長們，就去趕車回興鎮。來到車站買票時，發現衣袋被小偷用刀片劃開口子，身上一分錢也沒了。我剛教書時，興鎮一個老中醫見我古文不錯，常拿中醫古籍來學校找我講解，對我非常佩服讚賞，如今他在城裡女兒的藥鋪坐診，我便去向他借錢買車票。老中醫近年常聽人們說我許多壞話，後悔自己看走眼，正想哪天見了批評我，現在見我去借錢，很想重重說幾句，但是把我看半天，終於忍住沒批評，說：「我沒有錢。我哪有錢？我沒有錢。」

我回憶自己在城裡的所有關係，記起城關小學徐老師，就去學校敲他門。我叫了半天，又故意把臉對著門孔，讓他在裡面看見我，只聽他怒聲喝問：「是哪個啊！」我非常難受，報了姓名，他忍了一陣，開門大笑：「哈哈哈哈哈……我以為是哪個呢，才是你！進來坐。」我進去坐在客廳，誇他新居，他當然喜歡，帶我看遍他的臥室、陽臺、廚房和廁所，然後又來客廳坐下。我說起借路費，話沒說完，他連忙訴窮，叫我千萬別慪氣。我告辭要走，他老婆聽說我偷雞，怕我是神偷，忙去臥室打開衣櫃，突然驚叫：「那四百元錢呢?!那四百元錢呢?!」我連忙止步，徐老師進去幫著找一陣，低聲責備老婆說：「這不是錢是啥？不仔細找，驚驚慌慌的……」

我心裡流血，從城關小學出來不再借錢，決定步行回家。我沒吃飯，腳步沉重，一路且走且息，且走且睡，從下午走到天黑，從天黑走到天亮，走得筋疲力盡，才走到五溝附近。五溝今天逢場，我不想看見熟人，打算繞過五溝，就走一條陌生路。走一陣，一個農婦在洗菜，我不知她認識我，想她對我沒成見，毫無戒備去問路。那農婦抬頭看我一眼，不想告訴，想了半天，才憤憤指了指：「朝那條路走！」我依照指點走一陣，感覺方向不對頭，又問一個老頭子，老頭說我走錯了。我照老頭指的路徑走一陣，終於走上熟路，這才肯定那農婦給我指了錯路，我對社會更仇恨，恨不能炸爛興鎮，炸爛五溝，炸爛崇原，乾脆將整個崇原陸沉！

我來到一段行人稀少的山路，迎面碰到一個互相認識的趕場農民，那農民想我已遭槍斃了，怎麼又在路上走？他嚇得臉也青了，睜大眼睛看著我，邊走邊往地裡躲，腳下土塊絆倒他，連忙起來拚命跑：「鬼來啦！鬼來啦！打鬼喲！打鬼喲……」趕場回去沒多久，就被我的鬼魂嚇死了。

我回到學校，第二天去上課，見課堂一個女生也沒有，我非常奇怪，忙問班長，班長說不知道，我叫班長到處找，班長回來說：「她們在寢室裡，我叫她們來上課，她們不來。」我非常生氣，忙去女生寢室大發雷霆，硬逼她們到教室。女生們來到教室，我喝問她們為啥不上課，女生個個不說話。我問了半天，財政所長的女兒才氣憤說：「你當老師，為啥要離婚?!」

這女生每頓回場上家裡吃飯，聽得她爸她媽和鄰居罵我離婚，不知不覺受感染，對我非常憤恨不滿，就串聯班上女生不聽我講課，女生們也到處聽得大人叫罵我，有的大惑不解，有的跟著不滿，見她串聯，連忙回應。

我上完課，去場上家訪，要財政所長共同教育他女兒。我走到半路，路邊兩個女人洗衣裳，有個看我一眼低聲說：「看，莊愛書！」另一個抬頭看我一眼，低聲罵道：「龜兒教他媽一陣書，離婆娘！」我忍氣吞酸，裝著沒聽見，朝場上走去，來到了「阿慶嫂」買的半條新街。

「阿慶嫂」和高跟黨舉行婚禮過後不久，高跟黨調到五溝區教育辦公室作了掃盲專幹。掃盲專幹是擺設，文盲們年輕的忙著幹活，年老的等著閻王爺掃除，他的工作只在年終編造幾個假數據填成報表，送上去層層欺哄，其餘時間天天買雞買魚做飯吃，打牌逛街嫖女人，隔三岔五跟著教辦譚主任到轄區各校充當「區級領導」，會上講話努力給笨拙不通的語言冠上「請」、「謝謝」等文明詞語，努力給粗俗鄙俚的品質蒙上一層官者的端莊，雖然捉襟現肘，到底大概像樣了。

五溝離家較遠，高跟黨不常回家，「阿慶嫂」幾乎天天給他戴綠帽。這天高革命要去「阿慶嫂」屋裡借鋤頭，路過跟黨妹門前，跟黨妹在屋裡向他不住點頭，高革命不知有啥要緊話，見四下無人，連忙進去。跟黨妹說：「賠我青春損失！」二人正在低聲爭吵，跟黨媽從野外回來，高革命忙從後門溜走了。溜出後門不遠，見「阿慶嫂」牽牛去塘裡喝水，塘邊沒有其他人，他便馬上回家，牽著自家水牛也去塘邊，二人約定夜深人靜後。

高革命好不容易等到夜深人靜，摸黑去推「阿慶嫂」房門。高跟黨天黑回來，「阿慶嫂」幾次要去高革命房外漏信都不能，現在她跟老公在床上，聽得外面在推門，連忙高聲說：「跟黨，有賊，你起去看看！」高革命聽得，拔腿就跑，腳板踏得院子地動天搖。高跟黨知道老婆在漏信，頓時沒了性趣，兩口子罵一陣，拉亮電燈，起來打架，高跟黨用柴刀砍傷「阿慶嫂」的小腿。

跟黨媽看出女兒端倪，連忙托人作介紹，把她嫁給一個太監似的男人。男人自己不行，又不准老婆給他戴綠帽，二人新婚幾天就打架。跟黨妹回到娘家商量離婚，跟黨媽用古訓教育女兒：「『嫁雞隨雞，嫁狗隨狗』，他就是一泡狗屎你都要吃了！你要給我爭氣，不要回來丟臉，讓人家說我的閒話。」跟黨妹只得回到婆家，可是回去不久，又跟丈夫惡言相罵，丈夫用手指撕爛她的嘴角，她用牙齒咬斷丈夫的指頭。跟黨妹到醫院縫了嘴角，帶著傷疤到廣州「打工」，一夜能掙千多元。

跟黨妹每次從廣州回來都穿金戴銀，「阿慶嫂」非常羨慕，和小姑成了知心朋友，不久也到廣州「打工」，姑嫂倆合開一家按摩店，生意非常紅火。按摩店需人買菜做飯，「阿慶嫂」又十分想念孩子，第二年便將兒子和婆婆接到廣州。

跟黨媽看見女兒和媳婦掙錢，心裡很不是滋味，真想馬上回到莊家灣，但是她想：「社會是這樣子。哪個人一輩子沒有渣渣塵塵？就連我自己，丈夫死得早，和公公也有過幾年呢。並且，那些鈔票多可愛，廣州路遠，家鄉沒人知道，讓她們趁著年輕掙幾年，將來回去慢慢享受。」這樣想著，就裝聾作瞎，漸漸不當一回事了。

這天晚飯後，天色還早，暫時沒有客來，母女婆媳三人坐在沙發上聊天，「阿慶嫂」的兒子在屋角小桌旁完成作業。三人聊到跟黨妹離婚，跟黨媽仍用古訓教女兒：「『嫁雞隨雞，嫁狗隨狗』，他就是一堆狗屎你都要吃了，免得離婚逗人說！『人不受千言，木不受萬斧』，讓人家說著好聽？」跟黨妹正要說話，這時來了兩個中年男子，姑嫂倆連忙接客。

跟黨媽進裡面打掃衛生去了，「阿慶嫂」的兒子一面咬著鉛筆頭，一面好奇地看著媽媽和姑姑跟兩個陌生叔叔打情罵俏講生意，然後帶著他們進去了。跟黨媽忙完後勤出來，見孫子沒做作業，咬著筆頭呆呆想什麼，就呵斥他專心學習，孩子這才埋下頭來寫一陣。

去年姑嫂倆結束生意從廣州回來，「阿慶嫂」買了興鎮半條街，人們叫她「陳半街」。此刻跟黨媽和兩個老太婆坐在媳婦的街房門前聊天，梁豬兒在暗娼霞兒屋裡穿起褲子從後門溜出來，見她們身旁有條空板凳，也去坐下閒聊，四人見我走過，都罵我離婚。跟黨媽驕傲說：「我家祖輩沒有一個離婚的！」一個老太婆厭惡說：「ri媽嫌自己的婆娘，去想漂亮的！」另一個老太婆鄙視說：「變人把胯底下那丁點兒肉管不住，不如屙泡尿伏倒淹死算啦！」梁豬兒笑著說：「雞兒慌，給他割啦！」我差點爆炸，差點上前打架，但是我告狀以來天天有人罵我，我要打架打不完，每天要打幾十次，況且我跟豬狗打架不明智——打贏了，我比豬狗強，不算英雄；打輸了，我比豬狗弱，更加不算英雄。這樣想著，我就假裝沒聽見，忍著憤恨走過了。

我在場上沒有找到財政所長，打算去供銷社買皮鞋。我碰到曾在我家誇我不好色的遠親老太婆，老太婆拉著我的雙手痛心說：「娃兒啊，不要離婚呀！繼祖在老人面前那麼好，你離了幹啥呀……」與她同行的中年女人對我離婚極端不滿，她本來不想搭理我，但是又想洩憤恨，就厭惡鄙視說：「你那婆娘高高大大的，又沒少長一個耳朵，少長一隻眼睛，離了幹啥啊?!」我不理她，而對老太婆講說繼祖腦子殘廢，別說文化，別說思想，連生活腦力都沒有，連幹家務也困難。中年女人又不滿：「那你就幹嘛！」我不理她，繼續跟老太婆說話，老太婆搖著我的雙手說：「娃兒啊，你只當做好事啊，不離她呀……」我痛恨全社會理解繼祖，同情繼祖，卻無一人理解我，同情我，我憤怒扯出雙手：「你做好事，把她領去！」說著就去供銷社。

我來到供銷社，暗娼霞兒從自己屋裡出來，在供銷社門外跟一個殺豬匠說笑。殺豬匠說：「霞兒才安逸，做生意不完稅……」暗娼便去打他。我相中玻璃櫃檯裡面一雙皮鞋，見售貨女人站在不遠的文具櫃檯裡面跟另一個女人聊天，便叫道：「買皮鞋。」售貨女人看我一眼沒理我，繼續聊天。我覺得沒面子，硬要把她叫過來，又高聲叫喊買皮鞋，叫了老半天，她才怒道：「我的皮鞋不賣給你！你那麼能幹，要離婆娘，就來找我買皮鞋啦？」我便和她大吵。

這時許多人都來圍著看熱鬧，一面低聲講說我離婚。一個男人憤恨說：「教書有啥了不起啊？要離婚！」第二個男人鄙視說：「他姐夫那麼有錢，當那麼大的官，都沒離婚，他離婚！」愚兒禿子沒老婆，就養一頭老母豬，他看繼祖如仙女，譴責我不知珍惜：「那麼好，離了幹啥？生在福中不知福！」

人圈外面，莊家灣一個女人在對人們講說我：「他回家來，又不幫婆娘幹點活，就寫他那小說，還要說人家這不對那不對！人家繼祖對人多好，你說『繼祖，來幫我燒鍋。』她自己家裡的活兒都沒幹，就連忙來幫你燒鍋。你說『繼祖，來幫我割麥。』她自己地裡的麥子都沒割，就連忙來幫你割麥……」有個中年女人說：「是啊，你看這多好！離了幹啥？」另一個中年女人說：「喜新厭舊，想找漂亮的。」第三個女人說：「凡是離婚都不是他媽的好貨！」殺豬匠和暗娼打玩停了，也來看吵嘴，聽得那女人罵離婚，看著暗娼笑著說：「霞兒的姐姐離過婚。」暗娼又去打他：「你污蔑我姐姐！」

嚴醒夢遭災折金錢，莊愛書遇禍丟飯碗。26

我爹提著五十個雞蛋到五溝區法庭給庭長送禮，講說吳繼祖如何孝順老人，如何和睦鄰里，如何伺候丈夫等等，請求庭長不許我離婚。庭長說：「老太爺放心，我和嚴市長是同學，和吳書記是朋友，你的兒子離婚不道德，社會輿論很大，我們肯定不會判離。」

我到五溝區法庭催了多次未能離婚，這周星期天進城，去找我的一個當了法院副院長的同學打聽離婚法規。這同學體塊高大，五官不醜，師範畢業分配在村小教書，同鄉法院院長的女兒個子瘦小，沒有曲線，葫蘆嘴裡包著滿口金牙，天天纏他要結婚，這同學就以調到法院為條件跟她結了婚，調到法院後，他岳父又在退休前把他提為法院副院長。

仁德中學已辦垮，我姐夫把學校別墅群賣給了成都富人和崇原貪官，我同學的岳父買了一座送女婿。我去別墅找同學，問了離婚法規後，誇讚他的別墅不僅豪華，而且還有山泉水、好空氣和小塊菜地，同學說：「你姐夫才該送你一座呢。」我說：「算啦算啦，那要在他面前夾著尾巴低著頭，忍受許多精神痛苦，我做不到！」接著我們又聊起我姐夫的發跡史，我才從同學的聊天裡第一次聽說曲書記把國家扶貧辦撥的三億扶貧款全部給了我姐夫用來修建這別墅群……

我又心潮澎湃，憤慨不平。我不滿貪官腐敗，百姓吃虧，不滿邪氣猖獗，正氣不張，不滿社會只講物質，不講精神！任何時代任何國家都有貪官，但是從來沒有哪個時代哪個國家有今天中國的貪官這樣多，每年單是中紀委抓出來的省部級和副國級貪官就有幾十個，廳級、處級、科級、股級、村級，愈往下面貪官數量愈龐大，而且抓出來的只是冰山一角，大量貪官因為正在臺上反腐，因為沒有落下證據等等原因而逍遙法外。我向來不滿社會只講親疏，不講賢愚，向來認為親人裡面有壞人，外人之中有好人，因此我堅決不講親疏，只講賢愚，就是我的親老子親兒子腐敗，我也要揭露出來，我對社會和自己不能是雙重標準！我決定向中紀委寫信揭露曲書記和我姐夫，我不是存心整我姐夫，而是講原則，講正義，任何人拿走三億扶貧款，我都要揭露，我堅決不讓邪氣戰勝正氣！我恨不能剷除一切邪惡，剷除不完，能除多少算多少，好比地上的害蟲，踩死一條，人類就少一點禍害，多一點幸福。我從同學別墅出來，到處調查曲書記把國家三億扶貧款交給我姐夫修建仁德中學之事，我才知道此事已成全縣公開的祕密，只是沒有一人出來檢舉揭發。

鄒書記現已升任中央政法委書記和政治局常委，他去北京之前部署省裡人事，把所有親信安了要害職位。他見我姐夫忠誠低調，自從當了拜幹兒，這麼久了不外講，沒有一人知此事，因此他把我姐夫升為成都市正市長。我姐夫當官以來，興鎮許多人想盡千方百計攀附，現在更是驚奇佩服，跑到成都去見他，可是連影子也沒見到。鄉人大蘇主席想讓兒子調到縣政府，就恭維我爹，瞭解我姐夫的住址後，背著禮物去成都，卻遭我姐夫訓一頓，又把禮物背回來。

這天，我姐夫在他辦公室忙完公事，又想起他的前路來。他主持市政建設，讓華龍資產驟增，很快發展為跨國集團，全球十幾個國家和地區都有他的礦山、油田和房地產。他在世界各地買了許多別墅，把兩個兒子移民美國，把我姐移民加拿大，在加拿大買了一望無際的原野。加拿大地廣人稀，土地平曠，到處是筆直公路，到處是綠樹蔥蘢，他將來不管平安著陸，還是聞風而逃，都要在加拿大安享晚年。他要把那原野用百里高牆圍起來，在中央幾十米高的山包上修別墅，他早晨觀望朝陽在他原野升起來，傍晚觀望落日在他原野沉下去，天邊霞光燦爛，百鳥飛翔，牛羊成群，麋鹿奔跑……他要開耕地，修魚塘，築圈舍，養草場，把莊園建得美如圖畫。他要雇農夫，雇園丁，雇廚師，雇保姆，雇司機，雇保鏢，雇秘書，雇總管，雇保健醫生。他的莊園一概杜絕農藥、化肥和人造飼料，一切食物純天然。他每天看園丁修剪，看農夫耕作，看魚蝦戲水，看雞鴨覓食，看牛羊吃草……他正想著，突然電話響了，崇原教育局李局長告訴他：「您的內弟到處調查那三億扶貧款，又要告狀……」我姐夫著急了，深怕拔起蘿蔔帶出泥，他本來不想再理我，永遠和我斷關係，但是現在他要寬諒，他要「宰相肚內撐得船」，打算回到興鎮跟我談一談。

成都市政府的豪華公車在興鎮完小古榕樹下剛停，有個教師連忙跑去報告皮校長，說不知哪裡的大官來了，皮校長馬上出來迎接，見我姐夫和司機從車裡出來，連忙上前握手：「嚴市長回來啦！歡迎指導學校工作，請到我屋裡坐會兒……」我姐夫謝了，說他很忙，到愛書寢室去一下，馬上就要走。這時教師們也上前握手，二十幾年前我姐夫教民辦小學來完小，他們有的跟他狎昵，有的對他耍大，現在個個很拘謹，張三說：「嚴市長回來啦？」李四說：「嚴市長回來啦？」王五說：「嚴市長回來啦？」趙六說：「嚴市長回來啦？」我姐夫和大家一一握過手，留下司機跟他們閒聊，就徑直到我寢室來。教工們很想瞭解高層，不失時機向司機問這問那，大家覺得大官的司機也很神祕，也很了不起，敬佩之情溢於言表，都拿出全部智慧，努力掌握說話的分寸和技巧，深怕現出低水準。

我在斗室正給中紀委寫信，見我姐夫來了，把信放進抽屜裡，既不招呼，也不讓座。我從姐夫發跡後，一次也沒上他門，他當官越大，我態度越傲。我姐夫在我跟前站了一下，見屋裡沒有多餘凳子，就坐在我床上，說：「你的小說啥時能寫完？」我說：「這下回來上課，幾乎無法寫，我也不知啥時能寫完。」他看看我的病容，看看我的寢室，深深歎了一口氣，說：「你想到成都到北京，姊妹之間好好說，我把你調不去？你要吃這麼大的苦！」我認為他點兒也不瞭解我，說：「沒有本領，沒有成績，靠關係調到上頭去，我不但覺得沒意思，甚至羞恥，甚至鄙視！我之所以痛恨這個社會，就是因為這個社會不講任人唯賢，不講原則是非，一切講關係，一切講金錢……」他無法用工作調動攻克我，想了一陣，打算用巨額金錢引誘我，嚴厲批評說：「另外，我聽說你在調查我的事情啦？至親之間，你不該這樣搞！你要多少錢，就明說……」我需要金錢，卻又鄙視金錢，難道我揭發他是為了敲詐他的金錢？我認為他在貶低我，生出怒氣高聲說：「我一分錢都不要！我要光明，要正義，要原則，要是非，要真理，要社會公正，要精神境界，你能給嗎?!我雖然窮，但是再窮的日子都能過！」他真想起身回成都，但是還抱一絲希望，忍了忍又語重心長說：「你有兩個大缺點害你一輩子：一是瞧不起人，二是太講是非，太講原則！不要太講是非，不要太講原則。我們年輕時候搞文化大革命，跟你一樣幼稚，一樣講是非講原則……」他想改變我的思想，「有篇文章的標題叫《下等人講是非，中等人談問題，上等人論格局》……」我天天遭受底層淩辱，時時渴望在人之上，現在見他罵我下等人，我敏感的神經被刺痛了，心裡非常難受，同時我氣憤這文章觀點的淺薄錯誤，不等他說完，連忙搶道：「有一種人，地位是上等，精神是下等！這種下等人，像豬狗一樣，不講正義，不講是非，不講原則，一切只講實利、感情和關係！……」我姐夫再也忍受不下，沒聽我罵完，一言不發，起身走了。

我姐夫回到成都，決心切除我這腫瘤，打算派人買槍手，可是想了很久，終於沒有買槍手。他聽說中紀委收到我的實名檢舉信，已經派人到崇原，他決定把華龍集團川西電力有限責任公司百分之八十股權賤賣給鄒溆的北京東晨，他除了我檢舉之事要靠乾爹跟中紀委書記說話，將來他的許多事情還要依靠乾爹。

這天他飛到北京，來到乾爹家裡，鄒書記和張昕正在客廳說話，雪兒從張昕懷裡跳下來跑到我姐夫跟前搖尾。張昕笑著說：「嚴……醒夢，雪兒代表我歡迎你！你把我們忘記啦，很久不來我們家……」我姐夫通體幸福，腦子發昏，差點暈倒，但是他怕乾爹，努力壓制幸福感，連忙躲開張昕火辣辣令他喪魂失魄的眼神，他要努力管住自己，注意說話的語氣、神態和分寸：「乾媽說哪裡話，乾爹知道我好忙……」說著坐到乾爹一邊，免讓乾爹生疑。

鄒書記跟我姐夫說話，張昕好幾次搶話，甚至起身坐到我姐夫身邊，不時拍打他的手背，提醒乾兒聽她說話，連雪兒在她腿邊摩擦，她也全然不知。我姐夫非常害怕，竭力多跟乾爹說話，少跟乾媽說話。鄒書記心裡非常憤恨：「只要看到哪個男人比我年輕，她馬上就像發情的母狗不要臉！」他反感張昕，站起來說：「雪兒，來！我們上樓……」差點說出下一句：「讓他們好說話！」鄒書記走上樓梯，雪兒跑去，我姐夫毅然丟下乾媽站起來，跟著乾爹上樓去，商量賤賣川西電力有限責任公司百分之八十股權的事宜。

第二天我姐夫約請鄒泅喝茶，把川西電力賣給了北京東晨，總價僅僅五億元。北京東晨加上我姐夫原來贈送的百分之二十乾股，持有川西電力百分之百的股權，兩個月後鄒泅把川西電力賣給一家國電公司，售價五十五億元。

這天，鄒書記參加政治局常委會議。會議休息時，他跟中紀委書記私下閒聊，說到反腐，他勸書記適可而止，要考慮黨內的團結、和諧與穩定，要考慮黨的光輝形象。他說：「不要今天抓一個，明天抓一個，抓多了，讓老百姓看我們共產黨全是貪官。」那書記有重大反腐方案將在常委會上審議通過，想得到鄒書記支持，就在嘴上承認了他的反腐看法。接著鄒書記提起我姐夫的事情，要求中紀委書記「低調處理，搞搞就行了。」我姐夫個人腐敗不是全域，反腐重大方案才是全域，行大事者不拘小節，中紀委書記就答應了鄒書記的要求。

這天鄒書記在外視察，晚上我姐夫在成都打去電話，瞭解中紀委態度，聽得喜訊，心裡放鬆，又想起乾媽來，他和乾爹說完電話，馬上又打乾媽手機。孩子和保姆們出外玩耍去了，張昕抱著越來越高大雄壯的雪兒，一面玩著牠的兩個蛋蛋，一面嬌憐可愛說電話：「嚴哥……我知道我記得……我知道我記得……這會兒讓我叫聲嚴哥，老東西在面前我就叫不成了……我知道我記得……我知道我記得……老東西越來越不行了，只能啃草……是呢……是呢……活受罪！嚴哥……嚴哥……好久來北京……好久來北京……」她像小姑娘一樣萌，噘起嘴巴低聲說，「再不來，我跟狗狗好上了……」

中紀委來人在縣上調查後，又通知我去賓館面談，可是回去之後，一直沒有下文。全縣又到處議論紛紛叫罵我，許多人都說我比蛇蠍還毒，比豺狼還狠，連自己的親姐夫都要整，更別說外人，他們背地不叫我莊愛書，而叫我「壞人」、「爛人」、「瘋子」。他們，尤其是那些當官的，都希望我倒楣，都希望我跌跤，他們才好石頭瓦塊一齊砸我，棍棍棒棒一齊打我。

我在副院長同學那裡打聽到最高人民法院新規，夫妻感情破裂，分居兩年以上者，法庭無條件判決離婚。我很想調到外地教書，既跟吳繼祖兩地分居，創造離婚條件，又可把粱岫雲帶去外地讀書，躲開熟人眼睛。我的小說沒完成，不能馬上調北京，我天天渴望離開崇原，哪怕暫時調到外地偏遠山區，我也非常願意。

興鎮完小如今訂了三份報，在壩子裡做了小小的讀報亭，一個頂班女工人專職換報紙。這天，我去報亭看報紙，見十幾天沒換新報，陽光把舊報照得臘黃，我正憤恨女工人繼承鐵飯碗，白拿鐵工資，女工人拿著新報來了。我站著看她換上的新報，看到一個偏遠地區需要調進高中語文教師的廣告，我非常驚喜，決定馬上請假去那地區聯繫調動。

吳繼祖種地，到處欠著化肥、農藥、種子、農具、塑膠薄膜錢以及鄉上村上的提留款，我的工資早用來還了欠帳，我去外地聯繫調動無路費，就到學校出納寢室領取當月工資。出納指著工資表冊說：「你每月工資五十六元，扣除書錢十元……」我連忙問：「什麼書錢十元？」出納指著屋角一堆書說：「教育局王股長寫的書，全縣每個教職工一本，你還沒拿。」我一看，見是王大中印的《怎樣才能有個健康身體》，封面漂亮，書邊整齊，樣子很像書，憤怒說：「我不要垃圾！」出納笑著說：「你要不要，反正錢是統一扣了的。」

出納老婆從家裡給老公背來一筐米麵油肉和蔬菜，坐在桌旁休息，她常聽人們罵我，不懂我為啥不學好，遭千人說過去萬人罵過來，現在見我果然不是好東西，連縣上發下來的書，都敢不要！她真想批評我，但是又想自己是農村婦女，「夫在前，妻莫言」，她不能幹涉老公單位的事情。

出納繼續算帳：「再扣除縣上公路集資七十元，再扣除畜牧局家禽家畜檢疫費二十元……」我更加憤怒：「不忙！家禽家畜從來沒人檢疫，為啥要收二十元？而且在家裡已經收了檢疫費，為啥還在單位收?!畜牧局他媽一個和我們八竿子打不著的單位，憑啥也要吃我們?!」出納說：「李局長叫全縣學校統一扣的，連那些雙職工，毛都沒養一根，照樣扣呢。」接著他笑道：「這是畜牧局請教育局領導吃飯送紅包搞的……現在全國都是這樣，你有啥法？」我真想一拳砸爛這世界，但是全縣幾千教職工都沒吭聲，我一門心思想離開，哪有精力去鬥爭？於是也就不說了。

出納又算帳：「所以你欠四十四元，不但這個月領不到工資，下個月都只能領一十二元！」我傻眼了，我的路費怎麼辦？只好無理要求出納預發工資。出納知道我愛講原則，愛講道理，不講關係，不講私情，現在正好教訓我，理直氣壯生氣說：「你欠的錢都是學校給你墊起的，為啥該給你預發？」我無法清高，無法傲慢，求他在學校小金庫借用兩百元。出納見我有了改變，還要繼續改造我，笑著撒謊說：「學校一分錢都沒有了，拿啥借給你？」我繼續求情說好話，出納故意等了老半天，才說：「這樣，我把我私人的錢借給你兩百元。」就從衣袋拿出兩百元給我。

出納老婆認為我完全因為不學好，才弄到這般狼狽地步，她老老實實，耐著性子委婉勸導我：「好好做人，不要破罐子破摔，給你嚴大哥爭點氣！你又不是爛得鍋鏟子都鏟不起來，改正過來就是好人了。你那兩個娃兒一天天大了，今後要結婚成家，免得人家說，『哪個跟他媽那號人打親家？』……」我真想怒聲大罵，可是剛借她家錢呢，我真想好言開啟，可是愚婦腦袋不是幾句話能夠改變。我千言萬語，不願對牛彈琴，跟豬講理，只好忍受不說話。

幾天後，我在那地區一所重點高中講了課，帶著地區教育局的商調函回到興鎮完小，打算下周進城，要求崇原教育局寄去我的檔案。教工們沒有一人跟我說話，但是每個人都在看我，有的眼神很驚訝，有的轉過臉去暗笑，有的高興地跟別人說話，有的憤憤地吐口水。我去上課，走上講臺，課堂沒有往日開講前的肅靜和期待，沒有往日一雙雙崇敬的目光，而是說說笑笑，鬧鬧嚷嚷，女生有的氣憤憤埋頭看書，有的不好意思地偷看我一眼，笑著跟同桌交頭接耳，男生有的砸書摔筆，憤怒瞪我，有的高聲說話，自大自滿。我大發雷霆，威壓學生，學生點兒也不怕，課堂照樣說說笑笑，鬧鬧嚷嚷。我莫明其妙，尋找原因，見梁岫雲座位無人，我一下警覺，感到異常。我不敢再壓，講起課來，努力把課講精彩，妄想吸引學生注意力，但是課堂仍然說說笑笑，鬧鬧嚷嚷，很少有人在聽講。我好不容易熬到下課，叫來一個老實聽話的男生，在我寢室問他為啥同學們不認真聽我講課了，連問幾次，男生才不好意思地告訴我原因和情況：

梁岫雲每天晚上藏在被窩裡打著手電筒偷看我長長的情書，同鋪女生見她邊看邊流淚，第二天在她枕頭套裡偷出信，看了交給班主任，班主任把信交給皮校長，皮校長叫去梁岫雲調查後，連忙進城去給教育局彙報。學校師生到處議論，梁岫雲嚇得不敢見人，躲在被蓋窩裡哭了兩天沒吃飯，學校去鄉上開廣播，通知梁岫雲的家長來把她領回去，讓全鄉每個人都知道。

我的驚天醜聞傳出後，崇原全縣從書記縣長到農夫農婦，從機關單位到田邊地頭，到處都在叫罵我，到處都在笑談我，有的說：「他龜兒這下澈底完蛋了，只等我們收拾他！」有的說：「莊愛書滿嘴巴高尚道德，滿肚子男盜女娼！」有的說：「莊愛書平時連玩笑話都不跟女人說一句，看不出來還有這些名堂！」有的說：「哼，你不要看他道貌岸然，這種人其實陰倒亂搞！」有的說：「整！這種敗類堅決整！不然今後哪個還敢把子女送到學校啊？」

我聽了男生講說，感到大禍臨頭，天崩地塌。我想否認寫信，但是信的筆跡和信的內容都是我的，鐵證落到敵人手裡，我沒絲毫辦法抵賴！我打算結束生命，又想沒有寫完《精衛銜微木》，我自己知道這部宏大史詩的文學、歷史、思想、美學和社會價值有多高，我的小說遠比我的生命重要，我要頑強，我要臉厚，我要忍受巨大的精神痛苦活下去。

我怕看見任何人，突然喜歡藏起來，我不去教室上課，不去食堂吃飯，關著門窗，藏在寢室的黑暗裡想著自己的禍事。我從門縫偷看外面，見教工們拿著碗筷去了食堂，學生都在教室吃飯，我趁著門外暫時無人，連忙溜出學校，逃到山上一處人跡罕至的密林獨自躲藏，讓精神得到一絲安慰，減少一絲痛苦。

我多麼需要幫助，需要安慰，需要溫暖，需要忠誠啊，現在很想親近吳繼祖。我哪怕成乞丐，繼祖也會像條老狗，不離不棄，她這不是思想，不是崇高，而是感情，而是習慣，而是定向思維，而是不知算計。我平時那麼嫌她難看，慪她傻笨，恨她占位，現在點兒也不嫌她，點兒也不慪她，點兒也不恨她了。我藏到天黑，摸下山來，跌跌撞撞跑回家，雖然知她絲毫不能幫助我。

我輕輕走過父母窗外，見床頭亮著昏黃的電燈，我爹我媽坐在床上長籲短歎。我媽說：「這場禍事如何了結啊！」我爹說：「這下我有啥臉見人？連趕場都沒法去了……」我輕輕來到自家門外，聽得繼祖鼾聲如雷，兩個孩子也很香地睡著，我多想進屋親近他們啊，但是不敢叫醒繼祖開門，怕老爹知道，又要叫我去他床前，通夜聽他教育，把我說得一無是處，渾身潰爛，給我痛苦的精神雪上加霜，況且繼祖只有溫暖和忠誠，我把她叫醒，她頂多只能給我做飯，況且天亮回學校，我怕路上見人。這樣想著，站了一陣，就轉身回學校。

教育局來人在學校和梁岫雲家裡調查完了，這天把我叫去興鎮場上他們住的旅館裡。許多人站在街上看我，有的低聲說：「他啷個不曉得害羞呢？」有的低聲說：「這種人，臉是死了的。」有的憤恨說：「去死嘛！」我頂著許多目光，心裡安慰自己：「連一些名人偉人都師生戀呢……」但是我又認為一萬年以後師生相戀都是錯誤，因此還是羞恥，還是只想鑽地洞。

我天天蒙汙忍垢，頑強活著，猜測教育局的處分，等待教育局的處分。教育局向全縣各校發通報，說興鎮完小教師莊愛書給女生寫戀愛信，並且多次把該女生叫到寢室猥褻，品質惡劣，師德敗壞，影響極大，要求各校組織教職工認真討論，引以為戒。這天晚上，學校召開教工會，皮校長宣讀教育局通報，我怒火萬丈，高聲大罵教育局污蔑陷害，皮校長說：「你要罵就到教育局去罵，不要在這裡罵！我們是在傳達上級文件！」教工們齊聲擁護皮校長，說如果受冤枉，你就去翻案，我說：「肯定要翻案！」許多教工都冷笑。接著皮校長又宣讀崇原縣政府開除我公職的文件，我怒火萬丈，高聲大罵，馬上站起身來走出會議室。

我通夜未眠，想這想那。我絲毫也不懷疑梁岫雲污蔑陷害我，我斷定縣委縣政府和教育局在打擊報復我，打算馬上按照法律規定起訴到崇原縣法院，要崇原縣委、縣政府和教育局在庭上出示我猥褻梁岫雲的證據！但是中國司法不獨立，公檢法接受黨的領導，辦案聽從黨的指示，我起訴到崇原縣法院，等於是起訴到崇原縣委、縣政府，這是在向搶我的土匪告搶劫，向吃我的豺狼告吃人，我在崇原縣法院的天平上是一片鴻毛，崇原縣委、縣政府和教育局是一座泰山。

我打算貸款請律師，但是庭上天才律師的滔滔辯說，不抵書記縣長們一個電話，一個批示，一句隨隨便便的口頭意見。中國律師都弱勢，要打贏一場官司，別說那些平庸律師，就是天才律師也要請吃請喝，送錢送物，在公檢法混熟關係。我的對頭是縣委縣政府和教育局，律師們就算幫我請吃請喝，送錢送物，也休想打贏官司。

我打算上訪，但是有些冤民上訪二三十年，心理、人格和身體發生巨大的病態變化，事情沒有點兒結果，我要完成我的文學巨著，不願一生毀於上訪。況且我跟女生戀愛，羞於言說，沒有底氣，況且我的家庭經濟這樣糟糕，我哪裡有錢縣上市上省上北京往往返返到處跑？

我萬萬沒有料到縣委縣政府要開除我，早知這樣，我提前寫出辭職廣告到處張貼，歷數縣委、縣政府、教育局和興鎮完小對我的種種迫害，講說公辦學校是能人的桎梏，庸人的溫床，我要棄之如敝履，我在國家踢我之前先踢國家，這多英雄，這多體面。但是我沒有一個朋友，沒有一點關係，縣委常委開會研究開除我，我點兒也沒得到消息。

我要憑著教學能力到那些高檔私立學校應聘。私立學校招聘教師，各地教育局不放教師檔案，以此留住人才，私立學校只要教師教學能力高強，不看檔案也吸收，因此我能隱瞞我的污點。並且高檔私立學校工資比公辦學校高得多，幾年後我有積蓄，辭去教書寫小說。我被開除公職，不能調到北京，但是小說走紅，成為全國著名的獨立作家，也能離開興鎮崇原，交往有才能、有思想、有正義、有見識、有眼力的社會精英。

第二天，我背著被子席子等等東西回家。我最怕路過場上，真想繞路，又怕別人看見，知我在害羞，於是強撐硬熬走場上。兩邊街民都看我，有個街民低聲說：「弄得沒臉呢！」另一個街民說：「他處分得重。」有個外鄉教師姦了女生沒出事，現在來興鎮走親戚，看著我低聲說：「哪個人一輩子沒點錯誤？你請人家吃早飯，人家就要請你吃午飯！」我假裝沒聽見，厚著臉皮往前走，迎面一個熟人仰天大笑：「愛書，你回去？哈哈哈哈哈哈……」我無比難受，無比憤恨，卻又無法不准人笑，只能努力裝著沒事，跟他說話，絲毫看不出來在羞恥。

走到半路，前面來了高跟黨。高跟黨在五溝區教育辦公室當了兩年掃盲幹部，又靠舅舅調到城關派出所當所長，昨天開著單位公車帶回幾個幹警給他插秧，現在上街買東西。他遠遠看見我，想到自己在轄區抓嫖，夜總會老闆買來黃花賄賂他，他分錢不花睡處女，沒有鬧出點兒事。他心裡笑我沒㞞運，一碰女人就倒楣，高聲叫道：「愛書，哈哈哈哈哈……你把東西背回去，在學校用啥呢哈哈哈哈哈……」我知他裝著糊塗取笑我，頓時憤怒，找話還擊，可是我一憤怒就變笨，找了半天才說道：「你安逸啊，不教書了！」他知道我瞧不起他教書，說：「我是把那雞娃子書教不好的哈！明給你說，我教美術，連向日葵的『葵』字都寫不出來……」他心裡留著後半句：「但是我比你活得安逸，活得體面！」

我在莊家灣埡上碰到跟黨媽跟一個過路老太婆拉家常。老太婆說：「你那跟黨能幹，拉一車人回來給你栽秧……」跟黨媽說：「那些人幹活快得很，那麼多田，今天就能栽完……」老太婆說：「你們那麼有錢，還種田地幹啥嘛，又不是買不起糧。」跟黨媽說：「自己種點，不打農藥，不施化肥，又吃新鮮糧。我們田裡地裡全用油箍和草木灰……」她們正說著，見我走過，沒理她們，過路老太婆低聲說：「莊愛書遭開除啦？」跟黨媽低聲說：「把兩個老的病都慪出來啦……」便說起我的一樁樁一件件來。老太婆說：「生兒生到那號兒，也是慪人！」

27 嚴醒夢光宗耀祖，因此請客；莊愛書倒海翻江，於是鬧宴。

我爹我媽慪得生了一場大病。我爹的生日是正月初七，他想去成都請女兒女婿在莊家灣給他大祝生，用我姐夫的喜氣沖沖我給他們帶來的晦氣。

他精心研究女婿口味，想手工掛麵快失傳，估計城市難買到，他要送去手工掛麵討女婿喜歡，就叫我媽把剛從地裡收回來的新麥曬乾，背五十斤到面坊磨成麵粉。他認為精粉比麥麩好，反覆叮囑我媽說：「開頭一二次的精粉分開裝，後頭的麥麩我們吃……」我媽走路越來越艱難，杵著拐杖，拖動小腳，在狹窄的鄉間土路上像走鋼絲一樣左搖右擺，才把五十斤小麥分成兩次背到幾裡外的麵坊，磨出麵粉又分成兩次背回來。

興鎮一帶的手工掛麵最後傳人八十幾歲，老頭氣息奄奄，一步三歎，我爹四顧茅廬才請來，敬煙敬茶，端水端飯，服侍了兩三天，才做出三十斤香噴噴的掛麵來。這天，我爹捉了兩隻自養土雞，背著花了十幾天時間準備出來的手工掛麵，坐上大班車去了成都。

我爹去時，我姐夫正在北京開會。會議期間，我姐夫記起幾年前王大師借去觀賞的項鍊，打算收回愛物。他去王府見大師，說話間幾次扯到項鍊，大師假裝不懂，扯開話題，他介紹我姐夫認識呂書記，這是多大的恩情啊，但是我姐夫自從送了拜師禮，再也沒有送什麼，他慪徒弟忘恩負義，決意不還項鍊，大家扯平，誰不欠誰。師徒越說越不愉快，我姐夫直叫大師還項鍊，大師見徒弟出言不遜，頓時暴跳如雷：「兩個月內我叫你渾身潰爛，不得好死！算啦，我等不得兩個月，馬上用氣功戳死你……」說著站到客廳中央，雙拳緊握，平放胸前，然後手舞腳蹈，打了一陣空氣，最後左腿提起，左拳放胸，右手食指和中指直指我姐夫，定格為金雞獨立姿勢。

我姐夫沒有收回項鍊，張省長跟大師關係很好，我姐夫打算托他跟大師談談。鄒書記進京後，呂書記作了省委一把手，呂書記和張省長都愛吃我姐夫家的廚師做的熊掌和魚翅，我姐夫決定在家宴請二人。他從北京回來，我爹正要說祝壽，我姐夫對我姐說：「呂書記和張省長要來我們家裡吃飯，還有省裡市裡幾個人，你和翟師傅商量一下宴席……」我爹不敢說話，屏息聽著女兒女婿說家宴。

宴會那天還很早，我姐就把我爹藏起來，不讓省上大官看見他。我爹很慪氣，想他雖是農民，但是腦子不笨，見了大官也不會給女婿丟臉到哪裡去。建國初期，許多笨嘴拙舌的長工，許多大字不識的鐵匠，機緣巧合參加了共產黨的工作，後來當到地委書記省委書記。假如祖先不在莊家灣落腳，而在距離城市近的地方安家，資訊靈通，思想開放，一九四九年他得到消息，識得大局，不把那幾兩銀子買成田地，成為中農，而全家大吃大喝，吃成貧農，就是黨的信任對象，就可積極參加黨的工作，憑著他的聰明腦袋和文化，後來隨便能到省上和中央，絕對不會一輩子泥裡來水裡去，連吃公社吳書記——不，繼祖她爸——三個雞蛋也不敢！唉，命運啊……

別墅東南角一間屋子，床鋪沙發電視空調和衛生間樣樣齊全，我爹獨自一人在屋裡，享受著傭人送來的美酒佳餚和香煙茶水，只是暫時不能去那鑲金嵌玉的客廳餐廳，出街不走前門走後門。他不能慪氣，他要知足，他要識數，他比起別的農村老頭來，已經好到天上了。

前面餐廳裡，我姐夫正在待貴客。他敬酒說話，奉菜忘了換用公共筷，而像家鄉那樣，把自己筷子掉頭，夾菜奉到呂書記張省長他們碗裡，他怕他們嫌棄，連忙說：「乾淨的！乾淨的！筷子是掉了頭的……」我姐學習丈夫，也把自己筷子掉頭，夾菜奉到夫人們碗裡：「乾淨的！乾淨的！筷子是掉了頭的……」

呂書記張省長他們走了，我姐這才通知我爹到客廳。我爹跟我姐夫說話，他知道我姐夫對我不滿，就大肆數落我，踏踐我，討得女婿喜歡，接著又小心翼翼說到祝生，深怕女婿不答應。我姐夫早想衣錦還鄉，光宗耀祖，讓我看他花團錦簇，風光無限，便答應春節在莊家灣為我爹祝壽。他拿起手機跟曲書記閒聊，告訴曲書記他春節要回興鎮，曲書記連忙表態，馬上撥錢把縣城通往興鎮的泥土公路修成柏油路，再將柏油路分別通到嚴家溝和莊家灣。我姐夫跟曲書記聊完，又給弟弟打電話，叫他在華龍拿點錢，派人回老家把父母的墳墓修一下，再在莊家灣修座大別墅，春節給我爹祝壽，大家去了有住處。

柏油路很快鋪完，嚴長夢帶人在老家給父母修了豪華大墓，又帶人在莊家灣修起豪華大別墅。興鎮到處在祕密講說我姐夫春節回來的重大消息，人們不是至交知己，不會輕易透露，都怕別人請去嚴市長，自己排不到輪次。

這天，鄉人大蘇主席坐在農機站門前的板凳上跟兩個街坊聊天，大家說到嚴市長，蘇主席因為送禮挨訓，心裡不滿我姐夫，但是見到大官是體面，他要把這體面說出來：「興鎮只有我才見到嚴市長！我給他送了兩百個松花皮蛋，一隻九斤重的肥公雞……」他認為遭大官訓斥也體面，「我剛把背筐和公雞放下，他就說：『你送這些來幹啥?!拿走！不拿走我要扔得老遠！』」他開始吹牛了，「嘿！我一下火了：『你了不起啥你了不起?!你再了不起麼，還是我們興鎮的人嘛！你的根在興鎮嘛……』嗨喲，我那一頓把他訓慘了，訓得他腔都不敢開！莊愛家連忙說：『蘇主席請坐！蘇主席請坐！』馬上給我泡茶。嗨喲，那茶高檔！是真正的龍井茶……」

一個沒有面子的住街農民站在跟前聽一陣，打聽道：「聽說嚴市長正月初三要回來啦？」蘇主席輕蔑地看他一眼，諷刺說：「啷個嘛，是不是想請嚴市長嘛。」二十幾年前我姐夫當大隊民小教師，有一天趕場去見我岳父，曾把背篼寄放在這街民屋裡，這街民仗著這點舊情，真的想請我姐夫，但是蘇主席問他，他不敢承認了。蘇主席說：「癩蛤蟆吃天鵝肉——少想！連我想請他，都不敢……」

興鎮完小的教工也經常談說我姐夫。這天飯後，大家站在古榕樹下閒聊，爭論我姐夫的官職算哪級，一個年輕教師跑來說：「你們聽說沒有，嚴市長春節要回來給他親爺老漢祝生！」於是大家商量去不去。一個教師清高說：「算啦，他又沒有請我們。」另一個教師說：「要請你！你把自己看得多大喲。」第三個教師說：「你去當省長！」第四個教師說：「你去了，接待你都算不錯囉，還請你！」

正月初三，嚴長夢從成都帶來幾個大廚，買來幾車東西，在莊家灣準備壽宴。正月初五一大早，興鎮場上的人們奔相走告，興奮不已，都說嚴市長今天要開車回來，先到老家拜墳，再去莊家灣祝生。大家從來沒有見過這麼大的官，都早早站在街道兩旁或者伏在自家視窗，等著觀看嚴市長，深怕錯過好機會。

等了很久，果然我姐夫全家和華龍高管的豪華車隊在興鎮場上一晃而過，開往嚴家溝去了，兩邊群眾有的說：「看，嚴市長！嚴市長！中間那輛是嚴市長！我看見他坐在車裡。」有的說：「我怎麼沒看見？我怎麼沒看見？」有的說：「等會兒還要回來。」有的說：「成都市市長是副部級，你以為小啦？」有的說：「鄉壩裡出去的，沒啥大不了。」一個中年男子說：「他教民辦，我跟他同桌打過牌……」一個小夥子說：「你少吹牛！」中年男子說：「這才怪啦！敢賭一根中指不?!哦，牛瘋子來啦，我們問牛瘋子……」

所有人馬上圍住牛瘋子，爭著打聽他跟我姐夫一起教書的事情。牛瘋子努力平靜，努力謙虛低調，努力若無其事，講說我姐夫教書時的所有細節，大家聽得很興趣，連兩個打賭的也停了打賭，而聽牛瘋子講說。有個男子說：「牛瘋子不錯，跟嚴市長同校教過書。」另一個男人說：「嗨！真的，牛瘋子，你找嚴市長把你提拔為縣委書記！」第三個男人說：「不說縣委書記，調到成都市政府看門，沒有點兒問題。人家在縣政府掃地都自豪光榮，你在成都市政府看門，差啦？」牛瘋子說：「算啦算啦，懶得打麻煩，我就在興鎮完小還是可以。」

我姐夫高調還鄉，極大刺激我的自尊和嫉妒，我對祝壽很反感，打算離家出走躲幾天，猶豫之後終於留在家裡。早飯後，我見全家忙著幫助廚師殺雞湯鴨剝兔烹魚，準備接待貴客，就帶上書本，去山上柴草堆裡藏著看書。埡口幾個過路男子誇讚我姐夫，有個說：「嚴醒夢今天要回來。」有個說：「他給岳父祝生，東西買了幾大車！」有個說：「莊明理兩個兒子沒名堂，女兒女婿不錯……」我隔著樹叢偷聽，憎恨社會沒眼光，憎恨社會趨炎附勢，社會越是追捧我姐夫，我越是遠離我姐夫，不管他財有多大，官有多高！

我姐夫拜過祖墳，車隊又經場上，馳來莊家灣。埡上放哨的孩子看見車隊遠遠來了，飛奔回去報信，我爹聽得消息，連忙帶領家人和親戚，去公路盡頭的大曬壩迎接。車隊在大曬壩停下，我姐剛從車裡伸出腳，老姑母連忙扶姪女，我姐看著自己光亮的牛舌形皮鞋沾有泥巴，說：「我簡直不會走你們農村的路，剛才在嚴家山上墳，差點摔一跤……」嚴長夢說：「今後把公路修到墳跟前。」

莊家灣的人們以為我姐夫帶回高官朋友，有的躲在家裡，從門縫往外偷看，有的在地裡埋頭幹活，不敢說話，偶爾才伸腰瞟一眼。平時，灣裡天天有人因為豬兒吃菜，雞兒啄糧，扯開嗓子高罵，要ri死人家的女子丫頭，祖宗八代，天天有人因為一把柴草，一顆雞蛋，因為你說了我家是非，我翻了你家舊賬，拿起鋤頭扁擔打得頭破血流，今天卻非常平靜，甚至連狗的影子、豬的聲音都不見了。

我姐夫他們在我爹屋裡入座。老舅舅原來坐上席，現在像打架一般，硬把我姐夫推到上席入座，接著拿出揣得皺巴巴的低檔香煙敬我姐夫，我姐夫連忙拿出自己的高檔香煙敬舅舅：「抽我的！抽我的！」我姐怕舅舅不識名煙，糟蹋貴物，高聲說：「舅舅，你曉得這是啥子煙不啊？這是原來特別給毛主席一個人造的煙，幾千元一盒的！哦，你以為像你農村人，抽八分錢一盒的？」

我姐誇完，從她幾百萬元的名貴包裡拿出舊衣舊褲去灶房。她把舊衣送給我嫂：「嫂嫂，我這衣裳你拿去穿。明說，這下不是原來，舊衣裳我能穿出世？扔了又可惜，你們沒關係。」我嫂不想要，但是又怕得罪她，只得停下洗菜，笑著拿去自己屋裡放了。我姐理開一條黑色蘿蔔褲來到灶前說：「繼祖，這褲子是我原來在崇原穿的，看啊，還是好的，只是褲襠這裡脫了線，縫幾針就可以穿……」繼祖在燒鍋，笑著站起來，接了褲子就穿上。我姐說：「拿去放在屋裡，閒了把褲襠縫幾針才穿上。」繼祖脫下蘿蔔褲，拿去屋裡擱放了。

我在山上看書肚子餓了，回來站在自家門前，對著我媽廚房叫喊繼祖回來給我做飯。我姐夫是高官，要講高官的體面，意見藏在肚子裡，他見我回來不去見他，就主動來我門前，後面跟著老姑母。老姑母想我姐夫這麼了不起，我久久不來見姐夫，她很奇怪，要看我是啥道理。我和姐夫招呼後，陪著他和姑母在我飯桌旁聊天。

談到社會，我非常激憤，抨擊種種腐敗、不公和邪惡。我姐夫雖然慪我檢舉他，現在想我澈底倒楣，到底生出幾分同情和大度，語重心長勸我說：「不要太認真，不要太老實！你原來給我講的瘦朋友胖朋友的故事，我至今還記得，你反倒忘了……」我說：「我沒有忘，只是我學了瘦朋友，你學了胖朋友！」我姐夫心裡一驚，差點臉紅，但是斷定我不知道他和呂書記同床之事，便不露聲色，繼續勸我：「太認真，太老實，既吃虧，又得罪人。中國是關係社會，任何人想在這個社會成功，都必須和社會搞好關係！關係好了，別人支持你成功；關係不好，別人不讓你成功……」我對關係社會恨透骨，連忙反對說：「社會關係應該越簡單越好！有些人一輩子啥本事沒有，專門勾心鬥角，結黨營私，整人害人，把社會關係搞得非常複雜，浪費人們多少腦力和時間，耽誤社會多少物質和精神的生產！」老姑母見我連我姐夫的話都不聽，連我姐夫都不服，忍住不滿，語氣委婉說：「愛書，你比起你嚴大哥來，那恐怕還爭火欠炭呢！你嚴大哥白手起家，當到成都市的正市長；你有你爹和你岳父給你打底子，你自己不好好搞，把飯碗打落……」

她正說著，她的長孫拿著書本來了。這小夥子去年考上醫學專科學校，老姑母帶他來祝生，除了讓人知道她家出了大學生，還希望我姐夫送錢。小夥子完成作業碰到疑難來問我：「二表叔，『方寸匕』啥意思？」老姑母向來看重我姐夫，我姐夫發了大財，當了大官，更加證明她的眼力沒錯，她見孫子請教我，笑著說：「問你嚴姑父嘛！你嚴姑父把成都市那麼多人都管得下，把你教不下？」我非常難受，慪她把珍珠當魚目，把魚目當珍珠，只好閉嘴不講。我姐夫不懂「方寸匕」，但是姑母佩服他，他不能在粉絲面前現原形，拿過書來看一陣：「『匕』就是匕首，『方寸匕』就是一寸見方的匕首……」我越不被人認識，就越想出風頭，終於忍不住說：「『匕』不是匕首，是古代的湯匙，舀湯喝的小勺子，『方寸匕』就是方寸大小的勺子，古人用它來量藥。匕首是短劍，因為像『匕』之首，也就是勺子的把柄，所以叫匕首。」我姐夫聽懂了，但是強詞奪理，蒙蔽文盲，我絲毫不讓，硬要爭贏，老姑母實在看不慣，怒斥我說：「愛書不要強，聽你嚴大哥的！」

午宴是九個主菜，十三個配菜，晚宴只有兩大盆牛排加幾個小菜。老姑母午宴晚宴都挨著我姐坐，老人家最羨慕榮華富貴，晚宴時邊吃邊向我姐悄聲打聽華龍資產。我姐左手端碗，右手用筷，夾來一塊牛排，嘴巴放在姑母耳邊說：「千多！」肥油滴在左手拇指上。姑母問：「千多萬？」我姐用鼻孔說：「哼！」把菜吃了，又在姑母耳邊低聲說：「千多億！」說完舔一下拇指，肥油就不見了。

我姐舔了肥油，正要誇說呂書記張省長喜歡她家翟師傅做的熊掌魚翅，院壩邊來了手電筒光，十一村幾個農民仗著我姐夫教書時跟他們稱兄道弟，聯合備了宴席，壯著膽子來請我姐夫全家和華龍高管們明天去做客。他們有的想通過我姐夫的關係把自己在外省部隊當兵的兒子升為軍官，有的想求我姐夫跟縣上說話，把鄰居關進監獄，最好能判死刑，有的想在華龍當個低管中管，有的純粹為了虛榮，讓社會看我跟嚴市長沾上了。那帶頭農民對我姐夫說：「我們怕別人搶早，所以今晚就來請你！」

我姐夫請幾人入座，我爹我哥連忙添酒加菜，深怕得罪。我痛恨舔屁股，滿臉怒氣，不理幾人，心裡說：「假如嚴醒夢倒楣，同樣是他這個人，同樣是他的能力品行，你們黑夜來請嗎?!」幾個農民見我臉色難看，句話不說，都想我真的不是東西，完全應該遭開除。幾人又請嚴市長明天無論如何要去坐會兒，宴席已經備好了，我姐夫不答應，幾人反覆苦請，我姐夫仍然不答應，說不管誰請都不去。

第二天吃早飯，又有許多人來請我姐夫，膽大的直接上門，膽小的或者藏在我家山牆下，或者藏在鄰家廁所裡，或者藏在山坡樹林中，托人給我爹帶信，叫他出去一下。我爹一次又一次出去，那些熟人求他給女婿說情，我爹極力幫女婿推謝，實在推不掉的，就轉告女婿，我姐夫照樣不接受任何人的邀請。

吃完早飯，一輛低檔寒磣的小車來到莊家灣壢壩停下，我姐夫的幾個高中同學來見他，同學相見，非常親熱。同學們把我姐夫誇讚一陣，接著說明來意——大家聽說我姐夫春節要回來，提前聯繫全縣混得不錯的同學，於正月初八也就是後天，在縣城白雲大酒店舉行同學會，連幾個在外省安了家的同學都特地回來，要和我姐夫見面，所以希望我姐夫一定參加。我姐夫不願降低身價，撒謊有事，不能參加，叫同學們後天高檔消費，盡情享受，幾萬元幾十萬元不在話下，賬由長萝去結算。他怕同學們說他擺架子，再三說明，再三抱歉，要他們幫他向別的同學轉達歉意。

幾個同學走後，我姐夫帶著我姐和兩個在美國留學回來的兒子到老墳山拜墳，後面跟著我哥、我姑母、我舅舅、嚴長萝、幾個鄰居以及一大群孩子，我的兩個兒子也在內。老墳山大片墳墓高高低低，大大小小，墳裡多是三年「自然災害」的餓死鬼，我姐在七座墳前點燃鞭炮放一陣，又從我哥背筐拿了紙錢在每座墳前燒一堆，對七個餓死鬼說：「爺，婆，媽，二爹，二媽，二弟，三弟，醒夢當上成都市的正市長了，給你們爭了光！他連中央的大官都握過手，他還要上升，你們在陰間一齊保佑他！」她鼓勵說，「你們要聽話，我給你們多燒錢，你們拿去多買吃。」她提高聲音，「你們聽到沒呀？」她責備威脅，「管你們的，不聽話，二天醒夢不認你們！」

我昨晚發現那條舊褲，就問繼祖哪來的，繼祖說是姐姐送的，我頓時感到齊天大辱，心裡翻著狂濤巨浪，差點馬上拿出去當眾大罵。此刻房後光宗耀祖的鞭炮聲使我想起自己被開除，想起社會對我的輕視、惡評和叫罵，我非常羞愧，非常嫉妒，非常鄙視，非常憤恨！我認為我姐夫越來越世俗，越來越渺小，我想：「假如你像拿破崙華盛頓那樣幹出劃時代偉業，不是要偉大得一腳踩死成千上萬人嗎?!」我憤恨整個社會，憤恨所有人，我氣瘋了，拿出那條舊褲子，再問繼祖哪來的，繼祖囁嚅不敢說。我忍無可忍，大罵著找來柴刀，當著父母、親戚和華龍高管們，在門檻上邊砍邊罵，邊罵邊砍，把舊褲砍成許多碎片。人們見我瘋狂亂砍，只在心裡叫罵，誰也不敢上前惹我。

我爹低聲對我媽說：「我昨晚跟他嚴大哥說，『大人不記小人過，你看在我們的情上，在你公司給他安排個工作』，他嚴大哥已經同意了，這下還說啥？」我媽慪毒了：「剛生下地，哪曉得是他媽這號貨？曉得是這號貨，簡單得很！可惜我命心命肝把他養大……」我砍完舊褲，滿腔憤怒遠遠沒發完，又跑到房前把橘樹砍得遍體鱗傷，木屑四濺。我痛恨衣錦還鄉，痛恨光宗耀祖，痛恨趨炎附勢，痛恨一切世俗觀念，我扔了柴刀，拿起鋤頭跑到院壩邊，對著山上高聲怒喊我的兩個孩子，然後歇斯底里大罵：「龜兒些再獻醜，老子把幾個墳堆堆全部挖他媽啦……」

我姐夫他們在山上聽得叫罵，知道我又瘋了，我姐要對罵，我姐夫連忙制止。我姐氣憤說：「他喪祖先的德，丟祖先的臉，還不讓別人給祖先爭氣！」老姑母也氣憤說：「他把這一大家人的臉丟完了！」老舅舅說：「這東西，小時候多乖呢，現在怎麼變成這樣子！」我姐撒謊說：「他做那些喪德事，縣上只想槍斃他，跑到成都來請示我們，我和醒夢不同意，才把命給他保住……」

當晚，莊家灣幾處院子燈火通明，徹夜不息，廚師、女眷和幫忙的鄰居們辦著明天的大宴。天氣非常寒冷，我姐夫和我姐指揮安排一陣睡覺去了，我爹我媽熬到深夜也想睡，但是外人都在幫忙呢，自家怎能去睡覺？鄰居們想二老年紀大了，都叫他們去睡覺，我嫂也對我媽說：「去睡，你有支氣管炎！」二老就去睡了。這時距離天亮不遠，屋外水桶結著冰，院壩裡搭著的飯桌和板凳上，曬壩裡幾輛豪車的頂上，菜地裡的菜苗上，路邊的瓦礫和豬屎上，到處都是白霜。

二老剛睡下，我姐起床，要到各處廚房查看，記起我姐夫早上愛吃稀飯，而各處鍋灶和人手正忙大宴，就到二老門外叫我媽起床，在小灶上給我姐夫煮稀飯。她知道我媽支氣管炎怕寒冷，但是我姐夫給我家撐了多大的門面，帶來多大的光榮，我姐夫這麼高貴，這麼有功，難道我媽不該給他做碗稀飯？她敲門叫醒我媽：「起來給醒夢煮稀飯。加一碗水，放小把兒米，半把兒綠豆，湯稠了才放三片萵筍葉……」

我媽還沒把被窩睡暖和，很怕支氣管炎發作，但是我姐夫是鳳凰兒，她連忙起來穿衣裳。我姐指點一陣不見回音，怕我媽醒來又睡著，提高聲音問：「我在教你，你聽到沒呀？」我媽說：「聽到啦。」我姐見我媽久不開門，又敲門說：「起來沒呀？」我媽想證明自己起來了，連忙摸牆上電燈開關的拉線：「起來啦。冷天穿得多，又摸不到電燈索索……」

我在隔壁床上簡直不敢相信自己的耳朵。我憤恨我姐醜到極點，把老公看得比皇帝高貴！我認為我姐夫沒有我媽一根指頭重，我想我媽有支氣管炎，天寒地凍摸黑起來煮飯，著涼怎麼辦?!摔倒怎麼辦?!我又慪我媽趨炎附勢，我莊愛書正在倒楣，假如這會兒叫我媽起來給我煮稀飯，我媽要起床嗎？

我無比憤怒，連忙起床，來到我媽灶房，咆哮著打滅她剛剛點燃的柴火，端著鍋裡的水米潑到院壩，然後抱起老媽叫她回去睡覺。我媽拿著撥火棒打我，喘氣說：「你嚴大哥還說把你安排在他的公司……」我認為我姐夫以此為誘餌，讓我後悔，讓我低頭，讓我認錯，我更加憤恨，覺得整個世界都齷齪，不停「呸呸呸」，差點連五臟六腑全呸出。

天亮不久，許多客人從四面八方陸續來了，那些請了的，沒請的，甚至主家當面推謝了的，那些沾親的，不沾親的，甚至主家根本不認識的，都來給我爹祝壽。莊家灣每個院子每戶人家都擠滿了人，許多人沒有坐處就在院壩邊、房子後、埡口上和田野裡到處蹲，到處站。

興鎮完小教工都來了，他們站在我家院壩邊，看著莊家灣各處院子坐滿了正在吃宴的客人，看著每家房前屋後站滿客人等待吃宴，都說今天來遲了。他們比農民高一等，在院壩邊站著很不是滋味，非常希望主家有人接待，哪怕看見我，他們也要丟棄前嫌，主動跟我說話。這時一個教師看見高跟黨和華龍幾個高管站在別墅樹下說話，別墅點兒也不擠，便壯著膽子說：「高跟黨在那兒，走，我們去！」別的教師自慚形穢，都說今天省上大官要來，那是接待省上大官的地方，你好意思去？

教工們正受煎熬，皮校長見我姐夫從我爹屋裡出來，連忙叫喊嚴市長，擠進人群跟他握手，恭請嚴市長今後到學校多多指導，我姐夫熱情招呼皮校長和老師們，一面敬煙一面抱歉地方窄逼，讓老師們受了委屈。正說著，見埡口來了三輛豪車，「啊，呂書記張省長他們來了！」他丟下皮校長他們，忙去壩壩迎接。

呂書記張省長儘管春節很忙，還是和省市幾個官員來給我姐夫門面增輝。官員們從車裡出來，我姐夫一一握手，說說笑笑帶著他們到別墅。莊家灣一片人海看大官：那些站在遠處的，踮腳引頸，鼓大眼睛，張三指指點點，李四低聲說話；那些站在近處的，見大官來了連忙讓路，王五退到菜地，趙六擠倒別人；那些正在坐席的，嘴巴眼睛兩不誤，錢七背朝大官，飯碗端在手裡，腦袋扭到背後，孫八面對大官，眼睛不在佳餚，筷子夾到盤外。

呂書記張省長他們吃過宴席回成都，我姐夫送客回來，興鎮鄉黨委張書記來到面前獻策說：「嚴市長，安排人收禮錢，讓吃了的好離開，給那些還沒吃的客人騰出地方來。」許多吃過宴席的客人連忙附和，齊聲叫嚷嚴市長快收禮錢，我們送了好回去。我姐夫哪會瞧得起鄉下這點禮錢，而且許多人送幾十元幾百元兒，過後千方百計攀附他，這樣要他幫忙，那樣要他幫忙，因此他對大家說：「把各位請來聚會一下，地方窄逼，應酬不周，已經深感歉意，哪好意思收禮錢！」但是客人們異口同聲，說嚴市長當官不忘故舊，發財惠及家鄉，這已經是莫大恩情了，怎麼能夠白吃嚴市長，再三要他安排人拿紙拿筆出來記帳收錢，不然他們就不走。我姐夫再四解釋，再四推謝，客人們堅決不答應，堅決不離開。我姐夫實在無奈，打算暫時收錢，客人走後，叫我爹按照禮單逐一退還，便安排人記帳收錢了。

興鎮完小教工終於搶到座位吃宴席。梁抬石低聲問：「怎麼沒有看見莊愛書？」有個教師說：「在屋裡睡。」我在床上無比嫉妒，無比憤恨，連忙起床，怒臉開門，對著院壩高聲大罵世俗舔屁股，高聲大罵我姐夫把我爹當成賺錢工具。罵一陣，我衝進送錢寫禮的人堆，奪了張書記手裡一萬元鈔票扔得滿天飛。張書記一拳將我打倒在地，客人們到處喊打，有的說把瘋子朝死處打，有的說把壞人抓起來，有的甚至上前踩我幾腳。我從地上爬起來，我爹拿著竹板來打我，繼祖見我成了過街老鼠，哭哭啼啼也罵我。我歇斯底里，更加高聲大罵，我哥和嚴長夢把我拖進屋裡鎖起來，我打砸門窗，罵破嗓子。

這時山嘴響起高音喇叭，鄉上老年協會會長向全鄉廣播，講說孝敬問題。他讚揚嚴市長當官不忘本，發財不棄舊，百忙之中回來給岳父祝壽；他批評有些不孝之子不給祖先拜墳，不為父母祝壽，父母生兒育女好辛苦，生養這種兒子有何用，不如多養幾頭豬，多餵一隻狗！他警告不孝之子，如果不改邪歸正，如果不向嚴市長學習，老年協會要帶領全鄉老人到他門前問罪……我聽得憤恨噁心，更加叫罵打門，要出來和整個世界拼了！

客人大多走了，只剩老姑母老舅舅他們幾個至親。我姐夫全家要回成都，我姐提出錢來，給父母十萬，我哥五萬，親戚們各一萬，唯獨我家沒有份。接著我姐夫和我姐又跟莊家灣父老鄉親道別，給每戶人家送一千，然後跟大家合影。莊家灣老的小的男的女的非常高興，大家眾星捧月，讓我姐夫全家站在前排正中，嚴長夢舉起相機留下珍貴影像。

上車時，我爹我媽，我哥我嫂，還有莊家灣各戶人家，都拿來他們琢磨很久估計城市買不到的好東西送給我姐夫。如今城市什麼買不到？國外時鮮我姐夫也經常包機買來，他和我姐什麼也不要，耐著性子再三推謝。親人們再三要送，圍著汽車不讓走，鬧了半天，我姐夫叫我姐象徵性地收取各家一點兒，才得以啟程。

28 去成都，孤鴻常懷遠方志；回興鎮，大眾都看厚顏人。

我被開除，一無所有，並且讓吳家丟臉。我岳父為女兒做主，起訴離婚，托人說媒，要將繼祖嫁給外省一個未婚男人。這男人孤兒長大，誠實勤儉，有點存蓄，就差老婆，不嫌繼祖腦子殘。不久，五溝區法庭裁決我和繼祖離婚，雙方各養一個孩子。

興鎮五溝一帶許多人偷笑我，議論我。這天地裡一群男女幹活，遠遠見我從路上走過，有的說：「搞得好，連婆娘都沒有了！」有的說：「原來是他離婆娘，現在是婆娘離他。」有的說：「嗨，他這下可以和梁岫雲結婚呢！」有的說：「梁岫雲早就跑啦。」有的問：「跑哪裡去啦？」有的答：「弄得沒臉，跑到外省她舅舅那裡讀書去了。」

我到成都一所著名私立中學應聘，拿出我十幾歲在省刊發表的小說和二十幾歲在《人民日報》發表的教材研究文章，校長看了，問我最後學歷，聽說我是推薦讀中師，問我工作單位，聽說我在戴帽初中，問我職稱，聽說我是中學二級教師，心裡頓時涼了。我說：「我的學歷和單位不是由我決定，而是時代決定，至於職稱，我們縣完全是論資排輩，教齡占九十分，文憑占五分，工作表現占五分，而工作分全由校長給，所以人人老了都是高職稱。希望校長安排一堂試教課，看看我的實際能力。」全國各地眾多教育精英奔著高薪而來，學校天天試教，校長頗嫌麻煩，儘管如此，他還是答應了我的要求，叫來教導主任等人商量，安排我明天上午在高中二年級十三班試教。

我被私立中學錄取了。我見這中學設施一流，師資一流，待遇一流，學生來自全國和國外，週末坐著豪車飛機回家，週一坐著豪車飛機上學，我做教學實驗不愁購書資金。我打算放置小說創作，實驗我的教學法，在私立學校大顯身手，但是又想，我幹出顯著成果還得靠區、市、省教育行政部門宣傳推廣，我怕興鎮、崇原和我姐夫捅漏子，鬧出我師生戀愛被開除的醜聞，教育行政部門對我的評價定會大打折扣，我又白幹一場。並且我發現中國很多人不滿私有制，不管是國家的制度對待，還是人們的觀念思想，公辦學校都是國家的寵兒，私立學校都是國家的棄子，我任教的這所中學儘管如此高檔，教育行政部門一些官員仍然另眼相看，百般刁難，我哪怕沒被開除，在私立學校幹出顯著成果，教育行政部門也很難為我宣傳推廣。我認為在私立學校教書只是工資高，不會有啥前途，我還是打算按照學校要求教書，用平常的教學方法教幾年，有了積蓄就辭職，全心全意創作《精衛銜微木》，然後拿到北京出版。

我打算把兒子帶到我應聘的學校讀書，但是這學校學費高得嚇人，我想積攢工資，早日辭職寫小說，決定讓兒子還是在興鎮完小讀書，初中畢業考中師，我早點完成義務。兒子各方各面是庸人，庸人有庸人的幸福，庸人有庸人的樂趣，興鎮崇原是庸人的天堂，世俗的樂園，兒子將來中師畢業就在那裡教書，跟社會打成一片，與世俗同模子，其實恰當，其實幸福。我常常跟他通電話，講說自己一生的失敗和苦難，教育他不要學習我，而去學習社會。兒子常聽社會叫罵我，常受同學欺侮他，慪他沒有好爸爸，果然決心不學我，甚至不論青紅皂白，一切反感我，一切排斥我，有時我沒說完電話，他就生氣關手機。

我在成都私立學校教書的消息傳開，興鎮許多人羨慕我工資高，完小教工見我兒子吃穿和零用超過他們的孩子，甚至全鄉第一個用手機，他們既暗暗羨慕，又非常嫉妒，有的說：「那雞娃子私立學校，用八抬大轎來抬我，都把我抬不去！」有的說：「私立學校老師學生都是公辦學校扔出去的破銅爛鐵。你想，連莊愛書遭開除的貨色都要了，學校有啥好教師？」有個女教師說：「他哪裡在成都教書嘛，在飛龍場上一個私人辦的小學補習班代課，那天我到飛龍走親戚，親眼看到他。」一個女工人說：「你說錯啦！他在成都撿垃圾，興鎮有人在成都親眼看到他，他還有點不好意思，躲躲藏藏的。」有個男教師說：「可能他遭飛龍那私人補課班辭退了，才到成都撿垃圾。」

幾年後，我的兒子和興鎮完小另外兩個教師的兒子中師畢業，由教育局同時分配在興鎮村小教書。兩個教師天天巴結皮校長，半年後他們的兒子調到興鎮完小教書，我的兒子仍在村小，非常沒臉。他常聽人們有意無意提起我的醜事，慪我背叛他媽媽，慪我讓他在社會沒臉面。有一天他和三個年輕教師在興鎮場上打牌，有個年輕教師欺他是莊愛書的兒子，輸錢不給他，二人吵起來，那年輕教師說：「你跟你老子一樣！」我的兒子被他戳到痛處，買了汽油和打火機要與他同歸於盡，幸好被人勸住了。

我的兒子也想調到完小教書。他當然不滿皮校長，但是努力戰勝自己的感情，努力把皮校長當恩人，他知道皮校長和我關係不好，他給皮校長送去厚禮，心裡插刀說：「皮校長，我爸不成器，但是他是一輩人，我又是一輩人，他不等於我，我不等於他，希望皮校長寬宏大量，接納後輩……」皮校長想了想，還是對他不放心，心裡說：「啥子雀雀下啥子蛋蛋，他爸不講關係人情，連親姐夫都要整，我收了他的重禮，萬一他跑到縣上告我受賄呢？」嘴上卻委婉說：「你的心情我領了，禮物你帶回去，國家工作人員應該廉潔，我無論如何不能收！至於你到完小的事情，我可以到教育局幫你說一下，但是最後決定權在教育局。」

我的兒子到教育局向新任的楊局長談調動，楊局長說：「村小調完小，我們把權力下放給校長的，你回去跟校長談，不要雞毛蒜皮的小事都來找局長！」不久楊局長的兒子升大學，我的兒子把微薄工資加上我爹給他的錢，湊足兩萬元去送賀禮。楊局長知道我兒子的小事很好辦，收了禮錢說：「從村小調到完小，本來是校長在定，但是我可以幫你跟皮校長說一句。」不久皮校長去教育局，楊局長叫他把我的兒子調到完小，皮校長本想堅決不答應，但是他早已到了退居二線的年齡，他還想再當兩年，只好答應楊局長，把我的兒子調到了完小。

我在成都念念不忘寫小說，但是私立學校教學工作抓得緊，我一個字也無法寫。興鎮完小在縣上要錢修了新樓房，論資排輩分給老教工們居住，年輕教師雖然居住老舊房，但是比原來寬多了，學校甚至還剩著幾間無人住。這時教工食堂已辦垮，教師們工資增加，都叫老婆丟了土地來校做飯。我的兒子沒對象，住著學校兩間房，我考慮他既要教書又要做飯，怕他懶做肉菜，搞垮身體，打算回到興鎮完小跟兒子同住同吃，他教書，我創作，誰有空閒誰做飯。

我一想到興鎮就害怕，真想躲得越遠越好，但是我不回興鎮，人們就知道我在羞愧，就高興我在痛苦。我不願人們知道我羞愧，不願人們高興我痛苦，因此我越是害怕回興鎮，越是要回興鎮。我必須頑強，必須臉厚，必須戰勝自己，讓他們看我雖然被開除，活得不比他們差。學期結束，我不顧校長和董事長勸留，就辭了工作，收拾行李去趕車。

我在成都，對人友好善意，心境愉快，就連剛才在車站，也跟陌生人說笑不停，可是現在一上車，想到車上多是崇原人，友好愉快頓時沒有了。班車剛到崇原界，我的心裡仇恨鄙視，臉上陰沉鐵板。我在崇原下車後，很想高人一等，買了興鎮車票，上車就留心每個人的說話、眼神和對我的態度，別人不先招呼我，我絕不先理任何人！

車上都是興鎮人，他們有的想我名聲狼藉，有的想我丟掉飯碗，有的想我性情古怪，有的討厭我高傲，大家都不理睬我。有個中年農民知道我教書出了蠻力，只因不會做人，才遭整狗，他在心裡笑我吃大虧，招呼我說：「莊老師哈哈哈哈這兒來坐，你這幾年哈哈哈哈在哪裡……」我對他的取笑很憤恨，但是又喜歡有人招呼我，就板著高傲面孔，一言不發去他身旁坐了。我的右邊隔著走道坐著一個五十幾歲的農民，這農民兩個兒子在外發了，他多麼偉大，見我居然不理他，因此對我極端不滿，扭頭瞪著我，很想找茬子。瞪了一陣，他終於找不到茬子，只好回過頭去等機會。

偉大農民正偉大，他右邊同坐的農民問：「你的兩個兒子都在外面打工啊？」偉大農民糾正說：「不是打工，是在廣州開工廠，當老闆！」他連忙倒出滿肚子的光榮，「老大最不簡單，十幾個工人每天工資都要開支好幾百元！大媳婦打牌都有工人服侍，每年單是化妝品就要花一千多元……」他沒說完，後面一個農民自言自語說：「我那兒子在部隊又升了。他在團裡排在第九位！」第三個農民的兒子長相好，沒人問他，也自言自語笑著說：「我那醜兒子，既沒當官，又沒錢，天天啥事都不做，只在場上耍。曉得是啥原因？那些女娃兒一群一群地追他，爭著給他買衣裳……」

偉大農民不等第三個農民說完，連忙對同座說：「兩兄弟都買了車！都是好幾萬元的……」第二個農民自言自語說：「他們團級幹部喝酒，茅臺一箱一箱地拿！昨年我從部隊拿回來幾個茅臺瓶子裝酒……怪，一兩元錢一斤的酒，只要在茅臺酒瓶子裡一裝，味道馬上就變好了！」第三個農民又笑著自言自語：「那天幾個女娃兒到我家來追我那醜兒子，說著說著就打起來了。我的兒子說：『你們再打，我一個都不要！』」

偉大農民對同座說：「老大的工廠還要擴大……」第二個農民自言自語說：「毛主席招待尼克森，喝的就是茅臺酒。開玩笑，皇帝喝的酒啊！」第三個農民又笑著自言自語：「我經常罵我那醜兒子的話，你不但沒有給女娃兒拿一分錢，反倒用人家女娃兒的錢……」

我聽得發嘔，真想大罵！我要發洩憤恨，我要表現高傲，見司機發動汽車，就要關門開走，我突然站起來說：「不忙，我下車！」我走到車門，回頭大罵：「我寧願白丟車票，都不忍受滿車髒屎！」說完連忙下車。那偉大農民差點衝下車來追打我，見車門已關，只好作罷。車上一齊罵我，有的說：「那是啥野物子?!」有的說：「原是他媽的瘋子！」有的說：「該開除！」有的說：「你想，好東西哪會遭開除？」有的說：「讀初中就遭批鬥！我和他初中同學，那還不知道？」

新學期開學不久，我去興鎮完小跟兒子同鍋吃飯寫小說。我怕路上見熟人，磨蹭很久，才打傘出門遮著臉。走了幾步，又想天沒下雨我打傘，別人定然知我在羞恥，就收起傘來，在路上強撐硬熬。我一路豎起耳朵，努力收聽地裡幹活的人們怎樣低聲議論譏笑我，努力收聽路上相遇的人們走過之後怎樣叫罵鄙視我。

我來到興鎮場外，照樣硬撐走場上。人們幾年不見我，都詫異我有臉回來，都譏笑我弄到這地步，都不約而同爭看我，一個老太婆在門前摘著一堆菜苗的根鬚，停了手裡的活兒抬頭看我，一個理髮匠在店裡梳起別人的頭髮，停了手中的剪子扭頭看我，愚兒禿子牽著他那頭在街上找吃的可愛母豬傻笑著看我，一群孩子和兩個年輕男人跟在我背後笑鬧著看我……許多人都在低聲議論我，有個男人問：「他這幾年在外頭搞啥？」有個女人說：「又不戴他媽個臉殼子！」另一個女人說：「臉皮變厚了。」

我滿腹刀槍，一臉仇恨，目光像藏在洞口的毒蛇，任何人碰見都討厭，都躲開。我必須高傲，必須偉大，必須讓每個人臣服我腳下！我多麼渴望友好和尊敬啊，但是我絕對不能招呼任何人，絕對不能尊敬任何人，只能別人招呼我，只能別人尊敬我！這時「老么茶館」有人高聲叫喊：「莊老師，來喝茶！」我心裡非常高興，連忙去了。茶館每張方桌坐滿人，大家高喉大嗓，唾沫四濺，鬧鬧嚷嚷，聒耳欲聾，每個人守著兩角一碗的劣質茶，要在硬板凳上坐到天黑才回家。梁天友見我到門口，連忙擠著別人，讓出半尺長的板凳頭說：「莊老師這兒來坐！老么，添碗茶來……」邊叫邊在衣袋拿茶錢。

我來到桌旁，見滿滿茶館只有梁天友招呼我，大家看我一眼有的穩著不說話，有的照舊高喉大嗓，嚷嚷鬧鬧。梁天友說：「聽說你在成都教書啦？」他深怕我不給臉，「坐嘛，站著幹啥嘛，茶都叫了！」但是我想高人一等，我想表現我跟茶館裡的人們不屑為伍，讓眾人看我莊愛書儘管坐過監，儘管遭開除，仍然比你們所有人高貴，我管不住自己強烈欲望，便犧牲梁天友的友好，說：「我有點忙，二天陪你坐。」就走了。桌上有的說：「該不是他媽的東西吧？你梁天友經常替他辯護。」有的說：「他哪裡在成都教書嘛，在成都討口！」這時梁老么端來一碗茶：「哪個的？」一個老頭笑著說：「梁天友的。」梁天友給了茶錢，端起茶碗憤憤潑到門外。

我昂首天外，無視街民，端端正正來到場北頭，同村一個禿農民跟幾個男女坐在雜貨店前的板凳上聊天，友好招呼我道：「愛書，在幹啥？」我渴望友好，但是只想傷人，表現高傲，就停住腳步，扭頭看他：「我在走路，你有啥事?!」禿農民無話可答，一個老太婆說：「那是他媽的啥東西！」有個男人先前為我抱不平，說縣上不該拘留我，不該開除我，現在說：「犯人還是該開除，還是該關在監獄頭整！」一個女人說：「你以為監獄有他的好日子過，不打那才怪！」

我的性格更孤僻。我天天藏在兒子屋裡寫小說，坐得累了很想運動，就帶著乾糧和開水，獨自步行幾十里，去往無人認識我的地方到處尋幽找僻，在絕對無人的地方一藏就是幾小時，精神感到莫大幸福。我常遭老嫗老翁盤查，常被田夫村婦當成偷雞賊。這天，我在山區邊走邊看，只見：

奇峰兀立，湍流喧囂。奇峰兀立，兩岸連山遮高穹；湍流喧囂，一溝奔水闖亂石。左邊峭壁上，千歲矮松露紅崖；右面巉岩間，百年高樹棲灰鶴。走過十里深谷，一群蝦魚戲豐藻；來到一片平疇，幾隻鵝鴨覓美食。渠上古橋有雙欄，石縫生長幼樹；橋頭木屋是單家，房頂覆蓋老柯。院壩前綻放幾樹桃李，蜜蜂忙碌，殘花飄零；果樹間晾曬一竿醃臘，饞貓企望，餓鳥覬覦。

我站在橋上羨慕這戶人家，想自己在這兒居住多好啊，這時一個壯實男子出來問我看什麼，我說：「看風景。」男子說：「這兒哪有風景？你找出來我看看？我們在這兒住了幾十年都沒看到風景，你看到風景！」我不再說話，轉身走了，男子追過橋來：「不忙走！你是搞啥的?!昨年我們不見了三隻公雞，幾刀臘肉，在派出所備了案，你少在溝裡來亂走！」我說：「可惜這麼好的地方遭豬狗占了。」男子追來要打我：「你龜兒再說！你龜兒再說！」我真的不敢再說了，連忙拔腿就跑。

29 與社會斷交，更加高傲；跟兒子絕情，愈益孤單。

我痛恨我的社會淺薄愚昧，醜俗渺小，決定不理所有人，表示高傲，表示鄙視。我用這種簡單辦法，一下就把每個輕視我、妄評我、憤恨我、叫罵我、誹謗我、整治我、笑話我的人報復完，我想以此懲罰他們的精神。我知道在我的社會關係中，有些人雖然淺薄，但是處世中庸，性格和氣，有些人雖然愚昧，但是心底善良，對我友好，有些人雖然醜俗，但是尊重知識，慕我才能，有些人雖然渺小，但是頗有正義，為我不平。這些人沒有輕視我、妄評我、憤恨我、叫罵我、誹謗我、整治我、笑話我，然而他們占少數，我沒太多心思一一區別對待，我要把腦袋用於小說創作。況且我越來越冷硬，越來越自私，我寧可錯殺一千，絕不放走一個，寧可我負人，不讓人負我！

我每天寫小說，做飯吃，厚著臉皮出門去廁所，厚著臉皮出門去場上，厚著臉皮出門去野外遠走鍛鍊，除了兒子，除了買東西，不與任何人說句話。我非常希望別人招呼我，非常希望別人跟我聊天，可是我在路上街上碰到熟人，裝著不認識，別人招呼我，我只答應一聲，甚至有時不答理，把臉轉到一旁去，做著厭惡的樣子，以此表現我的高傲。

許多人都說我是瘋子，是變態人，都想罵我，都想打我。人們只要看見我，有的對自己老婆說：「看瘋狗 ri 的那樣子啊！」有的跟朋友玩笑：「你瘋狗 ri 的警防挨打！」有的對自己屙屎的孩子說：「快點屙，瘋子來了。」有的在槽邊罵豬兒：「瘋狗 ri 的好生吃，不聽話要挨打！」有的捲著袖子說：「來啊，你們天天說打莊愛書，動手哇！那不是他來啦？」

許多人向我憤憤吐口水。那些想跟我交往卻見我高傲樣子的，那些不喜歡我這種人，本來就憤恨我的，那些聽說我很壞，不知不覺受影響的，那些又舔屁股又送錢好不容易當上局長鄉長股長心裡非常偉大卻見我昂首天外的，那些在外打工掙到幾個辛苦錢回來需要人佩服羡慕卻見我目空一切的，人們有的「啊呸！」有的「啊，啊，啊，呸呀！」有的「呸！呸！呸！呸！」……

我快要瘋了。那些罵我吐我想打我的人，有的我認識，有的我不認識，我異常敏感，別人只要罵瘋子吐口水，不管有意無意，每一次我都聽到，每一次我都警覺，每一次我都難受和憤恨。我千萬次想打架，但是千萬次克制忍耐，千萬次假裝沒有聽見看見，若無其事走過了。我天天在心裡殺人：我拿著一把大刀，凡是遇見有誰罵瘋子吐口水，我一刀插進嘴巴，剜了舌頭，然後奮力亂砍，砍成肉泥。我把他們倒吊樹上，用鞭子狠狠抽打，邊打邊罵，直至死去。我想像萬能之神幫助我，讓我知道崇原全縣哪些人怎樣輕視我、妄評我、憤恨我、誹謗我、整治我、笑話我，叫罵我、唾棄我，我把他們一個不漏發送到幾十萬光年的沒有生命的星球上，讓他們一面恨我罵我，一面遭受饑渴，互相啃咬，互相吸吮，最後成為幾萬具乾屍。我每次想像都熱血沸騰，全身火熱，手舞腳蹈，喃喃自語，真的像瘋子。

我經常尋找機會用語言殺人。有一天我要進城，一出門就懷著鄙視和高傲，準備好了語言刀槍，隨時留意人們的神態和說話。我不想跟興鎮賤類同坐大班車，差點要租小汽車，顯出我的高貴，但是又怕花光積蓄，無錢去北京。我上到大班車，見車上人少，空位較多，就選擇走道旁邊一個位置坐了，空著臨窗座位。班車在半路停下，一個傻婦上車，來我身邊說：「讓一下！」我不認識這傻婦，見她語氣不恭，便高聲罵道：「車上還有那麼多空位，這兒又不是真龍寶地，你來挨著我坐?!挨著我坐就變聰明啦?!就有知識文化和思想啦?!」說著站起來，「你要來，那麼我就躲你！」就到後面空位坐下。傻婦莫明其妙，嘴巴又鈍，找不到一句像樣話還擊，只是亂吵。班車跑了不遠，突然爆胎，司機下車修理。我對傻婦本沒什麼仇恨，但是車上全是興鎮人，我要罵給他們聽，就借題發揮，又罵起來：「垃圾不該坐車，免得壓爆輪胎！垃圾在世上耗費能源，污染環境，應該自己去死，給地球減負……中國人多，中國沒用的人多，中國素質差的人多！」我罵完了，心情才有點兒舒鬆。

我非常希望所有人招呼我，我才有機會怠答不理，表現高傲。我非常希望所有人跟我說話，我才有機會使用我的語言刀槍，讓他們心裡流血。我非常希望所有人跟我聊天，我才有機會發表我的深刻獨到見解，讓他們醒聾豁瞽，自慚形穢。可是招呼我的人、跟我說話的人、跟我聊天的人越來越少，後來幾乎無人了，我的高傲，我的語言刀槍，我的深刻獨到見解，只能爛在肚子裡，尤其是那些憤恨我的人，從來沒跟我說句話，他們只在看見我時憤憤唾棄，背了我時叫罵污蔑，一次也沒受到我的語言傷害。我非常後悔絕交社會，真想主動復交，但是我的自尊第一，我的高傲要緊，我一定要等到別人先理我。

我難耐孤獨，很想交往。我在興鎮完小看見有人去廁所，儘管只有半泡尿，也連忙去廁所。我多希望那屙尿教工跟我說話啊，但是他不理我，我熬著渴望，也不理他。我在寢室窗內看見幾個教工妻子提著開水瓶去鍋爐房打開水，忙將瓶裡開水倒了，提著水瓶也去打開水。我多渴望她們理我啊，但是她們邊放開水邊聊天，都不理我，我熬著渴望，也不理誰。我看見教工們相約去學校澡堂洗澡，我儘管剛洗不久，也忙去澡堂。我見他們隔著矮牆洗澡聊天，都不理我，我非常難受，幾次打算搭腔，但是熬著渴望，終於算了。

我再也熬不住了。我像三年「自然災害」時期的公共食堂那些餓人，吃樹皮，吃土巴，吃尿缸裡的小球藻，吃村外拋屍場上橫七豎八的死屍，吃家裡尚存一息的活人，我連白癡也想跟他說話。這天晚上學生自習，老師閒耍，我在校園房子之間斑駁的燈光裡到處走，希望有人跟我說話。

我記起梁高兒，想去找他聊天。梁高兒自從沒當炊事員，就在學生蒸飯房幫助梁聽順給學生拿飯盒，他怕學生打他，就跟學生交朋友，讓他們住進他的寢室，分享他的飯菜。我到他門外，見門窗關著，縫隙透出電燈光，兩個男生一邊在他辦公桌上完成作業，一邊跟他聊天，那十四歲的男生說：「高兒，把你的婆娘讓我們睡一晚上！」高兒想了半天，這才找到藉口：「她這周不會來。」那十一歲的男生說：「下周來了，讓我們睡一晚上？」高兒沒有聲音。我在門外站了站，到底沒有進去，我想：「跟他說話，等於沒說。」就走了。

我來到新樓前面，見壩子裡一堆教工站著自誇牌技，我站在他們幾丈開外，假裝觀看燈光明亮鬧鬧嚷嚷的各班教室，耳朵聽著他們說話，妄想有人搭理我。高大全蹲在一樓臺階上吃飯，那專管讀報亭的女工人在她陽臺高聲說：「招生招生！高主任，要來不？來遲了我不收啊喔呵呵呵呵……」她很滿意自己的俏皮話，笑得非常響亮。高大全還沒來得及說話，一個老教師笑著說：「高大全，你昨天送給我的謝師錢，我又用完囉哈哈哈哈……」高大全退休後天天打牌，天天輸錢，現在嘴硬說：「你敢又來不哇！」老教師說：「我就是不敢呢，我多怕你呢。」高大全進屋舀飯去了，老教師說：「我最不愛跟高大全打牌！他打牌……」他左手學高大全捏紙牌，右手學高大全找紙牌，「一邊邊兒找過去——，一邊邊兒找過來，半天才抽出一張……」說著雙手拍腿笑彎腰，流著眼淚抬起頭，「我說『天啦，哪有那耐心等你嘛！』……」一個年輕教師說：「這學校牌打得好的，你老先生要算一個，梁抬石要算一個，皮校長要算一個……」老教師謙虛說：「『長江後浪推前浪』，我們不行囉……」我完全贊同盧梭在《懺悔錄》裡的看法：「打牌是低智慧低文化娛樂，遠遠沒有文學給我帶來的樂趣大。」我對他們打牌常懷鄙視，現在很想上前發表看法，站一陣終於走了。大家見我走開，一個年輕教師說：「我們這學校只有莊愛書和梁高兒不打牌。」那專管讀報亭的女工人說：「牌都不會打，抓進監獄整！」於是大家又講起我被拘留的丟臉事來。

我走過一個年輕教師寢室門外，見屋裡四人坐著賭麻將，多人站著看究竟。我知道無人理我，正要走開，一個中年教師看見我，知我痛恨賭博，主張抓賭，諷刺說：「莊愛書抓我們來啦？」我說：「連國家都把你們沒辦法呢，還說我抓你們！『十億人民九億賭，還有一億在跳舞』，要抓，沒有那麼多監獄！」屋裡眾人沒說話，我怕再說會吵嘴，說完連忙走開了。

我記起皮雄獅曾經當面背後佩服我發表文章，我打算以借書為幌子，去跟他交往，引出話題，借題發揮，大罵社會，發洩不滿。我來到皮雄獅門外，木門關著，裡面亮著燈光，我從門縫往裡看，見他一絲不掛，仰臥床上，兩腿排開，玉柱堅挺，一邊吹著電風扇，一邊觀看厚厚一本黃色裸照上美女們展覽性器官，小女兒坐在鋪裡玩耍，摸著新奇玩意兒問：「爸爸，你這是啥啊？爸爸，你這是啥啊？」皮雄獅看著裸照沒回答，玉柱更加堅挺了。他老婆拿著菜刀從廚房出來，刀板在床邊重重一拍，咬牙切齒低聲說：「老娘給你割啦！」

第二天我去場上找人說話，但是仍然做著高傲樣子，決不首先理別人。我走出校門不遠，在路上碰到我家親戚，這親戚是外縣，聽說我瘋了，常對老伴說：「可惜那娃兒啊……」現在她很憐憫我：「愛書，你認識我不啊？」我忙說：「蓮英姑呢，我怎麼不認識？」蓮英姑繼續考我神經：「娃兒，你這會兒在往哪裡走？」我有些惱怒：「我去街上……」她又指著路旁一棵樹：「你認得這是啥不啊？」

我來到場上，見家家賭館坐滿人，心裡非常鄙視，認為他們的人生沒有點兒價值，把自己的生命浪費在牌桌上！這時七村一個老頭和幾個女人從一家賭館出來，邊走邊說牌話，老頭看見我，知我恨打牌，罵道：「狗ri的我那大兒子沒本事，連牌都不會打！」幾個女人知他指桑罵槐都暗笑，老頭繼續說：「老子罵他的話，『你龜兒變那人有啥用？不如五分錢買包耗子藥毒死算啦！』……」我怒火萬丈，要打老狗，但是老狗在罵他的兒子，我有什麼理由去打他？我只好咬碎牙齒，裝著不懂走開了。

我懷著仇恨朝前走，見殺豬匠跟暗娼霞兒在雜貨店前打情罵俏，旁邊坐著做針鞝的女店主，大家看見我的高傲樣子都討厭，女店主說：「我以為是哪個來了呢，才是他媽個瘋子！」我忍無可忍，憤怒上前，滔滔講說：「瘋子有兩種：一種是生理有病，到處遊走，渾身骯髒，邏輯混亂，因而與眾不同的瘋子；一種是思想超群，才能出眾，性格乖張，志趣脫俗，因而與眾不同的瘋子！前一種瘋子常在垃圾裡找吃，糞池邊睡覺，對社會毫無用處，有礙觀瞻；後一種瘋子能做巨大貢獻，產生巨大影響，是人類的希望，社會的精華，其實他們並不瘋，只因世俗豬狗沒眼睛，把他們看成了瘋子……」女人連忙罵道：「你才怪喲！我們三個說話，又沒理你，關你媽的啥子事？你來搭白！就憑這點，你就是個瘋子！」殺豬匠和暗娼霞兒都笑了。我剛敗走，暗娼說：「他才怪！到處都在說他不對，他又不改正。」

我來到老糧站的大門外，糧站一個合同工坐在老婆小賣店前的長凳上閒耍。合同工常常不懂莊愛書為啥愚不可及，要跟社會兩個樣，弄到這般地步，他多年就想責問我，一直沒有碰到人，現在見了，連忙點頭：「來坐，來坐。」我巴望有人聽我發洩，聽我叫罵，便去坐了。

合同工懷疑我神經有問題，很想直問我瘋沒瘋，又怕我翻臉，只好耐著性子，渾身上下尋找我的異常，目光鄙視地落在我的衣服上，說：「天氣又不冷，大家都在穿襯衣，你啷個穿件厚衣裳啊？」我知道合同工在試探我的神經，因此不願好好解釋，憤怒道：「這要問我的身體，需不需要穿襯衣！」

合同工換了閒聊語氣：「那年皮校長辦喪事，你去沒呀？」我說：「沒有去，怎麼樣?!」合同工仍然閒聊說：「大家都去，你啷個不去啊？」我發洩說：「世俗不如豬狗！豬狗死了同類，還知道悲哀一會兒；世俗死了親人，不但不悲哀，還要大酒大菜吃喝，賣抬喪飯，發死人財！幸好大家不吃死人肉，不然許多人爹媽死了，要擺到街上來賣錢，像賣死豬死狗一樣……」合同工癟著嘴巴不以為然：「嗯，對的。」

我講完了，合同工又問：「學校開會大家都吃糖果，你啷個不吃啊？」我滔滔發洩，合同工癟著嘴巴不以為然：「嗯，對的。」

我講完了，合同工又問：「所有老師都沒上八門課，你啷個要上八門課啊？」我滔滔發洩，合同工癟著嘴巴不以為然：「嗯，對的。」

我講完了，合同工又問：「所有老師都站著分飯，你啷個要與眾不同坐倒等啊？」我滔滔發洩，合同工癟著嘴巴不以為然：「嗯，對的。」

我講完了，合同工又問：「大家都打牌，你啷個不打牌啊？」我滔滔發洩，合同工癟著嘴巴不以為然：「嗯，對的。」

我講完了，合同工又問：「聯合國來檢查，你啷個不學好，要去戳漏洞啊？」我氣得起身要走，這時來了個熟人，說：「莊老師不忙走，再耍會兒，我問你一句話。」我便坐下。

那人說：「吳書記的女子看起來不笨嘛，你啷個跟她鬧離婚？」我千言萬語不知從何說起，想了想說：「舉個例子，灶上煎藥的罐子破了，我一輩子不叫她摔了，她一輩子不曉得摔。反正是個破罐子，不摔幹啥？……」

這時合同工老婆從外面回來聽到後半句，以為我在說自己反正是個破罐子，連忙委婉勸導我：「要不得，莊老師，不要『破罐子破摔』，你又不是爛得鍋鏟子都鏟不起來的人，改了就是好同志！」

我註定要孤獨，註定無法與社會溝通，我不再抱希望，不再找人說話，我要習慣孤獨，學會忍耐，學會閉嘴。我絕對不能戰勝社會，我在世上唯一希望就是小說成功，我的全部生活就是做飯吃飯寫小說。

我的兒子努力不受我影響，努力跟社會融為一體，然而還是遭我連累他。媒婆給他說婚，剛一提起，女方父母有的說：「算啦算啦，哪個遇他媽那號老子？」有的說：「我的女兒嫁不出去讓牛踩馬踏，都不會在他家當媳婦！」兒子性格極端內向，心理極度畸形，我做每一件事他都不滿，我說每一句話他都生氣——哪怕是與社會毫無關係的養生經驗——他從來不動腦筋想一想，爸爸哪些正確，哪些錯誤。他在外面勉強跟人說笑，回到屋裡滿腔怒氣，十天半月不說話，我主動問寒問暖，主動詼諧幽默，他拍桌砸凳，憤怒喝道：「不要說！你再說！你再說！」有一次，我偏要再說，他抱起電視機砸到門外。

兒子從來不看我的小說，從來不過問我寫小說，我們爺子倆常為無人買菜做飯洗鍋碗而吵嘴。崇原境內落霞湖，距離興鎮兩百里，傍晚夕照遠山同映湖底，孤鴻野鶩共飛天上，村婦背著柴草趕羊而至，農夫牽上耕牛扛犁以歸，廣宇是那樣地靜穆，大地是那樣地安寧。落霞湖畔農家樂，房租不高，食宿不貴，我毅然斷絕父子情，去往那裡寫小說。

我在落霞湖畔剛住下，兒子打來電話，說我爹我媽病臥在床，離死不遠，每天都要我哥我嫂端飯去，我再不服侍二老，我哥我嫂就要告到法庭。我從來沒有回報一點父母恩情，再不回報，終生遺恨。我叫罵惡命，只得停下寫小說，回到莊家灣每天延醫買藥，做飯熬湯，端屎提尿，捶背捏腳，服侍二老一年多，待到二老先後去世，又才回到落霞湖畔寫小說。

追求竟成水中月，理想何似鏡裡花。30

我不斷增刪，反復修改，終於完成《精衛銜微木》。我在落霞湖畔一面休息一面欣賞，心情從未有過這樣的愉悅。我的精彩巨著定會流傳千古，我無比自豪，無比高傲！我努力平靜，努力低調，努力管住自己，儘量不跟別人交往，免得發生衝突，跟人打架。

我多希望全世界每個人都讀我的小說啊！我管不住自己強烈的渴望和激情，把十幾本清謄的手稿裝了滿滿一大袋，每天提著到處走，差點逢人就講說我的小說，逢人就請讀我的小說。可是遊人和釣者我大多不認識，農戶們天天幹活從來不讀書，我無法叫人讀我的小說。我聽說有個農民吃飯看小說，解便看小說，背著山大一捆柴草邊走邊看小說，老婆跟他常打架，我非常高興，忙去交往，卻才知他完全耽迷三流黃色小說，此外什麼書也不看。我在落霞場上看見街邊有個矮男人一面烤燒餅一面跟朋友談小說，我非常高興，忙去搭話，卻見他唾沫橫飛，全講打殺，津津有味，盡說武俠，全然不計這些小說遠離生活，毫無思想，語言粗糙，情節牽強，模式固定，見面就打。我問他：「你還看其他小說不呢？」他非常乾脆：「不看！只看武俠。」房東的兒子在城裡讀高中，他回家來，我拿出我的小說讓他看，可是他一句也讀不懂，一句也不感興趣，說：「我們只在網上看玄幻和穿越。」

我在城裡印了小說，提著稿子到處走，多麼望人欣賞啊！城裡到處是人，人們有的忙生意，有的轉街耍，有的在學校全心全意忙應試，有的在機關一門心思想當官，有的滿屋滿屋坐著賭麻將，有的在街邊樹下圍成堆，專心專意看下棋，而廣場上那些從農村來城裡安家的大伯大媽群魔亂舞，又跳又唱，扯開嗓子像牛叫，盡情享受著城市生活的美好……文學如此邊緣，如此孤冷，我能找誰看小說？我叫別人讀小說，別人又會把我當瘋子。我在街上走一陣，還是望人讀小說，我把崇原那些有點文化的人一個個分析，一個個選擇，看誰樂意讀我的小說，看誰能夠讀我的小說，卻一個也沒有。我擔心遭到拒絕，傷我臉面，擔心遇到不懂常識的淺人，瞟上幾眼，亂貶一通，屁話氣炸我五臟。

我在街上漫無目標走著，看著小小縣城一家書店、兩千多家賭館、三千多家飯店，還有街邊路口擋住行人的小吃攤和鹵肉櫥，還有壯夫少婦們開著三輪放著喇叭在大街小巷叫賣的熱涼粉、豆沙包、大饅頭、糯糍粑、豆腐腦、酸辣粉和天津大麻花，還有老翁老嫗們扛在肩上背在筐裡沿街叫賣的糖葫蘆、獅子糕、芝麻餅、紅苕糖……我心茫然，惆悵失落，怨恨人們像豬狗，最高境界就是吃飽喝足和玩好，全縣幾十萬眾，有誰欣賞藝術，有誰過問思想、精神、崇高、正義、誠信、民主、自由和創新？全社會只是崇拜權力和金錢，只是追求權力和金錢，只是享受權力金錢帶來的好處，努力「過好每一天」，有誰瞧得起寫小說？別說我的小說沒出版，就是出版了，也不會有誰拿它當回事，除非我的小說在全國走紅，與權力金錢沾上邊。算啦，我只能克制自己，休息一月去北京。

我在縣城書店翻看當代著名作家的作品，要跟我的《精衛銜微木》作參照。有個中國作協副主席出了十幾部長篇，得了幾十項大獎，身兼文壇多少要職，手握文壇多少大權，決定著全國許多作家作品的命運，地位赫赫威威，名氣嚇人幾跳，我連忙買了他的代表作，匆忙趕車，回去拜讀。

我讀了不到五百字，發現不僅毫無內容，而且有好幾處語法邏輯錯誤。我耐著性子繼續看，見語法邏輯錯誤拈不完，情節自相矛盾，說法非常膚淺，腔調完全是三十年前的文學作品的假大空，至於文采，更別奢望……我沒得到絲毫藝術欣賞的愉悅，反倒越看越氣憤，越看越鄙視，真不知這作家何以混到那樣高的地位！我認為後世讀者最公正，後世讀者跟今世作家在關係、感情、金錢、美色等等方面毫不相干，也不看今世作家的後臺、地位、名氣，也不管今世政治對文學制定的鐵框鋼模，他們只看作品好不好，因此文學史上才屢屢出現當時大紅大紫後世棄如敝屣、當時默默無聞後世價值連城的奇觀。

文學不以長短論優劣，不以作家地位論優劣，我憤憤丟開文化垃圾，拿起一張報紙來閱讀。我見報上有篇文章指出河北省一個讀博的省委副書記寫作二十萬字的書籍就有十八九萬原文照抄中外專家學者的著作，文章作者把書記剽竊的著作的書名頁數羅列得清清楚楚。我更加鄙視，更加自豪，我的巨著不但每句話都是自己創作，而且思想性和文學性超過當代許多作家！那中國作協副主席和那河北省委副書記的地位、權力、名氣和社會能力比我高萬倍，但是若論寫作，他們給我當學生，我要踢得老遠。

我休息不到一個月，準備啟程去北京，要找著名出版社。北京吃住很貴，我的積蓄不多，我買來大筐饅頭切片烘乾，裝進麻袋路上吃。我在崇原下車碰到齊天偉，齊天偉已從縣委副書記任上離休，問我開除以後在幹啥，我忙說寫小說。齊天偉見我氣息奄奄，滿臉病容，說：「我勸你一句：好好保養身體，其他空名堂少搞。」

我在崇原車站寄了行李，就去一家便宜飯店吃飯，路過鴛鴦巷，忽聽有人在叫我。我轉頭一看，見興鎮十一村那個駝背子活像鴕鳥，從按摩店向我跑來。我遭開除以前，鴕鳥就想交往我，又怕我高傲，現在他知道我澈底完蛋，雖說更加高傲，那是外強中乾，其實內心很想交往人。他聽說我亂搞十幾個女生，卻點兒也不鄙視我，他想哪個男人不好色？他自己就有切身體會。他把我當同類，所以老遠叫我。

鴕鳥跑到跟前拉我手，抬頭問我在幹啥，我如實說了，鴕鳥勸我說：「不屌寫那雞娃子小說。你又不是曹雪芹，何必自找苦吃。」我有許多話無法講說，只好緊閉嘴巴。鴕鳥又說：「人生只有短短幾十年，能夠享受就享受……」我不甘心失敗一輩子，仍然緊閉嘴巴沒說話。鴕鳥繼續說：「你看那些當官的，拿著人民的錢吃喝玩樂，耍小姐，養情婦，無所不為……」我大罵貪官，鴕鳥勸我說：「管屌他的，你我痛恨也沒法……」他見周圍沒有人，低聲說，「按摩店有小姐，去耍不啊？又不貴……」我認為這是貶低我，我這麼高貴的人，怎麼能和嫖客交朋友，撒謊有事就走了。

我走了不遠，見興鎮財政所長從另一家按摩店出來，站在門口望朋友。我料定他在嫖小姐，心裡鄙視，臉上難看，不料他看我一眼，憤憤吐了口水，就轉身進去了。我又怒火中燒，全身發熱，心裡緊張行動，想像殺人，這時一輛汽車在我面前戛然而止，司機伸出頭來大罵我，我才知道自己差點被碾死。

我來到飯店門外，店主只穿一條短褲坐在桌旁，手裡玩著蒼蠅拍，雙腳放在板凳上，滿是汗垢的光背把牆壁蹭得烏黑，幫工姑娘站在門口，偏著腦袋一邊用指頭掏鼻孔，一邊想著昨晚半夜店主偷偷摸到她床上，肥胖的老闆娘穿著黑色蘿蔔褲在案前包包子，夾餡的筷子掉在地上，她弓腰撿起來插在餡盆裡，深深的屁股縫夾著褲子，她用兩指扯出來，麵粉在屁股上留下兩個分明的白點。我站在門外正猶豫，店主左手搓著腿上的汗垢，右手舉著蒼蠅拍，把桌上一對性交的蒼蠅打得稀爛，對我宣傳說：「包子五角，稀飯五角，鹽蛋八角，涼粉兩元……」我被低價吸引著，猶豫一陣，終於進店，店主連忙趿起拖鞋去灶前。

我在北京下火車，搭著饅頭袋，提著小說稿，到處尋找條件最差的旅館，問了很多人，走了很多路，好不容易找到一處地下室，住宿費高得嚇壞我，猶豫很久，才忍痛掏錢住下來。我向地下室老闆打聽租房和工作的資訊，老闆說他需要服務員，工作是登記臨時住宿者和長期租房者們的資訊，給他們開門或者收發鑰匙，監控每個人的進出以防出現盜竊和安全問題，管理整個地下室水電，打掃走道廁所等處的衛生等等。我對這工作沒有絲毫興趣，但是住宿不花錢，還有微薄工資，我由不得自己，第二天買來鍋碗瓢盆和米麵肉菜自己做飯，就開始在這地下室上班了。我很想抽空找出版社，可是工作需我時時在崗，最多只能匆忙去會兒菜市場，而且最讓我難受的，是每天沖洗廁所一堆堆大便。

我幹了幾天，在附近一個停車場跟守門老頭講好同吃同住的便宜價錢，就回地下室拿著小說稿、饅頭袋和新買的一切東西去了。幾平方米的門衛室標配一張窄窄的鋼絲床，一張小桌子和一個小凳子，其餘全是老頭的生活用品。老頭對我很友好，可是當晚就騷擾，我無比噁心，無比害怕，憤怒呵斥要報警，他方才休停，叫我明天就滾遠！我和他在鋼絲床上背對背側身睡到天亮，我連忙起床，去找住處。

我提著小說稿到處走，在街上邊走邊看。我看著一處處高牆環衛、綠蔭掩映的寬廣庭院，看著一座座豪華雄偉、門衛森嚴的摩天大廈，料想這些地方定是達官貴人居住和工作之處。我多希望生在王侯之家啊，王侯之家擁有龐大的當官家族和眾多的社會關係，佔據著國家各種重要崗位，孩子們一出生就有大幫子有地位、有資訊、有能力、有人脈的叔叔阿姨，無須努力就被高層認識，甚至傻子也有將軍頭銜。我奮鬥一輩子，也難得到別人一出生就擁有的地位、金錢、教育、環境和人脈，換句話說，我奮鬥的終點遠遠不如別人的起點高。我別說生在王侯之家，就算我的祖先當馬夫，當小販，陰錯陽差落在這地方，我如今也是皇城根的老北京，也多了許多成功的條件和機會，不像現在這樣艱難困苦。

我到處打聽租房資訊，看見一家婚介所，突然想起在北京結婚解決吃住問題。我的結婚條件非常差：我若放棄教書和創作，跟著我姐夫掙錢，他拔根寒毛，我能身家過億，但是我既無掙錢興趣，又不願看著別人的臉色行事，現在窮得幾近乞丐；我無大病，又當盛年，本該體格健壯，精神飽滿，但是現在困得面黃肌瘦，累得奄奄一息；我自幼善良，本該寬容大度，平近隨和，風趣幽默，但是如今雞腸狗肚，自尊自大，滿腹刀槍。這個時代的女人竭力追求享受，她們需要男人的雄厚金錢、強壯身體以及和好性格，而我只有文化、思想和文學才能，女人需要的，我一樣也沒有，我所具有的，女人一樣也不要。我壓根沒有選擇女人和享受愛情的權利，現在哪怕是無鹽嫫母，老嫗惡婆，只要是個女人，只要在北京有住房，我都願意跟她結婚。

我來到婚介所，一個老男人跟婚介說完話起身要走，再次叮囑婚介說：「我的女兒漂亮，首先要選經濟條件好的，」他看我一眼，轉臉對婚介，「堅決不要窮藝術！走啦走啦，有合適的打電話來。」說完就走出婚介所。婚介請我坐了，我們交談一陣，我給了介紹費，婚介馬上打電話，給我約人來。

我坐了一陣，門外慢慢走來一個胖老頭，約有八百斤，兩邊腋下撐著鐵架棍。婚介連忙搬了椅子出去，老頭坐下，壓垮椅子，仰在地上，無法起來。婚介叫來鄰居，央求路人，好幾人一齊用力，才將胖老頭拉起來坐在水泥臺階上。婚介進來對我說：「她來了。」我東張西望：「在哪裡？」婚介說：「在水泥臺階上。」我忍住噁心，認真觀察，發現胖老頭似乎是女的。婚介說：「你出去跟她談談。」我磨蹭很久，下定決心當男傭，才拿著椅子出去打招呼。胖老頭——不，胖老嫗——盤查我，我一一如實告訴，她想我比她小了十幾歲，為了事業才在北京結婚，事業有成，定然棄她，說：「算啦，感情無法勉強，沒有真愛真痛，再有能力我都不喜歡！」說完撐著鐵架棍艱難起來，慢慢走了。

婚介又打電話，一會兒進來個和我年齡體貌相當的女人。雙方互相瞭解基本情況後，女人恨我太窮，挖苦說：「你把自己嫁出去?!」我忍住難受厚顏說：「是的，打算嫁給在北京有獨立住房的女人！」女人說：「我有獨立住房，但是要求男人必須在北京有一套獨立住房，而且要比我的大！」我半句話也不想再說，但是我很不理解，耐著性子問她道：「為什麼？」女人知道只要結婚，我就毫不費勁佔有她半套房產，今後用棒也趕不出去，但她不願說出這算計，而咬牙切齒冷冷說：「我不准男人住進我的房子！」我說：「只准你住進男人的房子?!」女人不再理我，起身走了。

婚介又打電話，一會兒進來個病婦。這病婦是滿族人，先祖打仗來北京，因為傻頭傻腦無軍功，子孫世代沒當官。病婦沒有生育，前夫外遇，所以離婚，她需人服侍陪伴，又看我誠實耿直，性情文氣，能夠吃苦，同意試婚一年，要求試婚期間各睡一室，每月得交生活費五千元，還要做飯洗衣，端湯熬藥等等。我服侍她沒有一分錢工資，反倒每月要交五千元，我不如去當家政，但是家政多為女人事，我當男家政，不說地位，不說興趣，單說崗位，能有多少？我在北京住旅社吃飯店，路費很快要用完，我打算跟這病婦住下後，馬上找份月薪至少五千的工作，因此同意她的要求，當天住到了她家裡。

我到處找工作，跑了許多地方，終於在一家文化公司應聘，跟許多人一起用電腦編寫《清華大學題王》和《北京大學題霸》。我在興鎮完小教書時，題販子給教育局長拿了巨額回扣，每學期把

《清華大學題王》和《北京大學題霸》用大卡車運到各校，學校向學生收錢交給題販子，然後叫學生天天做題。我認為這些題王題霸只能培養答題的機器、作業的呆子、高分低能的畸形兒，根本培養不出學生的創造思維、學習興趣、審美能力和精神情操。我非常不滿，不願浪費自己和學生的精力時間，就在一張練習卷上找出百多處錯誤密密麻麻標出來，氣沖沖拿去找皮校長看，說我堅決不用題王題霸，皮校長不敢得罪教育局長，說每個教師必須使用，不然就扣獎金，我和他大吵大鬧。期末學校檢查題王題霸的使用和批改情況，別的教師把編題人做的答案告訴學生，學生們照著答案做題後，老師叫來幾個學生用紅墨水筆在題王題霸上面胡亂劃鉤鉤叉叉，然後派學生抱去交給梁主任，梁主任叫來幾個學生點數批改的張數，然後根據批改張數給教師算獎金，我每學期寧願獎金遭扣完，也不使用題王題霸。現在我碰巧知道《清華大學題王》和《北京大學題霸》原來出自這裡，我很不情願幹這毫無意義的勾當，但是我在北京找工作多不容易，並且這工作可以拿回家裡做，我可晚上加班，白天抽空去找出版社，因此只好忍受精神痛苦，跟公司簽了聘用合同。

這天，我暫時忙完家務和工作，提著小說稿第一次去找出版社。我來到一家著名出版社大門外，想這地方曾有多少名家進出，達貴造訪，心情有些緊張了，但是我想到那位代表作讓我越讀越氣憤的中國作協副主席，想到那位寫書抄襲的河北省委副書記，我點兒也不緊張了。我來到一位著名編輯的辦公室，編輯見我衣著低檔，病容黃瘦，用菜市場裝菜買糧的塑膠袋提著大袋書稿，真有點兒懷疑稿子品質，但是他知道文學往往不合常理：洛陽紙貴的《三都賦》完全該由當時名氣很大、地位很高的文壇領袖們寫出來，但是偏偏出自形體瘦小、說話口吃、毫無名氣、連自己父親都瞧不起的左思之手；達官巨賈都在當世輝煌、享盡富貴，作家卻有活著默默無聞，死後絢麗千載者。因此他不露聲色接了稿。

我天天等著出版社的意見，等到跟那編輯約定的大致時間，這天又去那出版社。那著名編輯拿出書稿退給我，說我的小說具有很高的文學和思想價值，讀來令人輕鬆愉悅，愛不釋手，連總編那麼忙，都放下別的工作一氣讀完，但是題材不好，正面描寫了三年「自然災害」和文化大革命。我非常不懂：「那個時代，史無前例，這是絕好的題材啊？」那著名編輯說：「你看全國這麼多作家，有誰在寫你這題材？」我還是不懂為什麼，同室另一個編輯說：「這是敏感題材，上面劃了高壓線，誰都不敢碰！出了你的書，惹出大禍，國家摘出版社的牌子，哪家出版社經得起這樣的打擊？」我說：「憲法明明規定公民有出版自由啊？」那著名編輯說：「憲法還明明規定公民有遊行的自由，但是你遊行了嗎？」同室編輯說：「中國的憲法是定給外國人看的，是定給後來的歷史學家看的。」

我把小說印了許多本，跑遍北京所有出版社碰運氣，編輯們不約而同都說我的小說題材敏感，他們不敢出版。我的精神崩潰了，我的身體也垮了，難道我犧牲健康，犧牲享樂，犧牲那麼多時間和腦力，用生命鑄出的龍泉太阿，這樣就完蛋?!我怨恨老天把我拋在崇原，身邊沒有一個文學人，從來沒有聽說國家不准寫三年「自然災害」和文化大革命，使我白幹一場！

我非常頹廢，非常無助。李殺敵已回北京當部長，他在我家吃飯幾年，我們那樣熟悉，我多想找他幫忙說話啊！但是當初我倆互不欣賞，後來一直沒聯繫，現在我連他的電話也沒有，怎麼能夠去找他？況且，就算我們關係好，李殺敵願意為我冒犯國家嗎？

我打算另選題材，重寫小說，讓「光明占四根指頭，黑暗占一根指頭」，湛藍的天空飄來幾朵烏雲，烏雲最終不能戰勝陽光，一會兒逃得無影無蹤，於是我們的社會豔陽高照，碧宇澄清，到處是鮮花盛開，到處是鶯歌燕舞。但是我認為，我根據指頭理論、根據政治要求編造出來的小說，歪曲時代真實，不能表現時代本質。我認為客觀世界有時烏雲整天戰勝太陽，小人最終鬥贏君子，強盜完全取得勝利，邪惡澈底毀滅正義，否則人類悲劇何來？我認為所有作家所有作品都寫四根指頭的光明，一根指頭的黑暗，豈不千篇一律，千部一模？我知道人們愛聽頌歌，但是《離騷》、《儒林外史》、《阿Q正傳》、《死魂靈》等等沒有頌歌，難道就不應該出版，不應該流傳千古？

我打算像別人那樣，寫出大堆虛情假意、亂造胡編、花拳繡腳、無關痛癢的東西順利出版，但是這種作品經不起時間檢驗。我委屈自己的藝術良心很痛苦，我要寫就寫出反映生活真實、反映時代本質的好作品，要寫就寫出能夠流傳後世的不朽之作。可是我從生活真實出發，從時代本質出發，不從指頭理論出發，不從主觀意識出發，寫出的小說哪怕是偉大作品也不能出版！我思考這個時代為什麼沒有產生偉大作品，為什麼沒有產生偉大作家，我認為古今中外所有偉大作家和偉大作品的產生，除了天賦和奮鬥，還需要當時統治者的寬容和許可。

我多想交往各界精英，交往真有才能的著名作家啊，但是我沒有成為全國名人，又無關係引薦，我在哪裡去交往？我後悔跟我姐夫鬧翻，不能利用他的關係結識人。任何成功都少不了機遇，在中國還少不了人際關係，我當初完全忘記了這兩個因素，妄想單憑自己的才能和奮鬥就成功，現在才知自己何等幼稚，何等錯誤。

病婦自己不完美，卻又要求別人完美，遇事非常挑剔。她也知道這毛病不好，可是又難改掉，我做飯熬藥端去，她總是挑這說那，甚至嫌我普通話不地道。她常常說她是皇城根的老北京，天生就高貴、自豪和體面，我卻說她是皇城根的老垃圾，占著北京無作為，能人反倒立腳難。我倆經常吵嘴，最後分開，我到六環以外租房生活，雖然離公司很遠，但是省出許多房租錢。

我編寫《清華大學題王》和《北京大學題霸》，品質再高，最多只能沒有知識錯誤，但是耗費學生那麼多時間精力，培養不出創造思維、學習興趣、審美能力和精神情操，我總認為我的工作毫無意義，浪費生命。我常常編寫一陣拍桌大罵，停下半天不編寫，等到慪氣過了，才又咬緊牙關，繼續編寫。

我的工資夠生活，精神卻很痛苦。我打算去私立學校應聘，但是私立學校生源即財源，家長都看升學率，學校就抓升學率，比公辦學校更應試，更不培養學生的思考和創造能力，我如果去教書，照樣精神很痛苦。北京有很多大學，我多想去大學任教啊，但是大學講資歷，我是被開除的小學教師，他們讓我試教嗎？北京還有很多別的有益工作，但是我沒學完人類所有知識技能，我只能望洋興嘆。

我在人海舉目無親，非常孤獨。我無法交往高層精英，又與掃街大媽、賣菜大爺缺少共同話題，我與一些出版社編輯有過喝茶吃飯，大家聊文學，聊人生，聊政治，聊歷史，高山流水，頗感幸福，但是各人都忙工作，相隔又遠，每次聚會乘坐公交地鐵就得幾小時，無法經常相聚。

貪官和紅二代們利用權力和關係，掌控國家各種資源，輕而易舉攫千億，成為權貴資產階級，老百姓沒有權力和關係腐敗，就在醬油裡加豬毛水，在辣椒裡加蘇丹紅，在豆腐裡加吊白塊，用致癌藥水浸泡牛蹄筋，用工業明膠鑄造豬耳朵，用明礬水注進牛肉豬肉，用塑膠薄膜做紫菜，用皮鞋廠的邊角廢料造膠囊，用火葬場的屍油冒充品牌食用油，用過期奶粉加上自來水和三聚氰胺等等造鮮奶，用福馬林、硫磺、色素、香精、膠水等等打理各種食品……當今中國除了高官富商吃特供，普通百姓吃什麼都不放心。

興鎮崇原偶爾能見純糧肉、無毒菜和山泉水，北京到處是飼料肉、農藥菜和加了明礬漂白粉的自來水，到處是各種各樣偽劣加毒食品。我去市場買肉菜，轉來轉去不想買，轉了半天買回去，做出飯菜不想吃。我的胃口本來不好，飯菜又營養少、味道差、有毒素，我更加沒有胃口了。我想學習蠢豬賤狗胡亂吃，但是吃出病來，在農村也住不起醫院呢，何況在北京。我每頓一面艱難吃飯，一面欺哄自己，把自己的劣質飯菜想像成高官富商們的豐盛特供，沒有激素，沒有農藥，沒有各種添加毒品，品質上乘，營養豐富，名廚烹調，味道鮮美……

北京不僅食材很差，而且房租很貴，霧霾很重。當官、發財、出名應該在北京，吃飯、呼吸、悠閒應該在農村。我出名無望，住在北京幹什麼？我多想回到故鄉，在莊家灣自養雞鴨，不餵一點激素飼料，自種蔬果，不施一點農藥化肥，每天享受自產物，每天飲用山泉水，每天呼吸好空氣，頤養天年，長命百壽啊，但是故鄉容不下我的靈魂。

崇原沒有一人認識我——他們只能認識我的鼻子眼睛和耳朵——幾十年來我淹沒在誤解、輕視、譏笑、惡評、叫罵、誹謗和口水裡。我瞧不起崇原，崇原瞧不起我，我憎惡崇原，崇原憎惡我，路上街上沒有一人招呼我，更別說和我聊天，更別說和我深交，我在崇原很孤獨。況且，他們內心世界只有權力和金錢——同學見面，我是科級，你是股級，我頓時體面，精神幸福，你頓時沒臉，心情難受；鄰居攀比，你用小卡車買來鞭炮燃放五天，我用大卡車買來鞭炮燃放十天；後輩顯富，你把你的父母墳墓修得很高大，我把我的父母墳墓修得更加高大，你給你的父母墳墓圍上粗石欄杆，我給我的父母墳墓圍上玉石欄杆，儘管墳墓都很高，牛馬根本上不去，儘管周圍是莊稼，牛馬從來不能去——大家都在比官大，比錢多，卻無一人比知識，比思想，比精神，比情操，比創造。社會衡量成功的標準只是權力和金錢，我既沒當官，又沒發財，回到故鄉，不僅天天挨唾罵，還要時時看醜俗，處處受酸氣。況且，我的父母已經去世，兒子終究沒有融入興鎮社會，辭職經商被人暗殺了，我回故鄉幹什麼？況且，崇原幾十萬人，找不到一人閱讀我的《精衛銜微木》，找不到一人和我談論文學。

邛崍山區逃亡溝，三年「自然災害」時期許多生產隊全部餓死，沒有死完的生產隊有的外出要飯，有的全家搬走，周圍一兩百里沒有一戶人家。我寫《精衛銜微木》曾去考察，見草木叢中到處是破瓦殘牆、鍋臺水缸和堆堆白骨，有戶人家的瓦房沒有倒塌，屋裡床鋪、瓦缸、飯碗、木櫃和鋤鐮刀斧等等尚存。我性情孤僻，熱愛自然，很想獨去那兒種植養殖，自食其力，享受特供空氣和特供食品。

我記起我媽講的「命上只有八合米，行走天下不滿升」，那時我點兒也不信命運，現在澈底服從老天安排了。我不再猶豫，馬上收拾行李，離開北京。

31 躲污染，逃到深山種地；找娛樂，住在破房寫書。

我來到山區，在小鎮買齊鍋碗瓢盆、油鹽米麵、床單被子等等，撒謊進山挖藥，雇了幾個壯漢同我背到逃亡溝。我們在那家沒有完全倒塌的瓦房放下東西，然後裡裡外外觀看：

爛圈垮棚，深藏於老樹林中；斷磚殘瓦，淺臥在瘦草叢裡。廁所倒牆壁，石頭填進糞坑；灶房垮鍋臺，土巴埋著飯碗。正屋掉瓦，橫房歪柱。正屋掉瓦，粗塊細塵落滿桌面櫃板；橫房歪柱，長木短棒撐遍房檁山牆。正屋掉瓦，上見天空，下生草樹，牆邊毒蛇消化鼠蛙；橫房歪柱，左有縫隙，右垮牆土，簷下爛布生長苔蘚。棉絮是半張羅網，堆在床頭像團豬油渣，散出五十年汗臭黴臭；木墩為整個樹頭，棄於桌下如個牛腦殼，留有三百載斧痕刀痕。門前木柱，掛著半根牛繩、一隻草鞋、兩把豬梳刮；窗上篾牆，吊有幾捆竹竿、兩根木材、一個牛枷檔。

逃亡溝清流瀑布，石路平疇，自古宜人居住，只是地處偏遠，交通不便，人們嚮往城市不再來。我在這亙古沒有化肥、農藥和除草劑污染的大山裡種糧種菜，放養牲畜，半年一載才背著背筐，帶上老狗，一路住山洞，吃乾糧，往返耗時四五天，去那小鎮賣了山貨，買回生活必需品。

我常常端著早飯蹲在地邊，一面吃飯，一面觀賞肥碩的紫茄迎著朝陽一天天變大，翠綠的辣椒掛著露珠一刻刻生長，群雞圍碗啄飯，獨狗坐地向嘴，我將半碗剩飯倒地上，雞狗們飛快爭搶。

我每天幹活回來，帶著一筐家菜野菜餵兔子，兔子很快長大，又肥又嫩，烹調出來，味道鮮美。我把兔子內臟和打死的蛇鼠砍成小塊餵雞，雞們爭搶追逐，很快吃完，然後跑到樹下消化打盹，一會兒醒來，羽毛更加油亮，精神更加飽滿，鬥志更加昂揚，看見老鷹，居然望空怒叫，企圖鬥打，直到老鷹近了，才往屋裡逃跑。

我在田裡放鴨，鴨群吃厭玉米，游到水中，搜索草芽，追逐魚蝦。我在塘裡養魚，大魚小魚藏身水草，唇吻望天，咂咂有聲，看見我去，轟然潛底。

我早晨打開羊圈，羊群奔跑出去，到處吃草，傍晚太陽落山，疏星當頂，山裡一片靜謐，羊群慢搖慢擺，自己歸來，圓圓鼓鼓的肚子把背脊馱成一條弧線。

我的食材品質超過北京特供，飯菜味道鮮美，營養豐富，我天天食欲大增，大碗小碗，胡吃海喝，不擔心農藥，不擔心激素，不擔心重金屬，不擔心蘇丹紅，不擔心瘦肉精，還有山裡零污染的特供空氣，比北京的過濾空氣好萬倍。美食把我變強壯，勞動把我變粗獷，我用鋤頭挖死幾隻野豬和一隻黑熊。

我燉食熊掌，精神倍增，百病全無，睡眠安好，美夢不斷。我夢見我爹是國務院副總理，我幾歲就在總理、副總理、部長、省長們家裡玩耍。長大後我爹的下級說句話，我輕而易舉當上了縣長市長，我爹的戰友說句話，我輕而易舉當上了省長部長。我在高層混了幾十年，瞭解國際國內情況和機密，居然能對國家大事作決策，居然當了大國皇帝。我當皇帝很平庸，甚至有些天資不及常人：我常常表達困難，說話不通，我說「五年內消滅全國貧困人口」，嚇得許多窮人去自殺；我常常裝扮自己有學問，我接見外國來賓，把聽說過的世界名著全部羅列出來，卻將書名張冠李戴，外國來賓非常驚訝；我常常吹噓我十幾歲時接受貧下中農再教育的吃苦經歷，淡化我的家庭背景，有一次對著採訪鏡頭說：「我什麼活都幹啦！挑二百斤麥子，走十里山路不換肩啦！」全國許多人暗笑我吹牛沒水準……

世上時間短，山中日月長，我閒來無事，就寫《孤獨》，不為發表，只為自娛。我每天吃過晚飯，用幾根杠子頂好木門，嚴防野獸，然後點燃油燈寫《孤獨》。可是，我無法再寫了……聽！外面武雷在轟頂，風雨在咆哮，山洪在怒吼，黑熊在打門，不知房子能否熬過今夜……

（完）

BOD Books on Demand

語言文學類　PG2088　目擊中國25

毀滅

作　　者 / 蘇平周
責任編輯 / 劉亦宸
圖文排版 / 周好靜
封面設計 / 王嵩賀

發 行 人 / 宋政坤
法律顧問 / 毛國樑　律師
出版發行 / 秀威資訊科技股份有限公司
114台北市內湖區瑞光路76巷65號1樓
電話：+886-2-2796-3638　傳真：+886-2-2796-1377
http://www.showwe.com.tw
劃撥帳號 / 19563868　戶名：秀威資訊科技股份有限公司
讀者服務信箱：service@showwe.com.tw
展售門市 / 國家書店（松江門市）
104台北市中山區松江路209號1樓
電話：+886-2-2518-0207　傳真：+886-2-2518-0778
網路訂購 / 秀威網路書店：https://store.showwe.tw
國家網路書店：https://www.govbooks.com.tw

2018年10月　BOD一版
定價：390元

國家圖書館出版品預行編目

毀滅 / 蘇平周著. -- 一版. -- 臺北市 : 秀威資訊科技, 2018.10
面 ;　公分. -- (語言文學類 ; PG2088)(目擊中國 ; 25)
BOD版
ISBN 978-986-326-601-3(平裝)

857.7　　107016125

讀者回函卡

感謝您購買本書，為提升服務品質，請填妥以下資料，將讀者回函卡直接寄回或傳真本公司，收到您的寶貴意見後，我們會收藏記錄及檢討，謝謝！如您需要了解本公司最新出版書目、購書優惠或企劃活動，歡迎您上網查詢或下載相關資料：http:// www.showwe.com.tw

您購買的書名：________________________________

出生日期：________年________月________日

學歷：□高中(含)以下　□大專　□研究所(含)以上

職業：□製造業　□金融業　□資訊業　□軍警　□傳播業　□自由業

□服務業　□公務員　□教職　□學生　□家管　□其它_____

購書地點：□網路書店　□實體書店　□書展　□郵購　□贈閱　□其他

您從何得知本書的消息？

□網路書店　□實體書店　□網路搜尋　□電子報　□書訊　□雜誌

□傳播媒體　□親友推薦　□網站推薦　□部落格　□其他__________

您對本書的評價：(請填代號　1.非常滿意　2.滿意　3.尚可　4.再改進)

封面設計____　版面編排____　內容____　文／譯筆____　價格____

讀完書後您覺得：

□很有收穫　□有收穫　□收穫不多　□沒收穫

對我們的建議：________________________________

____

____

____

請貼
郵票

11466
台北市內湖區瑞光路 76 巷 65 號 1 樓

秀威資訊科技股份有限公司 收

BOD 數位出版事業部

（請沿線對折寄回，謝謝！）

姓　　名：________________　年齡：________　性別：□女　□男

郵遞區號：□□□□□

地　　址：________________________________

聯絡電話：(日) ________________ (夜) ________________

E-mail：________________________________